El misterioso caso de los Ángeles de Alperton

Primera edición: enero de 2024
Título original: *The Mysterious case of the Alperton Angels*

© Janice Hallett, 2023
© de la traducción, Claudia Casanova, 2024
© de esta edición, Futurbox Project, S. L., 2024
Todos los derechos reservados, incluido el derecho de reproducción total o parcial en cualquier forma.

Diseño de cubierta: Steve Coventry-Panton
Imágenes de cubierta: iStock
Corrección: Gemma Benavent, Lola Ortiz

Publicado por Ático de los Libros
C/ Roger de Flor n.º 49, escalera B, entresuelo, despacho 10
08013, Barcelona
info@aticodeloslibros.com
www.aticodeloslibros.com

ISBN: 978-84-19703-40-8
THEMA: FFJ
Depósito legal: B 36-2024
Preimpresión: Taller de los Libros
Impresión y encuadernación: Liberdúplex
Impreso en España – *Printed in Spain*

Janice Hallett

El misterioso caso de los
ÁNGELES de ALPERTON

TRADUCCIÓN DE
CLAUDIA CASANOVA

ÁTICO DE
LOS LIBROS

BARCELONA - MADRID

Para Jill, Michelle y Lyra

TIENES UNA LLAVE QUE ABRE UNA CAJA DE SEGURIDAD.

DENTRO HAY UN LEGAJO DE DOCUMENTOS, MATERIAL DE INVESTIGACIÓN ARCHIVADO DE UN LIBRO QUE ACABA DE PUBLICARSE.

DEBES LEERLO TODO Y TOMAR UNA DECISIÓN.

O BIEN REEMPLAZAR LOS DOCUMENTOS Y LA CAJA, LUEGO TIRAR LA LLAVE DONDE NUNCA LA ENCUENTREN...

O LLEVAR TODA LA DOCUMENTACIÓN A LA POLICÍA.

1

Correspondencia, lecturas previas
y preparación general

Mensajes de WhatsApp entre mi agente Nita Cawley y yo, 26 de mayo de 2021:

Amanda Bailey
Los casos de asesinato que he cubierto hasta ahora son todos iguales. Rubia muerta, frenesí mediático, errores de investigación policiales, psicópata con suerte.

Nita Cawley
Es nuestro pan de cada día.

Amanda Bailey
Todo masticado y escupido por los periódicos y por todos los reporteros de sucesos de la Tierra. Lo mismo de siempre, el mismo molde.

Nita Cawley
Te escucho. ¿Qué tienes en mente?

Amanda Bailey
Otra cosa. Diferente. Algo nuevo. No sé... ¿una novela?

Nita Cawley
¡Mierda! No me di cuenta de que las cosas estaban **tan** mal. 😂 Mira, voy de camino a comer con Pippa en Kronos. Si los rumores son ciertos, podría tener algo interesante para ti después.

Correo electrónico de mi agente Nita Cawley, 26 de mayo de 2021:

PARA: **Amanda Bailey**
FECHA: **26 de mayo de 2021**
ASUNTO: **Tu próximo libro**
DE: **Nita Cawley**

OK. ¿Por qué una novela? Solo es lenguaje alambicado describiendo cada arruga en la alfombra… Lo que tú haces es mucho mejor. Eres una maestra de la vida real, Amanda. Conectas con el lector común. La gente quiere libros accesibles que exploren crímenes violentos en un espacio seguro, y eso es lo que tú les das. Lo que me lleva directamente a Pippa en Kronos.

Está planeando una nueva serie de libros de crímenes reales llamada *Eclipse*. Cada uno dará un giro fresco y oscuro a un crimen famoso (como cuando la luna pasa frente al sol durante un eclipse). Podría ser un nuevo ángulo, una nueva teoría, un nuevo vínculo con la cultura popular; cualquier cosa que le insufle vida a una vieja historia.

Nada demasiado complicado. Quiere una historia adictiva, ideal como lectura de vacaciones para conocedores del género. Es probable que el lector habitual ya esté familiarizado con los casos y que le guste volver a los «viejos amigos» si cree que algo nuevo puede intrigarle.

Mencionó algunos clásicos. Básicamente, casos que uno pensaría que ya no tienen el menor misterio ni nada por descubrir. Los sospechosos habituales: Jack el Destripador (sí, de verdad), Fred y Rose West, Harold Shipman, los asesinatos de los páramos… Vamos, nada del otro mundo hasta que mencionó los Ángeles de Alperton.

¿Lo recuerdas? Principios de los dos mil. Una historia escalofriante llena de posibilidades. Inspiró tantas cosas terroríficas de mal gusto que ha permanecido en la memoria del público, así que todavía tiene piernas. Pero no lo mencionó por eso.

Hubo muchos elementos de los que no se pudo informar en su momento (varios de los cuerpos eran menores de edad) y eso me lleva a la razón por la que lo ha escogido: el bebé está a punto de cumplir los dieciocho años. Dice que quieren analizar el caso desde el punto de vista del niño adulto. Nunca se ha hecho antes. Ahora, Amanda, esto es justo lo que querías. Una historia que puedas hacer tuya, ¿verdad?

Además, eres exactamente lo que Pippa está buscando. No tiene presupuesto para un investigador privado que encuentre al bebé. Necesita a tus fantásticos contactos en los servicios sociales, y tu inagotable creatividad, para convencer a la gente reacia a que hablen. Si das con el bebé, podré negociar algo más, escucha esto…

La novia de Pippa tiene una productora de televisión y fue a la escuela con Naga Munchetty. Una vez que hayas encontrado al bebé, quiere llegar a un acuerdo de exclusividad, para que solo hablen contigo —y, también con Naga— con un programa planificado para cuando el título esté a la venta. Ya he sugerido que te entrevisten en un lugar destacado del documental. No es que esté segura de que vayas a hacerlo, por supuesto.

No hay rubias trágicas. Solo una secta de locos, cuatro muertos, hombres mutilados y un misterio que nadie ha tenido la oportunidad de investigar de la forma adecuada todavía. Tú serás la primera. Imagínatelo. Besos, N.

Mensajes de mi WhatsApp a Keiron, 9 de junio de 2021:

> **Amanda Bailey**
> Siento hacer esto por WhatsApp, pero estás fuera y estoy a punto de comenzar un nuevo trabajo, así que aquí va… Eres el mejor y más atento que he conocido, y aun así soy más feliz soltera. Parece que no estoy hecha para esta relación, ni para ninguna otra. Gracias por demostrármelo.

Correo electrónico de mi editora Pippa Deacon, 10 de junio de 2021:

PARA: **Amanda Bailey**

FECHA: **10 de junio de 2021**

ASUNTO: **¡Bienvenida!**

DE: **Pippa Deacon**

Querida Amanda:

En primer lugar, permíteme decir lo encantados que estamos de que estés a bordo de la serie *Eclipse*. Es un lanzamiento importante para nosotros, con mucha gente interesante involucrada. Craig Turner, a quien creo que conoces, está presentando la matanza de Dennis Nilsen como un presagio de la crisis del sida durante la década de 1980. Ha hablado con todas las celebridades gais y ha traído todo el caso al siglo XXI. La encantadora Minnie Davis ha identificado las coincidencias más sorprendentes en las vidas de Myra Hindley y Rose West: ha hecho un trabajo maravilloso. Incluso ha tomado fotografías que muestran similitudes visuales entre las casas y escuelas de su infancia, ¡un material realmente escalofriante! Los Ángeles de Alperton es una historia muy oscura y emotiva y, con el menor a punto de cumplir dieciocho años, el caso está totalmente listo para volver a la palestra.

He oído que tienes contactos en los servicios sociales de la zona y que puedes averiguar dónde enviaron al bebé. Comprenderás que tenemos un presupuesto minúsculo que no alcanza para contratar a detectives privados, por lo que cualquier atajo que puedas conseguir será bienvenido... Sabemos lo tenaz y decidida que eres cuando hay una historia que contar y confiamos en ti para que te hagas con el corazón de este caso, lo arranques y lo pongas en la página.

Solo tienes que buscar en Google para ver la cantidad de material que ya es de dominio público, así que no te costará ponerte al día. Llama en cuanto localices al bebé. Me pondré en contacto con la gente de la tele.

Gracias, Amanda; estoy deseando trabajar contigo.
Pippa

LISTA DE DESEOS PARA ENTREVISTAS

Los Ángeles
El bebé
Holly*
Jonah*
Gabriel Angelis, actualmente reside
en la prisión de Tynefield
*No son sus nombres reales

Contactos (modificados a lo largo de las semanas)

Policiales y legales
Don Makepeace, comisario jefe jubilado
Jonathan Childs, policía que encontró el cuerpo de Singh
Grace Childs, su mujer
Aileen Forsyth, agente de policía
Mike Dean, agente de policía
Neil Rose, agente de policía
Fareed Khan, agente de policía
Nikki Sayle, sargento de policía jubilado
Farrah Parekh, sargento de policía

Sanitarios y asistentes sociales
Sonia Brown, trabajadora social
Julian Nowak, trabajador social
Ruth Charalambos, extrabajadora social
Sabrina Emanuel, trabajadora social jubilada
Maggie Keenan, ex jefa de servicio del Centro
Infantil de Willesden
Penny Latke, enfermera de urgencias
Caroline Brooks, psicóloga criminalista
Jideofor Sani, paramédico jubilado

Medios de comunicación, etcétera

Phil Priest, productor de televisión
Debbie Condon, productora de televisión
Louisa Sinclair, antigua periodista del
Wembley Informer (ahora editora de *WembleyOnline*)
Corin Dallah, antiguo jefe de prensa del
Ministerio de Justicia
Gray Graham, periodista jubilado
Clive Badham, escritor del guion no producido *Divino*
Jess Adesina, autora de la serie *Mi diario angelical*
Mark Dunning, autor de White Wings
Judy Teller-Dunning, escritora, esposa de Mark Dunning
Duncan Seyfried, Neville, Reed & Partners, agente de Mark
Dunning

Colaboradores aficionados

David Polneath, detective aficionado
Cathy-June Lloyd, presidenta del
Club de Asesinatos por Resolver
Rob Jolley, miembro de dicho club
Dave «Itchy» Kilmore, presentador del
podcast *Fantasma Fresco*
Galen Fletcher, consejero escolar cuyo
hermano conocía a Harpinder Singh

Otros

Reverendo Edmund Barden-Hythe, rector de la
parroquia de la iglesia St Barnabas, en Sudbury
Jayden Hoyle, Servicio de Bomberos de
Londres, relaciones públicas
Ross Tate, antiguo compañero de
prisión de Gabriel Angelis

Miscelánea de artículos publicados en páginas web de noticias o arrancados de periódicos y sujetados con un clip. Todos datan de un periodo de tres semanas en diciembre de 2003:

LAS ESTRELLAS SE ALINEAN

Esta noche, cinco planetas de nuestro sistema solar se alinean en un raro acontecimiento astral que debería ser visible desde el amanecer de mañana, 10 de diciembre. Mercurio, Venus, Marte, Júpiter y Saturno se alinean en el cielo cada veinte años, pero desde el 16 de julio de 1623 no han estado tan cerca, en un fenómeno conocido como Gran Conjunción.

ÚLTIMA HORA

La policía ha acordonado un almacén abandonado en Alperton, al noroeste de Londres, tras haber escuchado unos rumores no confirmados de que se han descubierto varios cadáveres en su interior.

ÚLTIMA HORA

Una fuente policial sugiere que el incidente de Alperton es un «suicidio colectivo». Cuatro cuerpos permanecen en el lugar de los hechos.

CADÁVER RELACIONADO CON UN «BAÑO DE SANGRE»

La policía cree que un cadáver descubierto en un piso vacío el martes (9 de diciembre) puede estar relacionado con los tres hombres que murieron al día siguiente en un aparente pacto suicida en un almacén cercano.

La policía acudió a un piso de Middlesex House, en Ealing Road, Alperton, cuando los vecinos informaron de unos ruidos sospechosos. El agente de policía Jonathan Childs, el primero en llegar al lugar de los hechos, describió el cadáver como el de un varón «en estado de descomposición». Instó a los ciudadanos a que aportaran cualquier información.

EL CASO DE LOS «ÁNGELES», VINCULADO CON LA IGLESIA LOCAL

Los miembros de la llamada secta de «Los Ángeles de Alperton» eran conocidos en la iglesia de St Barnabas de Sudbury. Tres hombres y dos adolescentes, que creían ser ángeles en forma humana, asistían ocasionalmente al culto dominical, lo que suscitó dudas sobre si la iglesia no ejerció correctamente su responsabilidad de protección.

IDENTIFICADO EL CADÁVER HALLADO EN EL PISO DE MIDDLESEX

La policía ha logrado identificar al cuerpo hallado la semana pasada en el piso de Middlesex. Se trata de Harpinder Singh, de 22 años, camarero del restaurante Punjab Junction de Southall. Se alojaba temporalmente en Middlesex House, pero no se lo encontró en su apartamento. Su muerte está relacionada con el caso de los Ángeles de Alperton, sin embargo la policía no ha difundido información más concreta para proteger la investigación en curso. Instan a cualquiera que tenga información a ponerse en contacto con la organización Crimestoppers.

1. Modelo de correo electrónico formal, enviado a partir del 10 de junio de 2021:

Estimado X:

Permítame presentarme. Soy Amanda Bailey, la autora superventas de las novelas policíacas *El umbral, Intereses comunes* y *Kipper atado*. Ahora mismo, estoy trabajando en un libro sobre los Ángeles de Alperton para Kronos Books. Tengo entendido que usted tenía XX años en esa época. Con el fin de evitar tergiversar su organización/papel/departamento, me gustaría concertar una entrevista, ya sea en persona o por teléfono, con la mayor brevedad posible.

Tengo una larga experiencia en reportajes sobre crímenes y periodismo de interés humano. Comprendo que el caso es delicado, incluso después de dieciocho años, así que si prefiere hablar de forma extraoficial, también me parece bien. Su participación en este proyecto contribuirá a que no se repita un fallo tan estremecedor de las medidas de protección.

Espero tener noticias suyas.

Reciba un cordial saludo,

2. Modelo de correo electrónico informal enviado a partir del 10 de junio de 2021:

Hola:

¿Qué tal estás? Ha pasado mucho tiempo desde X. ¿Qué tal el bebé/la boda/la jubilación/el nuevo trabajo, etc.? La verdad es que el tiempo vuela.

¿Recuerdas el caso de los Ángeles de Alperton? Estoy escribiendo algo sobre ello. Ocurrió hace muchísimo tiempo, y debo ponerme al día muy rápido. ¿Tienes registros que se remonten a 2003? ¿Puedo pedirte ayuda para obtener información ambiental sobre ese periodo en los servicios sociales/policiales/medios de comunicación? Te estaré eternamente agradecida.

Me encantaría quedar para tomar algo por la tarde noche, o un café durante el día.
Saludos,

Mensajes de WhatsApp entre la autora de novelas basadas en crímenes reales Minnie Davis y yo, 11 de junio de 2021:

Minnie Davis
¡Hola, preciosa! Hace siglos que no te veo ni sé nada de ti. Pippa me contó que estabas trabajando en algo para ella. ¡Menuda sorpresa! ¿Cómo estás?

Amanda Bailey
Sí, los Ángeles de Alperton. Se ocultó mucha información en su momento debido a que las víctimas eran menores de edad, y nadie ha vuelto a contar su historia desde entonces. Ni las adolescentes (que ahora tienen treinta años) ni el bebé (de casi 18). Sigue siendo un misterio. ¿Qué recuerdas del caso?

Minnie Davis.
Me refiero a cómo estás TÚ, no al trabajo. Ángeles y demonios, ¿eh?

Amanda Bailey
Eran una pequeña secta de hombres. Murieron todos, menos una pareja de adolescentes y su bebé, que sobrevivieron. Un espeluznante suicidio en masa, nada que ver con un *true crime*. He encontrado algunas novelas. 📽️

Minnie Davis
Se hicieron al menos dos películas de televisión.

Amanda Bailey

Debe ser extraño para la gente que estuvo realmente involucrada.

Minnie Davis

¿El bebé sabe que es el del caso de los Ángeles de Alperton?

Amanda Bailey

Pronto lo descubrirá.

Minnie Davies

Podrían haber visto y leído cosas sin saber que se trata de ellos.

Amanda Bailey

Me has dado una idea. Los cuerpos que utilizaron para novelar el caso al principio podrían ser útiles. Mark Dunning escribió una novela llamada *Alas blancas*. En ella da las gracias a «todos los implicados en el caso de los Ángeles de Alperton» que le «ayudaron». El libro se publicó dieciocho meses después de lo sucedido. Debió de perseguir al coche fúnebre.

Amanda Bailey

Coches fúnebres.

Minnie Davies

Yo he tenido suerte con lo mío. La mayoría de las personas relacionadas con los asesinatos de los páramos están muertas y los familiares de los West dejaron de hablar con los medios hace años. No hay entrevistas, gracias a Dios.

Amanda Bailey
Qué suerte tienes.

Minnie Davies
Y eso no es lo mejor. Conocí a una chica que escribió una tesis feminista sobre mujeres asesinas. Me envió su brillante artículo sobre Rose y Myra, con unas fotografías que te helarán la sangre, Mand. Me dijo que usara lo que quisiera, pero que la mencionara en los agradecimientos. He basado toda la premisa en su idea.

Amanda Bailey
¿Está de acuerdo con eso?

Minnie Davis
Por supuesto. Le gusta que las mujeres ayuden a las mujeres.

Amanda Bailey
No lo sé. Desconfío.

Minnie Davis
Yo también. Hasta que conocí a esta chica.

Amanda Bailey
Cuidado con las «aficionadas». Se vuelven pegajosas, exigentes, resentidas y luego vengativas. 😱

Minnie Davis
PERO se lanzan a fondo y se dejan la piel por una mención en un libro sobre su asesinato favorito. Además, consiguen llegar a la gente que

desconfía por naturaleza de los periodistas. Esta chica es inteligente y muy fácil de llevar. Bueno, tú, Craig y yo deberíamos quedar para tomar algo.

Amanda Bailey
Tengo mucho que hacer. He pasado la noche leyendo y enviando la primera ronda de correos electrónicos. Ahora tengo que mandar mensajes específicos, concertar entrevistas, llegar a la gente del mundo de la ficción. ¡Uf! Necesito… encontrar al bebé.

Pedido a Waterstones, 11 de junio de 2021, libros para investigación (recibo archivado para autoevaluación):

Cultish, de Amanda Montell [pedido anticipado, ya que sale a la venta el 22 de julio]
Mi diario angelical, libros del 1 al 4, de Jess Adesina
Cultos que matan, de Wendy Joan Biddlecombe Agsar
Cultos al descubierto, de Emily G. Thompson
Alas blancas, de Mark Dunning
Terror, Love and Brainwashing, de Alexandra Stein

Correo electrónico a la trabajadora social Sonia Brown, 11 de junio de 2021:

PARA: **Sonia Brown**
FECHA: **11 de junio de 2021**
ASUNTO: **Favor**
DE: **Amanda Bailey**

Hola, Sonia:
Estoy escribiendo sobre el caso de los Ángeles de Alperton. Necesito contactar con los adolescentes Holly y Jonah, pero,

sobre todo, con el bebé que rescataron. ¿Tienes idea de dónde fue? ¿Y dónde está ahora? Si nació en 2003, estará a punto de cumplir 18 años, así que deberías poder averiguar cuál fue su último hogar de acogida, en especial si lo adoptaron.

Estoy leyendo noticias de la época y no dicen nada sobre los jóvenes. Nombres, imágenes, lugares de nacimiento... Todo está oculto «por razones legales». Si Holly era capaz de cuidar a su bebé, supongo que les concederían algún tipo de ayuda en una unidad de servicios sociales. O quizá terminaron separados. De cualquier manera, primero quiero localizar al bebé y después a los adolescentes.

Amanda

Mensajes de texto entre Sonia Brown y yo, 11 de junio de 2021:

Sonia Brown
Han cerrado el acceso a los archivos.

> **Amanda Bailey**
> Debe haber puntos débiles en el sistema.

Sonia Brown
Tenemos que solicitar permiso, esperar la aprobación y luego escribir un informe que justifique que el hallazgo es relevante para un caso activo. No puedo solicitar esa información porque no tiene ninguna relación con mi carga de trabajo actual. Lo siento, pero esta vez no es posible.

> **Amanda Bailey**
> ¿Hay alguna otra forma de obtener esa información? ¿Alguien que recuerde o que tenga acceso a los registros? ¿Alguna agencia externa? ¿Algo más?

Mensajes de texto entre Sabrina Emanuel, trabajadora social jubilada, y yo, 11 de junio de 2021:

> **Amanda Bailey**
> Hola, Sabrina. 😔 ¡Te echo de menos!

Sabrina Emanuel
Hola, cariño, ¿cómo estás?

> **Amanda Bailey**
> Pregunta rápida. ¿Estuviste involucrada en el caso de los Ángeles de Alperton? ¿Lo recuerdas?

Sabrina Emanuel
Ah, sí. Sí, lo recuerdo.

> **Amanda Bailey**
> Hace mucho tiempo que no hablamos.
> Pongámonos al día cuanto antes. ¿Cuándo estarás por aquí?

Sabrina Emanuel
Octubre.

> **Amanda Bailey**
> Estaba pensando en la semana que viene.

Sabrina Emanuel
😄 Acabo de aterrizar en Faro. ¡El Algarve, querida! Te llamo cuando esté instalada en la villa.

Respuesta de Louisa Sinclair a mi correo electrónico inicial, una periodista local con la que empecé en el *Wembley Informer* hace años. Ahora es editora de *WembleyOnline*:

PARA: **Amanda Bailey**
FECHA: **12 de junio de 2021**
ASUNTO: **Re: Los Ángeles de Alperton**
DE: **Louisa Sinclair**

Hola, Mandy:

Recuerdo bien este caso. Acabo de buscarlo en Google y han aparecido un par de titulares nuestros. Eran otros tiempos, ahora nunca nos saldríamos con la nuestra. Desde luego, supimos ordeñar los aspectos más morbosos del caso hasta decir basta. Bueno, si no recuerdo mal, no podíamos informar de casi nada, así que ¿qué esperaban?

Pensándolo bien, fue un desastre de filtraciones y errores de protección y medidas de seguridad, uno detrás de otro. Si quieres un enfoque de «lecciones aprendidas», la verdad es que deberíamos haber visto a través de la cortina de humo y haber cuestionado más al sistema. No me cites.

Dame algo de tiempo, voy a desenterrar mis viejos archivos. Podría tener algo que te sirva. Sí, nos reuniremos pronto.

Abrazos,

Louisa Sinclair

Editora de *WembleyOnline*

Correo electrónico del reverendo Edmund Barden-Hythe, rector de la iglesia de St Barnabas en Sudbury, 12 de junio de 2021:

PARA: **Amanda Bailey**
FECHA: **12 de junio de 2021**
ASUNTO: **Re: Los Ángeles de Alperton**

Estimada señora Bailey:

Gracias por su correo electrónico. Fui vicario de St Barnabas, en Sudbury, durante veintidós años, así que sí, yo estaba aquí cuando los Ángeles de Alperton salían en todas las noticias. Los adolescentes nos mencionaron en sus declaraciones, hubo una oleada de interés por parte de los medios de comunicación y, como resultado, estaremos eternamente relacionados con el caso.

Puedo reunirme con usted, si cree que seré de ayuda.

Los martes y los miércoles son los días que mejor me van.

Atentamente,

Reverendo Edmund Barden-Hythe

Mensajes de WhatsApp entre mi editora Pippa Deacon y yo, 12 de junio de 2021:

Pippa Deacon
Hola, Mand. 🙂 Pregunta rápida: ¿has encontrado ya al bebé?

Amanda Bailey
Hola, Pips. Solo han pasado dos días.

Pippa Deacon
¿Estás cerca?

Amanda Bailey
He tanteado a mis dos contactos principales en los servicios sociales, así que... 🤏

Pippa Deacon
¿Cuánto tiempo tardarás? ¿Una estimación aproximada?

Amanda Bailey
Han pasado 18 años, por lo que...

Pippa Deacon
Es que mi chica me está dando la lata con los tiempos. Ya conoces a la gente de la tele. Es todo muy competitivo. Por favor, inténtalo todo. Cuanto más rápido encuentres a ese bebé, mejor.

Amanda Bailey
Bueno, hay algunos autores que cubrieron la historia más o menos tal y como sucedió. Puede que recuerden nombres, etc.

Pippa Deacon
¡Buena idea! Mantenme informada.

Mensajes de Twitter entre la autora de literatura juvenil Jess Adesina y yo, 12 de junio de 2021:

Amanda Bailey
Ey, Jess, espero que no te importe que te envíe un mensaje directo por Twitter. He leído *Mi diario angelical* y madre mía, Dios qué libro tan FABULOSO. Se merece absolutamente todos los premios que ha ganado. Tengo entendido que la historia está inspirada

31

en los Ángeles de Alperton. Estoy investigando un libro de crímenes reales sobre el caso y tengo previsto escribir un prólogo en el que analizaré las obras de ficción que se han inspirado en elementos del caso. Por supuesto, mencionaré tu obra muy positivamente. ¿Puedo preguntarte si hablaste con alguien implicado en el caso durante la escritura del libro?

Jess Adesina
No.

Amanda Bailey
Es solo que en una entrevista que le concediste a la revista *Grazia* en 2011 parecía bastante claro que habías hablado con una participante clave. ¿Es posible que fuera Holly? Es evidente que el personaje de Tilly está basado en ella, ¿verdad?

Jess Adesina
[ESTA CUENTA TE HA BLOQUEADO]

Intercambio de correos electrónicos entre Neville, Reed & Partners, los agentes en Estados Unidos del autor Mark Dunning, y yo, 12 de junio de 2021:

PARA: **info@nevillereed.com**
FECHA: **12 de junio de 2021**
ASUNTO: **Mark Dunning**
DE: **Amanda Bailey**

Estimados Neville, Reed & Partners:
Tengo entendido que representan al escritor Mark Dunning, autor de la novela *Alas blancas*, y me pregunto si serían tan amables de hacerle llegar este mensaje.

Estimado Mark Dunning:

Acabo de leer *Alas blancas* y me ha atrapado de principio a fin. Qué historia tan apasionante. Según tengo entendido, está inspirada en unos hechos ocurridos en el Reino Unido, un caso conocido como los Ángeles de Alperton. Estoy preparando un libro de crímenes reales sobre el caso y me pregunto si podríamos charlar por Zoom o FaceTime. Me interesa conocer su investigación, la que menciona en los agradecimientos. Teniendo en cuenta la fecha de publicación del libro, seguro que habló con los principales protagonistas a las pocas semanas de los hechos conocidos como «La Asamblea». Como ha pasado tanto tiempo desde entonces, ahora es mucho más difícil encontrar fuentes fiables. Le estaría muy agradecida si compartiera conmigo las conversaciones que mantuvo en esa época con cualquiera que tuviera información de primera mano de las personas implicadas. Espero tener noticias suyas lo antes posible.

Amanda Bailey

PARA: **Amanda Bailey**
FECHA: **13 de junio de 2021**
ASUNTO: **Re: Mark Dunning**
DE: **Duncan Seyfried**

Querida señora Bailey:

Lo lamento, pero nuestro autor Mark Dunning falleció anoche. En estos momentos nos estamos recuperando de la terrible noticia y no podemos facilitarle más detalles.

Duncan Seyfried

Neville, Reed & Partners

PARA: **Duncan Seyfried**
FECHA: **13 de junio de 2021**
ASUNTO: **Re: Mark Dunning**
DE: **Amanda Bailey**

Querido Duncan:

Acabo de enterarme de la noticia. Parece que sufrió un accidente casi exactamente a la misma hora que yo envié mi correo electrónico. Es una tragedia, y por favor reciban mi más sentido pésame. Por los obituarios, he visto que estaba casado con Judy Teller. Me pregunto si, una vez superado el impacto inicial de la terrible noticia, podría hacerle llegar mi mensaje a ella. También es escritora, y estoy segura de que lo entenderá.

Saludos,

Amanda

Correos electrónicos míos a dos productores que trabajaron, hace diez años, en distintas series de televisión inspiradas en los Ángeles de Alperton, el 13 de junio de 2021:

PARA: **Phil Priest**
FECHA: **13 de junio de 2021**
ASUNTO: **La Asamblea**
DE: **Amanda Bailey**

Hola, Phil:

Espero que pueda ayudarme.

Estoy escribiendo un libro sobre los Ángeles de Alperton y acabo de darme un atracón de televisión con *La Asamblea,* su brillante teleserie de 2011 inspirada en el caso. Recuerdo que hubo dos series basadas en los mismos incidentes, que se emitieron con pocas semanas de diferencia, pero en mi opinión, la suya fue la mejor. Un aquelarre de hombres malvados y retorcidos fueron los responsables de lo sucedido, así que es evidente que se centrara en ese aspecto de la historia.

¿Puedo preguntarle si usted, o cualquier otra persona implicada en la producción, habló con las víctimas como parte de su investigación?

Saludos,

Amanda Bailey

PARA: **Debbie Condon**

FECHA: **13 de junio de 2021**

ASUNTO: **Dereliction**

DE: **Amanda Bailey**

Hola, Debbie:

Espero que pueda ayudarme.

Estoy escribiendo un libro sobre los Ángeles de Alperton y acabo de ver *Abandono,* su brillante serie de televisión de 2011 inspirada en el caso. Recuerdo que hubo dos series basadas en los mismos incidentes, emitidas con pocas semanas de diferencia, pero en mi opinión, la suya fue con mucho la mejor de las dos. La infrafinanciación de los servicios sociales por parte de un gobierno a quien nada le importa, y los errores cometidos por profesionales clave fueron los responsables de lo ocurrido, así que resulta obvio que se centrara en ese lado de la historia. ¿Puedo preguntarle si usted, o cualquier otra persona implicada en la producción, habló con las víctimas como parte de su investigación?

Saludos,

Amanda Bailey

Intercambio de correos electrónicos entre Clive Badham, aspirante a guionista, y yo, 13 de junio de 2021:

PARA: **Clive Badham**
FECHA: **13 de junio de 2021**
ASUNTO: **Los Ángeles de Alperton**
DE: **Amanda Bailey**

Querido Clive:
Soy una autora y estoy documentándome para mi próximo libro. Me pregunto si podría ayudarme. He visto en Internet que en 2005 ganó un premio por una película basada en el caso de los Ángeles de Alperton. Me gustaría verla para ampliar mi investigación sobre el legado perdurable de este caso, pero no la encuentro por ninguna parte. ¿Está disponible en alguna plataforma en línea o en DVD? Además, ¿habló con alguien relacionado con el caso como parte de su investigación?
Saludos,
Amanda Bailey

PARA: **Amanda Bailey**
FECHA: **13 de junio de 2021**
ASUNTO: **Re: Los Ángeles de Alperton**
DE: **Clive Badham**

Hola, Amanda:
Su nombre me resultaba muy familiar, y entonces me di cuenta: he leído *Intereses comunes*, su libro sobre Rachel Nickell. ¡Y ahora me escribe a mí! Tengo muchas ganas de ayudarla en su investigación. Sí, mi guion de acción y aventura sobrenatural, *Divino,* se inspiró en los Ángeles de Alperton. Ganó el premio al mejor guion original en los premios de Cine de la Academia de Londres en 2005. No hablé con nadie porque me documenté leyendo todo lo que se publicaba en ese momento. Además, el ocultismo es mi afición, por lo que ya tenía una

base de conocimientos a la que recurrir. En cualquier caso, no me interesaba tanto lo que ocurrió en realidad como la idea de que haya demonios caminando por la tierra en forma humana. Eso es genial, ¿verdad? Fue lo que me inspiró. No se puede ver *Divino* en ningún sitio… todavía. No logré financiación, así que nunca se produjo, aunque envié el guion a todos los productores cuyo correo electrónico pude conseguir y muchos me felicitaron por lo genial que es. Una me contestó el mes pasado para decirme que está involucrada en un gran proyecto durante los siguientes dos años, pero que una vez lo termine, ¡piensa leerlo! Crucemos los dedos. Quizá su libro renueve el interés por el caso.

¿Busca un guionista para adaptar sus libros? Trabajo a tiempo parcial en un locutorio e imparto clases de escritura en un colegio público. No me costaría nada adaptar una novela entretanto. No tengo agente, así que, si está interesada, hágamelo saber directamente.

Clive Badham

Mensajes de texto entre Clive Badham y yo, 13 de junio de 2021:

Amanda Bailey
Gracias, Clive, ¿podría leer el guion de *Divino* de todos modos? Me fascina la cantidad de material de ficción que inspiró este caso. Aunque su película nunca se hizo, sigue siendo un ejemplo de ficción contemporánea basada en él. Puedo nombrarle en el libro. ☺

Clive Badham
Mmmm. Eso es un problema. Verá, no me siento cómodo. Como escritora que es, lo entenderá. Literalmente cualquiera podría cambiar el nombre en la portada y decir que el guion es suyo. Pero si

quiere que le escriba uno basado en sus novelas,
aquí estoy.

Un correo electrónico enviado a la página de contacto de mi sitio web, amandabailey.co.uk, el 13 de junio de 2021:

PARA: **Amanda Bailey**
FECHA: **13 de junio de 2021**
ASUNTO: **Un pequeño favor**
DE: **Cathy-June Lloyd**

Querida Amanda Bailey:

Soy la presidenta de un pequeño club del crimen aquí en Guildford llamado «Asesinatos por Resolver». Es una reunión mensual en la que discutimos casos paralizados y asesinatos sin resolver, solo por diversión, ¡pero estoy segura de que, de vez en cuando, damos con alguna teoría interesante!

Hemos estado investigando el caso de Jill Dando y algunos de nosotros leímos su libro *El umbral*. Es un auténtico *thriller*, muy emocionante, y todos pensamos que lleva al lector directamente al meollo del caso. Me pregunto, ¿sabe si la policía investigó a todos los vecinos? Llegaron al lugar de los hechos muy rápido y el hecho de que cualquiera de ellos pudiera vigilar la calle, disparar el arma y meterse en su casa los convirtió en nuestros principales sospechosos. Incluso tenemos un motivo: querían comprar la casa con un «descuento por tragedia». Esta teoría explicaría por qué no hay avistamientos fiables del asesino huyendo. Un par de nosotros nos preguntamos si, al titular su libro *El umbral*, insinuaba, de forma sutil, una teoría que no podía exponer por motivos legales.

¿Alguna vez da charlas en clubes pequeños como el nuestro? Somos un grupo entusiasta de detectives aficionados y estaríamos encantados y honrados de recibirla. No tenemos un gran presupuesto, pero si puede venir, me aseguraré personalmente de que se lleve cuarenta libras en tarjetas regalo de Amazon y un ramo de flores. Y si está demasiado ocupada para visitarnos, ¡estamos deseando leer su próximo libro!

Cathy-June Lloyd

Un correo electrónico de Dave «Itchy» Kilmore en el pódcast *Fantasma Fresco*, 14 de junio de 2021:

PARA: **Amanda Bailey**

FECHA: **14 de junio de 2021**

ASUNTO: **¡Vuelve *Fantasma Fresc!!***

DE: **David Kilmore**

¡Ey, Mandy!:

¡Aviso de nueva temporada! Sí, el pódcast *Fantasma Fresco* vuelve para una duodécima temporada y, por una vez, estoy preparando a los invitados a tiempo. ¿Puedo volver a contar contigo? La última vez fue un éxito. Me encantaría tratar el tema que elijas e incluir anuncios de tus libros: pasados, presentes y futuros (¿en qué estás trabajando?), así como charlar sobre la cuestión que escojamos. Algunos titulares que he apuntado son: «Fingir el suicidio»; «El Santo Grial del asesino»; «Asesinato: ¿por qué no ocurre más?» y «Psicópatas que no matan: ¿por qué diablos no?».

Estoy abierto a otras ideas.

Dime cómo lo ves…

Dave «Itchy» Kilmore

Mensajes de WhatsApp entre el comisario jefe retirado Don Makepeace y yo, 14 de junio de 2021:

Don Makepeace
Querida Amanda. Gracias por su correo electrónico. Recuerdo bien lo sucedido. Me encantaría quedar para charlar durante el almuerzo. ¿Está usted informada de que hay alguien más escribiendo un libro sobre el mismo caso? Oliver Menzies. Me llamó hace un tiempo. Lo está enfocando desde el punto de vista del bebé. A mí me va bien quedar cualquier día. Don.

Amanda Bailey
¿Oliver Menzies? NO PUEDE SER. Don, ¿qué le dijo? ¿Sabe quién es el bebé?

Don Makepeace
No lo recuerdo. Almorzamos en Quaglino's. Pan muy sabroso y mantequilla orgánica.
Don.

Mensajes de WhatsApp entre mi editora Pippa Deacon y yo, 14 de junio de 2021:

Amanda Bailey
Hola, Pippa, he pensado en un título estupendo para mi libro sobre los Ángeles de Alperton: *Divino*. ¿Qué te parece? Y debería contarte algo que acabo de descubrir: Oliver Menzies está escribiendo sobre el mismo caso y, por lo que he oído, también se centra en el bebé. ¿Es un problema para ti tanto como lo es para mí? ¿Debería replantearme el ángulo antes de seguir adelante?

Pippa Deacon

¿Quién es? ¿Lo conoces? El título es brillante, por cierto.

Amanda Bailey

Lo conozco de otra vida. Ambos empezamos en un programa local para estudiantes, a finales de los 90. Yo lo dejé antes de que terminara el curso, él abandonó justo después.

Pippa Deacon

Veo que ha coescrito unas memorias policiales y ha hecho de escritor fantasma para un soldado acusado de crímenes de guerra. ¿Es bueno?

Amanda Bailey

Perdimos el contacto. Oí que se fue a una emisora de radio, luego a una revista del sector de la construcción y lo último que supe es que tenía un trabajo de relumbrón en relaciones públicas corporativas. Debe de haberse hecho autónomo.

Pippa Deacon

Bueno, sabíamos que no pasaría mucho tiempo antes de que alguien más empezara a investigar. Pero no tiene tus contactos, así que la ventaja es nuestra. Siempre que lleguemos primero al bebé y cerremos el tema. ¿Cómo de cerca estás?

Mensajes de texto entre la trabajadora social Sonia Brown y yo, 14 de junio de 2021:

Amanda Bailey

Sobre la búsqueda del bebé del caso de los Ángeles de Alperton. Solo necesito algunos nombres, fechas y direcciones. Yo haré el resto. O detalles completos del acceso electrónico para buscarlos yo misma.

Sonia Brown

Como ya he dicho, el sistema es completamente diferente ahora. Es impenetrable.

Amanda Bailey

Sonia, por favor, piensa en una manera. Es lo menos que puedes hacer después de que no dijera nada sobre la filtración de las Tres Hayas.

Sonia Brown

¿La filtración? Te estaba ayudando. Mira, no te serviré de nada si pierdo mi trabajo, ¿verdad?

Amanda Bailey

No solo perderás tu trabajo. Actuaste sola. Te saltaste las reglas. Después de lo sucedido, lo más probable es que haya cargos penales.

Sonia Brown

Joder Mandy, después de toda la ayuda que te he prestado…

Mensajes de WhatsApp entre mi antiguo colega Oliver Menzies y yo, 14 de junio de 2021:

Amanda Bailey
¡Ey! ¿Así que ese puesto con salario de seis cifras en The Gherkin era demasiado duro? Ni siquiera te quedaste un año, maldito salta-empleos. ¡Eso es un récord incluso para ti! ¿Qué hiciste, robar de la caja de la oficina? ¿Sacarte la polla en un lanzamiento de prensa? 🧦

Oliver Menzies
Mi padre murió. No estaba en el mejor momento para darlo todo. Lo dejé de mutuo acuerdo.

Amanda Bailey
Oh. Lo siento mucho.

Oliver Menzies
Es lo que hay.

Amanda Bailey
He oído que estás trabajando en los Ángeles de Alperton. ¿Para quién?

Oliver Menzies
Correcto. Así que eres tú. SABÍA que había alguien hablando con mis contactos. ¿Sigues utilizando plantillas de correo electrónico como si estuviéramos en 2001?

Amanda Bailey
Es rápido y eficaz.

Oliver Menzies

El toque personal es la clave. Calidad por encima de cantidad en todo momento. Mi libro es para Green Street y supongo que el tuyo es para la nueva serie de Pippa Deacon.

Amanda Bailey

¿Es un *true crime?* El Oliver Menzies que yo recuerdo consideraría un libro tan comercial como algo por debajo de él. 🫤

Oliver Menzies

Es desde el punto de vista del bebé.

Amanda Bailey

Como yo, es exactamente el mismo encargo. ¿Green Street lo sabe?

Oliver Menzies

Llegas tarde a la fiesta, Mand. Llevo semanas en ello.

Amanda Bailey

¿Has hablado con el bebé?

Oliver Menzies

Hay otros cien ángulos distintos que puedes probar.

Amanda Bailey

¿Has hablado con el bebé?

Oliver Menzies

No exactamente. Pero estoy muy cerca. ¿Y tú?

Guion para llamadas de suplantación de identidad, 14 de junio de 2021:

«Hola, soy el sargento Jones de la Unidad de Protección de Menores de la Policía Metropolitana. Estoy investigando un complicado caso histórico. Me pregunto si podría acceder a los registros que confirmarían con exactitud cuándo tuvo tres niños bajo su cuidado.

¿No puede? Oh. Vaya, qué pena. Solo necesito la confirmación de las fechas. Podría cambiarlo todo para algunas personas muy valientes. Ya sabe lo difíciles que son estos casos paralizados. Las víctimas reúnen el valor suficiente para dar un paso al frente, algunas de ellas después de muchos años de trauma, y luego, por una pequeña pieza de información, el caso se desmorona. Solo una pequeña corroboración, como el momento en que tres niños estuvieron bajo su cuidado, sería MUY importante.

Eso es fabuloso, gracias. Era 2003 y me refiero a los menores del caso de los Ángeles de Alperton. Dos jóvenes de diecisiete años y un bebé, de pocos meses en ese momento. Es pertinente para un caso totalmente distinto en el que estoy trabajando.»

¡LO ENCONTRÉ!
Centro de Servicios de Menores de Willesden
Neasden Road, NW10

45

Mensajes de WhatsApp entre mi antigua ayudante Ellie Cooper y yo, 14 de junio de 2021:

> **Amanda Bailey**
> Hola, Els. ¿Todavía puedes realizar transcripciones? ¿Entrevistas con dos interlocutores, como siempre, y con las mismas tarifas? A partir de este jueves. Estoy trabajando en una novela de verano para Kronos.

> **Ellie Cooper**
> ¡EC Lista y a la espera!

Reunión con el comisario jefe Don Makepeace en Bluebird, Fulham, 17 de junio de 2021. Transcrito por Ellie Cooper.

AB: Gracias por reunirse conmigo, Don.

DM: Un placer. Tienes buen aspecto, Mandy. ¿Cómo está tu encantadora ayudante? *[Se ruboriza y se odia a sí misma por valorar la aprobación de un hombre. EC]*

AB: Ya no es mi ayudante. Ha seguido adelante. Está estudiando un doctorado. *[Ignoro toda la aburrida charla y voy al grano. EC]* Don, usted era inspector jefe en la comisaría de Wembley en 2003, cuando estalló el caso de los Ángeles de Alperton. ¿Qué recuerda de ello?

DM: A él lo recuerdo muy bien.

AB: Gabriel.

DM: *[Se ríe. EC]* Sí. Bueno, así es como se llamaba a sí mismo. Antes de descubrir a Dios era el viejo Peter Duffy. Recuerdo que lo encerramos por fraude no mucho después de que yo me incorporara. Sucedió años antes de todo el asunto de Alperton. Entonces no tenía reparos en quebrantar el octavo mandamiento: *[No robarás. EC]*

AB: ¿Cómo era?

DM: Ya conoces a la policía, Mandy. Vigilamos a la gente todo el tiempo. Cuando son culpables, cuando no lo son. Culpables de algo, pero no de lo que crees. Ocultando un secreto o queriendo revelarlo. Todos son iguales. Sin embargo, él...

AB: ¿Qué le ocurría?

DM: He visto todas sus entrevistas. Alguna de ellas muchas veces. Y nunca logré adivinarlo.

AB: ¿Si era culpable?

DM: Si decía la verdad.

AB: Claro, cuando alguien se cree sus propias mentiras, el sexto sentido de poli es redundante.

DM: Algo así. ¿Hablarás con él?

AB: Lo solicitaré al gobernador, aunque no cuento con ello.

DM: Que yo sepa, no concede entrevistas. Afirma que no recuerda nada de lo que ocurrió aquella noche ni de los meses precedentes. Sin embargo, insiste en que es inocente. Bueno, si no recuerda nada, ¿cómo puede estar tan seguro? *[Se ríe. EC]* Típico.

AB: ¿Y los adolescentes? Holly y Jonah.

DM: Tampoco eran sus verdaderos nombres.

AB: ¿Se acuerda de sus auténticos nombres?

DM: No.

AB: ¿Cómo eran?

DM: Como el agua y el aceite. Ella era brillante; él era tímido, se dejaba llevar con facilidad. Estaban en niveles de madurez bastante diferentes. Aun así... *[No capto el resto. EC]*

AB: ¿Alguna vez averiguó quién era el padre del bebé, Gabriel o Jonah?

DM: Eso era competencia de los servicios sociales. Nosotros nos centramos en la investigación del asesinato.

AB: Harpinder Singh. He leído todo lo que he conseguido sobre el caso y no sé...

DM: ¿Qué?

AB: Las pruebas que pusieron a Gabriel entre rejas parecen endebles en el mejor de los casos.

DM: ¿Significa eso que él no lo hizo?

AB: No.

DM: Se encontraron sus huellas en el piso abandonado junto al cuerpo, creo…

AB: Una huella parcial, en un folleto en el suelo.

DM: Sí. Fue lo bastante consciente como para evitar dejar huellas, pero en algún momento arrancó el folleto del buzón. Probablemente fue un reflejo automático al salir, cuando la adrenalina ya se disipaba.

AB: Singh era un camarero sin dinero. Trabajaba jornadas de catorce horas. Aunque hubiera tenido tiempo, no hay pruebas de que se hubiera unido a la secta. ¿Por qué lo matarían?

DM: ¿Por qué hace lo que hace la gente así?

AB: ¿Su asesinato fue un ritual? *[No parece responder. Llega el almuerzo. He ignorado las partes en las que habla con el camarero y piden la comida. El bacalao está ennegrecido. Suena demasiado hecho. EC]*

DM: … No nos involucramos mucho más allá de eso.

AB: Entonces, Gabriel es condenado por el asesinato de Singh y la mutilación *post mortem* de los otros tres ángeles. Holly y Jonah aportan pruebas sobre cómo les atrapó en la secta y lo condenan a cadena perpetua. Pero los adolescentes nunca fueron acusados de nada.

DM: Dado por lo que habían pasado, no había motivos para acusarles de nada. Con razón o sin ella. ¿Los adolescentes de diecisiete años son responsables de sus actos, teniendo en cuenta su extrema vulnerabilidad? Nos centramos en él. Era el único ángel adulto que quedaba vivo.

AB: Pero podrían haber sido…

DM: Era un asunto peliagudo. Ambos eran víctimas, jóvenes arrastrados a una secta y utilizados por ella. Pero se habían librado y habían salvado a un bebé. Los Servicios de Protección de Menores no se sentían cómodos culpándolos. Desde luego, no mientras Gabriel estuviera vivito y coleando.

AB: Y eran menores, después de todo.

DM: Ajá. Aunque con diecisiete años... estaban por encima de la edad de consentimiento, así que... Si los adultos quieren crear su propio mundo de fantasía y vivir en él... *[No termina la frase. EC]* Lo suyo era desmedido, pero no ilegal.

AB: Pero cuando una secta arrastra a sus miembros al suicidio...

DM: ¿Has visto los informes del forense? Los Ángeles murieron por heridas de un solo cuchillo en la garganta. Autoinfligidas. *[Silencio mientras tú —y ahora yo— reflexionamos sobre este espeluznante hecho. EC]*

AB: Una condena de por vida es inusual para alguien declarado culpable de un solo asesinato. Me pregunto si el juez sospechaba que Gabriel también había matado a los otros.

DM: En efecto, fíjate en las circunstancias, Amanda. Puede que Gabriel no hubiera empuñado el cuchillo, pero convenció a los demás para que se quitaran la vida, luego evisceró sus cuerpos *post mortem* y los colocó en un círculo satánico. Está loco y sí, podríamos decir que fue responsable de las otras muertes, así que...

AB: Extraño caso.

DM: Mmmm. De locos.

AB: ¿Dónde encaja Harpinder Singh?

DM: *[Tiene la boca llena, qué asco. No oigo la primera parte de su frase. EC]...* es heroico.

AB: No para Harpinder Singh.

DM: Por supuesto, quiero decir que los malos murieron o fueron capturados y el bebé sobrevivió.

AB: Poético, tal vez. ¿Conoce a un agente de policía llamado Jonathan Childs?

DM: No, creo que no.

AB: Su nombre aparecía en una noticia publicada en Internet en aquel momento. Encontró el cuerpo de Singh en el piso vacío. No consigo localizarlo.

DM: Puedo preguntar por ahí.

AB: No suelo quedarme sin pistas con los policías, Don. Parece que todos os conocéis.

DM: *[Se ríe. EC]* Es la M40.

AB: ¿El qué?

DM: La autopista M40 engloba las zonas al oeste de Londres hasta el valle del Támesis, por lo que tienen un acceso más rápido a la ciudad. Por este motivo, los oficiales que viven y trabajan en esa zona a lo largo de sus carreras se trasladan mucho de comisaría a comisaría dentro de ella. Preguntaré por ahí. Alguien lo conocerá.

AB: Salud, Don. *[Masticáis y se oye el tintineo de los vasos. EC]*

DM: Siempre me sorprende ver lo que ese caso llegó a inspirar. Hubo un episodio de algo en la tele no hace mucho.

AB: *Dentro del n.º 9.* Lo vi. Brillante. *[Me asustó muchísimo. EC]*

DM: Eso es. ¡Aterrador! Espeluznante. No fue así en ese momento. No era más que otro caso de depredadores que se aprovechaban de los vulnerables y explotaban la debilidad del sistema. Si te olvidas de la cháchara de ángeles y demonios, solo queda una historia muy deprimente, pero no por ello menos corriente.

AB: ¿Qué pasó con el bebé?

DM: ¡Ah! Eso me recuerda algo. Tengo que pedirte un favor. Connor está considerando el periodismo como carrera. Le prometí que encontraría a alguien que le diera algunos consejos. ¿Podría hablar contigo?

AB: Claro.

DM: Gracias. ¿Estás libre para cenar el domingo?

AB: Me encantaría. *[Una pausa mientras ambos masticáis y tragáis. EC].* ¿Qué pasó con el bebé rescatado del culto de Alperton?

DM: Ni idea. *[Ligera vacilación, subida de tono. ¿Lo sabe? EC].*

AB: ¿Volvió con Holly o lo dieron en acogida?

DM: *[Murmura algo. EC].*

AB: ¿Extraoficialmente? *[Una larga pausa. EC].*

DM: Extraoficialmente, ocurrió algo curioso. Tendrá que obtener la historia completa de los servicios sociales, pero recuerdo que alguien se presentó e hizo una reclamación familiar. Los abuelos, una tía o alguien así. Supuestamente solicitaron la custodia.

AB: Si la familia lo adoptó, entonces Holly pudo estar presente en su crianza. Eso sería un final feliz.

DM: *[Murmura algo. Luego algo que suena como… EC].* Es curioso, cuanto más te acercas, más lejos estás.

AB: ¿Qué tiene eso de curioso?

DM: Nada.

AB: Has dicho que pasó algo curioso.

DM: *[Suena como si masticara. ¿Estará haciendo tiempo? EC].* Sabes, yo pienso como un poli, Mandy. Mi primer pensamiento es que, si no podían cuidar de Holly, ¿por qué les darían la custodia de su bebé? No es curioso, simplemente es que los trabajadores sociales ven el mundo de una manera y la policía de otra. *[Aquí habláis de un amigo común, Oliver Mingis. Le pides a DM que averigüe «hasta dónde ha llegado» y que te lo haga saber. ¿Es relevante para la entrevista? EC].*

AB: ¿Hay alguien de esa época que esté dispuesto a hablar?

DM: ¿Por «dispuesto a hablar» te refieres a…?

AB: Dispuesto a denunciar cualquier cosa que les parezca mal.

DM: Lo pensaré, pero, Mandy, te diré una cosa.

AB: OK.

DM: Extraoficialmente. Cuídate.

[Solo tediosa charla de aquí en adelante. EC]

Mensajes de texto entre la trabajadora social Sonia Brown y yo, 17 de junio de 2021:

Amanda Bailey
El bebé acabó con un familiar de la adolescente.

Sonia Brown
¿Quién te ha dicho eso?

Amanda Bailey
Alguien que estaba allí en ese momento. En primera instancia, los llevaron al Centro de Servicios de Menores de Willesden.

Sonia Brown
Preguntaré.

Reunión con el reverendo Edmund Barden-Hythe en la iglesia de St Barnabas, en Sudbury, 18 de junio de 2021. Transcrito por Ellie Cooper.

AB: Gracias *[¡Suena eco! Me da escalofríos. EC]*.

EBH: Sentémonos en los bancos delanteros. Veremos la vidriera. Está fechada en 1290. Hasta los Ángeles de Alperton era nuestro principal reclamo para la fama.

AB: Hermoso. Colores vivos. ¿Podría acercarme un poco más para ver los detalles? Tengo visión reducida en este ojo.

EBH: Por supuesto, acérquese. Ya verá, es todo plomo original.

AB: Vaya. ¿Cuenta alguna historia?

EBH: El asedio de Samaria. Un episodio del *Libro de los Reyes*. Ben-Hadid, la figura de allí, ha detenido el suministro de alimentos a la ciudad. ¿Ve al rey en el muro? Camina entre su gente hambrienta. Esta mujer lo detiene y le dice: «Alteza, entréguenos a su hijo para que nos lo comamos. Mañana nos comeremos al mío». Entonces, el rey permite que maten a su hijo y se lo coman. Al día siguiente, el pueblo vuelve a estar hambriento. El rey acude a la mujer, solo para descubrir que ha escondido a su hijo. Allí está ella, negándose a hacer el sacrificio que insistió en que él hiciera, y no hay nada que pueda hacer al respecto. *[Eso es oscuro. EC]*

AB: Ahora que estamos más cerca, veo que no es tan bonito como, eh, ¿eso es…?

EBH: La cabeza hervida del príncipe, sí. La historia se puede interpretar como un pacto entre dos madres, más que entre un rey y su súbdito. En cualquier caso, es un cuento aleccionador sobre la fe y la confianza en el prójimo. Por no hablar de las cosas que la gente hará y dirá para sobrevivir. En la versión en la que aparece el rey, también hay una lección sobre el sacrificio y la responsabilidad del liderazgo. ¿Té?

AB: Por favor. *[Un poco de ruido y de té vertiéndose, además de una aburrida charla sobre las tazas. EC].*

AB: Usted es la primera persona con la que hablo que ha conocido a los Ángeles. *[El reverendo se ríe, pero no suena alegre. EC].* ¿Cuándo se fijó en ellos por primera vez?

EBH: Primero vi a Holly, la niña, porque no es habitual que una persona de esa edad vaya a la iglesia sin sus padres. Le pedí a una de nuestras señoras que hablara con ella para comprobar que estaba bien. Holly le dijo que era un ángel y que vivía con otros ángeles. Se mostró muy seria al respecto, tenía el cerebro completamente lavado. Mi feligresa sospechó y los invitó a todos el domingo siguiente.

AB: ¿Y vinieron?

EBH: El líder, Gabriel, otro hombre más joven que después supe que era Jonás, y Holly de nuevo. Hablé con el primero. Se describió a sí mismo como un cristiano laico de una pequeña comunidad cercana. Su teoría era que todos los humanos son ángeles nacidos en la tierra. Aportó treinta libras a la caja de la colecta.

AB: ¿Y eso sonaba plausible? ¿Sus sospechas se disiparon?

EBH: No estoy aquí para juzgar. No fue lo que dijo, sino cómo lo dijo. La gente que atrae a los demás a un mundo de fantasía es gente creíble. No hay nadie más convincente que el convencido.

AB: ¿Los volvió a ver?

EBH: No. Cuando los hechos salieron en las noticias, todos nos quedamos conmocionados. La policía tomó declaraciones. Vinieron periodistas. Su tono… Nos culparon por no haber alertado antes a la policía y quizá haber evitado el…

AB: ¿Triple asesinato?

EBH: Lo que casi le sucedió al bebé. Nos echamos la culpa. *[Parece realmente abatido. EC]*. Aunque, ¿cómo íbamos a saberlo?

AB: ¿Cómo se siente ahora, al pensar que unas personas que deformaron la doctrina cristiana hasta el punto de casi cometer un sacrificio humano asistieron a esta iglesia, su iglesia?

EBH: Se supone que el cristianismo debe ser inspirador. Es inevitable que tarde o temprano inspire a gente mala. O a gente buena, pero de una forma equivocada. Mi opinión ahora es que se le dio demasiada importancia a los elementos religiosos en lo que era esencialmente un culto pequeño y aislado formado por unos individuos vulnerables.

AB: ¿Era eso? ¿Todos ellos creían que eran seres celestiales? Cuando usted habló con Gabriel, ¿era él…?

EBH: Diría que… Esto va a sonar…

AB: Siga. En su opinión, ¿Gabriel pensaba que era un ángel?

EBH: No… No lo sé. Pero en los momentos en que hablé con él… yo creí que lo era. Eso es lo aterrador. *[Corto su despedida. Suena triste. EC]*.

Mensajes de WhatsApp entre Oliver Menzies y yo, 19 de junio de 2021:

Oliver Menzies
Ayer conocí a Don. El jueves almorzaste con él.

Oliver Menzies
¿Recibiste mi mensaje?

Amanda Bailey
Recibí tu mensaje. Era una afirmación de un hecho que no pedía respuesta.

Oliver Menzies
Da igual. ¿De qué hablasteis?

Amanda Bailey
De esto y de aquello. Don y yo nos conocemos desde hace mucho tiempo.

Oliver Menzies
Joder, ahora es «Don y yo». De vuelta a los días de *The Informer*, ¿verdad? Yo también. Conoce a Frank, el policía amigo.

Amanda Bailey
Don conoce a todo el mundo.

Oliver Menzies
Es la corbata de la vieja escuela, el lazo de sangre del regimiento, la hermandad de las fuerzas especiales y una carrera engrasando su camino en la fuerza de policía de la Met.

Amanda Bailey
No sabía que era un ex fuerzas especiales.

Oliver Menzies
Dale un poco de *whiskey* e insinuará ser el Ant Middleton de su época. Aunque no te hablará de ninguna operación. Así que o sufre de estrés postraumático o ha cometido un ataque criminal. Pero me recomendó para un trabajo de escuadrón de locura, así que todavía tiene conexiones.

Amanda Bailey
Sabe mantenerse en contacto.

Oliver Menzies
O dicho de otro modo, engullirá un almuerzo gratis en un abrir y cerrar de ojos si hay oportunidad. De hecho, antes de que parpadees, ya estará sentado en la mesa.

Amanda Bailey
Entonces no has encontrado al bebé.

Oliver Menzies
No. Y un pajarito me dice que tú tampoco.

Amanda Bailey
Los Ángeles de Alperton no solo se trata del bebé. También de la chica y el chico adolescentes, de los hombres que los controlaban y del sistema que fracasó. Venga, sigue. Céntrate en otra cosa.

Oliver Menzies

Los hombres eran unos oportunistas, el sistema estaba lleno de bienhechores de corazón sangrante. ¿Y los jóvenes? Diecisiete años es ser joven, pero es suficiente para distinguir el bien del mal.

Amanda Bailey

¿Recuerdas haber tenido diecisiete años?

Oliver Menzies

Sí, y los chicos de esa edad son las herramientas más afiladas de la caja. Estos debían de ser unos cerdos de mierda para tragarse esa ridícula historia. O estaban totalmente de acuerdo con toda la filosofía de la secta. Así que no, ELLOS no me interesan. Me interesa el BEBÉ porque es la única parte inocente en todo esto.

Oliver Menzies

¿Lo has entendido?

Oliver Menzies

¿Ahora me ignoras?

Oliver Menzies

Puede sonar duro, pero me pregunto cómo encaja el bebé en todo esto. Ahora ya son mayores. ¿Cómo se vive con el hecho de que una secta de locos te tachara de «ser demoníaco» y de haberte librado por los pelos de que te sacrificaran en un ritual? Es una mierda con la que vivir. Y es lo que más me interesa.

Oliver Menzies

¿Estoy enviando mensajes al aire?

Mensajes de WhatsApp entre el comisario jefe retirado Don Makepeace y yo, 19 de junio de 2021:

Don Makepeace
Confirmando el almuerzo de mañana, Amanda. A cualquier hora después de la una. A propósito, aquí tienes algunas personas que podrían recordar a los Ángeles: Aileen Forsyth, Mike Dean, Neil Rose, Fareed Khan y Julian Nowak.

Amanda Bailey
Es usted un sol, Don. Gracias. Hasta mañana.

Conversación con Connor Makepeace en su dormitorio, 20 de junio de 2021. Transcrito por Ellie Cooper. *[¿Querías grabar esto? Transcrito de todos modos … EC].*

CM: Así que empiezo en la LSE en septiembre…

AB: ¡Madre mía! La Escuela de Economía de Londres. Eso es genial.
[Amanda Bailey, ¿estás alterando tu forma de hablar y tu acento para sonar más callejera? EC].

CM: Pero estoy pensando más allá de mi formación. Es un medio para un fin, ¿no?

AB: Ajá.

CM: He pensado que el periodismo es una dirección en la que podría ir. Es decir, quiero disfrutar con lo que hago. Los temas de actualidad están bien, pero, en realidad, no me apetecen las largas jornadas laborales y las madrugadas escribiendo sobre el tráfico en la M25, ¿me entiendes? Estaba pensando quizá en el periodismo musical, si es que sigue siendo una carrera viable… ¿Amanda?

AB: ¿Quién es el del cartel?

CM: Jeff Walker, de Carcass.

[Aquí debes estar alucinando. EC]

AB: ¿Es *heavy metal*?

CM: Carcass son más bien *grindcore*. Los carteles de este lado: *death metal* clásico.

AB: Obituary. Dismember. Morbid Angel.

CM: ¿Eres fan?

AB: No, es demasiado satánico para mí. Solo es algo que estoy investigando en este momento. Ángeles. Demonios. Creencias.

CM: Mira: Sabbath, Led Zepp, Deep Purple, esos fueron los pioneros. Son quienes construyeron sobre los cimientos. La historia es…

AB: ¿Crees en el mal?

CM: Eh… no, solo me gusta la música *[El* heavy metal *no es antirreligioso, sino más bien oscuro y rebelde en su imaginería. EC]*, y toco la guitarra, como puede ver.

AB: Connor, hace años un grupo de personas que se creían ángeles conspiraron para matar a un bebé porque pensaban que crecería para destruir a la humanidad.

CM: ¡Qué locura!

AB: Sí, claro, es una locura, pero arrastraron y convencieron a dos adolescentes, solo un poco más jóvenes que tú. Intento comprender cómo y por qué pudo ocurrir eso. Este tipo de aquí…

CM: Robert Plant.

AB: ¿Qué te haría creer que es el diablo?

CM: Tendría que demostrarlo. No solo decirme que lo es. Por ejemplo, me gustaría ver agua convertida en sangre o algo así, y asegurarme de que no es solo un efecto especial.

AB: ¿Y si los otros creyeran que era el diablo? Este tipo…

CM: Nick Menza de Megadeth.

AB: Sí, ¿qué pasaría si entrara por la puerta y te dijera que, más allá de cualquier duda, Robert Plant es el diablo?

CM: Menza murió en 2016, por lo que ya lo sabría, ¿verdad? *[Se ríe, tú no. EC]*. Necesitaría ver pruebas.

AB: Pruebas. Esa es la clave. Necesitarías pruebas de ello. *[Me asusta el incómodo silencio. EC]*.

CM: Bueno, ¿cómo logró entrar en el periodismo? ¿Qué sacó en la selectividad? ¿Con qué título?

AB: Ninguno.

CM: ¿En serio?

AB: Escribí un artículo sobre el sistema de cuidados para un boletín del ayuntamiento. Eso me consiguió una plaza en un programa de aprendizaje en un periódico local.

CM: Genial.

AB: Supongo que sí, que fue… genial.

CM: ¿Cuánto duró ese programa de formación y adónde fuiste a partir de ahí?

AB: Un año, pero no lo terminé. Es una historia larga y aburrida. Me trasladé a Brighton durante unos años y allí trabajé en un periódico local.

Aunque ahora todo es diferente. Las noticias están en línea, hay menos funciones tradicionales de recopilación de noticias. En cuanto al periodismo musical…

[Debiste apagar la grabación porque aquí termina bruscamente. EC].

Correo electrónico de mi editora Pippa Deacon, 21 de junio de 2021:

PARA: **Amanda Bailey**

FECHA: **21 de junio de 2021**

ASUNTO: **Oliver Menzies**

DE: **Pippa Deacon**

Gracias por tu llamada, Mandy. Ha sido un placer hablar contigo y comentar tus preocupaciones. Lamento que hayas tenido este problema con tu viejo amigo, pero me alivia que casi hayas encontrado al bebé. ¡Uf! Déjame hablar con Jo de Green Street. Le explicaré la situación y le sugeriré que le diga al tal Oliver que se retire. Puedo ser toda una diplomática cuando hace falta. Dado que tenemos al bebé, no pueden no cambiar su ángulo. No lo tendrás encima mucho más tiempo y podrás concentrarte en el libro.

Reunión con el agente de policía Neil Rose en el Costa Coffee de Westway Cross, en Greenford, 21 de junio de 2021. Transcrito por Ellie Cooper.

AB: Gracias por reunirse conmigo *[etc., etc. He recortado las cosas aburridas. EC]*.

NR: Yo era poli en Sudbury cuando ocurrió todo lo de los Ángeles de Alperton… Mike Dean estaba al mando. Solo puedo contarle lo que vi, y lo que he descubierto desde entonces, por si sirve de algo.

AB: ¿Cuál fue su primer encuentro con la secta?

NR: Una llamada al 999. Una mujer joven dijo que tenía un bebé. Aunque no estaba claro cuál era su emergencia, así que la archivaron como una crisis de salud mental con un posible bebé vulnerable. Nos llamaron a nosotros y a una ambulancia para que fuéramos a un almacén en Alperton. Era un cascarón abandonado junto al canal. Estaba todo a oscuras. Me pregunté si sería un engaño, pero entonces una luz parpadeó en una ventana del segundo piso. Así que subimos por la vieja escalera de incendios del exterior del edificio.

AB: ¿De qué edificio se trataba?

NR: Una fábrica o un almacén abandonado. Ahora son apartamentos. Llegamos al segundo piso y no había puerta, así que entramos directamente con las linternas encendidas. *[Mmmm, pausa sospechosa aquí. ¿Es un recuerdo difí-*

cil o está intentando recordar una mentira? EC]. La chica estaba sentada en medio del suelo, con unas bolsas de plástico a su alrededor. Estaba cubierta de sangre seca. Como un disfraz de Halloween.

AB: Debió de ser...

NR: Lo primero que pensé fue en un apuñalamiento, así que comprobamos de dónde venía la sangre, pero no había ninguna herida evidente. Como no podíamos descartar que se hubiera autolesionado, llamamos para comprobar dónde estaba la ambulancia.

AB: ¿Cómo era? ¿Dijo algo?

NR: Nada. Estaba tranquila, probablemente en estado de *shock*. No hablaba. Recordamos la mención de un bebé y miramos a nuestro alrededor para localizarlo. Tuvimos que responder preguntas sobre esto más tarde. Verá, no había ningún bebé. No parecía que acabara de dar a luz allí, estaba completamente vestida y la llamada original nos había hecho pensar en una crisis mental. Además, estaba oscuro. De todos modos, llamamos para averiguar dónde estaban los paramédicos, y no estaban cerca, así que cancelamos la ambulancia y dijimos que nosotros mismos la llevaríamos al hospital. Tranquilizamos a la chica y echamos un vistazo al lugar. *[Otra pausa. EC]*. Se lo juro aquí y ahora, sucedió como estoy a punto de contárselo. Había unas marcas en el suelo. La pintura estaba seca, pero nueva. Símbolos. Nada que reconociera. Ni pentagramas, ni crucifijos, ni ojos de Horus. He visto un montón de películas de terror. Mi madre es cristiana. La familia de mi padre es judía. Mi compañero era musulmán. Entre nosotros conocíamos los símbolos religiosos, ¿cierto? Mi compañero mencionó a los masones, y más tarde busqué sus símbolos. Nada que ver con las marcas del suelo. Ni tampoco budistas, hindúes y jainistas.

AB: ¿Tomó fotografías?

NR: Mi móvil no tenía cámara por aquel entonces. No se nos pasó por la cabeza que tuvieran algo que ver con la chica.

La llevamos al coche patrulla y la pusimos en la parte de atrás con sus bolsas. Fue un viaje de quince minutos hasta Urgencias.

AB: ¿Y cuando llegaron?

NR: No lo hicimos. Recibimos un código azul, así que la dejamos en la entrada. Este se envía cuando un oficial de policía tiene problemas. Lo dejamos todo y vamos en su ayuda. Se lo grité a la chica mientras nos íbamos, pero no puedo asegurar que me oyera o me entendiera. Un colega se quedó abajo, así que... allá que nos fuimos.

AB: Pero no fue lo último que oyó de ella.

NR: Ni mucho menos, aunque no fue hasta más tarde que nos dimos cuenta de lo importante que era el caso. La chica entró en Urgencias. Resultó que tenía... había un bebé en una de las bolsas de plástico. Por Dios. Había estado en el coche con nosotros, lo había tenido con ella todo el tiempo. Cómo demonios no supimos que estaba allí... *[Exhala un suspiro. EC]*. El hospital informó de que no habíamos visto al bebé —muchas gracias— y Asuntos Internos tuvo que investigar. Meses después me interrogaron sobre la llamada. Repasaron cada paso que dimos, cada detalle que pudimos o no ver. Querían saber los tiempos hasta el último segundo. Dos personas no recuerdan las cosas de la misma manera, ¿verdad?

AB: ¿Qué sentido tenían sus preguntas? ¿Qué estaban buscando?

NR: Esos símbolos. Los repasamos una y otra vez. Nos hicieron dibujarlos a cada uno, señalar exactamente dónde estaban en el suelo. Lo intenté, pero al fin y al cabo, lo habíamos visto bajo la luz de las linternas. Solo los recordaba porque me parecieron interesantes.

AB: Es extraño que se centraran en los símbolos...

NR: Cuando la chica llegó al hospital, debió de hablarles de los Ángeles y de La Asamblea, como la llamaban. Después de que nos hubiéramos ido, encontraron los cuerpos en el sótano de ese edificio y se desató el infierno.

AB: ¿Se metieron en problemas por no encontrar los cuerpos?

NR: No, no. No sabíamos que había que bajar allí. Nos estaban interrogando por lo del bebé. Ninguno de los dos éramos populares entre los jefes. Al final, sacaron unas fotografías del lugar donde habíamos encontrado a la chica, tomadas a la luz del día siguiente. La única marca en el suelo era un gran círculo con pintura azul. Los símbolos habían desaparecido. Un misterio.

AB: ¿Su colega recordaba los símbolos?

NR: Al principio, sí, pero luego cambió su historia, no sé por qué. Estábamos bajo mucha presión. Aun así, no me hizo quedar bien, ¿verdad?

AB: ¿Puede dibujarme esos símbolos ahora?

NR: ¿Tiene papel?

Reunión con el sargento de policía Fareed Khan en el Costa Coffee de South Harrow, 22 de junio de 2021. Transcrito por Ellie Cooper.

FK: Fue hace mucho tiempo, pero sé que ha hablado con Neil. Quiero dar mi versión porque… *[Pausa incómoda. EC]*, ya sabe cómo son las cosas.

AB: Vale, bien, ¿puede decirme qué encontró cuando le llamaron al almacén de Alperton?

FK: Sí, la chica, Holly, estaba allí, drogada o en estado de *shock*. Vimos que no era una emergencia, así que cancelamos la ambulancia y la llevamos nosotros mismos a Urgencias. El problema es que no vimos al bebé. Estaba en una bolsa. Uno no imagina que vaya a estar en una bolsa, ¿no? Espera que esté en un carrito o en los brazos de alguien, ¿verdad? Como no lo vimos, supusimos que la llamada era errónea. En las llamadas al 999 hay de todo.

AB: ¿Quién hizo la llamada?

FK: Fue ella. Y sí, mencionó al bebé, pero no lo vimos. Estábamos más preocupados por ella. Estaba cubierta de sangre. Haces lo que crees que es mejor y luego te ponen en la picota por ello.

AB: ¿El bebé estaba bien?

FK: Sí, pero callado. ¿Qué bebé permanece totalmente quieto y en silencio durante tanto tiempo?

AB: Neil dijo que ambos miraron por la segunda planta del edificio.

FK: Revisamos el lugar, rápidamente. Buscamos cualquier cosa de interés, objetos robados, parafernalia de drogas. Buscábamos información.

AB: ¿Encontraron símbolos ocultistas pintados en el suelo?

FK: *[Un silbido o algo así. EC]*. Aquí es donde se pone… Neil dice que vio unos símbolos raros, ¿verdad? Eso es lo que sigue diciendo, ¿no? Sin embargo, me mostró la foto. Solo había un círculo pintado en el suelo.

AB: ¿Cambió su historia?

FK: Estaba oscuro. Solo teníamos unas linternas. Neil dijo que los había visto y… *[titubea un poco aquí. EC]* yo pensé que sí, así que le apoyé. Cuando vi la foto, no veía nada. Era un truco de la luz. Nos sancionaron a los dos por lo del bebé, nos trasladaron y no hemos vuelto a trabajar juntos desde entonces.

AB: ¿Por qué cree que sigue diciendo eso? ¿Sobre los símbolos?

FK: Mire, no lo sé. La gente mira lo mismo, pero ve cosas diferentes. Quería asegurarme de que tenía las dos caras de la historia. *[Se oye el ruido de la silla, suena como si se fuera. EC]*.

AB: Gracias.

Mensajes de WhatsApp entre mi editora Pippa Deacon y yo, 22 de junio de 2021:

Pippa Deacon
Almuerzo con Jo en Green Street. Acabo de volver. En Macs tienen una doble hora feliz y no sé cuántos cócteles habremos probado. ¿Has estado allí? Es una LOCURA. ¡Charlamos sobre tu amigo Oliver!

Pippa Deacon
¡Sé que querrás todos los cotilleos! Bueno, solo se lo encargaron porque su editor jefe es un viejo amigo de la escuela y sintió pena por él. Perdió su trabajo y su padre acababa de morir, etc. Les llama por teléfono todos los días con problemas y excusas.

Amanda Bailey
Genial. ¿Se lo quitarán?

Pippa Deacon
Si lo hacen, solo conseguirán que alguien más potente tome el relevo. No, estaba enfadada, pero aún podía p

Pippa Deacon
Lo siento, pensar. Todo está bien. Jo y yo hemos encontrado una solución. Aquí va. Hemos quedado en que TÚ te centres en los acontecimientos de 2003 y la perspectiva del bebé sobre ellos ahora. Él tratará su infancia y adolescencia. Todo solucionado.

Pippa Deacon
¿Lo he dicho bien a la primera? Tú 2003, él desde entonces.

Amanda Bailey
Pensé que le sugerirías que escribiera un libro totalmente distinto o, al menos, que lo alejara del tema del bebé para no solaparnos.

Pippa Deacon
Lo sé, pero Jo y yo hemos tenido una larga conversación al respecto. No hay problema en que haya dos libros sobre el mismo tema. Reavivan el interés por el caso. Míralo de esta manera: ellos tienen más presupuesto de promoción. Nuestro libro estará junto al suyo en las tiendas y se ofrecerá como un lote en línea. Todos ganamos. Y tú eres la autora con mayor impacto, así que ellos también se benefician. Sólo asegúrate de que cada uno cubrís diferentes aspectos de la vida del bebé. Antes y ahora. Los fans del caso comprarán los dos libros.

Pippa Deacon
Dice que este Oliver habla como si fuera A. A. Gill, pero que solo ha hecho de escritor fantasma para suertudos de poca monta. Nunca ha realizado una investigación como es debido. Leyendo entre líneas, le está costando y esperan que tu influencia le ayude a salir adelante.

Amanda Bailey
Entonces, tengo que darle los datos del bebé.

Pippa Deacon

Esto es otra de las cosas que hemos hablado. Quizá sea mejor que entrevistéis juntos al bebé, dada su edad. Es solo una idea. Y también a algún que otro contacto. ¿Quizá podrías acompañarlo en el proceso? Recuerda que su presupuesto de promoción no puede más que ayudarnos.

Amanda Bailey

¿Qué pasa con la opción exclusiva para la televisión?

Pippa Deacon

Todo bien. Lo he arreglado con la otra parte. Siguen teniendo los derechos exclusivos de televisión. Será más rápido si tú y él arregláis las cosas entre vosotros.

Pippa Deacon

Lo único que falta ahora es el bebé.

Pippa Deacon

Amanda, ¿va todo bien?

Amanda Bailey

¿Oliver ha aceptado?

Pippa Deacon

No digas nada hasta que Jo haya tenido la oportunidad de decírselo. Ella es encantadora. Él estará bien.

Mensajes de WhatsApp entre Oliver Menzies y yo, 22 de junio de 2021:

Oliver Menzies
¡Joder! ¿Qué coño has tramado e intrigado a mis espaldas?

Amanda Bailey
Nada.

Oliver Menzies
A ti te toca la parte más emocionante, lo que todo el mundo quiere leer.

Amanda Bailey
A Pippa le preocupaba que los dos libros fueran demasiado parecidos, así que ha hablado con Jo y han decidido que debemos repartirnos la historia entre los dos.

Oliver Menzies
¡Mierda! Qué pesadilla.

Amanda Bailey
Querías tener acceso al bebé, ¿no? De todos modos, si te interesan las etiquetas y cómo se desenvuelven, te ha tocado el mejor ángulo.

Oliver Menzies
Bueno. Todo está bien. Puedo trabajar así. Tengo una entrevista que nunca conseguirás, así que...

Amanda Bailey
¿Con quién? ¿Gabriel?

PRISIÓN DE TYNEFIELD
SOLICITUD DE ORDEN DE VISITA

NOMBRE DEL PRESO: *Gabriel Angelis.*
FECHA: *22 de junio de 2021*
SU NOMBRE: *Amanda Bailey.*
MOTIVO DE LA VISITA: *He enviado una carta directamente al alcaide explicando el propósito de mi visita. En pocas palabras, estoy escribiendo un libro sobre la secta de los Ángeles de Alperton y me gustaría entrevistarme con usted. He solicitado una visita y le agradecería mucho que, tras consultarlo con su alcaide, la aprobara.*

Correo electrónico enviado al alcaide de la prisión de Tynefield, 22 de junio de 2021:

Atención: El alcaide
HMP Tynefield

Estimado señor:

Soy una autora de libros basados en crímenes reales, con una larga trayectoria en reportajes sobre sucesos y periodismo de interés humano. Kronos me ha encargado un libro sobre los Ángeles de Alperton y me gustaría entrevistar a Gabriel Angelis.

Creo que es de gran interés público explorar la confluencia de acontecimientos que llevaron a la formación de la secta. Sobre todo, para comprender la trayectoria vital que llevó al señor Angelis y a sus seguidores a cometer esos terribles crímenes y para asegurar que una tragedia así no vuelva a repetirse.

70

Tengo entendido que no ha concedido entrevistas a ningún medio de comunicación en el pasado. Sin embargo, la víctima más joven de la secta, el bebé de Holly y Jonah, está a punto de cumplir dieciocho años y habrá un aluvión de cobertura. Creo que es justo que se le ofrezca la oportunidad de dar a conocer su versión de la historia.

Atentamente,

Amanda Bailey

Mensaje de texto de la sargento de policía Aileen Forsyth, 22 de junio de 2021:

Aileen Forsyth
Don dijo que se pondría en contacto conmigo. Me llamaron para que me ocupara del chico y de la chica inmediatamente después de los terribles sucesos del almacén. Fue un caso extraño. Podemos hacer un FaceTime o un Zoom, si quiere.

Mensajes de WhatsApp entre Oliver Menzies y yo, 23 de junio de 2021:

Amanda Bailey
Deja de ver porno y vuelve al trabajo. ¿Has leído *Alas blancas* de Mark Dunning?

Oliver Menzies
Tiene más de 400 páginas. Y no me creo que tú te lo hayas leído.

Amanda Bailey
Es un *thriller* sobrenatural de espionaje con conflicto subyacente, personajes ligeros y etéreos,

que nunca sabes si son reales o no, villanos omniscientes que se vaporizan de forma horrible, aunque la mayor parte de la acción es invisible para los humanos. A pesar de ello, es una trama bastante de la vieja escuela, por no mencionar cómo se describe a los personajes femeninos... 😵

Oliver Menzies
¿Qué quieres decir?

Amanda Bailey
Digamos que no sé cómo cumplía sus plazos tecleando con una sola mano.

Oliver Menzies

Amanda Bailey
En los agradecimientos dice: «Gracias a quienes hablaron conmigo sobre el caso de los Ángeles de Alperton, y que fueron tan generosos con su tiempo y experiencia». ¿Quién crees que habló con él?

Oliver Menzies
Si voló de Estados Unidos a Londres para investigar su libro, entonces quiero su vida.

Amanda Bailey
Murió en un accidente de coche hace diez días. ¿No te habías enterado?

Oliver Menzies
Mierda. No. De todos modos, solo es ficción. No tiene sentido. Solo me interesan los hechos. La verdad

Amanda Bailey

El hecho de que este caso inspirara a tanta gente creativa es interesante en sí mismo, ¿no? La mitología forma parte de la verdad. Además, cabe la posibilidad de que el bebé haya leído, aunque es más seguro que haya VISTO, historias ficticias inspiradas en su propia experiencia sin ser consciente de ello. Es una locura, ¿verdad?

Oliver Menzies

«Starz» de Widmore & Schmoozy. Gran canción. Me transporta directamente a la Ibiza de mediados de los años noventa. Inspirado por los Ángeles.

Correo electrónico de Rhoda Wisdom, terapeuta angelical, 24 de junio de 2021:

PARA: **Amanda Bailey**

FECHA: **24 de junio de 2021**

ASUNTO: **Re: Formulario de contacto de la página web**

DE: **Rhoda Wisdom**

Querida Amanda:

Se ha puesto en contacto conmigo en el momento perfecto. Estoy encantada de explorar el uso de los ángeles en la curación y la terapia para ayudarla con su libro.

Los ángeles aparecen en múltiples religiones establecidas. Como tales, desempeñan un papel similar al de los dioses en las culturas paganas. Cada uno de ellos tiene una personalidad, un papel e incluso relaciones antagónicas con otros ángeles situados por encima o por debajo de ellos en una estricta jerarquía. Sin embargo, nosotros, como terapeutas angelicales, los consideramos fuerzas de energía y sanación, con un poder espiritual que puede aprovecharse aquí en la tierra. Trabajamos con las personas para conectarlas con sus ángeles de la guarda. Cada uno de nosotros puede canalizar el poder angelical para obtener fuerza, curación y sabiduría. Una vez que abra su corazón y su mente a sus ángeles, percibirá cómo tratan de comunicarse con usted. Una pluma blanca donde menos se lo espera significa que su ángel de la guarda vela por usted. Las coincidencias que le hacen que se detenga en seco significan que las fuerzas del universo están en juego. Patrones numéricos: 1234, 1111, 444. Los patrones secuenciales y repetitivos son mensajes de lo divino.

Si me cita en el libro, quizá podría mencionar mi consulta de angeloterapia en Londres. Si sus lectores me buscan en Google, debería ser la primera practicante que encuentren.
Luz blanca y bendiciones,
Rhoda Wisdom
Terapeuta angelical (acreditada)

Mensajes de WhatsApp entre Oliver Menzies y yo, 24 de junio de 2021:

> **Amanda Bailey**
> ¿Qué demonios? Acabo de recibir un correo electrónico de una mujer ángel. Eres TÚ, ¿verdad?

> **Oliver Menzies**
>

> **Amanda Bailey**
> Muchas gracias.

> **Oliver Menzies**
> Se anuncia en Facebook. Sabía que querrías saber de ella.

Amanda Bailey
¿Cómo se puede acreditar la conexión de alguien con la esfera espiritual?

Oliver Menzies
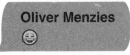

Amanda Bailey
Ríete. Ya te la devolveré.

Entrevista con el inspector jefe de policía Mike Dean en Pret A Manger, en Harrow, el 24 de junio de 2021. Transcrita por Ellie Cooper.

AB: Gracias, Mike. Neil mencionó su nombre.

MD: Tiene que ser extraoficial.

AB: Por supuesto.

MD: Recibimos muchas críticas en su momento y no quiero reavivar viejas llamas.

AB: No, no. Sé que es delicado.

MD: ¿Qué dijeron Neil y Fareed?

AB: Bueno, preferiría escuchar su versión primero, como su oficial superior. No quiero invocar el poder de la sugestión.

MD: De acuerdo entonces. *[Suena cansado. EC].* Bueno, atendieron una llamada de emergencia de una chica que parecía alterada y que decía que tenía un bebé. Neil y Fareed fueron y cancelaron la ambulancia. Se tomaron su tiempo para llevarla al hospital. Cuando llegó, el personal vio que llevaba un bebé. Los agentes no lo habían localizado. Les llamaron por una chica con un bebé, que se hallaba en una bolsa de plástico, y no lo vieron. Por suerte, la bolsa tenía unos agujeros y el niño estaba abrigado, así que se encontraba bien, pero podría no haberlo

75

estado. ¿Y si hubiera necesitado reanimación? Esos pocos minutos podrían haber marcado la diferencia entre la vida o la muerte.

AB: Eso no es exactamente lo que me contaron. Neil dice que se distrajeron con unos extraños símbolos en el suelo. Fareed alega ahora que solo vio un círculo. ¿Qué cree que pasó?

MD: Es un intento muy malo de encubrir lo que realmente hicieron.

AB: ¿Qué era?

MD: Fumar, charlar y mirar hacia el canal. Llegaron al lugar de la emergencia, no evaluaron la escena del crimen ni examinaron a la víctima de la forma adecuada y, mientras esperaban, se alejaron para fumar. Acababan de prohibir fumar en los coches patrulla.

AB: ¿Cómo sabe que eso es lo que hicieron?

MD: Porque la chica nos lo dijo y yo la creo. *[Suspira largo y tendido. EC].* Los dos oficiales no eran de los más concienzudos. Puede que no debieran haberlos emparejado. Extraoficialmente, a los dos les han abierto expedientes disciplinarios, en casos no relacionados. Si quiere saber mi opinión, se dieron cuenta de que estaban hasta el cuello por negligencia y se inventaron una patraña sobre signos ocultos para desviar la atención. Lo único que vieron fueron ráfagas de pintura en *spray* en una especie de círculo, probablemente un grafitero que había estado probando un bote. Fareed no pudo mantener el engaño y, al final, se vino abajo. Neil se ha aferrado a su versión durante mucho tiempo y ahora no puede admitir que era una cortina de humo.

AB: ¿Y no vieron los cuerpos de los Ángeles?

MD: Los descubrieron más tarde, en el sótano.

AB: ¿Quién los encontró?

MD: Creo que recibimos otra llamada al 999. ¿O tal vez fue algo que la chica dijo al personal del hospital? Ahora no lo recuerdo.

AB: ¿Fue la primera vez que oyó hablar de los Ángeles de Alperton? Al parecer, asistían a la iglesia local, y me pregunto si eran caras conocidas.

MD: *[Pausa. ¿Menea la cabeza aquí? EC].* Tiempo atrás, cuando yo era nuevo en el cuerpo y en la zona.

AB: Vale.

MD: Una chica vino y dijo que el arcángel Gabriel quería que robara una tarjeta de crédito para él.

AB: Eso debió de ser divertido. ¿Qué le dijo?

MD: Que se alejara de él y volviera con su madre y su padre. La chica se había negado a hacer lo que el tipo le había pedido, así que no se había cometido ningún delito. En eso quedó la cosa, nada más.

AB: ¿Cómo se llamaba?

MD: Holly.

[Recorté su despedida. Interesante. Holly intentó denunciar a Gabriel mucho antes y no consiguió nada. Debió de volver a la secta. EC].

Mensajes de WhatsApp entre la autora de novelas basadas en crímenes reales Minnie Davis y yo, 24 de junio de 2021:

Minnie Davis
¡Hola, preciosa! ¿Qué tal?

Amanda Bailey
Sumergida en entrevistas. Sacudiendo el árbol. Viendo lo que cae. ¿Tú?

Minnie Davis
Sentada en el jardín intentando leer. ABURRIDA con este libro.

Amanda Bailey
¿Prueba con otro?

Minnie Davis
Es el que se supone que debería estar escribiendo. O adaptando del tratado feminista. Al menos, estoy en la ronda de correcciones finales. Cuéntame algo jugoso y emocionante. Anímame. Intrígame.

Amanda Bailey
Bueno, estoy colaborando con alguien con quien trabajé en su día. Es un poco raro.

Minnie Davis
¿Alguien que conozca?

Amanda Bailey
Oliver Menzies. Ambos hicimos prácticas de periodismo juntos, eso que ya casi nadie hace. Resumiendo, tengo que trabajar con él en el caso de los Ángeles de Alperton. Las agrias cenizas del pasado se reavivan con cada WhatsApp. Suspiro.

Minnie Davis
¿Se reavivan? ¿Percibo tensión sexual?

Amanda Bailey
En absoluto. ¿Celos, resentimiento, inseguridad, *Schadenfreude*? Eso sí. Por descontado.

Minnie Davis
Ahora mismo voy a elegir mi vestido para la boda.

Amanda Bailey

No puedo rastrear el contacto clave que todos suponen que desenterraré con solo chasquear los dedos. Los que trabajaron el caso desde la ficción están paranoicos, a la defensiva o muertos. Además, no hay presupuesto para investigar ni para pagar a expertos. A este paso tendré que inventarme el libro.

Minnie Davis

¿Quién te crees que eres, yo? 😁

Amanda Bailey

Sí, la verdad. Estoy pensando seriamente en ponerme en contacto con algunos aficionados con la esperanza de que, en su inocencia, desentierren una o dos pistas que pueda «tomar prestadas».

Minnie Davis

Hazlo. Les encantará formar parte del caso.

Entrevista de FaceTime con la sargento de policía Aileen Forsyth, 24 de junio de 2021. Transcrita por Ellie Cooper.

AB: Gracias por esto, Aileen. Comprendo que todo ocurrió hace mucho tiempo. *[Recorto aquí algo de charla aburrida. EC].* ¿Así que dice que conoció a los adolescentes directamente después de los sucesos del almacén?

AF: Sí. Recogí a Holly y al bebé del hospital de Ealing. Los llevé de vuelta a Alperton para ir a buscar al chico. Lo habían encontrado en el sótano con los cadáveres.

AB: Así que era Jonah. ¿Estaba herido?

AF: No físicamente, pero sí traumatizado.

AB: ¿Holly aún tenía al bebé con ella en ese momento?

AF: Sí. La habían revisado y estaba bien, así que… Creo que los servicios sociales tomaron una decisión sobre el pequeño más tarde, pero siempre se intenta mantener a un bebé con su madre.

AB: Por supuesto. ¿Qué creía que había pasado?

AF: Dijeron que la habían encontrado durmiendo a la intemperie con el bebé y que el padre estaba con la policía en la escena del crimen. Detalles mínimos, como de costumbre. Me pidieron que los reuniera para llevar a la familia a los servicios sociales junta, como una unidad. Todo bastante normal, al principio.

AB: ¿Cuándo se le ocurrió que había algo fuera de lo normal?

AF: Holly estaba en el asiento trasero con el niño. Ni siquiera sabía si era niño o niña. Le pregunté su nombre y respondió: «No necesita uno».

AB: ¿Qué edad tenía? ¿Acababa de nacer…?

AF: Parecía tener uno o dos meses de vida, como mucho.

AB: ¿Cómo reaccionó cuando ella le dijo que no tenía nombre?

AF: No me correspondía juzgar. Era evidente que había sufrido un trauma, pero sabía que los servicios sociales estaban implicados de todos modos. No tenía por qué aumentar mi preocupación en ese momento. Así que actué con normalidad. Cuando nos detuvimos en los semáforos, miré por encima del hombro, dije que era una cosita muy dulce y algo sobre «la expresión de paz de su cara». *[Una pausa aquí, o le cuesta recordar o el recuerdo es difícil. EC]* Aún recuerdo la mirada en sus ojos después de tanto tiempo. «No es pacífico», dijo, «es malo. Destruirá el mundo y nadie podrá detenerlo». *[Apuesto a que esta agente necesitó un café y un dónut después de eso. EC]*.

AB: Bueno…

AF: Sí, exactamente. Yo no había tenido hijos entonces, pero sabía que existía un tipo de depresión en la que las madres primerizas creían que su bebé era malvado.

AB: ¿Depresión postparto?

AF: Eso es… Así que no iba a dejarla sola hasta que estuviera con un asistente social y la responsabilidad de cuidar del niño recayera sobre otra persona. Suena duro, pero no es difícil pensar así. A pesar de lo que decía, Holly se comportaba de forma instintiva y maternal: sostenía al bebé, lo mecía y lo calmaba. Eso me tranquilizó.

AB: ¿Qué pasó cuando llegó al almacén?

AF: Ese día me tocaba estar sola, así que no podía dejar a Holly en el coche.

AB: ¿Sola?

AF: Sola en el coche patrulla. Por lo general íbamos en parejas, lo que pasa es que había demasiados de vacaciones. Habría preferido que Holly se quedara en el coche, pero como he dicho, no pensaba dejarla sola con el bebé. Le pedí que me acompañara al almacén para «reunirme con el padre del bebé». Era toda la información que tenía en ese momento. Abrí la puerta y me ofrecí a ayudarla mientras salía. No se movió. «La alineación sigue en marcha», dijo. «Se lo llevarán». Le aseguré que nadie tocaría a ese bebé mientras yo estuviera allí, pero se mostró inflexible.

AB: La alineación.

AF: Una alineación de estrellas o algo así. La secta iba a sacrificar a un bebé en una alineación particular de planetas. Eso es lo que tengo entendido.

AB: ¿Cree que iba a matarlo de verdad, o formaba parte del… *[Lucha por encontrar las palabras. EC]*… mundo que crearon para Holly y Jonah?

AF: Yo diría que iban a matarlo. De verdad. Bueno, la mayoría de ellos se suicidaron cuando fracasaron. Les habían lavado el cerebro hasta ese punto.

AB: ¿Cómo resolvió la situación con Holly?

AF: Localicé a una oficial y le pedí que vigilara a la chica mientras yo recogía a Jonah.

AB: ¿Cómo se llamaba? ¿Lo recuerda?

AF: Era un nombre bonito. Francés. Algo así como Marie-Claire.

AB: No está en mi lista. Nadie ha mencionado a una Marie-Claire como oficial en activo en aquella época.

AF: No la conocía entonces y no la he vuelto a ver, así que… En fin, la llamé para explicárselo, pero Holly empezó a gritar que Marie-Claire tenía que mantenerse alejada. Que era «una de ellos». Yo dije: «¿Una de quién?» y Holly respondió: «Un ángel oscuro».

AB: ¿Qué dijo Marie-Claire a eso?

AF: Bueno, debería aclarar que Marie-Claire era una mujer de color, y ya reciben bastantes palos en este trabajo, así que le grité a Holly que se callara y me disculpé con Marie-Claire. Ella enarcó las cejas y me susurró que vigilaría a la chica y al bebé desde una distancia con la que la joven se sintiera cómoda.

AB: ¿Recuerda el apellido de Marie-Claire?

AF: No, lo siento. La dejé vigilando el coche. Holly se había encerrado. No se dio cuenta de que la puerta no se podía cerrar desde su lado, así que si Marie-Claire tenía que intervenir, podía hacerlo. Mientras tanto, entré en el almacén. *[Otra pausa. EC]*. ¿Conoce esa escena en *Tiburón,* cuando Brody está en la playa y se muestra nervioso a pesar de que todo el mundo le ha dicho que el agua es segura? Justo cuando empieza a relajarse, oye que alguien exclama: «Tiburón». Es un instante, se ve en su cara, pero la cámara se precipita hacia él y el enfoque cambia.

AB: Me encanta esa escena. *[A mí también. EC]*.

AF: Recrea completamente ese cambio de percepción. Cuando de repente estás en alerta máxima. Así estaba yo en el momento que entré en el sótano donde estaban.

AB: ¿Los cuerpos?

AF: Mmmm. Era un desastre y yo estaba… Bueno, no tenía que mirar de cerca, así que no lo hice. Todos apuñalados. Horriblemente mutilados. Cuerpos dispuestos alrededor de un pentagrama o algo así pintado en el suelo. Al final descubrimos que era un ritual de suicidio en masa. Un ángel dispuso los cuerpos y luego huyó del lugar.

AB: El líder de la secta. Gabriel.

AF: No recuerdo los detalles.

AB: Así que entró en la habitación y…

AF: El olor. Sangre. Horrible. ¿Pero sabe una cosa? He visto tantos cuerpos, que no fueron esos los que me afectaron. Fue el niño. Se aferraba a uno de ellos. No lo soltaba. La policía lo intentó. Los paramédicos también. Tuvieron que alterar la escena del crimen para llegar a él. Tuve una charla con mi superior y valoramos la opción de que Holly bajara a hablar con él. Le advertí de que ella estaba muy traumatizada y lo último que necesitaba era ver todo eso. Así que hablé con él yo misma.

AB: ¿A qué cuerpo se agarraba?

AF: No lo sé. Sus caras no estaban… Le dije: «Vamos, Holly y el pequeño te necesitan», etc., pero se limitó a apretarse más contra el cuerpo. Debo añadir que estaba cubierto de sangre. No respondió. Le pregunté quién era el muerto, ¿era su padre? Negó con la cabeza. Le dije: «Has hecho todo lo que has podido por él, ahora nos haremos cargo y averiguaremos qué ha pasado. Tendrás la oportunidad de volver a verlo y despedirte como es debido». Fue entonces cuando me miró a los ojos y me dijo: «No voy a despedirme. No morirá. Es divino».

AB: Creían que todos eran ángeles en cuerpos humanos.

AF: Sí. Pensaba que traería al hombre de vuelta a la vida con solo desearlo. Yo estaba dispuesta a seguir adelante, animarlo a salir a su ritmo, pero me lo quitaron de las manos. Un paramédico se acercó sigilosamente por detrás y, con el consentimiento del oficial superior, le administró una inyección con un sedante.

AB: ¿Eso es ético?

AF: Sí. En este caso se consideró una crisis mental y se trataba de proteger al joven. El equipo estaba de acuerdo, habían conseguido el permiso de la gente pertinente, así que…

AB: ¿Funcionó?

AF: Sí. Enseguida se volvió obediente. Los paramédicos lo examinaron y dijeron que estaría mejor en manos de unos agentes especializados, trabajadores sociales. También añadieron que estaría mejor con su novia y su bebé. Solo había que asegurarse de que no se quedara solo.

AB: Mientras tanto, ¿Holly seguía fuera con Marie-Claire?

AF: Sí. En un segundo sigo con eso. Los paramédicos limpiaron a Jonah. Estuvo listo en unos veinte minutos y lo llevé a mi coche. *[Aquí hace una pausa, como si estuviera pensando en cómo explicar lo siguiente. EC]*. Nunca le había dicho esto a nadie, pero… había algo extraño.

AB: ¿Se da cuenta ahora o reparó en ello entonces?

AF: Un poco de ambas. Había dejado a Marie-Claire cuidando a Holly y al bebé. La chica estaba en el coche patrulla y la agente fuera. Sin embargo, cuando volví, Marie-Claire estaba sentada en el asiento trasero del coche… y Holly se paseaba fuera, intentando calmar al bebé. Estaba tan preocupada por tranquilizar a Jonah y conseguir que los críos fueran con los asistentes sociales, que no pensé en ello en ese momento.

AB: Qué raro. ¿Marie-Claire dio alguna explicación de por qué entró en el coche patrulla y dejó salir a Holly?

AF: No. No, no lo hizo.

AB: ¿Mostraba señales de pánico? ¿Intentó salir cuando usted llegó?

AF: No. Ambas actuaron con total normalidad. Yo solo quería meter a Jonah en el coche y… Quería preguntarle a Marie-Claire si podía venir conmigo, o al menos seguirnos en su coche, como refuerzo en caso de que alguno de los adolescentes se diera a la fuga. Pero una vez que los acomodé en el asiento trasero, me volví para buscarla y ya no estaba allí.

AB: ¿Había vuelto a entrar?

AF: Así es. De modo que los llevé a un centro de menores con acogida de emergencia.

AB: ¿Cómo se comportaban entre ellos? ¿Cariñosos?

AF: En absoluto. Se sentaron lo más separados posible. Ya sabe cómo son los niños que entran en el sistema de los servicios sociales. *[Una larga pausa. EC]*.

AB: ¿Cómo son?

AF: Problemáticos. Inseguros. Desconfían de los demás, especialmente de los adultos…

AB: ¿Qué ocurrió cuando llegó al centro de menores?

AF: La responsable nos estaba esperando. Intercambié algunas formalidades con ella y estaba a punto de volver al coche, cuando levanté la vista y vi a Jonah con un cuchillo en la mano. Debía de haberlo robado de la escena.

AB: ¿A quién estaba amenazando con él?

AF: Miraba a Holly, pero yo… en esas décimas de segundo pensé que su intención era hacerle daño al bebé. Así que reaccioné sin pensarlo, lo agarré de la muñeca, le quité el cuchillo de un golpe y saqué las esposas. Lo llevé al coche para que se calmara. Había confiscado el arma, pero aún tenía que tomar una decisión. ¿Me lo llevaba y, al menos, lo amenazaba con acusarle de posesión, o lo soltaba porque el chico había sufrido mucho?

AB: ¿Qué decisión tomó?

AF: Debería haberlo detenido y acusado. Por su propia seguridad, al menos.

AB: Parece razonable.

AF: Pero en su lugar, abrí la puerta del coche, le quité las esposas y lo llevé de vuelta a la unidad. *[Larga pausa aquí. EC]*. Conduje sola y avisé por radio de que estaba libre para la siguiente llamada.

AB: ¿Por qué?

AF: Ni siquiera ahora lo sé.
[Ignoro las cortesías en voz baja de aquí en adelante. EC].

Artículo impreso de *The Bookseller,* 25 de junio de 2021:

Kronos ficha a Bailey para *Eclipse*

La autora de *El umbral*, Amanda Bailey, es el último fichaje de alto nivel para *Eclipse*, de Kronos Books. El nuevo sello de novela negra se lanza este otoño con títulos de Minnie Davis y Craig Turner. Bailey se centrará en un libro aún sin título sobre los Ángeles de Alperton, que se publicará en el primer trimestre de 2023.

Correo electrónico del detective aficionado David Polneath. Enviado a la página de contacto de mi sitio web, amandabailey. co.uk, 25 de junio de 2021:

PARA: **Amanda Bailey**
FECHA: **25 de junio de 2021**
ASUNTO: **Los Ángeles de Alperton**
DE: **David Polneath**

Estimada Amanda:
Veo que está trabajando en un libro sobre los Ángeles de Alperton. Soy un detective aficionado y llevo años investigando este caso en particular. Tengo varias teorías y opiniones y me gustaría ofrecerle mis servicios como ayudante o investigador, o lo que necesite.

Por ejemplo, creo que Gabriel Angelis no mató a Harpinder Singh, sino que fue condenado por una única prueba que podría haber sido falsificada. Hubo un encubrimiento que comenzó esa noche y continúa hasta el día de hoy. Si duda de lo que digo, écheles un vistazo a todas las noticias que pueda encontrar en Internet de esa semana. Léalas y luego dígame cuántos cadáveres se encontraron en ese almacén.

No tendrá que pagarme. Estoy jubilado y esto es mi afición.

David Polneath

Entrevista por FaceTime con Maggie Keenan, directora de guardia en el turno de noche en el Centro de Menores de Willesden el 10 de diciembre de 2003, 25 de junio de 2021. Transcrita por Ellie Cooper.

AB: Gracias por aceptar esta entrevista. Tengo entendido que ya no trabaja en los servicios sociales.

MK: No, lo dejé hace años. No era para mí. Demasiada agresividad. No hay suficiente dinero ni apoyo. *[Me salto un largo discurso en el que se queja de la burocracia, la responsabilidad y los mandos intermedios. EC].*

AB: Como le dije por teléfono, estoy escribiendo sobre los Ángeles de Alperton y tengo entendido que usted estaba de servicio en Willesden cuando los adolescentes y su bebé escaparon. ¿Qué ocurrió?

MK: Ajá. Bueno, yo estaba en el turno de noche de la unidad. Estábamos casi al completo y mi compañera estaba de baja por enfermedad. Me avisaron de que había dos jóvenes de diecisiete años y un bebé que necesitaban alojamiento de emergencia. Dije que solo teníamos una habitación y me respondieron que eran una pareja y que se trataba de su bebé, así que les dije: «De acuerdo, nos las arreglaremos para acogerlos durante esta noche». Lo que quedaba de ella, ya que era pasada la una para entonces. Entonces llegaron. Una agente de policía con estos dos críos...

AB: Holly y Jonah. ¿Cómo eran?

MK: Bueno, para empezar esos no eran sus verdaderos nombres. Los Ángeles se los cambiaron. Eso es lo que hacen las sectas. Borran tu antiguo yo, junto con tus amigos, familia, posesiones y vida. Renaces con la secta como familia. De todos modos, tenía a estos dos jóvenes mugrientos en la puerta con un bebé. No tenían comida, pañales, nada. Estaba bastante segura de que nos habíamos quedado sin cosas para bebés, que suelen ir directamente a familias de acogida de emergencia. Fue mi primer quebradero de cabeza. ¿Qué iba a hacer con estos tres hasta el día siguiente? Estaba claro que los adolescentes habían sufrido mucho, aunque físicamente estaban bien. Recuerdo haberle preguntado al oficial dónde estaban sus cosas, pero no tenían nada. Nada de nada. Teníamos una reserva de ropa donada, así que fui hasta allí. Nos encargamos de que se lavaran y les dimos pijamas y ropa limpia para el día siguiente antes de que fueran a la cama.

AB: ¿Cómo era la agente de policía?

MK: Buena chica. Pero estaba sola, y, por supuesto, alterada por lo que había visto. Dejó el motor del coche en marcha, me echó al trío encima y salió pitando. *[Extraño, no es así como lo recuerda la oficial. EC].*

AB: ¿Cuándo sacó Jonah el cuchillo?

MK: Eh… No lo hizo. No que yo viera.

AB: ¿En serio? ¿No llevaba un arma blanca oculta y amenazó al bebé con ella?

MK: ¡No! Lo recordaría.

AB: Bueno, Aileen recuerda un incidente parecido con Jonah cuando se iba. Dice que tuvo que quitarle el cuchillo.

MK: ¿Quién es Aileen?

AB: La sargento Aileen Forsyth. La oficial de policía.

MK: No. Tenía un nombre francés, compuesto. Marie-Claude o algo así.

AB: Entonces, ¿era una mujer de color?

MK: No. ¡Era blanca como yo!

AB: Ayer hablé con Aileen. Me explicó que recogió a Holly del hospital y a Jonah de la escena del crimen y se los trajo a usted a Willesden.

MK: Solo entró una agente en la unidad con los tres niños. ¿Es posible que esa Aileen estuviera esperando en el coche de policía? No lo sé, lo siento. Pero recordaría si Jonah hubiera hecho eso. *[Parece tener una iluminación. EC].* Apuesto a que sucedió más temprano esa noche. Sabían que no dejaría que un chico violento se acercara a la unidad, pero querían deshacerse de él... Después de tanto tiempo supongo que se han olvidado de las mentiras que dijeron. Era una cultura tóxica en ese momento. *[Más quejas sobre el sistema. Hermana, fue hace años, déjalo estar. EC].*

AB: ¿Entonces los jóvenes se instalaron?

MK: De ninguna manera. No pasaron ni diez minutos entre que Marie-Claude se fue y la policía llegó para llevarse al bebé.

AB: ¿Policía?

MK: Un hombre y una mujer. Él era blanco, ella, negra, si tiene curiosidad. Llevaban órdenes judiciales. De verdad. Preguntaron dónde estaba el bebé. Entraron y me cerraron la puerta en las narices. Segundos después, salieron con el pequeño. No dijeron una palabra. *[Un triste silencio. EC].*

AB: ¿Cómo reaccionaron Holly y Jonah?

MK: No pegaron ojo. Pasaron la noche mirándose el uno al otro a través de la habitación. Los recogieron por separado a la mañana siguiente. Nunca volví a ver a ninguno de los dos. *[Empiezas a poner fin a la entrevista, pero ella te interrumpe. EC].*

MK: El sistema era un caos, así que no sé si esto es relevante, pero la trabajadora social que recogió a Holly al día siguiente esperaba llevarse también al bebé. Fue nuevo para ellos descubrir que ya se lo habían llevado. *[¿Un poco extraño? EC].*

NOMBRE DEL PRESO: *Gabriel Angelis.*
FECHA: *25 de junio de 2021*
SU NOMBRE: *Amanda Bailey.*
ESTADO DE LA SOLICITUD: Denegada por el preso.

Mensajes de WhatsApp entre Oliver Menzies y yo, 25 de junio de 2021:

> **Amanda Bailey**
> El arcángel Gabriel se ha negado a aparecer ante mí.

> **Oliver Menzies**
> A mí no me ha rechazado.

> **Amanda Bailey**
> ¿Te han dado luz verde?

> **Oliver Menzies**
> Sí.

> **Amanda Bailey**
> ¿Y el gobernador está de acuerdo?

> **Oliver Menzies**
> Oh, sí.

> **Amanda Bailey**
> Me estás tomando el pelo.

> **Oliver Menzies**
> No. Y no es el entrevistado del que hablaba.

Oliver Menzies
Exhausto. El teléfono ha sonado a las cinco menos cuarto de la mañana. No había nadie. Tuve que llamar a casa de mi madre para ver si eran ellos. No eran ellos. Para entonces, ya estaba despierto.

Amanda Bailey
No me lo creo.

Oliver Menzies
Déjalo. Solo tengo una visita de diez minutos. Significa que también puede recibir una visita personal durante esa sesión. No dirá nada interesante. Apostaría mi carrera en ello.

Amanda Bailey
¿Por qué tú y no yo?

Oliver Menzies
Algunos tenemos suerte.

Mensajes de texto entre Corin Dallah, antigua jefa de prensa del Ministerio de Justicia, ahora aficionada a la comida casera, y yo, 25 de junio de 2021:

Corin Dallah
Mi amigo dice que el gobernador es un viejo amigo del padre de Menzies.

Amanda Bailey
¿Qué demonios? Su madre le consiguió una plaza en *The Informer*. ¿Sus padres conocían a TODO EL MUNDO o qué?

91

Corin Dallah

Dijo que no suelen aprobar las visitas de los medios. No quieren que el líder de la secta reciba más atención de la que ya tiene. ¿Puedes creer que le escriben montones de mujeres? 😵 Vieron la petición de Menzies como una oportunidad. ¿Angelis admitirá finalmente haber matado a ese hombre? Quieren ver qué le dice a un periodista simpático.

> **Amanda Bailey**
> Yo también soy simpática. ¡Joder! ¡Estoy furiosa!

Corin Dallah

Sí, pero es un contacto familiar, ¿no? Mira, están usando a tu compañero para una tontería. Yo no me preocuparía. ¿De todos modos, qué va a conseguir en diez minutos?

> **Amanda Bailey**
> Gracias, Corin, eres un sol. Y buena suerte con tu queso pijo. Probé un poco en un mercado de agricultores hace unas semanas. Era el MEJOR de todos.

Corin Dallah

Hago pan.

> **Amanda Bailey**
> Lo siento, eso es lo que quería decir.

Mensajes de WhatsApp entre Oliver Menzies y yo, 25 de junio de 2021:

Amanda Bailey
«Algunos tenemos suerte»... Sí, padres bien conectados. ¿Le dijiste al colega de tu padre que rechazara mi solicitud?

Oliver Menzies
Estás un poquito paranoica, ¿no? No lo hice.

Amanda Bailey
Dile que soy tu amiga íntima y compañera, y pregúntale si al final aprobará mi solicitud.

Oliver Menzies
Amanda. Tu trabajo es encontrar al bebé. Búscalo 🕵️

Amanda Bailey

Oliver Menzies
Lo siento, no puedo hablar. Estoy preparándome para mi entrevista exclusiva con Gabriel Angelis 😄

Mensajes de WhatsApp entre el autor de novelas policíacas Craig Turner y yo, 26 de junio de 2021:

Craig Turner
Hola, chica, ¿qué tal el fin de semana?

Amanda Bailey
Conseguí el encargo con el argumento de que era capaz de encontrar al bebé de los Ángeles de

Alperton. Pero mi contacto principal me ha dejado tirada y el otro se ha retirado a Portugal 😱

Craig Turner
Dile a Kronos que tienen que invertir en un investigador privado. Luego, relájate.

Amanda Bailey
Identidades ocultas, información clave censurada, contactos que se esfuman… Los objetivos cambian. Las historias de los entrevistados no cuadran y no me llevan a ninguna parte. Un hombre murió en un accidente de coche antes de que pudiera hablar con él.

Craig Turner
Nunca se me ha muerto un contacto. ¿Es algo de lo que estar orgulloso? 😄

Amanda Bailey
Lo peor: una antigua némesis trabaja en un libro similar. La estratagema para fulminarlo me salió por la culata. Ahora me estoy arrastrando ante él para tener acceso a una fuente de primera.

Craig Turner
¿Quién es esa vieja némesis? Venga, suéltalo.

Amanda Bailey
Oliver Menzies. Trabajamos juntos hace veinte años. Es competitivo, carece de tacto, no aprecia sus privilegios y, bueno, digamos que una vez me hizo algo… y no puedo perdonárselo.

Craig Turner
Guau. Lo siento, chica.

Amanda Bailey
Y AHORA ÉL TIENE UNA ENTREVISTA CON EL ARCÁNGEL GABRIEL Y YO NO. El líder de la secta, en prisión, en el norte. ¡Grrrr! 😠

Craig Turner
¡Vaya! Aguanta. Tenemos que fijar una fecha para ponernos al día.

Amanda Bailey
Cuando lo lleve todo un poco mejor.

Craig Turner
Me gustará ver a Minnie. Oí que Myra & Rose son TAN buenas que Pippa lo está convirtiendo en el título insignia de *Eclipse.* Me alegro mucho por ella.

Amanda Bailey.

Craig Turner
Yo tuve una relación personal con MI asesino en serie, pero bueno, venga, que sea el suyo el libro insignia. 🙂

Amanda Bailey
🖤

Craig Turner
Bueno, ya lo superé. Entonces, ¿cuándo terminas de escribir este?

Amanda Bailey
No he empezado 😬. Necesito escribir el primer capítulo. Luego, cambiarlo a medida que llegue nueva información. Necesito tomar el control antes de que ÉL me robe más fuentes.

Craig Turner
Relájate. Solo es un libro.

Amanda Bailey
Me pone de los nervios. Él NUNCA entenderá este caso. No como yo.

Craig Turner
Olvídate de él. Concéntrate en el primer capítulo.

Amanda Bailey
Tienes razón. Mi jefe en *The Informer* tenía un mantra: no te quedes ahí sentado, empieza a cagar.

Craig Turner
😄 ¡Perfecto! No trabajes demasiado. Ya sabes cómo eres. ¿Me lo prometes?

Amanda Bailey
Prometido.

Primer borrador del capítulo uno, escrito entre el 26 y el 27 de junio de 2021:

Divino
de
Amanda Bailey

Uno

Cuando el agente de la Policía Metropolitana [averiguar su número de placa] Jonathan Childs llamó a la puerta, tenía más que una sospecha de que no habría respuesta. El olor.

El piso estaba en la planta X [averiguar la planta y el número] de Middlesex House. Era un bloque de oficinas reconvertido en la orilla norte del Grand Union Canal. Antaño lo había ocupado la empresa de gas del Támesis del Norte, y durante décadas fue el edificio más alto de esta parte de Londres. En 2003, Middlesex House era visible desde varios kilómetros a la redonda. Ahora está inundado de nuevos y espectaculares apartamentos de propiedad privada que prometen una lujosa vida junto al canal.

Los vecinos se habían quejado porque decían que oían ruidos de ratas. Enviaron a un funcionario del ayuntamiento para investigar. Le bastó con respirar una bocanada de aire pútrido del pasillo exterior para bajar corriendo los [averiguar el número] escalones, marcar el 999 y esperar a que otro se ocupara del trabajo sucio, pensó apesadumbrado el agente Childs. Se quedó solo en el pasillo, con las llaves en la mano, una sonrisa resignada y una expresión burlona sin gracia.

Una última llamada, una obligada pero vana admonición —«*Abran, es la policía*»—, y ya no pudo aplazarlo más. Entró.

***

Apenas dos meses antes, Harpinder Singh se había trasladado temporalmente a Middlesex House. El lugar en el que había estado viviendo se había incendiado. Era un conocido edificio ocupado por múltiples residentes; las sospechas recayeron sobre el propietario incluso antes de que llegaran los bomberos. Singh no estaba allí en ese momento. Trabajaba en un restaurante de la cercana Southall. El gerente era un pariente lejano de un pariente lejano. Singh servía mesas y limpiaba la cocina después de la hora de cerrar. Tomaba el autobús 483 de vuelta a Middlesex House todas las noches.

No faltaba quien lo conociera de vista. Uno o dos mencionaron que estaba deseando casarse. No sabían si eso significaba que tenía una esposa en mente o simplemente que esperaba un futuro más feliz.

Hacía varios días que no se presentaba al trabajo. Nadie podía decir con exactitud cuándo lo habían visto por última vez. Tampoco sabían por qué estaba en un piso vecino. Uno que estaba oficialmente desocupado, a la espera de reformas.

Lo único que el agente Childs supo, mientras estaba en el umbral de la puerta aquella mañana de 2003, era que Harpinder Singh había sido brutalmente asesinado.

2

Segunda fase de entrevistas e interacción con el público

Mensaje de WhatsApp de Craig Turner, autor de novelas policíacas, 27 de junio de 2021:

> **Craig Turner**
> Como idea. Podrías asistir a la entrevista de tu amigo. Cuando fui a ver al joven Denny en su día, los visitantes oficiales (medios de comunicación y abogados) podían llevar a un asistente personal. Me enteré porque acababan de operarme del túnel carpiano. Llevé a un amigo para que tomara notas. No hizo falta aprobación, ni siquiera le preguntaron su nombre. Solo tienes que convencer a tu amigo para que te lleve.

Mensajes de WhatsApp entre mi editora Pippa Deacon y yo, 28 de junio de 2021:

> **Amanda Bailey**
> Hola, Pippa. Gabriel ha aceptado la visita de Oliver, no la mía. Sé que solo es una visita de diez minutos. Aun así… Sé que nos estamos centrando en el bebé, pero una entrevista a Gabriel es un golpe de efecto y Oliver la desperdiciará. POR FAVOR, ¿puedes decirle a Jo de Green Street que hable con él y le sugiera ENCARECIDAMENTE que me lleve como su asistente personal? Craig dice que lo hizo con Dennis Nilsen. Dile que se debe a que temo que Oliver la cague, pero que puede decirle lo que quiera.

> **Pippa Deacon**
> ¿Puedo decirle que estás cerca de encontrar al bebé? Ojo por ojo y todo eso.

101

Amanda Bailey
Sí. Sí, claro, dile eso.

Amanda Bailey
¿Seguramente más «*quid pro quo*» que «ojo por ojo»?

Mensajes de WhatsApp entre Oliver Menzies y yo, 28 de junio de 2021:

Amanda Bailey
Eh, ¿sabes que puedes llevar a un ayudante a la entrevista con Gabriel?

Oliver Menzies
No necesito un ayudante.

Amanda Bailey
Ten en cuenta que —a su debido tiempo— compartiré el bebé contigo. Si me llevas a ver a Gabriel, lo haré con alegría en el corazón y una sonrisa en la cara.

Oliver Menzies
Me lo pensaré. Mientras tanto, visitemos La Asamblea. El almacén de Alperton donde todo se fue al garete.

Amanda Bailey
Hace tiempo que desapareció. Ahora son unos pisos de lujo junto al canal.

Oliver Menzies
Lo que sea. Tenemos que ir los dos, así que vayamos juntos. Será agradable.

Amanda Bailey
Quieres mi conocimiento local. Esa es la única razón por la que me quieres allí.

Oliver Menzies
Nos vemos el sábado a las once. Frente al metro de Alperton.

Oliver Menzies
¿Y bien? Sí o no.

Amanda Bailey

Mensajes de WhatsApp entre el comisario jefe retirado Don Makepeace y yo, 28 de junio de 2021:

Don Makepeace
He localizado al oficial de policía Jonathan Childs.

Amanda Bailey
¡Eres un crac! Gracias, Don. Dondequiera que estuviera, ¡sabía que lo encontraría!

Don Makepeace
Murió en mayo de este año. Cáncer de intestino.

Amanda Bailey
Oh. Siento oírlo.

Don Makepeace
Tenía esposa. ¿Te será útil?

Amanda Bailey
Sea lo que sea lo que sepa, probablemente no valdrá el tiempo que me llevará hablar con ella. Gracias de todos modos, Don. Se lo agradezco mucho.

Amanda Bailey
Pensándolo mejor, sí que hablaré con ella. Por favor, ¿puede darme sus datos?

Mi respuesta por correo electrónico al detective aficionado David Polneath, 28 de junio de 2021:

PARA: **David Polneath**
FECHA: **28 de junio de 2021**
ASUNTO: **Re: Los Ángeles de Alperton**
DE: **Amanda Bailey**

Estimado David:

Gracias por ponerse en contacto conmigo con respecto a los Ángeles de Alperton. No necesito un ayudante en este momento. Sin embargo, ¿puedo preguntarle qué le fascina tanto de este caso? Podría incluir algunas declaraciones del público como parte de la introducción. Y le mencionaré y citaré si al final utilizo alguna frase suya.

He leído todas las noticias, como me sugirió. Es cierto que, durante esa semana, hubo cambios respecto al número de cuerpos en los distintos artículos. Lo que pasa es que yo he trabajado en redacciones y ese tipo de discrepancias es muy habitual. La policía intenta mantener las cifras en secreto, para no perjudicar la investigación, y los periodistas se interesan casi en exclusiva por «cuántos muertos hay». Es un juego de susurros.

Sin embargo, esto no significa que sea un caso fácil de investigar. Hay pocos testigos. Además, el secretismo que rodea al bebé en particular —y también a los adolescentes— hace que desentrañar los hechos todos estos años después resulte un tanto complicado.

¿Puedo preguntarle si tiene algún contacto en la policía o los servicios sociales de aquel entonces, y que haya resultado honesto, verosímil y útil para su propia investigación? Si es así, le estaré eternamente agradecida si me facilita sus datos o si les transmite los míos. No dude de que los mencionaré en los agradecimientos si lo hacen.

Saludos cordiales,

Amanda Bailey

Entrevista con Penny Latke, enfermera de urgencias del hospital de Ealing, la noche en que ingresaron a Holly y al bebé. Tiene lugar en la parada de autobús fuera del hospital, 28 de junio de 2021. Transcrita por Ellie Cooper.

AB: Gracias, Penny. Realmente apre…

PL: ¡Gracias! Encantada de ayudar.

AB: Yo…

PL: En ese momento no me di cuenta de que estaría involucrada en un caso tan famoso. Desde entonces, me fascina. Leí todo lo que pude. ¿Has visto *Abandono* y *La Asamblea?* Tengo las dos en Blu-ray. ¿Has visto *Dentro del n.º 9?* Y ahora te estoy ayudando a escribir un libro sobre ello. Genial, ¿eh?

AB: *[Sin oportunidad de responder. EC].*

PL: Te contaré todo lo que pasó de principio a fin. ¿Es eso lo que quieres?

AB: *[Tanto si es lo que quieres como si no, es lo que va a pasar. EC].*

PL: Era un turno de noche normal en urgencias. Había mucho trabajo. No teníamos ni idea de que estábamos a punto

105

de pasar a la historia con el asesinato en masa de uno de los cultos más famosos de todos los tiempos. Yo estaba en el mostrador cuando llegó la chica. Holly, la madre adolescente. Estaba cubierta de sangre, como Carrie en la película. Al verlo en las películas de terror, no piensas que la sangre realmente huele. He leído que es primitivo, y por eso el ser humano es capaz de olerla con mucha claridad. Forma parte de nuestro instinto de caza y búsqueda de carroña, porque, si es sangre de animal, significa que hay comida. Pero si olemos sangre humana, es probable que sea peligroso, es decir, que nuestra vida corra peligro, por lo que la repelemos por instinto. Comida o peligro, todo es supervivencia. Pero en un hospital tenemos un desinfectante que lo neutraliza. Bueno, llevaba unos cuantos años trabajando en el hospital, así que era inmune a todo. Pero esta chica, la olí tan pronto como entró. La gente dejó de hablar y se quedó mirando. No solo estaba cubierta de sangre, sino que tenía un bebé en una bolsa. Sí, un niño de cuatro o seis semanas. Cuando digo que estaba fuera de sí, no exagero. Estaba IDA. Lo primero que pensé fue en drogas, un episodio psicótico, trauma severo, o todo lo anterior.

AB: ¿Usted…?

PL: Sí, un colega vino enseguida y se llevó al bebé para evaluarlo. Cuando ves a un niño así. Bueno, para eso te metes en este trabajo. Resultó que estaba bien, solo estresado y hambriento.

AB: ¿Recuerda si era niño o niña?

PL: Es una tontería, pero no. Ni siquiera estoy segura de haberlo sabido. Como he dicho no me di cuenta de que sería un gran caso y me centré en la joven madre. Toda esa sangre. Más tarde descubrimos que venía de los Ángeles muertos. ¿Sabe que la policía no lo vio? Recogieron a la chica, la trajeron y la dejaron en la puerta, pero no vieron al bebé en la bolsa. Increíble, ¿verdad? Pero no tanto, si lo miras de otra manera.

AB: Es… *[Deja hablar a la mujer, Mand. Dios, estás acaparando esta conversación. EC].*

PL: Oí algo muy, muy interesante. *[Aquí baja la voz; esto va a ser interesante o una locura. EC].* No digo que me lo crea, pero conozco a gente que sí y no me importa contárselo. Verá, la gente que sabe un poco de ocultismo dice que no es que los policías fueran vagos y negligentes y todas las demás cosas de las que se les acusó, sino que el bebé estaba oculto a la vista humana por una hueste de ángeles oscuros que lo protegían de cualquier mal. ¿Pero sabe qué? Creo que hay una teoría aún más emocionante. Que el bebé se escondió. De forma sobrenatural. No necesitaba ángeles porque tiene su propia energía protectora. Bueno, a mí me interesan todo tipo de opiniones, así que tengo la mente abierta. En ese momento, otros compañeros examinaron al niño y lo limpiaron mientras hablábamos con Holly y… es extraño. Estaba bastante tranquila, pero lo que decía no tenía sentido. Ángeles, demonios, la Asamblea, la alineación. Sospechamos que se trataba de una psicosis postparto. El tema no pertenecía a nuestro departamento, así que la derivamos para que recibiera un diagnóstico y tratamiento en una sala de psiquiatría o lo que fuera.

AB: ¿Qué…?

PL: Aproximadamente una hora después de que Holly y el bebé llegaran, apareció una agente de policía que preguntó dónde estaban la niña y el bebé, ya que tenía orden de llevarlos a un centro especializado.

AB: ¿Quién…?

PL: Ni idea. Pero los policías que trajeron a la niña se habían ido sin siquiera bajarse del coche, por lo que deduje que habrían llamado a esta compañera para que se hiciera cargo. Llevaba uniforme y parecía tener un plan, así que les dimos el alta a Holly y al bebé.

AB: Ella tenía…

PL: Sí, la mujer llevaba la carta de derivación.

AB: No estaban…

PL: En absoluto. Estaba cuidando del niño y parecía muy unida a él. Eso es lo extraño de la depresión postparto. Es una ilusión de la mente consciente, pero cuando una mujer da a luz, el instinto maternal está tan fuertemente arraigado en el subconsciente que son capaces de decirte que su bebé es un demonio mientras le cambian el pañal y le dan el biberón.

AB: ¿Entonces usted…?

PL: No. Lo que les ocurriera después ya no estaba en nuestras manos. Lo olvidé todo hasta que vi los asesinatos en las noticias y comprendí que era la chica que había rescatado al niño. Los nombres reales se mantuvieron fuera de los periódicos, que acabaron empleando el de Holly y el de Jonah, porque, de todas formas, eran falsos. Si lo hubiera sabido entonces, le habría hecho más preguntas.

AB: ¿Qué…?

PL: Oh, no creo que en realidad fueran ángeles. Me parece fascinante lo que la gente puede llegar a creer. Si alguien en quien confías te dice algo y está convencido de ello, ¿le sigues la corriente? O si alguien tiene poder sobre ti, ¿pierdes la confianza o la energía o lo que sea, para desafiarlo? Porque algunas personas tienen ese carisma, ¿no? Son líderes natos. Te dicen que tienen las respuestas tan convencidos, que crees que realmente las tienen. Pero solo porque alguien sea un líder nato, no significa que debas seguirlo. *[Hace una pausa aquí. Por primera vez desde que comenzó la entrevista. EC]*.

AB: ¿Cree que existe…?

PL: Sí. Creo que sí.

AB: Pero si no sabe lo que le iba a preguntar.

PL: «¿Cree que existe el mal?».

AB: *[Un fuerte suspiro. EC]*. Sí.
[Solo agradecimientos y despedidas desde aquí. Te mando un mensaje. EC].

Mensajes de WhatsApp entre Ellie Cooper y yo, 28 de junio de 2021:

> **Ellie Cooper**
> Hay algunas discrepancias que no cuadran en lo que la gente recuerda de esa noche. ¿Te has dado cuenta?

> **Amanda Bailey**
> Sí. 😑

> **Ellie Cooper**
> Como la desaparición de los símbolos en el almacén. O si Jonah tenía un cuchillo o no. Si el bebé se lo llevó la policía o los servicios sociales.

> **Amanda Bailey**
> Policía, servicios sociales, o alguien más.

> **Ellie Cooper**
>

Mi respuesta por correo electrónico a Cathy-June Lloyd, presidenta del Club de Asesinatos por Resolver, 28 de junio de 2021:

PARA: **Cathy-June Lloyd**
FECHA: **28 de junio de 2021**
ASUNTO: **Re: Un pequeño favor**
DE: **Amanda Bailey**

Hola, Cathy-June:

Gracias por su carta. Me alegro de que le haya gustado *El umbral*. Por desgracia, tendré que rechazar su amable invitación, ya que actualmente estoy escribiendo mi cuarto libro. Es sobre los Ángeles de Alperton. Quizá recuerde la historia de 2003. Por casualidad, ¿su club ha estudiado este caso? Es todo un misterio, lo fue entonces y lo es todavía ahora.

Si lo han hecho, y puede señalar alguna área de interés, no dude en hacérmelo saber. O si ha conseguido hablar con alguien relacionado con el caso, también. Me interesa especialmente contactar con el bebé, que ya es adulto. Si descubre algo interesante, estaré encantada de darle crédito en los agradecimientos. Mis mejores deseos y ¡feliz investigación!
Amanda Bailey

Mensajes de texto entre Dave «Itchy» Kilmore del pódcast _Fantasma Fresco_ y yo, 28 de junio de 2021:

Amanda Bailey
¡Ey! Me gustó mucho charlar contigo en _Fantasma Fresco_ la última vez, y estaría encantada de volver a hacerlo. Estoy escribiendo un libro sobre los Ángeles de Alperton. ¿Puedo pedir información y contactos a tus oyentes? Tengo muchas ganas de recibir comentarios de la gente.

Dave «Itchy» Kilmore
Puedes preguntar lo que quieras a nuestros oyentes, Mandy. Nos encantan los comentarios de la gente de a pie, de eso se trata _Fantasma Fresco_. Nos pondremos en contacto contigo para cerrar fechas y horarios.

Notas garabateadas de mi llamada telefónica con Sonia Brown, 29 de junio de 2021:

Sonia. Señor Azul. Enviará un mensaje de texto.

Mensajes de texto entre el Señor Azul y yo, 29 de junio de 2021:

Señor Azul
Nuestra amiga en común me dio su número.

> **Amanda Bailey**
> ¿Cómo lo enfocamos?

Señor Azul
¿Qué necesita?

> **Amanda Bailey**
> El paradero de tres menores que pasaron por los servicios sociales de Brent en 2003. No tengo presupuesto.

> **Amanda Bailey**
> Las adolescentes y el bebé de los Ángeles de Alperton. Nombres desconocidos.

Mensajes de WhatsApp entre Oliver Menzies y yo durante nuestra visita al emplazamiento de La Asamblea, 3 de julio de 2021:

> **Amanda Bailey**
> Si llego a Alperton y no estás allí, visitaré el lugar por mi cuenta. Lo digo en serio.

Oliver Menzies
¡Cálmate! En el tren, entrando en la estación ahora.

Amanda Bailey
Yo también. Debemos de estar en el mismo tren.

Oliver Menzies
Apuesto a que estos apartamentos cuestan una pasta.

Amanda Bailey
Imagínate descubrir que tu lujoso piso junto al canal está construido en un sitio donde se realizó un ritual que acabó con varios asesinatos 💀

Oliver Menzies
A mí no me molestaría. No cuando los trenes del metro pasan rugiendo por mi ventana cada cuatro minutos. Ya hemos llegado.

Más tarde, después de visitar el lugar:

Oliver Menzies
Déjate de tonterías.

Oliver Menzies
Joder, ¿dónde estás?

Amanda Bailey
Tengo algo que enseñarte. Rápido. Vuelve, pasa por los ascensores hasta las escaleras.

Fuera, en un baño público con una puerta automática. Después de enseñarle los símbolos a Oliver y que se desplomara:

Amanda Bailey

¿Mejor?

Amanda Bailey

Estos retretes Dalek me asustan. ¿Estás atascado?
¿Llamo al 999?

Oliver Menzies

¡NO! Estoy bien. Deja de llamar a la puerta, joder.

Amanda Bailey

¡Te has desmayado! Creía que te habías
atragantado con uno de mis caramelos de menta
masticables. He estado investigando cuál sería mi
situación legal si eso pasara.

Oliver Menzies

Gracias por tu preocupación. ¡No me he
desmayado! Solo me he mareado un poco, eso es
todo.

Amanda Bailey

¿Vas a salir?

Oliver Menzies

No, pero HAY algunos chicos guapos por aquí. 😄
Me sentaré aquí un rato hasta que pueda dejar de
temblar.

Amanda Bailey

Ok. Bueno, voy a volver para sacar más fotos de los
símbolos.

Oliver Menzies

¿Crees que son símbolos ocultistas? Porque para mí está claro lo que son: pintadas con *spray* que el ayuntamiento intentó eliminar y casi lo consigue.

Amanda Bailey

Esta zona ha sido arrasada y reconstruida en los últimos dieciocho años. Esos símbolos se han pintado recientemente. Podría haber personas que aún sigan en la secta y se crean ángeles.

Oliver Menzies

Amanda Bailey

Mira, tengo una idea. Por viejas fotografías y por lo que sé de esta zona, esos símbolos están pintados EXACTAMENTE donde los Ángeles de Alperton invocaban poderes oscuros y murieron en una ceremonia ritual. ¿Es posible que hayas captado toda esa energía negativa y haya sido eso lo que te ha afectado?

Oliver Menzies

Menudo montón de tonterías. Más bien debe de haberme sentado mal el café. El barista descerebrado debió de olvidar que lo pedí descafeinado. La cafeína no me sienta bien. Eso es todo.

Oliver Menzies

No me he desmayado.

Amanda Bailey

Por cierto, si no es Gabriel, ¿quién es ese entrevistado misterioso que tienes y del que nunca sabré nada?

Oliver Menzies

JA, JA. ¡SABÍA que no lo olvidarías! ¡Lo SABÍA! Me encanta darte cuerda, Mandy, eres muy transparente.

Encuentro entre Amanda Bailey y Oliver Menzies en un *pub*, tras su visita a Alperton, 3 de julio de 2021. Transcrito por Ellie Cooper.

[Parece comenzar en medio de una conversación. ¿Estás grabando en secreto? EC].

OM: Luego, hacia el final del proceso, vi otra cara de él. De repente, odiaba el borrador. Me llamaba a todas horas. Profería amenazas que no eran amenazas, pero en realidad sí. Cuando intenté hablarle de mis preocupaciones, jugó la carta del estrés postraumático. Con su entrenamiento militar y todo lo que tuvimos que omitir sobre él matando civiles, nadie quería enfrentarse a su comportamiento. Estaban cagados de miedo. Había insinuado todo el tiempo que tenía conexiones en el MI5, el MI6 y el MI-tan-secreto-que-nadie-sabe-el-número. ¿Te hablé de la llamada que recibí a las cinco menos cuarto de la mañana? Pensé que era de la residencia de ancianos donde está mi madre. Bueno, no solo era él, sino que ahora me llama todas las mañanas a las cinco menos cuarto. Cada día suena el teléfono y, cada vez que contesto, se oyen ruidos horrendos, cosas que se rasgan, chasquidos.

AB: Apaga el teléfono. *[Aquí debe de haber negado con la cabeza. EC]* ¿Por qué no?

115

OM: Teléfono fijo. Tengo que contestar o sigue sonando. Podría desenchufarlo o hacer que me lo quitaran, pero un amigo abogado me ha aconsejado que registre todas las llamadas para que haya una cantidad decente de pruebas para futuras acciones. He tenido que imprimir copias digitales de toda mi correspondencia con él, cada correo electrónico, cada mensaje, e imprimir cada una de mis conversaciones de WhatsApp durante dos años. Podría haber talado un árbol entero.

AB: ¿Estás seguro de que es él?

OM: ¡Sí! El número está oculto, pero ¿quién si no? Es un descerebrado, un pedante con TOC, sin empatía y conoce los códigos de comunicación secretos. Se levanta a las tres y media cada mañana para hacer el pino durante una hora. No respeta en absoluto las reglas de combate. Se reía ante el hecho de que les sacaba los ojos a los soldados que capturaba en Afganistán. ¿Quién si no?

AB: Hace el pino y luego te llama. ¿Cada mañana?

OM: Ahora soy parte de su rutina. Luego está Frank, el simpático policía. Esa es otra historia. Mand, no quiero pasar años trabajando como un esclavo solo para que estos zoquetes con cabeza de ladrillo que dejaron la escuela a los quince años publiquen en Twitter que sus profesores dijeron que no llegarían a nada, pero ahora han escrito un libro. Quiero hacerlo por mi cuenta. Puedo hacerlo. Pensé que esta era mi oportunidad. Y de repente, de entre todas las personas, me toca lidiar contigo.

AB: Gracias.

OM: Sabes lo que quiero decir. Te concentras al máximo.

AB: ¿Lo estoy?

OM: Sí, es molesto.

AB: Tómate otro chupito. *[Emite un quejido, ¿está borracho? EC]*. ¿Estás bien, Ol?

OM: Sí, sí. Desde que empecé con esto me da… No está relacionado con nada, solo es que, de repente, siento náuseas y…

AB: ¿Ataques de pánico? O miedo a la fecha de entrega. *[Creo que quizá está un poco borracho, Mand. EC].*

OM: No siento pánico.

AB: Este *pub* podría ser un vórtice de actividad sobrenatural. Recuerda que eres un portal espiritual sensible.

OM: ¿Ya has encontrado al bebé? *[¿Te encoges de hombros o algo así? EC].* Por ese lado no hay ninguna novedad aún.

AB: Lleva tiempo resolverlo. Abogados. Idas y venidas.

OM: Mentira. No lo has encontrado. Nadie dice nada. Estás improvisando.

AB: Todo el mundo «improvisa» todo el tiempo... ¿Recuerdas cuando estábamos en *The Informer?*

OM: Oh Dios, esa mierda...

AB: Eras como un caracol en mitad de la carretera.

OM: Daba tumbos en un programa de formación inadecuado. Como todos.

AB: ¿Inadecuado? ¿Sabes dónde está Louisa ahora?

OM: Sí, llegó a editora justo al tiempo que el periódico se puso en línea. Habla como si trabajara para la CNN: se pasa todo el día rastreando Twitter en busca de instantáneas de cordones policiales. Ya ni siquiera produce un periódico impreso.

AB: Aun así, la formación que recibimos...

OM: *[Se echa a reír. EC].* Intentaron recrear los antiguos sistemas, con mentores y aprendices. Incluso para ese entonces, el mundo del periodismo ya había avanzado. Era totalmente inútil, y yo lo sabía.

AB: Esa no es la razón por la que tienes malos recuerdos. Dios mío, te estás haciendo luz de gas a ti mismo. No soportabas estar en un sitio donde los demás tenían más talento que tú. Por primera vez en tu vida tuviste que trabajar. Pero incluso cuando lo hiciste, seguías corriendo para ponerte al día. Y especialmente conmigo. No es que me concentre en el trabajo. Es que soy capaz de ver tu verdadero yo. Por eso te molesto, incluso ahora.

OM: Eso es un montón de…

AB: Tu reacción fue menospreciarme. Hacerme parecer estúpida siempre y en tantas ocasiones como pudiste…

OM: Estás diciendo tonterías. Como siempre. No fue así…

AB: Yo era más joven que tú, tenía menos educación, no tenía educación de hecho, y yo era diferente…

OM: ¡Sí! ¡Olías a vinagre!

AB: ¿Qué coño?

OM: ¡De la mala leche que tienes! *[Mand, los dos estáis borrachísimos. Me da vergüenza escuchar esto. EC].*

AB: No tienes ni idea… Ese programa de formación fue lo mejor que me ha pasado. Cambió mi vida. *[Dios, Mand, te estás poniendo realmente insoportable. Es horrible. EC].*

OM: ¡Y no podría importarme menos! Fue hace años. ¡Supéralo!

AB: No pudiste soportarlo, así que…

OM: Estupideces.

AB: Y por eso tú…

VD: *[Voz desconocida. EC].* ¿Pueden bajar la voz por favor? Hay gente intentando hablar en otras mesas.

AB: Lo siento.

OM: Lo siento mucho. *[Susurra. EC].* Al menos terminé el curso. Tú lo dejaste.

AB: *[Susurra. EC].* ¡Me obligaron a irme!

OM: No importa lo que te digas a ti misma ahora, no fuiste capaz de acabarlo. Así de sencillo.

AB: ¿Lo dices en serio? ¿De verdad no te acuerdas?

OM: No, no lo recuerdo. *[Suena sincero. De verdad que no se acuerda. EC].*

AB: ¿No recuerdas nada de nada? ¿Nada que pudiste haber hecho?

OM: No.

AB: Vale, bien. Bien. Tienes razón. Está en el pasado. *[Largo silencio contemplativo. EC].*

OM: Mira, lo pasado, pasado está. Quiero que trabajemos juntos. No quiero que nos peleemos.

AB: Yo tampoco, pero tú… *[Ambos llorosos ahora. Nunca le pongas esta grabación a nadie, Mand. EC].*

AB: Solo desearía que no lo hubieras hecho… Las cosas podrían haber sido diferentes… Podríamos haber sido diferentes.

OM: Han pasado veinte años. Supéralo.

AB: Lo he superado. Superado. ¿Amigos? ¿Más o menos?

OM: Amigos. Más o menos.

[Termina abruptamente cuando se apaga la grabación. EC].

Mensajes de texto que nunca debí enviar al Señor Azul cuando llegué a casa el 3 de julio de 2021:

Amanda Bailey
¿Dónde está el bebé? ¿Lo sabe o no?

Amanda Bailey
¿Quién es usted?

Amanda Bailey
¿Apuesto a que solo es Sonia evitándome? No tienes ni futa idea. Típico de una jodida trebanadora social.

Amanda Bailey

Correo electrónico de mi antigua colega Louisa Sinclair, ahora editora del *WembleyOnline:*

PARA: **Amanda Bailey**
FECHA: **4 de julio de 2021**
ASUNTO: **Re: Los Ángeles de Alperton**
DE: **Louisa Sinclair**

Hola, Mandy:

¿Recuerdas los días en que un júnior recortaba noticias y artículos para que tuviéramos una biblioteca por temas y no por fechas? Era realmente útil en el futuro a la hora de investigar casos antiguos. Bueno, en 2003 hacía tiempo que habíamos abandonado esa práctica.

Tenía que venir un domingo de todos modos, así que rebusqué en nuestros archivos digitales y tengo un sobre de noticias impresas. Seguro que habrás encontrado la mayoría de las cosas en Internet, pero estas incluyen piezas que nunca se publicaron en el periódico por una razón u otra.

Pásate mañana a la una de la tarde y charlaremos sobre los viejos tiempos. Eso sí, solo durante quince minutos. Tengo una reunión editorial a la una y media y las colas en el Pret son bíblicas.

Louisa Sinclair
Redactora, *WembleyOnline*

Una lista de noticias archivadas. Sin cuerpo de texto ni fechas, solo titulares:

POLICÍA: CUATRO MUERTOS, TRES
HERIDOS INCLUIDO UN BEBÉ

POLICÍA: ESCENA EN EL ALMACÉN «HORRIPILANTE»

CUARTO CUERPO VINCULADO A
LOS ÁNGELES DE ALPERTON

FORENSE: LAS MUERTES DE LOS
«ÁNGELES» FUE UN SUICIDIO

POLICÍA: LAS MUERTES DE LOS
ÁNGELES FUE UN «RITUAL»

EL ENIGMA DE LOS ÁNGELES DE ALPERTON:
TODA LA VERDAD

LOS ÁNGELES DE ALPERTON TENÍAN
«LA MISIÓN DE SALVAR A LA HUMANIDAD»

EL JURADO SE RETIRA EN EL JUICIO POR EL
ASESINATO DE UN ÁNGEL DE ALPERTON

LA FAMILIA DEL CAMARERO «ALIVIADA»
POR EL VEREDICTO DE CULPABILIDAD

UN ÁNGEL DE ALPERTON SUPERVIVIENTE
ENCARCELADO DE POR VIDA

LOS POLICÍAS QUE ATENDIERON LA PRIMERA
LLAMADA DEL CASO DE LOS ÁNGELES DE ALPERTON
TACHADOS DE «NEGLIGENTES»

LOS TRABAJADORES DE SERVICIOS SOCIALES
BAJO INVESTIGACIÓN EN EL CASO DE LOS
ÁNGELES DE ALPERTON

Mensajes de WhatsApp entre Oliver Menzies y yo la mañana del 4 de julio de 2021:

> **Amanda Bailey**
> NO TE IMAGINES LAMIENDO LA YEMA DE UN HUEVO FRITO FRÍA que le gotea por la barbilla a un vagabundo 🤮

> **Oliver Menzies**
> Así que quieres hacerme vomitar. Buen intento. No ha funcionado.

> **Amanda Bailey**
> Nunca podré volver a ese *pub*. ¿Estás bien?

> **Oliver Menzies**
> Aparte de mi llamada matutina del escuadrón de locos.

> **Amanda Bailey**
> ¿Cuándo vas a visitar a Gabriel?

> **Oliver Menzies**
> ¿Por qué está todo el mundo tan interesado en esta entrevista, joder?

> **Oliver Menzies**
> Espera, ¿has hablado con Jo? ¡Apuesto a que por eso sigue diciéndome que me lleve a una ayudante! Muy transparente.

> **Amanda Bailey**
> Se le permite una visita de treinta minutos a la semana, ya sea una persona o un grupo familiar, o dos visitas separadas de diez y veinte minutos

respectivamente. Tendremos que unirnos a una cola de admiradoras.

Oliver Menzies
Suspiro.

Amanda Bailey
Lo grabaré todo, tomaré notas y haré que transcriban la entrevista lo antes posible. Así podrás concentrarte en la charla.

Oliver Menzies
¿«Que la transcriban»? ¿Un ser humano?

Amanda Bailey
Sí. Ellie. Mi antigua protegida. Dejó Kronos para hacer un doctorado en psicología criminal. Transcribe las entrevistas muy rápido y muy bien. La recomiendo encarecidamente.

Oliver Menzies
Sí, así es. Vives en 2001.

Amanda Bailey
Si me dejas ir, le pagaré sus servicios de transcripción. Lo que significa que la grabación estará debidamente puntuada, será exhaustiva y precisa, y se borrarán las partes triviales y las cortesías para que solo queden los puntos clave y más importantes. A diferencia de cualquier *software* por el que pueda pasarla. ¿Qué te parece?

Oliver Menzies
¿Has hablado ya con el bebé?

Amanda Bailey
Ya casi, créeme. Ya casi está.

Amanda Bailey
Llévame contigo. Venga. Con tu propia ayudante, parecerás un pez gordo delante del arcángel Gabriel.

Oliver Menzies
No te dejarán entrar. Se negó a verte, ¿recuerdas?

Amanda Bailey
No es un problema. Digamos que te han operado del túnel carpiano y necesitas a alguien que tome notas. Ni siquiera me preguntarán mi nombre.

Oliver Menzies
Esperas que visite al arcángel Gabriel con el brazo en un cabestrillo falso.

Amanda Bailey
Por supuesto que no. Solo un pequeño vendaje.

Otro correo electrónico de Pippa sobre el bebé, 5 de julio de 2021:

PARA: **Amanda Bailey**
FECHA: **5 de julio de 2021**
ASUNTO: **Bebé**
DE: **Pippa Deacon**

Hola, Amanda:
Mi chica está redactando un contrato entre su productora de televisión y el bebé de los Ángeles de Alperton. Quiere enta-

blar un diálogo con el bebé —o si ya tiene un representante, con él o ella— tan pronto como sea humanamente posible. Ahora que hay dos autores trabajando en sendos libros es de especial importancia que el papeleo esté redactado, finalizado y firmado.

Por favor, hazme saber en qué punto estamos con el bebé.

Pips

Mi respuesta de WhatsApp, 5 de julio de 2021:

> **Amanda Bailey**
> ¿Puedes darme unos días más? Ya casi está.

Mensaje de texto al Señor Azul, 5 de julio de 2021:

> **Amanda Bailey**
> Estimado Señor Azul, siento mucho los mensajes confusos que recibió de mi teléfono el sábado por la noche. Estaba en mi bolsillo, desbloqueado, y mi llavero de goma golpeó contra el teclado. Tenga la seguridad de que sigo muy interesada en localizar a los tres jóvenes del caso de los Ángeles de Alperton, pero especialmente, y con la mayor urgencia, al bebé. Cualquier información que pueda facilitarme con este fin será muy bienvenida. De nuevo, disculpas por mi teléfono.

Entrevista telefónica con Julian Nowak, trabajador social, 5 de julio de 2021. Transcrita por Ellie Cooper.

[Normalmente no incluyo las trivialidades, pero aquí no había ninguna. EC].

JN: ¿Quién le ha dado mi nombre?

AB: Estoy en contacto con varios miembros de la policía y los servicios sociales.

JN: ¿Quién me mencionó? ¿Por qué a mí en particular?

AB: No puedo decírselo, o no volverán a confiar en mí.

JN: *[Silencio. No está contento. EC]*. No me gusta que me relacionen con este caso. No fui responsable de los fallos solo porque los denuncié.

AB: Lo sé... ¿Qué es lo que todavía no cuadra en el caso de Holly?

JN: Bueno, ves que ocurre algo raro. Puedes elegir escalarlo y hacer caer una tonelada de ladrillos sobre tu propia cabeza, o fingir que nunca lo has visto y...

AB: No pasa nada, claro...

JN: Y la chica lucha por quedarse con ese novio que no es bueno para ella, así que...

AB: Lo sé, quiero decir que es...

JN: Lo único que hicimos fue respetar la elección de Holly. Decidió irse con él y nosotros lo respetamos.

AB: ¿Con Jonah?

JN: Su nombre era Gabriel. *[Breve pausa mientras ambos pensáis en lo que ha dicho. EC]*.

AB: ¿Cuándo comenzó la relación?

JN: No lo sé.

AB: El caso de los Ángeles de Alperton fue en diciembre de 2003.

JN: Traté con Holly no mucho después de haberme titulado. A principios de los noventa.

AB: Debió de ser más tarde. *[Corto varias fórmulas educadas de despedida antes de colgar. EC]*. Ellie, no creo que estuviéramos hablando del mismo caso. Don debe haber confundido a los trabajadores sociales.

[Ya había transcrito esto, así que te lo envío de todas formas. EC].

Intercambio de correos electrónicos con Grace Childs, viuda del agente de policía Jonathan Childs, que descubrió el cadáver de Harpinder Singh en 2003:

PARA: **Grace Childs**
FECHA: **5 de julio de 2021**
ASUNTO: **Jonathan Childs**
DE: **Amanda Bailey**

Estimada señora Childs:

Por favor, permítame presentarme. Soy una autora de *best sellers* sobre crímenes reales con una larga trayectoria en periodismo de interés humano. Ahora mismo estoy enfrascada en un libro sobre los Ángeles de Alperton. Tengo entendido que su difunto marido Jonathan encontró el cuerpo de Harpinder Singh. Me pregunto si alguna vez le contó algo sobre la escena del crimen o sobre la víctima.

La prensa de ese entonces nombró al señor Childs en sus artículos, lo cual es una práctica muy poco habitual. ¿Tiene alguna idea de por qué lo hicieron? Los artículos dicen que encontró el cuerpo en un apartamento vacío. ¿Alguna vez le dijo por casualidad el número, o la planta en la que se encontraba? También me sería muy útil disponer de su número de placa.

Cualquier cosa que recuerde, por insignificante que parezca, me ayudará a unir los elementos dispares de este caso.

Atentamente,

Amanda Bailey

Estimada señorita Bailey:

Johnny no hablaba mucho de su trabajo y menos de cadáveres. Pero recuerdo algo de esa época. Un vecino le mostró su nombre en el periódico, muy orgulloso de conocerle. Johnny se encogió de hombros, como si estuviera siendo modesto, pero más tarde me dijo que no fue él quien encontró aquel cadáver. Me confesó que la información de quién descubrió qué y cuándo estaba mal a propósito. Me pregunté cómo habían conseguido su nombre y él me respondió que solo querían asustarle, pero que no era nada y que no debía preocuparme.

Probablemente sepa que cuando le diagnosticaron el cáncer, ya estaba suspendido y bajo investigación por presuntos delitos. Dijeron que había sido reclutado por una banda criminal y que llevaba años pasando información y manipulando pruebas. Y un montón de patrañas similares. El estrés repercutió en su salud. Esas personas no son mejores que los delincuentes. Una vez que tienen algo contra ti, lo utilizan para que sigas trabajando para ellos.

Johnny tenía la costumbre de verse arrastrado hacia los problemas de otras personas. Su número de placa era el 444.

Grace Childs

Reunión con Louisa Sinclair, editora de *WembleyOnline*, en el Pret A Manger de Wembley, 5 de julio de 2021. Transcrito por Ellie Cooper.

[Parece que empieza de golpe, como si pulsaras «grabar» tan pronto como pudiste sin que se notara. EC].

LS: Un día sabes todo lo que hay sobre un tema, se imprime el artículo y zas, todo desaparece.

AB: A mí me pasa lo mismo.

LS: Sin embargo, leyendo esos viejos recortes… Para entonces ya te habías ido. Ahora que lo pienso, te marchaste antes de la evaluación final. ¿Por qué?

AB: Debí conseguir el trabajo en Hove, así que… Sabes que Oliver Menzies ha reaparecido.

LS: *[Vacilación incómoda. EC]*. Sí, la verdad. Probablemente no debería decírtelo, pero también me ha pedido información sobre los Ángeles de Alperton.

AB: Suena muy típico de él.

LS: Sabes, siempre pensé que erais muy parecidos.

AB: ¿Qué? Oh, vaya…

LS: Ambos tan intensos, hambrientos, competitivos y… Bueno, tú tenías talento, pero ningún apoyo o seguridad en el que apoyarte. Él sí, aunque carecía de talento. *[Las dos os reís. EC]*. Bueno, un poco sí tenía, pero ya me entiendes, y él lo odiaba.

AB: Lo creas o no, estamos trabajando juntos en este caso. Ahorra tiempo y cuestiones de seguridad. Al principio estaba cabreada, pero ahora estoy decidida a hacer que funcione… y convertirlo en una oportunidad.

LS: *[Suelta una exclamación tan fuerte que casi aspira el oxígeno de la habitación. EC]*. ¡No me digas que tienes una tórrida aventura con Oliver!

AB: ¡No!

LS: ¿Una oportunidad para qué?

AB: Para revisitar algo del pasado que quedó sin resolver. Dicen que nunca hay que volver atrás, pero si el pasado viene a buscarte, tiene que haber una razón, ¿no? *[Las dos masticáis y sorbéis bebidas durante algo menos de un minuto. EC]*.

LS: Entonces, ¿crees que hay algo más turbio en el asesinato de Harpinder Singh?

AB: Sobre cómo se contó, sí. La policía creía que Singh fue asesinado por una banda del crimen organizado y sospechaba que Childs estaba involucrado, así que nombrarle en los artículos fue un intento de hacerle salir a la luz. Encaja con lo que me ha dicho su viuda, sobre cómo reaccionó a la pieza y el hecho de que estaba siendo investigado cuando murió, pero eso fue hace poco. No hace dieciocho años.

LS: No hay ninguna firma en el artículo. Déjame preguntar por ahí. *[Oh, genial. Una de las dos abre una bolsa de patatas fritas. Espero una medalla por transcribir en estas circunstancias. EC].*

AB: No importa por qué me fui. ¿Tú por qué sigues ahí?

LS: Buena pregunta. Sigo esperando mi momento.

AB: Ya eres editora.

LS: Me refiero a esa historia. Esa que solo tú tienes y nadie más. La exclusiva.

AB: ¿Y *WembleyOnline* es el mejor lugar?

LS: Tan bueno como cualquier otro. Mierda, tengo que volver. Estoy sola en la redacción.
[Después de despedirse, dos minutos enteros de masticar pensativo. EC].

Le envié un correo electrónico el 13 de junio, y, al fin, recibí una respuesta de Phil Priest, productor de televisión que trabajó en una película para la televisión inspirada en los Ángeles hace diez años:

PARA: **Amanda Bailey**
FECHA: **5 de julio de 2021**
ASUNTO: **Re:** *La Asamblea*
DE: **Phil Priest**

Hola, Amanda:
Me alegro de saber de ti. Gracias por ver *La Asamblea*. Sí, está inspirada en los Ángeles de Alperton, pero no nos propusimos hacer una dramatización realista y dimos varios giros para alejarnos de la historia real.

Todas nuestras víctimas son mujeres, por ejemplo, así que logramos escenas más explícitas. La acción se desarrolla en Irlanda, donde era más barato rodar. En la vida real, los Ángeles se suicidaron o terminaron en prisión. En nuestra serie, la tierra se abre y los envuelve en llamas satánicas, un final del que estamos muy orgullosos.

Nos mantuvimos en contacto con Due Process Films, que estaba rodando *Abandono* al mismo tiempo. La suya es una interpretación mucho más cruda y descarnada. Más realista, aunque, me atrevería a decir, aburrida. Nuestro guionista no habló con nadie implicado en el caso, así que no veo cómo podría ser de más ayuda. Había otro guion dando vueltas por los despachos hace unos años. Era bastante bueno si no recuerdo mal, pero el guionista era un principiante y no tenía tracción. Se llamaba *Divino*. No recuerdo su nombre, lo siento.
Phil Priest
Productor ejecutivo
Longshanks Film & TV

La productora de televisión Debbie Condon también respondió al fin a mi correo electrónico del 13 de junio de 2021:

PARA: **Amanda Bailey**
FECHA: **6 de julio de 2021**
ASUNTO: **Re: Abandono**
DE: **Debbie Condon**

Estimada Amanda:

En primer lugar, disculpe por tardar tanto en contestar. Estoy en la preproducción de una nueva serie y solo puedo responder a los correos electrónicos un día a la semana. He disfrutado con su libro de Suzy Lamplugh *Kipper atado*. Me da rabia que la mayoría de los libros y guiones sobre mujeres asesinadas estén escritos por hombres. Estaré encantada de ayudar en lo que pueda.

Me alegro mucho de que le gustara nuestra serie de televisión. Nunca es un camino fácil cuando pides cuentas a la autoridad. Hay gente que se cree por encima de todo reproche. Toman malas decisiones y causan un sufrimiento indecible a los individuos más vulnerables de la sociedad, y luego se conchaban para protegerse unos a otros. *Abandono* fue un trabajo de amor que estuvo a punto de no llegar a la pantalla, ya que un tratamiento más caricaturesco y salaz de la misma historia estaba en producción al mismo tiempo. Al final llegamos a un acuerdo mutuo. Colaboramos para asegurarnos de que cada uno se centrara en elementos diferentes de la historia y, como resultado, ambas series tuvieron su momento. Sigo pensando que la nuestra era la más madura y apropiada. Fue enormemente satisfactorio decirle la verdad al poder.

¿Mencionará la serie en su libro? Puede utilizar cualquiera de las citas anteriores. No estoy segura de en qué más puedo ayudarla, pero aquí tiene mi número si tiene alguna pregunta. 07▮▮▮▮▮▮
Mis mejores deseos,

Debbie Condon
Productora ejecutiva
Due Process Films

Mensajes de texto entre Debbie Condon y yo, 6 de julio de 2021, con un número de teléfono comprometido tachado expresamente:

> **Amanda Bailey**
> Gracias por tu respuesta, Debbie. Me está resultando difícil localizar a personas directamente implicadas en el caso.

Debbie Condon
Aunque fuera indiscreta, los detalles estarían desfasados una década.

CONTACTO
Número desconocido «Jonah» 07███████████

> **Amanda Bailey**
> Lo entiendo perfectamente, Debbie. Gracias. Aparecerá en los agradecimientos y mencionaré la serie de televisión si utilizo alguna de tus citas.

Guion de mi llamada telefónica a «Jonah», 6 de julio de 2021:

«Hola, Jonah, me llamo Amanda Bailey. Tengo entendido que fuiste una de las víctimas adolescentes de los Ángeles de Alperton. Créeme cuando te digo que empatizo completamente con las circunstancias que te llevaron a caer en las redes de una secta tan depredadora. Estoy escribiendo un libro sobre el caso y me gustaría invitarte a contar tu versión de la historia. Así, el relato será lo más veraz y exacto posible».

Ya no es su teléfono. ¿De quién es? La chica no quiso decírmelo. Abadía de Core, Isla de Wight.

Mensajes de WhatsApp entre Oliver Menzies y yo, 7 de julio de 2021:

> **Amanda Bailey**
> Tu madre comparte mensajes de perros perdidos de otros países. 😁

> **Oliver Menzies**
> Lo dudo, está en una residencia.

> **Amanda Bailey**
> Confírmame que me llevarás a tu visita a la cárcel y podrás venir conmigo a entrevistar a Jonah el viernes. Es el intercambio más justo del mundo.

> **Oliver Menzies**
> ¿Ese Jonah? ¿En serio? ¿Lo tienes?

> **Amanda Bailey**
> Estarías loco si rechazaras esta oportunidad.

> **Oliver Menzies**
> DE ACUERDO. Pero solo porque deberíamos avanzar con el espíritu de trabajar juntos y compartir el proceso.

> **Amanda Bailey**
> De acuerdo.

Oliver Menzies

DE ACUERDO. ¿Dónde nos reuniremos con él?

Amanda Bailey

Será todo un día fuera. Una aventura.

Oliver Menzies

Pues si es un viaje largo, yo estaré al volante.

Amanda Bailey

Además, ¿puedes reservar un ferri a cargo de tu cuenta de gastos de la editorial?

Mensajes de WhatsApp entre el comisario jefe retirado Don Makepeace y yo, 7 de julio de 2021:

Amanda Bailey

Hola, Don. Necesito la ayuda de la autopista mágica de la M40. Una oficial de policía llamada Marie-Claire. ¿Sigue en activo?

Don Makepeace

Recordaría ese nombre. Es muy bonito. No la conozco, pero preguntaré por ahí. Don.

Mensajes de WhatsApp entre la redactora del *WembleyOnline* Louisa Sinclair y yo, 8 de julio de 2021:

Louisa Sinclair
¿Recuerdas a Gray Graham? Estuvo sobre el terreno en ese caso. Ahora está jubilado, pero dice que un oficial superior le dio el nombre de Jonathan Childs, con la PETICIÓN de que el nombre apareciera publicado en su artículo.

Amanda Bailey
¡Bingo! Mi corazonada era correcta.

Louisa Sinclair
Eso parece. El restaurante donde trabajaba Singh fue atracado unos meses después.

Amanda Bailey
Querían comprometer la relación de Childs con el crimen organizado.

Louisa Sinclair
Para convertirlo en un informante. Manda un mensaje a Gray si eres capaz de soportar sus batallitas sobre los buenos tiempos. La verdad es que tenía un sexto sentido para las historias. Ni idea de cómo consiguió la mitad de las cosas que proponía para publicar. Ya no los hacen así hoy en día.

Mensaje de texto mío al periodista local jubilado Gray Graham, 8 de julio de 2021:

Amanda Bailey

Hola, Gray, Louisa Sinclair me dio su número. Probablemente no recuerde haber hablado conmigo en una fiesta de *The Informer* hace años, pero yo recuerdo sus historias y anécdotas. Estoy trabajando en un libro sobre los Ángeles de Alperton. Usted publicó algunos reportajes iniciales sobre el asesinato de Harpinder Singh. ¿Alguna idea de por qué la policía le pidió que nombrara al agente que llegó primero a la escena?

Sin respuesta hasta el 10 de julio de 2021:

Número desconocido

Somos el Medway NHS Trust. Siento mucho informarle de que el señor Graham falleció con su teléfono en la mano. Su mensaje fue lo último que vio. Había pulsado responder, pero, por desgracia, sufrió un ataque al corazón antes de teclear su respuesta. ¿Es usted pariente suyo y, si no lo es, sabe si tenía alguno? Estamos intentando resolver sus asuntos y nos hemos quedado sin contactos.

Amanda Bailey

Siento mucho esa triste noticia. No soy estrictamente un pariente, pero estábamos MUY unidos. Estaría más que encantada de pasarme por su casa y ayudar a limpiar los documentos que pueda haber.

Número desconocido

Gracias. Le comunicaré sus datos.

Una página arrancada de la novela *Mi diario angelical* de Jess
Adesina:

Lunes doce Rosado del Resplandor del Arcoíris

Soy Tilly y soy diferente. Ya verás cómo. Aunque no verás por
qué. Así que empiezo este diario. Admito que algunas cosas
que leerás en él pueden desafiar todo lo que crees, pero yo te
digo ¡despierta, mortal! Huele las bocanadas de purpurina con
aroma a rosas. La verdad es que soy un ángel atrapado en el
plano terrenal. Con unos padres que creen que solo soy una
humana que debe aceptar que no le caeré bien a todas las chicas de mi clase y no le gustaré a absolutamente a ninguno de
los chicos.

¿Quieres saber lo más irritante de toda esta situación? Tengo un hermano pequeño realmente molesto, y mis padres están convencidos de que es un ángel. ¿Por qué si no le dejan
hacer lo que quiera, cuando quiera, sin repercusiones? ¿No se
dan cuenta de que soy yo la que necesita dormir hasta tarde,
ver la tele todo el fin de semana y comer magdalenas con azúcar espolvoreado? Después de todo, son las únicas cosas que
restauran mi poder angelical.

Mi gato Gabriel lo entiende. Sabe la verdad. Que no soy
como nadie en este planeta. Ya le he dicho lo que ahora afirmo:
que si sigo siendo una doble virgen el año que viene por estas
fechas, deberé tomar medidas drásticas para restablecer el equilibrio en el universo. Es mi regalo a la humanidad.

Así que los próximos 365 días serán mi salida angelical. Se
acabó soñar con Scott todo el día e intentar llamar la atención de
Daisy fingiendo que me encantan la natación y el *hockey*, cuando
todo el mundo sabe que a los ángeles no se les da bien el deporte.
El próximo doce rosado del resplandor del arcoíris, Scott será mi
novio y Daisy será mi amiga. Chicos, chicos, chicos. Y chicas.

138

Celine encendió un Ziganov rosa y contempló el Sena. Sus aguas estaban turbias al atardecer y, sobre todo, en invierno. Hoy era un martes frío y seco de enero, y no era una excepción. «Es divertido», pensó mientras observaba cómo la vida transcurría a su alrededor, lo absolutamente normal que parecía el día de hoy.

Con una mano hundida en el bolsillo de su abrigo de cachemira de Loewe, se puso el cigarrillo entre los labios besados por Dior y se ajustó el cinturón alrededor de su estrecha cintura.

«Gabriel dijo que vendría. Ahora mismo».

Según la experiencia de Celine, y dada la reputación de Gabriel en la oficina, si decía que estaría en algún lugar y no se presentaba, había que enviar una corona de flores a su madre.

Celine sonrió. Como si Gabriel hubiera tenido alguna vez a alguien que se pareciera a una madre. Sus Louboutin recién salidos de la caja chasqueaban de forma satisfactoria a lo largo de la acera.

—Estás rompiendo tu posición. —Ni una pregunta ni una amonestación. La voz sobre su hombro derecho tenía el tono, el timbre y la resonancia adecuados para llegarle directamente al corazón. Así fue.

—Sabía que estabas ahí —susurró ella, nunca lo bastante segura en presencia de él como para usar su voz a su volumen habitual.

Gabriel se puso a andar al ritmo de Celine, pero se mantuvo ligeramente por delante, lo suficiente como para que ella supiera quién mandaba.

Una bandada de palomas se elevó en el aire ante ellos con un trueno colectivo de alas. Aunque no formara parte del plan, Celine sentía lo que se avecinaba en el aire.

Gabriel la agarró por la cintura. Con los labios sobre los suyos, ella se fundió en sus brazos mientras se esforzaba por que su mente permaneciera concentrada en lo que él estaba haciendo. Rápido, hábilmente y en secreto.

Los transeúntes hicieron precisamente eso. Ninguno vio nada fuera de lo normal. La mano de Gabriel mientras transfería el paquete. Los ojos de Celine que parpadeaban a izquierda y derecha. Las grandes alas blancas que se elevaban en el cielo y los hacían intocables.

Hecho. Se apretó más el abrigo mientras seguían caminando de la mano. Lo sentía cerca de su pecho. Tan bien envuelto que no se le escaparía ni una gota de sangre. Era más grande de lo que ella imaginaba, más duro. Y estaba completamente inmóvil. El corazón extirpado del embajador ruso.

Mensajes de texto entre el productor de televisión Phil Priest y yo, 9 de julio de 2021:

Phil Priest
Acabo de encontrarme con el guion no producido de *Divino*. Es bastante bueno. El guionista cuyo nombre no recordaba es Clive Badham.

    Amanda Bailey
    Gracias, Phil. ¿Sería posible que me lo enviaras?

Phil Priest
Solo tengo las primeras páginas. No solicitamos el manuscrito completo porque era (sin duda sigue siendo) un desconocido. Enviaré lo que tengo.

Divino

Un guion original de

CLIVE BADHAM

Errar es humano
matar es Divino

INT. RECEPCIÓN DE URGENCIAS - NOCHE

Está abarrotado. Una ADOLESCENTE (Holly, 17 años) sucia, manchada de sangre y desaliñada, con los ojos vidriosos por la conmoción, camina entre el bullicio hasta un mostrador de la recepción. La RECEPCIONISTA (30 años, mujer) levanta la vista. Su expresión cambia… No se trata de una paciente cualquiera.

CHICA ADOLESCENTE

He tenido un bebé.

La recepcionista toma el teléfono.

RECEPCIONISTA

¿Cuándo, querida?

CHICA ADOLESCENTE

Hace semanas.

La recepcionista levanta las cejas; se comporta de forma profesional.

RECEPCIONISTA

¿Dónde diste a luz?

CHICA ADOLESCENTE

En la calle. Tenía miedo…

La recepcionista asiente con una compasión cálida y cómplice.

RECEPCIONISTA

(Al teléfono)
Una enfermera al frente, por favor. (a la Adolescente)
¿Dónde está el bebé ahora?

La Niña Adolescente sacude la cabeza, confusa.

CHICA ADOLESCENTE

Aquí.

Levanta una BOLSA, en cuyo fondo se ve la silueta inconfundible de un BEBÉ muy pequeño, aparentemente sin vida. La cara de la recepcionista palidece del horror.

PRE-LAP: TOC. TOC. TOC.
INT. OJO DE PEZ DEL PASILLO - NOCHE - SEMANAS ATRÁS

JONAH (17 años, serio) y Holly aparecen distorsionados a través de una mirilla de seguridad. Sostienen una CESTA DE MIMBRE entre los dos.

INT. PASILLO - PISO - NOCHE

La puerta principal se abre para revelar a Jonah y Holly en el pasillo, cansados y sucios, pero con aire triunfal. Dentro de la cesta de mimbre, un pequeño BEBÉ hace RUIDITOS aleatorios. Sonríen cuando ven a GABRIEL (40 años largos, tranquilo), que les saluda con una sonrisa seductora. Les hace pasar al interior, cálido y paternal, toma la cesta de mimbre y cierra la puerta de una patada.

INT. SALÓN - PISO - NOCHE

Gabriel coloca la cesta de mimbre sobre la mesa, se pone firme, mira al bebé en su interior mientras este se retuerce. Está cautivado, pero su rostro es ilegible. Holly y Jonah se quitan los abrigos y se unen a él. Finalmente…

GABRIEL

¿Estáis bien? Holly, ¿recuperada?
Le rodea el hombro con el brazo y la atrae hacia sí. Holly asiente mientras ella y Jonah miran fijamente la cesta.

GABRIEL

¿Nadie os ha seguido?

Jonah niega con la cabeza. Gabriel busca señales de duda en sus ojos.

GABRIEL

¿Estás seguro? ¿Realmente seguro? Porque ahora que está aquí, pueden rodearnos, acercarse. Hay que permanecer alerta.

Su tono y su manera de comportarse cambian, su rostro se ilumina con una gran sonrisa cálida. Los atrae a ambos hacia sí en un afectuoso abrazo de grupo.

GABRIEL

¡Eh! ¡Hora de la *pizza*!

Con los brazos alrededor de ambos y los de ellos alrededor de él, los conduce a la cocina. Sola sobre la mesa, la cesta de mimbre se balancea ligeramente.

INT. SALÓN – PISO – NOCHE – MÁS TARDE

El piso es pequeño, pero está limpio y ordenado. A un lado hay una pila de artículos de bebé: pañales, mantas, leche maternizada. Gabriel descansa en el sofá. Holly y Jonah se acurrucan felices a ambos lados. Seis piernas se entrelazan, seis pies, tres platos de corteza de *pizza*. Todos miran fijamente al televisor. En ella, termina un PROGRAMA DE TELEVISIÓN DE FANTASÍA Y CIENCIA FICCIÓN.

HOLLY

¿Gabriel?

Gabriel baja el volumen.

                    HOLLY

¿Podemos curar a los enfermos?

Piensa. Holly y Jonás esperan pacientemente.

                   GABRIEL

No hace falta. Si están destinados a
curarse, lo harán.

                    HOLLY

¿Pero podemos enviarles amor?

                   GABRIEL

Podemos intentarlo.

El bebé llora. Holly desenreda las piernas a
regañadientes y se arrastra hasta la cocina.

INT. SALÓN - PISO - NOCHE - POCO DESPUÉS

Gabriel se sienta entre Holly y Jonah. Observan cómo alimenta al bebé con un biberón,
inexperto.

                    HOLLY

¿Por qué no dejarlo morir de hambre?

GABRIEL

Volvería a nacer en otro cuerpo. Hay
que hacerlo bien, o todo esto será inútil.

Observan cómo el bebé se alimenta.

JONAH

¿Es eso lo que hicimos? ¿Encontrar un
cuerpo mortal y nacer en él?

Gabriel asiente.

JONAH

No me acuerdo.

GABRIEL

Los recuerdos no cruzan la línea divisoria. Pero sabes que no eres como los
demás. Son almas mortales en cuerpos
mortales. Vuestros cuerpos pueden ser
mortales, pero vuestras almas son di-
vinas.

Le miran y asienten, sinceros, casi sin cuestionar nada.

HOLLY

¿Cómo lo recuerdas?

JONAH

Él pertenece a una esfera superior; es
un arcángel.
Nosotros solo somos ángeles.

Gabriel sonríe cuando el bebé termina de comer. Lo deposita sobre una manta en la mesa.
GRITA con rabia. Holly, Jonah y Gabriel con-
templan sus diminutas manos y pies, su inocente cara de querubín.

JONAH

¿Es un alma mortal en un cuerpo mortal,
o un alma divina en un cuerpo mortal?

Los ojos de Gabriel se clavan en el Bebé.

GABRIEL

Ni lo uno ni lo otro.

El Bebé da patadas y GRITA.

GABRIEL

Es el Anticristo.

Para solicitar el manuscrito completo, pón-
gase en contacto con Clive Badham en el número que figura más abajo.

Otro correo electrónico del sabueso aficionado David Polneath, 9 de julio de 2021:

PARA: **Amanda Bailey**
FECHA: **9 de julio de 2021**
ASUNTO: **Re: Los Ángeles de Alperton**
DE: **David Polneath**

Estimada Amanda:

Hay varias personas con las que podría ponerla en contacto, pero no puedo arriesgarme a utilizar el correo electrónico para comunicarle sus datos. Debemos conocernos en persona para intercambiar una información tan delicada.

¿Que por qué me fascina tanto este caso? ¿Por dónde empezar? Quizá por donde comencé hace un par de años. En su momento, leí sobre el caso de los Ángeles de Alperton y despertó mi curiosidad. Así que cuando me jubilé, decidí leer sobre el tema. Cuanto más leía, más me absorbía y más quería saber.

Todo el mundo conoce la historia: cuatro hombres, que se hacen llamar Miguel, Gabriel, Rafael y Elemiah atraen a adolescentes vulnerables a una secta bajo la premisa de que todos son ángeles enviados a la tierra con un propósito divino: matar al Anticristo recién nacido. Cada uno tiene un papel diferente, pero igualmente importante, que desempeñar en esta misión.

Holly y Jonah habían pasado por los servicios sociales y habían huido. La secta se convirtió en su familia. Aportó a sus vidas un sentido que antes no tenía: concentración, rutina, esperanza, positividad. Les da confianza. Gran parte del comportamiento que muestran Gabriel y los otros «ángeles» es típico de los depredadores manipuladores. Aíslan a los adolescentes, los mantienen ocupados con tareas que les hacen sentir que trabajan por un fin colectivo. Se trata de jóvenes que podrían acabar en bandas o caer en las drogas con facilidad, por lo que su participación en esta «secta» tiene su lado positivo.

Los Ángeles han matado a un joven camarero absolutamente inocente en la persecución de su propósito. Justo cuando están a punto de sacrificar a un bebé que, según ellos, está destinado a destruir a la humanidad, Holly, su madre, recapacita y escapa con el niño y con Jonah, el padre adolescente. Tres de los principales responsables son sacrificados en un ritual en su lugar.

Y todo esto sucede en un anodino suburbio del noroeste de Londres llamado Alperton. Usted me pregunta qué me atrajo de este caso y por qué sigo interesado en esos adolescentes y en lo que les ocurrió. Pues es porque a una edad parecida, me encontré en una situación comparable. Al igual que ellos, busqué una nueva «familia», pero descubrí demasiado tarde que no velaban por mis intereses. Sé cómo se sentían aquellos jóvenes y cómo se sienten ahora, y también cómo se sentirán dentro de diez años, veinte, treinta. Cómo se sentirán en la vejez.

Cuando te obligan a entrar en un lugar tan oscuro como ese, pasas el resto de tu vida en el viaje de vuelta.
David

Mensajes de WhatsApp entre Oliver Menzies y yo, 9 de julio de 2021:

> **Oliver Menzies**
> Me he despertado con la llamada del loco y luego este correo electrónico. Muchas gracias. Me has recuperado.

Correo electrónico reenviado:

PARA: **Oliver Menzies**

FECHA: **9 de julio de 2021**

ASUNTO: **Los Ángeles de Alperton**

DE: **Paul Cole**

Estimado Oliver:

Amanda Bailey me sugirió que me pusiera en contacto con usted. Tengo entendido que su próximo libro trata sobre los Ángeles de Alperton. Soy un antiguo ministro anglicano y consejero espiritual con muchos años de experiencia en el estudio de la conciencia humana. He seguido el caso de los Ángeles y sigo considerándolo una de las fronteras más interesantes entre nuestro mundo y el otro lado. A medida que se ha ampliado mi conexión personal con el reino espiritual, he comprendido lo que sucedió, porque en aquel momento no poseía las herramientas que tengo ahora.

En resumen, creo que cualquiera que entre en un diálogo cercano con este caso debe ser consciente de varios elementos que no son muy conocidos o comprendidos.

A partir de lo que Gabriel reveló sobre la filosofía de los Ángeles, se deduce que él tenía, y de hecho tiene, acceso al otro lado. Es capaz de verlo y leerlo con mucha más claridad de lo que debería hacer un humano. ¿Es un ángel enviado para librar al mundo del mal? De eso estoy mucho menos seguro. Pero quiero que entienda que lo que dice no carece de fundamento. Nuestra existencia posee una dimensión que no entendemos, y no deberíamos comprender en esta vida, y mucho menos acceder.

Si necesita más información sobre este caso, no dude en enviarme un correo electrónico.

Atentamente,

Paul Cole

Consejero espiritual

Mensajes de WhatsApp entre Oliver Menzies y yo, 9 de julio de 2021:

Oliver Menzies
Buen intento, pero el señor Cole me ha dicho ya en la primera línea que le has dado mi dirección de correo electrónico. Incluso si no lo hubiera hecho, habría sabido que has sido tú. Cero puntos.

Amanda Bailey

Oliver Menzies
Mira, no estoy de humor. Tuve que ir a la residencia de mi madre a medianoche. Dijeron que estaba entrando en fallo multiorgánico. Era última hora de la noche. Una hora después volvió a ser la misma de siempre. Había tomado más pastillas por accidente. Me acosté a las dos y media de la madrugada. Voy a la reunión con Jonah con dos horas de sueño horrible.

Amanda Bailey
Vaya, lo siento.

Oliver Menzies
Así que no vuelvas a pasarme los detalles de conspiradores desquiciados. ¿Tregua?

Amanda Bailey
Tregua. 😝

Oliver Menzies
Nos vemos en una hora.

**Respuesta por correo electrónico de Oliver Menzies al conseje-
ro espiritual Paul Cole, 9 de julio de 2021:**

PARA: **Paul Cole**
CC: **Amanda Bailey**
FECHA: **9 de julio de 2021**
ASUNTO: **Re: Los Ángeles de Alperton**
DE: **Oliver Menzies**

Gracias por su correo electrónico, señor Cole, pero mi colega
le ha gastado una broma pesada. Mi investigación se centra
solo en los hechos.

Los archivos de la abadía de Quarr

Amanda Bailey y Oliver Menzies en la comunidad religiosa de la abadía de Quarr (se pronuncia «cor») en la Isla de Wight, y más tarde con el entrevistado Jonah, 9 de julio de 2021. Transcrito por Ellie Cooper.

AB: Hola, Ellie. Verás que esta entrevista se encuentra entre una serie de archivos. Por lo general, me encanta que cortes la cháchara, sin embargo, esta vez necesito un registro de todo el día. Por favor, transcribe estos archivos en orden cronológico y en su totalidad. Se te reembolsará íntegramente. Gracias. [Y el apellido de Oliver se pronuncia «mingis» pero se escribe Menzies].

Archivo 1

OM: Adivina cuánto cuesta este ferri.

AB: Dos, tres millones.

OM: Me refiero al viaje. La tarifa a través del Solent. Cuarenta minutos de viaje. Adivina cuánto. La vuelta.

AB: Cincuenta.

OM: Ni de lejos.

AB: Setenta y cinco.

OM: Inténtalo de nuevo.

AB: Cien.

OM: Todavía en 2001, Mand, no... *[Pausa dramática. EC].* Ciento cincuenta.

AB: ¿En serio?

OM: El tramo de agua más caro del mundo. No me extraña que construyeran su monasterio de clausura al otro lado.

AB: ¿Caramelo?

OM: Mmmm. ¿Menta?

AB: Sí. *[Una pausa aquí mientras coméis caramelos. Qué asco. Recuerda que me pediste una transcripción completa. EC].*

OM: Es buena idea que hagamos esto juntos. No soy tan... lo que sea, como tú. Desenmascaras a la gente. Los sacas de sus caparazones. Yo soy más, venga va. Al grano.

AB: Mi estilo se basa más en el encanto y el desarme. *[Me encanta. EC].*

OM: Mmmm.

AB: No estaba pensando en nosotros cuando sugerí que hiciéramos esto juntos. Algunos de estos entrevistados siguen siendo vulnerables. Nuestro deber es protegerlos lo mejor que podamos. Estamos escribiendo sobre un caso que gira en torno a una serie de fallos en la cadena institucional de protección a los ciudadanos como la policía o los servicios sociales, lo menos que podríamos hacer es aplicar medidas de seguridad en nuestro propio proceso de investigación. Hablar con nosotros por separado duplica la cantidad de veces que una víctima tiene que revivir lo ocurrido. Si solo tienen que soportar una entrevista, con los dos a la vez, se minimiza las ocasiones en las que resurge el trauma.

OM: Sí, y ahorramos tiempo. Además, oiremos su primera respuesta. Ya sabes qué pasa cuando una fuente habla de algo varias veces. No dicen nada original, se repiten, y eso es malo para nosotros. Peor aún, no cometen ningún error. Están en guardia.

AB: ¿Es eso lo que pasó con el loco de las llamadas?

OM: Era un psicópata. Es un psicópata. Cada mañana, a las cinco menos cuarto, suena el teléfono. Me pasan por la cabeza todas las historias que me ha contado de cosas que jamás imaginarías.

AB: ¿Has hablado con Don? Tal vez pueda conseguirle ayuda. Seguro que las fuerzas especiales tienen algún tipo de psicólogo o servicio de asesoramiento o algo así.

OM: Se lo he mencionado. Pero ¿cuánto tiempo lleva eso?

AB: Bueno, dale la vuelta al asunto. Levántate cuando te llame. Sal a correr. Trabaja un poco. Convierte lo negativo en positivo. *[Se oye ruido de fondo aquí. Un anuncio. Volvéis a vuestros coches. EC]*.

OM: Me siento como si estuviera a punto de conocer a una celebridad. Jonah, el Ángel de Alperton.

AB: Solo que ese no es su nombre, sino el que le pusieron en la secta. Si lo usamos para dirigirnos a él, quizá le causemos un ataque de ansiedad o de pánico. Pero al menos llamará su atención. Hay que dejar de pensar en él como si tuviera diecisiete años. Tiene treinta y cuatro.

OM: ¿Cómo conseguiste su número? *[Aquí debiste sacudir la cabeza ante esto, EC]*. ¿Por qué no?

AB: Alguien arriesgó mucho para dármelo.

OM: ¿Por qué te dieron su número a ti? Es información delicada que podría volverse en su contra. Nadie me da nunca pistas como esa. La gente apesta.

AB: Por diferentes razones. Algunos creen que hay que denunciar las cosas. En este caso, alguien con quien hablé confiaba en mí y quería ayudar. No es una ciencia perfecta. He intentado obtener información desesperadamente de otra persona para este proyecto, pero se niega a participar.

OM: Bienvenida a mi mundo.

AB: También puede ser suerte. A veces conecto con algunas personas. Seguro que te pasa, nos ocurre a todos.

OM: No a mí.

AB: Tal vez hay algo fundamentalmente indigno de confianza en ti.

OM: No lo creo. De todos modos, ¿cómo es posible que alguien que apenas te conoce, o a mí, se haga una opinión de nosotros?

AB: Son las conexiones invisibles entre nosotros.

OM: ¿Las qué?

AB: Ya sabes, los estudiantes de psicología, o quienes se forman para ser terapeutas, ese tipo de cosas. En su primera clase, el tutor dice: «Que todo el mundo dé una vuelta por la sala y forme pareja con alguien». Lo hacen, y el profesor les pide que se sienten con esa persona y hablen cada uno de su vida familiar y su educación. Los alumnos descubren que, aparentemente al azar, han elegido a alguien cuyos padres se divorciaron, como los suyos, o cuyo padre murió cuando ellos eran jóvenes o cuya vida familiar se vio alterada por constantes mudanzas. O algo tan simple como dos personas que comparten posición en el orden de los hermanos, o que ambos son hijos únicos.

OM: En otras palabras, coincidencias normales que no significan nada.

AB: Nos atraen las personas con experiencias vitales similares a las nuestras. Hay un nivel invisible de comunicación que nos hace conectar con aquellos cuyo desarrollo emocional es similar o complementario al nuestro. *[¡Yo he hecho esto y recuerdo habértelo contado! EC].*

OM: No lo veo claro…

AB: No lo vemos ni lo oímos, y mucho menos lo controlamos, pero está ahí, y gobierna lo que nos atrae o lo que nos repugna. Los líderes de las sectas son personalidades influyentes y carismáticas, con un aura que atrae a los inseguros y vulnerables. Una tormenta psicológica perfecta. *[Eso es fascinante. EC].*

OM: La gente se une a las sectas porque son débiles y estúpidos. ¿Qué tiene eso que ver con que las fuentes te den información a ti y no a mí?

AB: Tengo más experiencia vital que tú, y eso significa que conecto con más gente que tú.

OM: Eso no explica por qué alguien te dio el número de Jonah.

AB: Me dieron un número. No sé si renuncias a tu teléfono móvil cuando ingresas en un monasterio, pero el número que Jonah tenía en 2011 ahora le pertenece a otra persona. Cuando llamé, me dijo dónde vive su propietario original. Y es justo ahí.

OM: ¿Dónde?

AB: Ese edificio de piedra más allá de los árboles.

OM: Oye, ¿lo ves desde el agua?

AB: Somos los únicos pasajeros que seguimos aquí. Será mejor que volvamos al coche. Yo conduciré.

OM: Quiero disfrutar de las ciento cincuenta libras que cuesta esta silla de plástico y la alfombra pegajosa.
[Paras la grabación aquí. ¿Por qué estás grabando todo esto? EC].

Archivo 2

[Crujido, crujido, crujido. ¿Caminando sobre grava? EC].

AB: Lo único que sabemos con seguridad es que estuvo en una casa de acogida. En algún momento de su adolescencia se unió a los Ángeles de Alperton. Fue rescatado de la Asamblea y luego desapareció de nuevo en la rueda de los servicios sociales.

OM: No por mucho tiempo, al parecer. Tenía diecisiete años cuando sucedió.

AB: No tuvieron mucho tiempo para romper el ciclo, el control que los Ángeles tenían sobre él.

OM: Debe de estar mortificado.

AB: ¿Por qué?

OM: Si yo llegara a creer que soy un ángel enviado del cielo, estaría… avergonzado como mínimo.

AB: Puede que lo esté. Lo averiguaremos.

OM: Nunca hablaría de ello con gente como nosotros.

AB: Esperemos que no piense lo mismo.

OM: ¿Qué? ¿Así que no has hablado con él?

AB: No directamente.

OM: Pero sabe que vamos a ir hoy.

AB: No en el sentido estricto de la palabra.

OM: Entonces puede que nos mande a paseo. Tal vez ni siquiera está aquí.

AB: Es un monasterio. Los monjes no salen. ¿O sí?

OM: O puede que esté en medio de un rezo o algo así. *[Tiene razón, Mand. EC].* ¿Qué estamos haciendo aquí?

158

AB: Hemos venido a visitar la abadía, echar un vistazo y, si por casualidad a Jonah le apetece charlar...

OM: ¿Cómo sabremos qué monje es Jonah? ¡Si es que llegamos a verlos!

AB: Por su edad. Su... comportamiento. Captaremos algo sobre él. Lo sabré.

OM: *[Suspira exasperado. ¡Le has hecho enfadar de verdad! EC].* Ese billete de ferri costaba ciento cincuenta libras.

AB: Lo has cargado a la editorial.

OM: *[Susurra. EC].* Jesús lloró.

AB: Chsss.

Archivo 3

[He llamado a la persona que habla aquí «Monje Amistoso». EC].

MA: ... en el sitio de un antiguo monasterio cisterciense del siglo XII. Lo que se ve hoy se construyó entre 1907 y 1914. Estos edificios monásticos principales fueron añadidos a la casa victoriana original, detrás de usted, por un arquitecto que había ingresado en la orden benedictina. *[Dom Paul Bellot. Lo busqué. EC].* Le gustaba el ladrillo belga. Sus cualidades particulares hacen que el monasterio cambie de tonalidad a lo largo del día y del año. Se dice que la torre de nuestro santuario se mantiene en pie solo por la gracia de Dios y la oración desde el interior. *[Pausa dramática. EC].* La gente de la época nunca había visto una estructura tan alta. Le garantizo que es bastante segura.

OM: ¿Cuántos monjes hay aquí?

MA: El número cambia. Acogemos a huéspedes e internos. Hombres que están pensando en emprender esta vida, o que simplemente desean experimentar un periodo de oración y soledad.

OM: ¿Hay hombres más jóvenes en el monasterio, de unos treinta años?

MA: Sí, de todas las edades. Desde los veinte hasta los ochenta.

OM: Si quisiera hablar con alguno en particular…

AB: ¿Tienen una oficina de prensa?

MA: Es mejor que utilice nuestra dirección de correo electrónico… ¿Son ustedes de los medios de comunicación?

OM: Sí, nosotros…

AB: Hemos venido de visita, pero siempre estamos abiertos a lo que el resto del mundo encuentre interesante. El monasterio es hermoso y fascinante.

MA: Sí. *[Crujido, crujido… Se aleja. EC]*. Disfruten de la visita.

OM: *[Levanta la voz. EC]*. Hay un monje aquí que tiene treinta y cuatro años.

AB: Silencio.

MA: *[Suena más lejos. EC]*. El correo electrónico es info@quarrabbey.org.
[Crujido, crujido, crujido. EC].

AB: Bien hecho.

OM: Me estaba poniendo de los nervios. Quizá él tiene todo el tiempo del mundo para parlotear sobre arquitectura y mierda, pero nuestro ferri de regreso sale a las seis. Los monjes están escondidos.

AB: No pueden estar muy lejos. Vamos. *[Crujido, crujido, crujido. EC]*.

Archivo 4

AB: Despacio. No hagas ruido.

OM: ¿Crees que nos atacarán?

AB: No lo sé.

OM: Muerden. Definitivamente muerden. Y comen de todo. Somos comida para ellos.

AB: Solo son cerdos.

OM: No son amistosos. Míralo.

AB: Es una hembra.

Para crear un relato cronológico de lo sucedido a continuación, partí el siguiente archivo en dos y luego inserté impresiones de mensajes de WhatsApp entre Oliver y yo:

Archivo 5

[Esto es casi todo susurrado. EC].

AB: La fábrica de cerveza está a la vuelta de la esquina. Más allá se encuentra el huerto. Esa es la capilla, obviamente. Apuesto a que la casita es su acceso a una zona con dormitorios y un comedor.

OM: ¿Cómo sabes todo esto?

AB: Investigación, Oliver. Fotografías de su sitio web, noticias, entrevistas, Google Earth. Me he hecho un mapa mental del lugar. Toma, agua vitaminada. Tenemos que estar preparados para aguantar lo que venga. *[Se oye a alguien bebiendo, seguido de un silencio mientras claramente te escabulles por donde no se permiten visitas. Y menos a una mujer. EC].*

AB: Ol, si nos encontramos con Jonah, déjame hablar a mí. *[Dong, dong, dong. Ominosas campanas. EC].*

OM: Está pasando algo en la capilla…

AB: Hay un servicio a punto de comenzar.

OM: La gente entra.

AB: Sígueme. *[De repente, se oye un eco, qué susto. ¡Pam! ¿Se ha cerrado la puerta? EC].* Tienen una sección para visitantes. ¡Perfecto!

OM: ¡Monjes! ¡Monjes!

AB: Lo sé. Chs. *[¡Uf! ¡Ruido de lamentos! Me da escalofríos. EC].*

OM: Mierda, eso es espeluznante.

AB: La sexta, son las doce en punto. Hay un horario de servicios devocionales que los monjes realizan a lo largo del día. Si está en el monasterio, lo encontraremos aquí. Ahora. Rápido. *[Los cánticos se hacen más fuertes. Muy espeluznante. EC].*

OM: ¿Quiénes son esos que entran en la zona acordonada? No pueden ser monjes. Ese tipo lleva una sudadera Tommy Hilfiger.

AB: Deben ser los hombres del retiro espiritual.

OM: Consiguen un asiento al lado del altar. Apenas veo a los monjes desde aquí.

AB: Los chicos del retiro están pasando por encima de la cuerda. Síguelos. Adelante.

OM: Dice «Prohibido el paso». Sabrán que no soy uno de ellos. Dios me castigará.

AB: No dirán nada mientras la misa está en marcha. Si lo hacen, discúlpate, di que te has equivocado. Echa un buen vistazo a los monjes. Fíjate si alguno puede ser nuestro hombre. *[Algunos de estos cánticos están en latín. Lo siento, solo puedo transcribir lenguas vivas. Llamaré al siguiente orador Monje Desconocido. EC].*

MD: Los malvados me esperan, para destruirme. Pero he comprendido tus palabras. Todo lo que parece perfecto tiene sus límites. Pero la perfección de tus mandamientos es ilimitada. *[Busqué esto. Es el Salmo 118 o 9 según la Biblia que tengas. EC].* Gloria al Padre y al Hijo, y al Espíritu Santo. Como era en el principio, ahora y siempre, por los siglos de los siglos. Amén.

Cuando Oliver se sentó con el grupo del retiro, cambiamos a WhatsApp.
Nuestros mensajes se insertan aquí:

> **Amanda Bailey**
> Bien hecho. Te pareces a ellos.

> **Oliver Menzies**
> ¿Quién?

> **Amanda Bailey**
> A los chicos del retiro espiritual. ¿Qué se ve desde ahí?

Oliver Menzies

Monjes, pero no muchos. NUEVE, incluido el que habla.

Amanda Bailey

¿Algún treintañero?

Oliver Menzies

El segundo por la izquierda. Y en el extremo derecho, junto al atril. ¿Alguna idea?

Amanda Bailey

No veo nada más allá de donde estás sentado.

Oliver Menzies

Tengo que guardar el teléfono. Miradas profanas de los tipos espirituales.

Archivo 5 (continuación)

[Muchos más cánticos y cantos. Algunos golpes y pasos. EC].
MD: Porque tú eres mi fuerza y tú eres mi refugio. Rescátame de las manos de los malvados. Del poder de los injustos. De los infractores de la ley. Porque mis enemigos me han estado vigilando, se han reunido y han hablado de mí. *[¡Crash! Dios, ¿qué ha sido eso? ¿Estáis bien? Pausa larga mientras pasa algo. No lo entiendo. EC].*
AB: ¿Estás bien?
OM: ¡Sí!
AB: ¿Qué ha pasado?
OM: Ha sido durante los rezos. Los chicos del retiro se han apoyado en las sillas frente a ellos, con las cabezas inclinadas. Cuando lo he hecho yo, la silla se ha derrumbado.

Se ha doblado en cuento la he tocado. Como si supiera que no debía estar allí.

AB: El monje que te ha ayudado a levantarte… Es un poco mayor para ser Jonah.

OM: Sabía que era un impostor o no me habría traído de vuelta aquí.

ED: *[Un extraño descontento. EC].* ¡Chss! Intentamos escuchar.

OM: ¡Está en latín!

ED: ¡Chss!
[Un poco de movimiento de pies y carraspeos. Silencio. Luego el canto se reanuda. Dios, Mand, tienes nueve vidas. EC].

Archivo 6

AB: ¿Jonah? *[¿No habías dicho que usar el nombre que le dio la secta podía ser peligroso? EC].* ¿Jonah?

HJ: *[Si es el monje Jonah lo llamaré HJ. EC].* ¿Quién es usted?

AB: Amanda Bailey. Estoy escribiendo un libro. Sobre los Ángeles de Alperton.

HJ: *[Pausa larga. EC].* Oh. *[Alguien interrumpe con lo que suena como un «Hermano, le esperan en la cocina», pero HJ debe haber hecho además para que se vayan. EC].*

AB: Entiendo. Quiere olvidar y seguir adelante. Sin embargo, en gran medida, hablar de ello le ayudará a hacerlo. A olvidar. Entenderá qué pasó y por qué, para que no vuelva a ocurrir. Lo que sabe podría ayudar a otros que corren el riesgo de rendirse ante la misma seducción. El mero hecho de contar su historia les ayudará a ver a través de las mentiras y a protegerse. Su experiencia es valiosa para el mundo.

HJ: ¿Cómo ha sabido que era yo?

AB: Intuición. Algo. ¿Sigue en contacto con Holly? ¿Sabe dónde está? *[Debe de negar con la cabeza a estas preguntas. No oigo ninguna respuesta. EC]*

OM: Debes estar realmente avergonzado…

AB: … porque nos hayamos acercado a usted de esta manera. Especialmente después de… en la capilla.

HJ: El hermano Benjamin no suele causar tanto escándalo. ¿Cómo me han encontrado aquí? *[Tiene una voz rica, suave. Tiene un efecto tranquilizador. Esperaba a un adolescente. EC].*

AB: Alguien, no recuerdo quién, me dio un número de móvil. Llamé y pregunté por Jonah. Me dijeron que estaba en la abadía de Quarr. ¿Quién tiene ese teléfono ahora?

HJ: Un viejo amigo.

OM: Una vez le di mi viejo móvil a mi padre. Gran error. De repente, empezó a recibir llamadas de mi ex, de antiguos amigos de la universidad y de antiguos compañeros de trabajo, pero es bastante… era un bromista. Una vez, mi jefe me llamó a altas horas de la noche para decirme que había una reunión editorial temprano a la mañana siguiente. Papá dijo: «Bien, allí estaré, nos vemos a las ocho». He olvidado añadir que tenemos voces parecidas. Bueno, teníamos. Así que llego al trabajo a las nueve del día siguiente y me encuentro con que la reunión casi ha terminado. Pensaron que llegaba tarde. Tuve que explicar que papá le había tomado el pelo. *[¿Qué demonios? EC].*

AB: Ve, cualquiera puede ser una víctima. Solo es necesario que alguien se dé cuenta de lo que te falta, necesitas o simplemente lo que quieres oír, y te lo dé. Crean dependencia y, en última instancia, te acabas avergonzando por haber creído en una mentira. Nadie quiere admitir que le han engañado. Las personas más vulnerables son las que piensan que no les puede pasar a ellas. Ese es el mensaje clave que pretendemos transmitir con este libro. Jonah… Lo siento, sé que no es su verdadero nombre. ¿Cómo quiere que le llamemos?

HJ: Jonah.

AB: Pero ese fue el nombre que le dieron los Ángeles.

HJ: Sí, soy el hermano Jonah.

AB: Le estaríamos muy agradecidos si nos dedicara algo de tiempo. Podríamos hablar de los Ángeles, de lo que sucedió esa noche y de cómo escapó.

HJ: Tengo que ir a la cocina para el almuerzo o tendré problemas.

AB: Piénselo durante el almuerzo. Nos vemos aquí, más tarde. ¿A las dos? ¿Tres?

HJ: Me lo pensaré.

[Debe de irse ahora; la grabación se detiene en este punto. EC].

Archivo 7

AB: He usado el nombre de Jonah para llamar su atención, pero no creía que seguiría usándolo. Eso me da escalofríos. Ol. Ol. ¿Estás bien?

OM: Ajá.

AB: Sigue viviendo en un ambiente parecido al de una secta. ¿Quién elige esto a menos que quiera o necesite retirarse del mundo?

OM: No lo sé.

AB: Alguien, una de esas fuentes que se ponen en contacto contigo cuando empiezas a investigar un caso como este, me dijo algo así como: «Cuando te obligan a entrar en un lugar oscuro, pasas el resto de tu vida en el camino de vuelta». Jonah todavía está en el camino de vuelta.

OM: ¿Pero es que no investigan a los aspirantes a monjes? Por ejemplo, si los motivos de un tipo para hacerse monje son equivocados, porque le han lavado el cerebro antes y no sabe de qué otra forma vivir. Deberían comprobarlo.

AB: No tienen mucha gente. Solo hay nueve monjes en todo el monasterio. Quizá no hagan tantas preguntas.

OM: Mmmm.

AB: Necesitará tiempo para pensar en nuestra propuesta. Podría significar un viaje de regreso.

OM: Tiene que hablar con nosotros hoy. No quiero volver aquí, de ninguna manera.

AB: Venga, todo el dinero va a cargo de la editorial. Déjalo estar.

OM: No me refiero a los billetes del ferri. Me refiero a este lugar. Es… idílico.

AB: La próxima vez traeremos la merienda. *[Oliver no está de humor para bromas. EC]*.

OM: No, idílico, pero no en el buen sentido. No tomamos heroína porque sea una mierda, sino porque es tan increíble que sabemos que nos engancharemos. Eso es lo que quería decir.

AB: ¿Te gusta la idea de esta vida?

OM: No. La odio, aunque una parte de mí piensa que si me mudara aquí, podría empezar de nuevo. Al menos no tendría que lidiar con el mundo nunca más. *[Un poco raro. EC]*.

AB: Estás a salvo, Ol. Eres ateo. No te aceptarían.

OM: No me refiero a eso. No sé lo que quiero decir.

AB: Bueno, los monjes elaboran su propia cerveza artesanal… *[La grabación se detiene aquí. EC]*.

Archivo 8

[Monje Desconocido vuelve a aparecer en este archivo. EC].

MD: El hermano Jonah me ha pedido que le acompañe. No desea responder a ninguna pregunta, pero dirá unas palabras sobre el tema que les interesa. Les pide que respeten su intención de hablar solo de aquellos detalles que se sienta preparado para revelar.

AB: Por favor, dé las gracias al hermano Jonah y, por supuesto, respetaremos sus deseos. *[El Monje Desconocido debe dejaros solos porque Oliver y tú cuchicheáis. EC]*.

AB: Permíteme dirigir la conversación.

OM: Puedo deslizar una o dos preguntas al final. Incluso si no contesta, veremos una reacción.

AB: No. Déjale hablar... Chss. *[Movimiento y una pausa mientras, supongo, HJ y MD entran y se instalan. EC].*

MD: Hermano Jonah.

HJ: Ha mencionado un tiempo antes de venir aquí. Una vida anterior. Me resulta difícil hablar de ello. Mis padres eran incapaces de cuidar de mí. Me colocaron en hogares de acogida, pero finalmente elegí una nueva familia entre personas que me ofrecían un refugio de lo que había sido una vida trastornada. Por desgracia, esa elección condujo a la tragedia y a la muerte de gente a la que quería. No me hago ilusiones sobre cómo nos veía el mundo exterior, pero en cuanto a cómo nos veíamos a nosotros mismos, lo considero simbólico. De cómo queríamos ayudar a la gente a llevar una vida con propósito. *[¿Hay algo inquietante y de otro mundo en su voz? ¿O es solo lo que dice? EC].*

AB: Entiendo. Gracias por explicármelo.

OM: ¿Y ahora lleva una vida con propósito? ¿Aquí?

BJ: Creo que sí. Una vida de oración y contemplación está impregnada de propósito.

OM: Pero tiene un hijo. Seguramente su propósito era, es, ser padre.

MD: El hermano Jonah es...
[A partir de aquí, habláis unos por encima de los otros y entre vosotros. No estoy segura de captarlo todo. EC].

MD: Es suficiente...

AB: Es un... Estamos muy agradecidos por su...

OM: Este monasterio pertenece al mismo mundo retorcido que crearon los Ángeles.

MD: Señor, acordamos que...

HJ: No creamos un mundo. Intentamos salvarlo.

OM: Puede irse de aquí. Puede llevar una vida normal. Tiene un hijo de dieciocho años, por el amor de Dios.

AB: Lo siento. Oliver, nosotros...

OM: Gabriel está encerrado. Los otros Ángeles están muertos. No hay nada que temer. Ahora está a salvo.

HJ: Ahora ningún lugar es seguro. *[Qué raro. Hay un momento de silencio, así que todos parecéis captar algo también. EC].*

AB: ¿Qué quiere decir con eso?

MD: Es hora de que se vayan. Hermano Jonah… *[¿Oigo un leve grito? ¿Ha sido una refriega? ¿Oliver se está peleando con los monjes? EC].*

HJ: Ahí, oh.

MD: ¿Se encuentra bien?

Archivo 9

[Camináis a toda prisa por la grava. Y no son pasos felices. EC].

OM: ¿Estás borracha?

AB: ¡No! Solo me he tomado una cerveza artesanal.

OM: Oh, así que has fingido caerte para evitar que todo este viaje mereciera la pena.

AB: He resbalado en unos azulejos muy pulidos mientras tú te esforzabas para cargarte la entrevista a pedradas. Suerte que Jonah ha evitado que me cayera. *[Pausa enfadada aquí. ¿Fingiste la caída? EC].* Y es una suerte que eso haya impedido que nos hayas hecho parecer más idiotas de lo que ya habías conseguido. He dicho que me dejaras hablar a mí. Por eso no llegas a ninguna parte. Eres un animal.

OM: Estoy tan enfadado con él.

AB: ¿Con quién?

OM: Jonah.

AB: ¿Por qué?

OM: No lo sé. Porque ha caído en la trampa. Los Ángeles. Este lugar… No lo sé. He tenido una sensación desde que he entrado por la puerta de la capilla. Como si mi padre estuviera allí.

AB: Qué bien, ¿verdad? Tal vez esté velando por ti.

OM: Ya me conoces, Mand, soy ateo. No creo en esta mierda, así que, ¿por qué me siento tan raro? Luego pienso que mi padre está muerto y que le encantaría seguir vivo y tomarse una pinta de cerveza conmigo un viernes por la noche. Mientras, el hermano Jonah ignora a su hijo por completo. Por eso me he enfadado.

AB: *[Respiras hondo aquí. EC]*. En cuanto permites que tus emociones, o tus propias opiniones, tomen partido, cierras una puerta. Tienes que dejar que la gente hable. Pronto se descubrirán. *[Largo silencio. Solo pasos mientras camináis de vuelta al coche. EC]*.

AB: Don Makepeace dijo que no estaba seguro de si liberar a Holly y Jonah sin cargos había sido la decisión correcta. Yo creo que fue un error.

OM: Mmm.

AB: Si Jonah hubiera pasado por el sistema, habría tenido la oportunidad de recibir ayuda. En su lugar, ha recreado lo que tenía cuando estaba en la secta. Solo que esta en la que se encuentra ahora está socialmente aceptada.

OM: Ahora ningún lugar es seguro. Eso es lo que ha dicho. Ahora ningún lugar es seguro… ¿Ahora qué?

AB: ¿Ahora que los Ángeles están muertos?

OM: ¿Crees que eso es lo que ha querido decir? Yo creo que se refería a que ningún lugar es seguro ahora que el Anticristo anda suelto por el mundo.

AB: El Anticristo lleva «suelto» desde 2003. El mundo sigue aquí.

OM: Pero apenas es un adulto.

AB: Jonah es un hombre vulnerable. El monje mayor lo sabía, o no habría insistido en estar presente mientras hablábamos con él.

OM: O quería controlar lo que Jonah decía.

AB: De todas formas, es poco probable que consigamos sacarle algo más. Gracias a ti.

OM: Y gracias a ti, después de nuestro carísimo paseo, solo tenemos una declaración robótica que no nos revela nada. *[Ding ding clic mientras se abre el coche. EC]*. Vámonos.

AB: *[Mand, la siguiente línea se la susurras al teléfono. Oliver no la oye. Pero yo sí. EC]*. Le he sacado más de lo que crees.

Mensajes de WhatsApp entre Oliver Menzies y yo, 9 de julio de 2021:

> **Oliver Menzies**
> La cámara de mierda ataca de nuevo. ¿Has conseguido alguna foto decente de Jonah y la abadía?

> **Amanda Bailey**
> ¿Por qué?

> **Oliver Menzies**
> Para mi *collage* de escritorio. Me gusta tener fotos que me inspiren mientras escribo. Imágenes de los edificios y alguna de Jonah que hayas conseguido tomar.

> **Amanda Bailey**
> Te estoy enviando algunas ahora… Las de la abadía están bien. Una de Jonah, pero tan lejos que ni siquiera estoy segura de que sea él. Y un monje borroso al azar.

> **Oliver Menzies**
> Servirán.

Oliver Menzies y yo visitamos al arcángel Gabriel

Oliver Menzies y yo hablamos en el coche mientras conducimos por una autopista, el 10 de julio de 2021. Es extremadamente difícil escuchar las palabras con claridad en estas circunstancias. Transcrito lo mejor posible por Ellie Cooper.

OM: Las cinco menos cuarto. Bueno, las cuatro y cuarenta y cuatro. Todos los días. Incluso los domingos.

AB: Desconecta el teléfono. Ya debes tener pruebas suficientes.

OM: Sí, pero necesito demostrar que sigue haciéndolo. Sin los registros, simplemente dirán que paró.

AB: Oh.

OM: No podía dormir de todos modos.

AB: No va uno a entrevistarse con el arcángel Gabriel todos los días.

OM: Gabriel Angelis. Menudo nombre. No podrías inventártelo.

AB: Su verdadero nombre es Peter Duffy y nació el día de Navidad de 1959. Lo cambió por escritura pública en 1991. Llama la atención de la policía a finales de la adolescencia, un par de delitos menores y robos, incluido lo que ahora llamamos sustracciones. Luego un fraude más sofisticado con un talonario de cheques y lo condenan a cuatro años en la década de los ochenta. Don lo recuerda porque acababa de ingresar en el cuerpo. Gabriel cumple dos años y luego se comporta durante un tiempo. Nada de 1990 a 2002.

OM: O se reforma o no lo detienen.

AB: En 2002 lo arrestaron mientras intentaba usar una tarjeta de crédito robada y, al registrarlo, le encontraron más encima. La policía creyó que las estaba vendiendo o pasando a una banda del crimen organizado. Cumplió tres meses en Wandsworth y cinco de servicios comunitarios. En 2003 lo relacionaron con el baño de sangre de La Asamblea y lo detuvieron en Ealing.

OM: No llegó lejos.

AB: Iba a pie. Literalmente. Sin zapatos.

OM: Condenado por asesinar a Harpinder Singh a partir de una única huella dactilar ensangrentada en un folleto hallado en el piso. Y aunque los otros Ángeles se apuñalaron hasta la muerte, se le acusó de mutilar y colocar los cuerpos para realizar un ritual.

AB: Las autopsias y los forenses confirman que los Ángeles se cortaron sus propias gargantas y que la mutilación tuvo lugar *post mortem*. Eso, además de los testimonios de Holly y Jonah sobre la forma en que los atrajo a la secta, llevó a que lo sentenciaran a cadena perpetua.

OM: Lleva dieciocho años en prisión. ¿Todavía cree que es el arcángel Gabriel?

AB: ¿Alguna vez se lo creyó? Es un estafador además de un asesino.

OM: ¿Un estafador que cree en su propia narrativa, o un cínico manipulador?

AB: Háblame de tu estrategia para la entrevista. *[Silencio. Percibo algo de fricción. EC]*. No te pongas así. Si yo no entro, tienes que saber lo que estás haciendo…

OM: Soy perfectamente capaz de hacerlo sin tu aportación.

AB: Primero, charlemos de cosas al azar. Cómo va todo, qué hay para almuerzo… Conversación ligera. Si dice algo gracioso o incluso un poco sarcástico, ríete como si fuera el mejor chiste que has oído en toda la semana.

OM: Mand…

AB: Construye una relación con él. No dejes que controle la conversación. Si está contando algo y salta hacia delante, vuelve a dirigirlo a la cronología de los hechos. Deja las preguntas capciosas para más adelante en la entrevista.

173

OM: Sé hacer esto.

AB: Está encerrado por el asesinato de Singh, que dice que no recuerda y que no llevó a cabo. Sin embargo, a pesar de las apelaciones, esa única huella le ha mantenido dentro. Su alegación de inocencia es un punto débil que podemos explotar. Tienes que dejar claro que crees que la acusación de asesinato forma parte de una gran conspiración. ¡Mierda! Sí. Tenemos que hablar sobre el contacto visual… *[Oliver suelta un bufido despectivo. EC].* Solo quiero que saques el máximo provecho. Por los dos. Si me dejan entrar, hablaré con él más tarde, como si rellenara los huecos. Y le preguntaremos por el bebé. Pero no sabrá adónde fue, así que… *[Silencio de nuevo. Solo el zumbido de la carretera antes de que la grabación se apague. EC]*

Conversación entre Amanda Bailey y una mujer desconocida en el exterior de la prisión de Tynefield, 10 de julio de 2021. Transcrito por Ellie Cooper.

Mujer: *[La grabación comienza a mitad de la conversación. EC]…* drogas y otras cosas. No te dejan entrar sin permiso.

AB: Lo sé. Se supone que estoy ayudando a alguien que está herido. No puede tomar notas. *[Pareces molesta. ¿Qué ha pasado? EC].*

Mujer: ¿Viene de lejos?

AB: Londres.

Mujer: Oh no. Su amigo ha entrado sin problemas. Bueno, estará bien. No hay necesidad de llorar.

AB: No es eso. Solo… Me siento frustrada.

Mujer: Al menos no está lloviendo.

AB: Gracias por venir. Debería volver a la cola. No pierda su sitio.

Mujer: No lo haré. Las chicas me lo guardarán. ¿A quién iba a visitar?

AB: *[Entre susurros. EC].* Gabriel Angelis.

Mujer: ¿El líder de la secta? *[Exhala una exclamación. EC].* ¿Es una seguidora?

AB: No. Mi amigo y yo le estamos entrevistando para un libro… ¿Él tiene seguidores?

Mujer: ¿Ve a esa mujer de ahí, la que cruza la puerta? *[Ha bajado la voz, casi un susurro. EC].* Lleva un collar con un ala de ángel.

AB: Lleva muchas capas para este tiempo. El sombrero parece exagerado.

Mujer: Sí, bueno. ¿Querría que la reconocieran si viniera a verlo?

AB: Todavía tiene influencia desde la cárcel.

Mujer: Le sorprendería, querida.

AB: ¿Viene mucho por aquí?

Mujer: La he visto muchas veces, pero hay otras que vienen y van. ¿Está mejor?

AB: Sí, gracias.

Mujer: Hay que cuidarnos entre nosotras, ¿no? *[La mala gramática es suya, no mía. Suena como si se alejara. EC].* Espero que tu libro sea un *best seller.*

AB: Gracias. *[Gabriel tiene fans que lo visitan. Señal de su poder e influencia, ¿o una prueba de que Oliver tiene razón y la gente es estúpida? No me decido. EC].*

Conversación entre Amanda Bailey y Oliver Menzies. En un coche parado, en algún lugar cerca de la prisión de Tynefield, 10 de julio de 2021. Ambos mastican. Es asqueroso. Transcrito por Ellie Cooper.

OM: No me sabe mal, Mand. Sabías que era un riesgo.

AB: ¿Acaso te he pedido que te compadezcas de mí? He pasado el rato junto al camión de hamburguesas, he hablado con algunas chicas en la cola. Como la sal de la tierra. Leales a sus hombres, todos presos. *[Suspiras, como si hubiera sido un trabajo duro. EC]*. Lo has grabado todo, ¿verdad?

OM: Sí. He tenido que fingir que me dolía la mano, gracias a ti.

AB: Pon el archivo. Quiero oír su voz.

OM: Estoy harto de su voz. Vámonos a casa.

AB: Tengo mis AirPods.

OM: ¡NO! Simplemente no, Mand... *[Silencio incómodo. Un poco raro. ¿Seguro que lo grabó? EC]*.

AB: Vale. Envíame el archivo. Lo transcribiré. Pero dime qué ha pasado, al menos.

OM: Uf, déjame asentarme. Me duele horrores la cabeza.

AB: ¿Cómo es? *[Sin respuesta. EC]*. ¿Te has entendido bien con él?

OM: Ajá.

AB: ¿Qué dice sobre el asesinato de Singh? ¿Alguna confesión?

OM: Suenas como la poli. Era todo lo que querían saber. No recuerdo. No... todo me da vueltas.

AB: ¿Has mencionado al bebé?

OM: Está todo en el expediente. Vámonos. No quiero llegar a Londres en hora punta.

AB: Claro, pero déjame conducir. *[El motor arranca. EC]*.

OM: Eh...

AB: Has tenido un día muy largo. La cabeza te da vueltas. Yo conduciré.

OM: Sí. Gracias, sí. Vale.

[Las puertas se cierran de golpe al cambiar de sitio, el motor arranca de nuevo y la grabación se acaba. EC].

Intercambio de correos electrónicos de Oliver Menzies con el consejero espiritual Paul Cole, 11 de julio de 2021:

PARA: **Paul Cole**
FECHA: **11 de julio de 2021**
ASUNTO: **Re: Los Ángeles de Alperton**
DE: **Oliver Menzies**

Paul:
Hoy he conocido a Gabriel Angelis. De hecho, ayer, es muy tarde. He llegado hace horas, pero no puedo dormir. ¿Llegó a conocerlo? Necesito hablar con alguien que lo haya hecho.
Oliver

PARA: **Oliver Menzies**
FECHA: **11 de julio de 2021**
ASUNTO: **Re: Los Ángeles de Alperton**
DE: **Paul Cole**

Estimado Oliver:
No llegué a conocer a Gabriel personalmente, pero he hablado con personas que sí lo han hecho. Dígame, ¿experimentó una repentina oleada de energía, o un estallido de actividad física involuntaria, como latidos acelerados, sudoración, mareos, etc., mientras estuvo en su presencia o, muy probablemente, después?
Paul

PARA: **Paul Cole**
FECHA: **11 de julio de 2021**
ASUNTO: **Re: Los Ángeles de Alperton**
DE: **Oliver Menzies**

Sí. Eso es, justo. Mi ayudante tuvo que llevarme a casa, pero no es la primera vez que me siento así. Sabe que estoy escribiendo un

libro sobre los Ángeles de Alperton. Pues bien, experimenté sensaciones similares cuando conocí a Jonah el día anterior. También cuando visité el lugar de La Asamblea como parte de mi investigación. A mi ayudante no le afectó. ¿Qué pudo causarlo?
Oliver

PARA: **Oliver Menzies**
FECHA: **11 de julio de 2021**
ASUNTO: **Re: Los Ángeles de Alperton**
DE: **Paul Cole**

Estimado Oliver:
Creo que Gabriel tiene una conexión con el otro lado que ni siquiera él llega a comprender. Es un hombre convincente y carismático, y la mayoría de la gente se siente atraída por él. Pero alguien con una sensibilidad especial percibirá su turbulenta energía psíquica. Es posible que usted esté más en sintonía con esto que la mayoría. Estoy seguro de que no es nada preocupante y espero que se recupere pronto.
Mis mejores deseos,
Paul Cole

Un correo electrónico que me envió Judy Teller-Dunning, la viuda del autor de *Alas blancas*, Mark Dunning, 12 de julio de 2021:

PARA: **Amanda Bailey**
FECHA: **12 de julio de 2021**
ASUNTO: *Alas blancas*
DE: **Judy Teller-Dunning**

Estimada Amanda Bailey:
Tengo entendido que se puso en contacto con Duncan Seyfried, de Neville Reed, en relación con el caso de los Ángeles

de Alperton. Hace varios años, mi difunto marido, Mark Dunning, escribió *Alas blancas,* una popular novela de espionaje parcialmente inspirada en ello. Ya se habrá enterado de la triste noticia de su reciente fallecimiento.

No tenía intención de responder a su correo electrónico mientras aún me sintiera tan vulnerable, pero anoche ocurrió algo extraño y tengo la fuerte sensación de que debía ponerme en contacto con usted.

Ayer celebramos el funeral de Mark y, después de que todo el mundo se hubiera ido, entré en su despacho, donde todo estaba exactamente como él lo había dejado el día de su muerte. Me senté ante su escritorio y me pregunté cómo podría ordenar la montaña de papeleo que había acumulado. Mi marido nunca archivaba nada ni lo tiraba. Notas, impresiones, investigaciones, cartas, cuarenta años de documentación. De vez en cuando, recogía uno o dos montones de su escritorio y los metía en cajas, que luego colocaba en una estantería. Me pregunté si no debería simplemente quemarlo todo. Lloré ante la idea.

A través de las lágrimas, estiré la mano, saqué la caja más cercana, literalmente al azar, y la abrí. Me vine abajo ante el desorden de papeles que había dentro. Sin embargo, cuando miré con más atención, me detuve en seco. Allí, delante de mí, estaban las notas de Mark para *Alas blancas.* De inmediato recordé su correo electrónico y se me heló la sangre. Mi marido escribió treinta y nueve libros y, sin embargo, la primera caja en la que miré contenía justo lo que usted me había pedido. No soy una firme creyente de lo sobrenatural, pero creo que Mark quiere que usted reciba sus notas y por eso me las entregó así, sabedor de que nunca localizaría el material de otro modo. Si me da la dirección de su casa, se las enviaré.

Por favor, ¿puede hacer una cosa por mí? ¿Podría mantenerse en contacto y hacerme saber si el material le es útil?
Saludos,
Judy Teller-Dunning

Mensajes de WhatsApp entre mi editora Pippa Deacon y yo, 12 de julio de 2021:

Pippa Deacon
¿Cómo fue la reunión con Gabriel? He estado hablando con mi chica. ¿El alcaide aceptaría una entrevista con G en cámara o solo en audio? Encontró la entrevista de Dennis Nilsen en YouTube y le ENCANTARÍA hacer algo parecido.

Amanda Bailey
Estoy haciendo transcribir la entrevista ahora. El plan para entrar con OM fracasó.

Pippa Deacon
Oh. Qué decepción.

Amanda Bailey
Tenemos un archivo de audio. Enviaré la transcripción en cuanto la tenga.

Mensajes de WhatsApp entre Ellie Cooper y yo, 12 de julio de 2021:

Ellie Cooper
He intentado abrir la entrevista de Oliver, archivo de audio 444. No estoy segura de si es un formato extraño o si se ha corrompido. ¿Puedes pedirle que lo reenvíe?

Amanda Bailey
Voy a ver. Está muy raro. O no lo grabó, o lo hizo y las cosas fueron mal, o fueron muy bien y por algún motivo no quiere que use el material.

> **Amanda Bailey**
> ¿Puedes enviarle el archivo de Gabriel a Ellie?

> **Oliver Menzies**
> Pensé que lo había hecho.

> **Amanda Bailey**
> Está corrupto.

> **Oliver Menzies**
> Tiene sentido.

Entrevista con Caroline Brooks, psicóloga criminalista *[y mi tutora. EC]*, 12 de julio de 2021. Transcrita por Ellie Cooper.

[Recorté las frases triviales y, modestamente, algunas palabras sobre mí. EC].

CB: ... y es una estrella del departamento. *[Ups, olvidé esta parte. EC].*

AB: Gabriel comenzó como un ladronzuelo y parece que fue progresando en los márgenes del crimen organizado. Pero su patrón delictivo no es secuencial después de eso. En mi opinión, da un salto de delincuente de poca monta, con robos y sustracciones, a líder de una secta y asesino.

CB: Los líderes de las sectas prosperan con el poder, y el poder corrompe.

AB: ¿Cuál es su definición de una secta?

CB: Bueno... *[Ligera vacilación. No es que no quiera comprometerse. Es muy cuidadosa con sus palabras. EC].* Es

181

donde la gente se aleja de su vida como individuo para sumergirse en una organización separatista bajo un líder carismático y se convierte en parte de una comunidad utópica. Las sectas tienen sus propias reglas y filosofía, aunque parezca que crean una existencia sin ninguna de ellas. Es una contracultura atractiva para los que luchan por encontrar un lugar en la sociedad normal, o que carecen de una familia convencional.

AB: ¿Por qué es tan difícil abandonar una secta?

CB: Si les has entregado tus posesiones y tu dinero, puede que no dispongas de recursos. Si alguien ha rechazado a su familia y amigos, no tiene apoyo fuera de esta. No obstante, el factor primordial es la sumisión psicológica. Los miembros renuncian a su sentido del yo para ajustarse a un nuevo conjunto de normas, rutinas y comportamientos. Todo para complacer al líder o líderes. Si rompen las normas o cuestionan la filosofía de la secta, son rechazados. Es un estrangulamiento invisible. Para cuando una víctima sospecha que la organización está actuando mal, ya es tan culpable como ellos de engañar a los demás.

AB: Hablamos mucho de las víctimas de las sectas, ¿es útil analizar las condiciones bajo las que surge el líder?

CB: Tal vez. Pero, de nuevo es una generalización. Una secta es una relación de control coercitivo a gran escala. Puede ser una unidad de dos personas: líder y seguidor. Algunas religiones organizadas mayoritarias funcionan de formas parecidas a las sectas. En nuestra propia sociedad empleamos el término «secta» para referirnos a una organización nociva o tóxica. En cuanto a los líderes, la mayoría son personas mentalmente inestables. A medida que una secta madura y crece, tienen que ejercer más control para mantener su autoridad sobre más personas. Se puede distinguir entre los líderes que creen en su propia filosofía y los que lo hacen por sexo o dinero. Una definición de secta podría ser la de una religión en la que el líder espiritual está vivo. Es posible verlos, oírlos y hablar con ellos. Las organizaciones dirigidas por gurús atraen a personas desilusionadas con la corriente religiosa dominante. Descubrimos que las personas que se han criado con una fuerte educación espiritual son más susceptibles de unirse a una secta.

AB: ¿Las sectas van dirigidas a determinados tipos de personas? ¿Existe un perfil de víctima?

CB: Muchos apuntan a los ricos, por razones obvias. También a los jóvenes que están ansiosos por su futuro y por el mundo en general. Si alguien les promete una forma de vida nueva y diferente, quizá alejada de una sociedad que consideran fallida... Pero cualquiera que haya experimentado un acontecimiento que haya dado un vuelco a su vida, como un duelo, es vulnerable. En términos sencillos, en cuanto alguien sabe lo que quieres, adquiere la capacidad de controlarte con la promesa de ayudarte a conseguirlo. Pero, ¿sabe quiénes creo que son los más vulnerables? Las personas que creen que están más allá de eso, las que están convencidas de que nunca caerán en una secta.

AB: *[Te ríes. EC]*. Comparto su opinión, con esas mismas palabras, aunque no todo el mundo lo ve así. ¿Cómo cree que empezaron los Ángeles de Alperton y cómo llevaban a cabo sus actividades? ¿Diría que eran realmente una secta?

CB: En mi opinión, sin duda. Los líderes parecen haberse creído su propia filosofía. Prefirieron suicidarse antes que vivir en un mundo junto al Anticristo. Hacia el final, todos estaban ya entrenados para ignorar cualquier duda sobre lo que hacían. Era una secta pequeña, pero muy típica. Piense en la Puerta del Cielo. Creían ser seres divinos a quienes recogería una nave espacial. Treinta y nueve muertos. Luego está Waco: ochenta muertos. Y por supuesto,

183

Jonestown. Más de novecientos. Aunque en esos casos, el líder, siempre un hombre, murió con sus seguidores.

AB: Gabriel huyó de la escena.

CB: Sí. Eso es inusual. Tal vez había perdido la fe en lo que había creído, o nunca lo creyó.

[¿No vivimos todos en una gran secta? Desde que nacemos, estamos condicionados a comportarnos de una determinada manera, a creer cosas prescritas y a mantener las normas de la sociedad. ¿Quién sabe si todas esas creencias y valores son correctos? EC].

Mensajes de WhatsApp entre Ellie Cooper y yo, 12 de julio de 2021:

> **Amanda Bailey**
> Gracias por ponerme en contacto con Caroline. Es encantadora, elocuente e intimidante.

> **Ellie Cooper**
> No hay de qué. Aún no he recibido el archivo Gabriel de Oliver.

> **Amanda Bailey**
> Mierda. Se lo he pedido esta mañana. Vale, lo perseguiré.

Mensajes de WhatsApp entre Oliver Menzies y yo, 12 de julio de 2021:

> **Amanda Bailey**
> ¿Qué pasa? ¡Solo tienes que enviar por correo electrónico el archivo de Gabriel a Ellie, joder!

Amanda Bailey
Por favor.

Oliver Menzies
No ha salido.

Amanda Bailey
¿QUÉ?

Oliver Menzies
No hay nada más. Lo que Ellie oyó es todo lo que hay. Ruido blanco.

Oliver Menzies
Intentaré recordar lo que dijo.

Oliver Menzies
Sé que estás enfadada, pero es lo que hay.

Mensajes de WhatsApp entre Ellie Cooper y yo, 12 de julio de 2021:

Amanda Bailey
¿Realmente no se puede aprovechar nada del archivo?

Ellie Cooper
Hay voces bajo el ruido, pero no son lo bastante claras.

Amanda Bailey
Ellie, ¿podrías hacerme un favor e intentar conseguir lo que puedas? Aunque sean una o dos palabras. Ruidos. Cualquier cosa.

Ellie Cooper
OK.

Oliver Menzies entrevista a Gabriel Angelis en la prisión de Tynefield, 10 de julio de 2021. Transcrito por Ellie Cooper.

[Zumbidos, como si hubiera un aparato electrónico encendido, pero no funcionara correctamente. No sé si las voces pertenecen a una persona o a varias. Creo que oigo las siguientes palabras. EC].

Accidentes, enfermedades. Siempre caos. Predestinado... aceptarlo.

[Lo siento, pero eso es todo. Tengo un amigo que trabaja en un estudio de grabación. Puedo preguntarle si hay algo que pueda hacer para reducir el ruido si quieres. EC].

Mensajes de texto entre el señor Azul y yo, 12 de julio de 2021:

Señor Azul
Podemos reunirnos, pero no traiga nada digital. Nada de dispositivos de grabación, teléfonos, cámaras. Señor Azul.

Amanda Bailey
¿Cuándo y dónde?

Señor Azul
Lo digo en serio. Ni su teléfono ni ninguno. Lo rastrearán en segundos. No venga en coche.

Amanda Bailey
¿Dónde nos vemos y cuándo?

Señor Azul
No utilice el transporte público. Incluso sin tarjeta de viaje, las cámaras de seguridad la detectarán.

Amanda Bailey
Tomaré un Uber.

Señor Azul
No pida un Uber. Venga a pie.

Amanda Bailey
¿Dónde?

Señor Azul
El camino detrás de la taberna al final de Horsenden Hill.

Amanda Bailey
Eso está bastante aislado.

Señor Azul
Mañana a la una y cuarto.

Mensajes de WhatsApp entre mi editora Pippa Deacon y yo, 12 de julio de 2021:

Pippa Deacon
Quería preguntarte antes: ¿alguna noticia sobre el bebé?

Amanda Bailey
He quedado con alguien esta noche que me dará los detalles.

> **Pippa Deacon**
> Estupendo. Es lo que tenemos que solucionar ahora, Amanda.

Mensajes de WhatsApp entre Ellie Cooper y yo, 12 de julio de 2021:

> **Amanda Bailey**
> Ellie, quiero contarte en confianza lo que voy a hacer esta noche para que llames a la policía si me pasa algo. No te asustes. No pasará nada.

> **Ellie Cooper**
> OK.

> **Amanda Bailey**
> Voy a buscar información de los Ángeles de Alperton de alguien cuyo verdadero nombre desconozco. Quiere que nos reunamos en una calle sin iluminación que atraviesa un bosque oscuro detrás de un *pub*. Se llama The Ballot Box. Está al borde de Horsenden Hill, en Greenford.

> **Ellie Cooper**
> Vale.

> **Amanda Bailey**
> A la 1:15 de la madrugada.

> **Ellie Cooper**
> Oh.

Amanda Bailey

Te llamaré cuando salga y de nuevo cuando vuelva a casa. Tardaré cuarenta minutos en ir y volver, más lo que le lleve a esta persona contarme lo que necesito. Una vez que haya hecho esa segunda llamada, olvídate de todo: significará que ha ido según lo previsto. ¿Entendido?

Ellie Cooper

¿Por qué no vas en coche?

Amanda Bailey

Porque registra los datos de movilidad. Me ha ordenado que deje todos mis dispositivos en casa y vaya a pie.

Ellie Cooper

Entonces sabe exactamente dónde vives.

Ellie Cooper

Ha elegido un lugar al que puedes ir andando. Así que debe saber dónde vives.

Amanda Bailey

Supongo que sí.

Ellie Cooper

Sabe lo que quieres y lo utiliza para controlarte.

Amanda Bailey

Estaré bien.

Ellie Cooper

Así que si no he recibido esa segunda llamada a las 2:15, ¿llamo a la policía?

Amanda Bailey
No. Dame dos horas por lo menos.

Ellie Cooper
En dos horas podría pasar cualquier cosa.

Amanda Bailey
No es para que me rescaten. Es para que sepan qué estaba haciendo cuando ocurrió.

Una conversación entre Amanda Bailey y Oliver Menzies en un ruidoso café, 12 de julio de 2021. Transcrito a regañadientes por Ellie Cooper.

OM: El sonido de ese archivo es casi idéntico al que oigo cuando el soldado loco me llama cada mañana.

AB: Vamos a verlo, ¿no? Veamos si se graba correctamente. Bien, ya está. Está grabando. Encendido, ¿verdad?

OM: Sí, está encendido. Creo que entró en mi casa la noche antes de que fuéramos a Tynefield y manipuló mi móvil para sabotear mi gran entrevista. Sabía lo importante que era porque había estado escuchando mis llamadas, leyendo mis mensajes y mis WhatsApp.

AB: ¿Puede hacer eso? ¿Y crees que sería capaz de entrar en tu casa?

OM: Sí. Es un especialista en comunicaciones. Se jactaba de que escuchaba las llamadas de la Casa Real. No sabes de lo que es capaz. Las cosas que hizo en Iraq, a sus compañeros de escuadrón. Incluso antes de encontrar a un solo soldado enemigo. No es acoso, es lo siguiente.

AB: ¿Lo admitió?

OM: Extraoficialmente y solo a mí. Ahora sé por qué. Si sale a la luz, sabrá de dónde viene. Y yo seré el siguiente.

190

AB: ¿Qué puede hacerte, siendo realistas?

OM: Bueno, capturó a un porteador del que se rumoreaba que trabajaba para los talibanes, lo ató a un árbol y le prendió fuego. De los pies a la cabeza.

AB: Mierda.

OM: Ninguno de los que colaboraron en el libro creen que haya dejado de ser un mercenario. No siente ninguna emoción excepto ira, y ninguna empatía. Mataría literalmente a cualquiera por dinero. Perseguirme es un juego de niños para él.

AB: Hmmm, todavía dice que está grabando. Háblame de la visita a Gabriel. Todo lo que recuerdes.

OM: Vale, te dejé en la puerta para que intentaras convencer al guarda. Pasé por seguridad, como en un aeropuerto. Entonces, en la esquina de la sala de visitas… lo vi. *[Silencio. EC].*

AB: ¿Cómo es?

OM: Es exactamente igual que en todas sus fotos. Te juro que no ha envejecido ni un día.

AB: ¿No tiene canas? Tiene más de sesenta años.

OM: Ni un pelo. Suave, educado. Es un hombre apuesto. Llevaba una sudadera y vaqueros. Me miró con ojos penetrantes y sonrió. *[Suspira, ambos se detienen un momento. Tintineo de cubiertos. EC].* Así que le dije… Le dije… *[Sigue dudando. EC].*

AB: ¿Qué pasa?

OM: Nada. Le dije: «¿En qué estaba pensando? Era una locura sacrificar a un bebé».

AB: Ol, está preso por el asesinato de Harpinder Singh. Al bebé lo rescataron. Está bien.

OM: Lo sé, lo sé. Pero no le viste los ojos, Mand. Bueno, me dijo que soy el foco de la energía negativa de alguien. Que hay alguien que me quiere muerto. Y que seguirá hasta que lo esté. No de forma violenta, añadió, sino poco a poco. Gota a gota. Mand, no le dije ni una palabra sobre el soldado loco. ¿Cómo es posible que lo supiera?

AB: Es un estafador. Un psicópata narcisista. Convenció a tres hombres para que mataran a un bebé, y casi lo consiguen. Cuando ese plan fracasó, les convenció para que se suicidaran y luego mutiló sus cuerpos. Está trastornado, pero ha pasado toda su vida conviviendo con gente normal. Sabe cómo comportarse y sabe detectar las vulnerabilidades de los demás. Fíjate en que condujo la conversación hacia ti en cuanto le hablaste de sus crímenes. Un comportamiento absolutamente clásico. Si hubiera estado allí…

OM: Tal vez, tal vez, pero eso no explica cómo lo sabía. Tú lo sabes porque llevo semanas hablándote de ello. Hay alguien apuntándome con energía negativa y créeme, el soldado loco me quiere muerto. No solo eso. Fue la forma en que describió palabra por palabra una de sus técnicas de tortura. No lo haré, porque incluye echar gasolina en los ojos de la gente. *[Vas a hablar, pero te interrumpe. EC]*. Así que dije: «Sí, sé que alguien me quiere muerto. ¿Cómo puedo impedirlo?». Y me respondió: «No eres responsable de ellos. Están en un viaje y los acontecimientos tienen que desarrollarse. Tu trayecto choca con el suyo. Como planetas que se alinean en el cielo durante un corto periodo de tiempo y luego se alejan, cada uno en su órbita predestinada. No puedes hacer nada más que aceptarlo».

AB: Es obvio lo que intenta. Agotar la duración de la visita con mierda verbal. ¿Qué dijo sobre su condena? ¿Admitió su culpabilidad o mencionó nuevas pruebas?

OM: Dijo… algo… que no lo hizo. Otras cosas. Luego añadió que ningún lugar es seguro. Ahora ningún lugar es seguro. Eso es exactamente lo que dijo Jonah. ¿Cómo lo sabía?

AB: No sabemos con certeza si Jonah mantiene correspondencia con Gabriel. Podrían estar tomándote el pelo.

OM: Bueno, a los dos.

AB: Mira, nuestros libros van a desenterrar su crimen y no quiere que alguien le recuerde al público lo peligroso que es. Ol, te das cuenta de lo que está haciendo, ¿verdad? Siento no haber podido entrar contigo porque no es la primera vez que hablo con gente como él. Todo es cuestión de control.

OM: Tiene la cara de un ángel, Mand. Te lo puedo contar, porque me conoces y es una observación, nada más. Pero algunas personas tienen miradas que son simplemente… Elvis Presley: cara de ángel. Jodie Comer. Michaela Coel. Hay gente que la tiene.

AB: Tienen rostros simétricos, la piel clara y otras cosas que el ojo occidental percibe como genéticamente atractivas. En su defecto, un buen fotógrafo y el Photoshop también ayudan. No refleja nada de su interior. Y desde luego, no significa que sea un ángel. *[No me creo que estéis teniendo esta conversación. EC].*

OM: En su caso, sí. Su comportamiento combinaba con su aspecto. Mientras estaba sentado frente a él, creí que era un arcángel.

AB: Es un archimanipulador. *[Pausa mientras ambos masticáis y chocáis los vasos. EC].*

OM: ¿Sigue grabando?

AB: Veamos. *[Esto es lo que se reproduce. Así que hay dos teléfonos grabando esta conversación. Le estás grabando sin que él lo sepa… otra vez. EC].*

OM: *No sabes de lo que es capaz. Las cosas que hizo en Iraq, a sus compañeros de escuadrón. Incluso antes de encontrar a un solo soldado enemigo. No es acoso, es lo siguiente.*

AB: *¿Lo admitió?*

OM: *Extraoficialmente y solo a mí. Ahora sé por qué. Si sale a la luz, sabrá de dónde viene. Y yo seré el siguiente.*

AB: Sí, está bien. ¿Por qué no funcionó cuando estabas con Gabriel? Tengo que irme. He quedado con alguien esta

noche, un poco tarde. En un camino detrás de un *pub*.
Dice que puede ayudarme a encontrar al bebé.

OM: Genial. ¿Por qué tan tarde?

AB: Quienquiera que sea, es superparanoico. Puede ser una gran pista, o un callejón sin salida.

OM: Ten cuidado, Mand.

AB: Como si te importara, cuentista.

OM: Claro que me importa.

AB: ¡Sí, por tu libro!

[Termina abruptamente mientras se aleja. Sí que parecía algo preocupado, Mand. EC].

Intercambio de correos electrónicos entre Oliver Menzies y el consejero espiritual Paul Cole, 12 de julio de 2021:

PARA: **Paul Cole**

FECHA: **12 de julio de 2021**

ASUNTO: **Re: Los Ángeles de Alperton**

DE: **Oliver Menzies**

Paul, ¿puedo contarle algo? Mi padre murió a finales del año pasado. Estaba en el hospital, pero nadie sabía que moriría en ese momento. Tomó por sorpresa a las enfermeras y a los médicos, y por supuesto a nosotros. Yo estaba pagando en la caja de Sainsbury's, con mis compras en una bolsa. De pronto, sentí algo. Nunca había experimentado algo así, ni me ha pasado desde entonces. Como si una ola de oscuridad descendiera sobre mí y me atravesara. No sabía lo que era, pero pasó y me fui a casa con normalidad.

Cuando recibí la llamada una hora más tarde, me di cuenta de que me había ocurrido en el mismo instante en que falleció. Oliver

PARA: Oliver Menzies
FECHA: 12 de julio de 2021
ASUNTO: Re: Los Ángeles de Alperton
DE: Paul Cole

Querido Oliver:
Siento mucho lo de su padre. Sí, ese tipo de experiencia puede ocurrir cuando alguien muere. Es la ruptura de su conexión terrenal con usted. El nacimiento y la muerte son igual de traumáticos para el espíritu, ya que comportan cruzar una línea divisoria. Cada espíritu se ve empujado y arrastrado por igual hacia ambos lados para facilitar el intercambio de energía, y nuestras conexiones terrenales pueden sentir este proceso. Creo que esa sensación está especialmente asociada a las personas con mayor sensibilidad psíquica. Su relación con su padre debió de ser muy fuerte. Siempre es un momento difícil. Reciba mi más sentido pésame.
Cuídese mucho,
Paul

Mensajes de WhatsApp entre Ellie Cooper y yo en las primeras horas del 13 de julio de 2021:

Amanda Bailey
Vale, quédate tranquila. Y gracias por quedarte esperando/despierta, etc.

Ellie Cooper
¿Has conseguido lo que querías?

Amanda Bailey
No. No ha aparecido. O se ha acobardado o... no sé. He esperado en una calle a oscuras durante treinta minutos. Nada.

195

Ellie Cooper
¿Ya estás en casa?

Amanda Bailey
Sí, acabo de volver.

Ellie Cooper
Mand, sabe dónde vives y se ha asegurado de que tu piso estuviera vacío durante más de una hora. Con tus aparatos dentro.

Amanda Bailey
Bueno, el teléfono está donde lo dejé en la mesa del recibidor. Gracias, Ellie. Ahora me voy a la cama.

Ellie Cooper
Podría haber alguien en el piso. Esperándote.

Ellie Cooper
Mand, ¿estás bien?

Ellie Cooper
Mand, por favor, contesta para que sepa que estás bien.

Llamada perdida: Ellie Cooper

Llamada perdida: Ellie Cooper

Llamada perdida: Ellie Cooper

Correo electrónico de Oliver Menzies al consejero espiritual Paul Cole, 13 de julio de 2021:

PARA: **Paul Cole**

FECHA: **13 de julio de 2021**

ASUNTO: **Re: Los Ángeles de Alperton**

DE: **Oliver Menzies**

Paul, yo no creo en estas cosas. ¿Hay alguna base científica para lo que acaba de decir? ¿Una explicación basada en hechos y racional para la sensación que tuve, que no sea «pura coincidencia»? Por favor, ¿puede explicármelo? Ayúdeme a entenderlo.

Mensajes de WhatsApp entre Ellie Cooper y yo la mañana del 13 de julio de 2021:

> **Ellie Cooper**
> Mand, ¿estás bien? ¡Estoy muy preocupada!

> **Amanda Bailey**
> Estoy bien. Estoy bien. ¿Llamaste a la policía?

> **Ellie Cooper**
> No. ¿Lo hago?

> **Amanda Bailey**
> No. Absolutamente no.

> **Ellie Cooper**
> Dios mío, Mand. ¿Qué ha pasado?

> **Amanda Bailey**
> Tenías razón. Había alguien aquí, esperándome. Pero no es un problema. Bueno, sí lo es. Es un

problema ENORME, pero no para mi seguridad personal. Estoy bien.

Ellie Cooper
¿Quién era?

Amanda Bailey
Algún día te lo explicaré. Gracias, Ellie. Por no llamar a nadie.

Mensajes de texto míos a la trabajadora social Sonia Brown, 13 de julio de 2021:

Amanda Bailey
Sonia. Anoche conocí al «señor Azul». ¿Por qué no me lo dijiste?

Amanda Bailey
Vale, no me contestes si no quieres.

Mensajes de WhatsApp entre mi editora Pippa Deacon y yo, 13 de julio de 2021:

Amanda Bailey
Hola Pippa. He localizado al bebé, pero no tengo buenas noticias. Fue una adopción cerrada y sin documentación. En pocas palabras, cuando los orígenes de un niño son especialmente traumáticos, se le puede colocar en el extranjero sin dejar constancia de su procedencia. Canadá, Nueva Zelanda y Australia son los lugares preferidos.

Pippa Deacon
¿Se pueden rastrear las adopciones en esos lugares?

Amanda Bailey
No hay rastro alguno en papel. Es para protegerlos. Ni siquiera ellos podrán averiguarlo cuando crezcan. Su única esperanza es rastrear a sus parientes mediante unas pruebas de ADN.

Pippa Deacon
Mierda. Debe de haber algo que se pueda hacer.

Amanda Bailey
Tengo una idea para un nuevo ángulo. Es oscuro y original. Oliver y yo podemos seguir trabajando juntos y repartirnos la historia entre los dos, así nos beneficiaremos de la promoción de Green Street, como antes.

Pippa Deacon
No lo sé. ¿Puedes enviarme una presentación y el primer capítulo?

Amanda Bailey
La cosa es que requerirá un poco de mano izquierda y discreción, así que prefiero no decirte nada más por el momento. Si me das el visto bueno, al menos por ahora tendrás que confiar en mí.

Pippa Deacon
Vale. Adelante. He quedado con Jo para tomar unas copas hoy. Se lo haré saber.

Mensajes de WhatsApp entre Oliver Menzies y yo, 13 de julio de 2021:

> **Oliver Menzies**
> No creo que sean totalmente ilocalizables. Es que no me lo creo. Todos tenemos derecho a saber de dónde venimos. ¿Cómo puede alguien decir que un niño en particular no tiene derecho a saberlo?

> **Amanda Bailey**
> No es habitual. Solo en circunstancias excepcionales. Fue un caso muy sonado. Probablemente, los trabajadores sociales pensaron que estaban haciendo lo correcto para el niño. Protegiéndolo de gente como nosotros.

> **Oliver Menzies**
> Tendré que decírselo a Jo en Green Street. Seguro que suspende el libro. De todas formas, nunca les he caído bien.

> **Amanda Bailey**
> Pippa se lo dirá. Pensemos en otros ángulos. ¿Algo en mente?

> **Oliver Menzies**
> No. El soldado loco ocupa demasiadas neuronas en mi cerebro ahora mismo.

Mensajes de texto entre un funcionario y yo ante el apartamento del periodista Gray Graham, el 14 de julio de 2021:

> **Amanda Bailey**
> Estoy frente al piso ahora. Está tapiado.

Número desconocido

Tengo llaves de la puerta blindada. Voy para allá.

Me he retrasado.

Entrevista extraoficial con un representante del ayuntamiento en el piso del difunto Gray Graham, 14 de julio de 2021. Transcrita por Ellie Cooper.

AB: En todos estos años, a pesar de que fue un amigo muy cercano, solo le conocí como Gray. Abreviatura de Graham, supongo.

RA: No se dio cuenta de que era Thomas Andrew Graham. Sin embargo, eran muy amigos. ¿Qué edad tenía?

AB: Yo... no lo sé.

RA: ¿Cómo lo conoció?

AB: En el trabajo. Hace años. Era un reportero itinerante en el periódico local en el que empecé.

RA: ¿Cómo era? *[Muchas preguntas. Sospecha... EC].*

AB: Era muy bueno en su trabajo. Lo había hecho durante años. Quiero decir, sí, si ocurría algo en el municipio, era el primero en llegar a la escena, garantizado. Como si tuviera un sexto sentido para los sucesos. Conocía a la gente adecuada. Hacía las preguntas adecuadas.

RA: ¿Cómo era como persona?

AB: Encantador. *[Dios, no creo que lo conocieras en absoluto. EC].* Mirando alrededor, veo que tenía, eh...

RA: Su piso no dice mucho, ¿verdad? *[Pausa incómoda mientras la RA y francamente yo también, dudamos en silencio de que realmente fuerais amigos. EC].*

AB: No, supongo que no.

RA: Bueno, me alegro de que siguierais en contacto.

AB: Sí. *[Estas pausas son insoportables. ¡Haz que paren! EC].* Siempre tenía una historia que contar.

201

RA: Está claro que vivía muy… frugalmente. Si alguien viniera aquí con la intención de apoderarse de los objetos de valor del señor Graham, joyas o dinero en efectivo, por ejemplo, se llevarían una gran decepción.

AB: Lo harían. Ya le han arrebatado cualquier objeto de valor. Por suerte, solo me interesan los documentos de las décadas que trabajó para *The Informer*. Mantenemos diligentemente nuestros archivos. Hoy en día, la recopilación de información en los diarios locales es un proceso muy diferente. Gray era de otra época, y sería una pena que muriera con él.

RA: Estaré en el pasillo.
[He oído tu suspiro de alivio cuando se ha ido. EC].

Mensajes de WhatsApp entre Oliver Menzies y yo, 14 de julio de 2021:

> **Amanda Bailey**
> ¿Recuerdas a Gray Graham?

> **Oliver Menzies**
> ¿El viejo empleado que solo venía a la oficina para la fiesta de Navidad y nos aburría a todos con batallitas de su época?

> **Amanda Bailey**
> Sí, él.

> **Oliver Menzies**
> No le conocía. 😄

> **Amanda Bailey**
> Murió solo en un mugriento piso de protección oficial.

202

Oliver Menzies

No me sorprende. Le pagaban una miseria, y solo cuando su foto o un articulo suyo salían publicados. Si se retrasaba o se suspendía por cualquier motivo, no cobraba un centavo. Ni siquiera le pagaban los gastos. Revelaba sus propias fotografías para ahorrar dinero.

Amanda Bailey

Murió antes de confesarme quién le pidió que dijera que Jonathan Childs fue el primero en llegar a la escena del asesinato de Singh, cuando no lo fue.

Oliver Menzies

¿No es la segunda fuente que muere antes de que puedas hablar con él? 😄

Amanda Bailey

La maldición de los Ángeles de Alperton.

Oliver Menzies

La maldición de Amanda Bailey. Entre esto y el bebé no estás teniendo mucha suerte. 😄

Amanda Bailey

¿Sabes taquigrafía?

Oliver Menzies

¿Y tú? No, ¿verdad? Porque los dos recibimos una formación muy deficiente.

Amanda Bailey

Mmm. Habría sido MUY útil.

Un escaneado de mi nota manuscrita a la tía Pat. Sin fecha, pero la dejé debajo de su puerta tras la puesta de sol de la tarde del 14 de julio de 2021:

Querida tía Pat:

Ha pasado mucho tiempo desde que hablamos, por no mencionar desde que nos conocimos. Espero que estés bien. Me encontré con la mujer de Robin (¿Claire?) hace unos años. Me dijo que el tío Jack había muerto.

Puede que no nos separáramos en los mejores términos, pero la vida es demasiado corta para guardar rencores. Tu recuerdo de las cosas que ocurrieron hace muchos años varían notablemente de los míos, pero tengo la sensación de que podemos mantener nuestras diferencias de opinión y seguir teniendo una relación. Sería una pena no hacerlo, pues quedamos muy pocos en la familia. ¿Te parece que nos veamos? ¿Quizá a tomar un café o algo informal?

¿Cuándo estás libre? Yo podría verte cualquier día de esta semana.

Amanda

Nota enviada a través de mi buzón antes del amanecer del 15 de julio de 2021:

Amanda:

Han pasado 26 años desde que decidiste irte. Esta familia nunca se recuperó de las mentiras que contaste sobre nosotros. El estrés de todo ello mató a tu madre. Robin y Jacquie tuvieron que ir a la escuela con el estigma de ser tus hermanas. Incluso Mark y Joanna también lo sufrieron, como tus primos.

No obstante, tienes algo de razón en lo que dices sobre el rencor. En lo que respecta a la familia, nunca debería ser demasiado tarde para reparar los puentes rotos, incluso cuando nunca pueda correr suficiente agua bajo ellos para borrar el daño hecho.

No te quiero en mi casa. Hay un Costa en Harrow. Estaré allí hoy y la mayoría de los jueves después de las 11.

Patricia Bailey

Un escaneado de la nota manuscrita que envié a la tía Pat a través de su puerta, también antes del amanecer, en la mañana del 15 de julio de 2021. Bienvenida a mi familia:

Querida tía Pat:

Muchas gracias. Aprecio mucho tu voluntad de perdonar y olvidar. Solo una cosa: ya te habrás jubilado, pero recuerdo que enseñabas técnicas de secretariado a las mujeres de los Hermanos de Plymouth en un colegio de algún lugar de Hertfordshire. Me explicaste que ellas rechazan la tecnología moderna, pero siguen utilizando máquinas de escribir y otros equipos de oficina de estilo antiguo para dirigir sus negocios, así que, a diferencia de otros colegios, tu departamento conservó a sus profesoras de secretariado. Si te mostrara algunas páginas de taquigrafía, ¿podrías traducirlas?

Amanda

Encuentro entre Amanda Bailey y su tía Pat en un Costa Coffee en Harrow, 15 de julio de 2021. Transcrito por Ellie Cooper.

AB: Ellie, estoy en Costa esperando a mi tía Pat con la que no he hablado desde un traumático enfrentamiento familiar que terminó en una fuerte discusión hace veintiséis años. Es la última persona que quiero ver en la faz de la tierra. Pero necesito algo y no hay una manera más rápida de conseguirlo. He encontrado una pila de viejos cuadernos de espiral en el piso de Gray Graham, llenos de taquigrafía, que no puedo leer. Espero que ella sea capaz. Ignora todo lo que ambas digamos, excepto cuando traduzca estos cuadernos. *[Sonido de un fuerte golpe en una mesa. EC]*. Las cosas que hago para este trabajo.

[Recorto cosas que no puedo desoír. Madre mía, Mand, lo siento mucho. EC].

TP: ¿Por qué debería hacer esto por ti?

AB: ¿Porque soy de la familia?

TP: Nunca lo has admitido. ¡No lo vas a admitir ahora!

AB: ¿Admitir qué?

TP: Que todo eran mentiras.

AB: Bueno, porque… *[Respiras hondo. EC]*. Bueno, de acuerdo, era todo mentira.

TP: Lo sabía. Sabía que lo era.

AB: Hasta la última palabra. *[Silencio incómodo. Obviamente no mintió. Ella debe saberlo. EC]*.

TP: *[Resoplido. EC]*. Bueno, ¿son Pitman o Gregg?

AB: ¿Hay más de un tipo de taquigrafía? *[Ruido de papeles revueltos, alguien pasando páginas.EC]*.

TP: Los hay, y cada uno desarrolla su propio estilo con el tiempo. Ah, es Pitman. *[Murmullos. EC]*. Sabía que aparecerías cuando necesitaras algo.

AB: Es un caso sin resolver, tía Pat. Podrías descubrir algo que cambie el curso de la historia.

TP: Esto, aquí. Resume el contenido en la parte superior de cada página.

[Pasa página entre cada titular. EC].

«Gaviota vuela a residencia de ancianos, se queda tres semanas, sobrevive a dos residentes».

«Mujer apuñalada hasta la muerte en un piso, novio a la fuga.»

«Barcaza fuera de control hiere a tres».

«Policía herido de bala en el estómago, sobrevivirá».

«Hombre apuñalado en la calle».

«Lesbianas cultivan lichis en un huerto condenado. El ayuntamiento no hace comentarios».

«Accidente de tres coches en la A40, los bomberos lloran».

«Ladrón tropieza y cae sobre un cactus. Podría demandar».

«Reunión del consejo retrasada por protesta ferroviaria».

«La policía recibe cinco llamadas en una noche por una araña que construye una telaraña a través de la alarma del sensor».

«Traficante de drogas convicto encontrado ahorcado bajo el puente del canal».

«Perro venga la muerte de un hermano, probablemente no sea cierto».

AB: ¿Dice las fechas de las noticias?

TP: No. Pero en la cubierta interior… parece que es de abril y mayo de 2001.

AB: ¿Alguna de enero de 2003?
[Movimiento de papeles, ruido de un dedo índice. EC].

TP: Este dice noviembre '03 / marzo '04.

AB: Prueba con ese.

TP: «El alcalde inaugura la fiesta de Navidad en la escuela Woodend».
[Pasa la página entre cada titular. EC].
«Un hombre protesta porque el horario de los contenedores bloquea la autovía».
«El viejo Eric es Papá Noel otra vez, treinta y siete años seguidos».
«Copas a partir de las seis y media».

AB: Eso es una nota personal, ¿no? Y esa doble línea… podría significar el final del año. Busco una o dos semanas a principios de diciembre. *[Las páginas pasan. Se detiene bruscamente. EC].*

TP: Los Ángeles de Alperton. ¿Es eso lo que estás buscando?

AB: ¡Sí! ¿Dónde aparece?

TP: Ha dibujado una gruesa línea cuadrada alrededor. Como si hubiera añadido ese título en la parte superior al darse cuenta de que todo se refería a la misma cosa.

AB: Tía Pat, por favor, ¿puedes leer en voz alta, de aquí en adelante? *[Suspira. No creo que le guste la idea. EC].*

TP: «Jovencita. Suena histérica. Bebé. Garaje de autobuses. Canal. ¿Antiguo Cow & Gate de Alperton? Bebé nacido en antiguo almacén de comida para bebés. Van al hospital. ¿Estaban bien? Averiguarlo. ¿Qué son estos símbolos? Podrían ser satánicos. Brujería. Los adoradores del diablo se trasladan detrás del garaje de autobuses.» Ahora, después de esto, hay un espacio. Es como si hubiera escrito la siguiente parte en otro momento. Ves, el primero es muy claro. Sigue la línea pautada. Pero aquí abajo, las palabras están garabateadas con mucha prisa. ¿Lo ves?

AB: Sí. Tienes razón.

TP: No se ciñe a las líneas en absoluto. Supongo que lo escribió a oscuras. Dice… *[Hace una pausa aquí. Se esfuerza por leer las palabras, quizá porque son poco claras, o angustiosas… EC]*. «Sangre. Tres muertos. Puñaladas. Horrible, horrible. *[Dios mío, no me extraña que os quedéis calladas un rato. EC]*. Eso es todo.

AB: Estuvo allí y nunca se lo dijo a nadie.

TP: ¿Él? ¿Un hombre escribió esto? Oh bueno, debió de haberlo hecho él. Es una conciencia culpable, ¿qué si no? ¿Por qué mantenerlo en secreto?

AB: Claro. ¿Por qué si no, tía Pat?

[Mand, si esto significa lo que creo que significa, entonces fue Gray Graham quien encontró los cuerpos de los Ángeles de Alperton. EC]

Divino
de
Amanda Bailey

Uno

El reportero de noticias independiente Thomas Andrew Graham, conocido por sus colegas como Gray Graham, comenzó su carrera en el largo y caluroso verano de 1976. El primer acontecimiento del que informó fue un enjambre de mariquitas que sobrevoló Londres desde el estuario del Támesis. Las criaturas se posaron en las carreteras y las aceras, y él las describió como una agitada alfombra roja.

El 10 de diciembre de 2003 Gray Graham ya era un reportero veterano. Había sido testigo de cómo se construían circunvalaciones, bloques de apartamentos y urbanizaciones a pesar de las objeciones, las manifestaciones y las protestas. Había cubierto las celebraciones por todo el municipio de la Boda Real en julio de 1981. Había visto desde un palco de prensa en la RAF de Northolt cómo el cuerpo de la princesa Diana regresaba en avión desde París en septiembre de 1997. Decir que Gray Graham lo había «visto todo» sería un tópico, pero no por ello menos acertado.

A medida que este gélido miércoles se acercaba a su fin, solo una historia de proporciones especialmente notables le habría tentado a salir de su cálido piso.

«Bebé nacido en un viejo almacén de comida para bebés» es una frase garabateada en taquigrafía Pitman en su bloc, junto con una nota para averiguar si la madre y el niño salieron adelante. Una historia para sentirse bien, una noticia que podría enviar la mañana siguiente y aparecer en el periódico del viernes. Pero había algo más escrito en la página: «Adoradores del diablo se instalan detrás del garaje de autobuses». Es un misterio cómo Gray supo de ambas historias. ¿Tenía un acuerdo informal con los agentes de policía? ¿Un *quid pro quo* por el que informaba de unas noticias (y de otras no) a cambio de pistas regulares? ¿Dónde estaba cuando estas historias estallaron? ¿Estaría montado en los coches patrulla de sus amigos policías a cambio de dinero? Desde hacía años, en la sala de redacción de *The Informer* se decía que sus habilidades para conseguir noticias rozaban lo inaudito, pero la verdad es que nadie le preguntaba nunca cómo lo hacía.

Gray empuja una puerta medio derruida y se cuela en el viejo almacén. Barre de un lado al otro con la linterna, busca con la mirada pruebas del culto al diablo en el suelo: símbolos ocultistas, velas, pentagramas… Una fotografía atmosférica con esta luz sombría podría salir en primera página.

En cambio, lo que percibe son charcos reptantes de líquido negro. A medida que sus pasos se acercan, aminora la marcha. El haz de su linterna revela que estos charcos no son negros, sino rojos. Hay una alfombra de color carmesí por todo el suelo. Instintivamente, Gray da un paso atrás cuando el charco pegajoso llega a sus zapatos.

Entonces los ve. Uno tras otro tras otro. Retorcidos, ensangrentados, impactantes. Gray Graham se ha topado con una escena tan horrible que, incluso unos curtidos agentes de policía, esa misma noche, más tarde, se vieron obligados a abandonar. Se trata de un suicidio ritual con mutilación *post mortem*. Un baño de sangre literal que hace que Gray vuelva corriendo en la dirección por la que ha venido, tropiece y dé tumbos hasta acabar de nuevo bajo la luz de una farola, en el mundo cotidiano y normal, donde logra calmarse y marcar el 999 [¿pero marcó el 999? Descubrirlo]. Y así dio comienzo el caso de los Ángeles de Alperton.

3

En busca de mi nuevo ángulo

Mensajes de WhatsApp entre el comisario jefe retirado Don Makepeace y yo, 16 de julio de 2021:

Amanda Bailey
¡Hola, Don! ¿Cómo está? Pregunta rápida: ¿quién encontró los cuerpos de los Ángeles muertos?

Don Makepeace
Creo que la chica reveló algo una vez estuvo en el hospital. Lo suficiente para provocar una llamada al 999. Ni idea de quién hizo esa llamada.

Amanda Bailey
Quizá la enfermera que atendió a Holly en urgencias. Salud, Don.

Don Makepeace
¿Ha oído que Gray Graham ha muerto?

Amanda Bailey
Sí, lo sé.

Don Makepeace
Encontrado muerto en un sofá de un piso oficial. Es un triste final para alguien que había sido todo un personaje en su época. Don.

Amanda Bailey
Sí, era un personaje en la localidad.

Mensajes de texto entre la enfermera de urgencias Penny Latke y yo, 16 de julio de 2021:

> **Amanda Bailey**
> Cuando trató a Holly en urgencias esa noche, ¿mencionó los Ángeles muertos del almacén?

Penny Latke
¡Yuhuuuuuuuuu! ¡Estoy muy emocionada de ayudarte con tu libro! 😱

> **Amanda Bailey**
> Intento llegar al fondo de quién, exactamente, hizo la llamada al 999 que condujo a la policía al sótano.

Penny Latke
Habría sido muy guay, ¿verdad? Pero no, no fuimos nosotros. Ni siquiera me enteré hasta que lo vi en la tele. ¿Cuándo sale tu libro?

Mensajes de WhatsApp entre Oliver Menzies y yo, 16 de julio de 2021:

> **Amanda Bailey**
> Hay una discrepancia interesante respecto a quién encontró los cuerpos de los Ángeles. Parece que fue Gray Graham, pero no hay constancia formal de ello.

> **Oliver Menzies**
> Si hubiera sido Gray, habría aburrido a todos con la historia en cada fiesta de Navidad.

Amanda Bailey

Más que eso, fue noticia nacional. Podría haber vendido su relato de testigo ocular.

Oliver Menzies

Primera regla del periodismo: no te conviertas en la noticia. Nunca acaba bien.

Amanda Bailey

Documentar y difundir una experiencia así es de interés público.

Oliver Menzies

¿Por qué habría llegado allí antes que la policía?

Amanda Bailey

Tal vez si no podía explicar adecuadamente por qué, prefirió callárselo.

Amanda Bailey

Porque él mismo estaba infringiendo la ley de alguna otra manera. O temía verse implicado. O, simplemente, no quería comprometer la fuente de sus pistas locales. Se ganaba la vida con ello.

Oliver Menzies

Repito: ¿por qué habría estado allí? ¿Un edificio abandonado en un polígono industrial en ruinas?

Amanda Bailey

Porque o ESTABA implicado en los hechos o fue al almacén esa noche porque

Oliver Menzies

¿Y bien? ¿Porque qué?

Amanda Bailey

Porque intuía que pasaba algo y no podía explicar el motivo. Todos los que conocían a Gray hablaban de su instinto, de su olfato. Que llegaba a las escenas del crimen antes que cualquier otro medio. ¿Y si tenía un sexto sentido que le llevó al almacén de Alperton esa noche?

Oliver Menzies

¿Crees en cosas así?

Amanda Bailey

Hay gente perfectamente cuerda e inteligente que sí. Judy Teller-Dunning es una respetada periodista y escritora estadounidense. Pero cuando de forma inesperada encontró unas notas tras el funeral de su marido, lo primero que pensó fue que él le había «señalado» dónde estaban.

Amanda Bailey

¿Si me lo creo? No estoy tan segura.

Correo electrónico de Cathy-June Lloyd, presidenta del Club de Asesinatos por Resolver, 17 de julio de 2021:

PARA: **Amanda Bailey**
FECHA: **17 de julio de 2021**
ASUNTO: **Re: Un pequeño favor**
DE: **Cathy-June Lloyd**

Estimada Amanda:

A raíz de su correo electrónico, nuestro club se ha puesto manos a la obra para ver qué podemos averiguar para usted sobre el caso de los Ángeles de Alperton. Hemos estado leyendo las noticias en orden cronológico y nos hemos dado cuenta de que hay un cuerpo que va y viene.

El 9 de diciembre se descubre el cadáver de Harpinder Singh en Middlesex House, que llevaba varios días muerto. Su asesinato se vincula mediante pruebas forenses a Gabriel Angelis y pasa así a formar parte de la mitología de los Ángeles de Alperton.

En la madrugada del 11 de diciembre de 2003 surgen informes sobre múltiples apuñalamientos en un almacén abandonado. Algunos de los primeros informes policiales afirman que hay dos cadáveres, otros dicen que tres y otros que cuatro.

Más tarde, ese mismo día, el número de muertos se cifra en tres: los «ángeles» Miguel, Gabriel y Elemiah.

Pero Peter Duffy, alias Gabriel Angelis, el líder de la secta, está huido. Se hace circular su foto con una orden de búsqueda y captura, y un residente de un albergue en Ealing lo identifica. Es capturado el 13 de diciembre. Está desaliñado pero ileso. Los jóvenes miembros de la secta: Holly, Jonah y su bebé hace tiempo que están bajo custodia oficial.

Aquí es donde el recuento de cadáveres da otro giro. Los informes nombran ahora a Christopher Shenk, un delincuente local de poca monta, como el «ángel» Rafael, y el tercer cadáver encontrado en el almacén.

Aunque los agentes de policía pueden haberse equivocado con los nombres, Jonah sabía muy bien cuál era cuál y en su entrevista afirmó que el hombre al que creía el arcángel Gabriel estaba muerto.

No tenemos ninguna explicación para esta anomalía, pero los miembros del Club de Asesinatos sin Resolver de Guildford creen que este caso no debería llamarse «El caso de los Ángeles de Alperton», sino «El misterio de los Ángeles de Alperton».

Seguiremos con este caso, Amanda; ¡es demasiado intrigante para dejarlo ahora!

Le deseo lo mejor,

Cathy-June Lloyd

Mensajes de WhatsApp entre Oliver Menzies y yo, 16 de julio de 2021:

Amanda Bailey
Acabo de reenviarte un correo electrónico. ¿Qué te parece?

Oliver Menzies
¿Quiénes son esta gente?

Amanda Bailey
Un club de detectives aficionados. No pongas la cara que sé que estás poniendo ahora mismo.

Oliver Menzies
Un club de aficionados. Chicas de aspecto raro y tíos con barba.

Amanda Bailey
Yo soy una chica de aspecto estrafalario, y tú eres un tío con barba.

Oliver Menzies
Bueno, enseguida identifiqué la discrepancia de los cuerpos. Lo atribuyo a las habladurías histéricas que suelen correr inmediatamente después de un crimen horrible.

Amanda Bailey
«Tres cuerpos» viene de Gray Graham y él estuvo ALLÍ. Sabemos que había tres cuerpos en el sótano de ese almacén antes de que llegara la policía. El cuerpo de Singh fue encontrado el día anterior en

> Middlesex House. Cuatro cuerpos. Es muy sencillo. ¿Por qué la confusión?

Otro correo electrónico del detective aficionado David Polneath, 17 de julio de 2021:

PARA: **Amanda Bailey**
FECHA: **17 de julio de 2021**
ASUNTO: **Los Ángeles de Alperton**
DE: **David Polneath**

Estimada Amanda:

No he recibido respuesta a mi último correo electrónico, así que me pregunto si le llegó. Nunca sé si mi cuenta está siendo pirateada o los mensajes interceptados.

Todo este caso es muy emocionante. Ángeles, demonios, adolescentes con problemas abandonados por el sistema, miembros de una secta mutilados en un violento baño de sangre, un bebé en peligro y rescatado en el momento final en un enfrentamiento heroico... No es de extrañar que escritores y cineastas se inspiraran en el caso. Pero ¿y si todos ellos estuvieran contribuyendo sin saberlo a crear una cortina de humo?

Tengo la teoría de que, de alguna manera, los medios de comunicación se enteraron de esta noticia demasiado pronto después de los hechos, y por eso no pudo diseñarse un plan para encubrir lo sucedido. Ellos tuvieron que trabajar deprisa y corriendo para mantener la verdad en secreto. Sin embargo, debemos tener cuidado, Amanda, tú y yo.

Atentamente,
David

Aparición como invitada de Amanda Bailey en el pódcast *Fantasma Fresco*, presentado por Dave «Itchy» Kilmore. Grabado en el Soho Studio, 18 de julio de 2021. Transcrito por Ellie Cooper.

AB: Ellie, estoy a punto de participar en este pódcast. Hablan de fenómenos sobrenaturales y teorías conspirativas. Ignora todo eso. Solo transcribe cualquier cosa sobre los Ángeles de Alperton. *[Tal y como me pediste, corté la charla sobre avistamientos de ovnis, historias de fantasmas y asesinos en serie. Esto es el resto. EC].*

DIK: Imagina que un genio está atrapado en tu armario y te ofrece tres deseos, más la opción de liberarlo. ¿Qué le dices? Primer deseo.

AB: Mi primer deseo es que cada vez que desee algo, se me concedan dos deseos más.

DIK: Brillante. Así tu cuenta de deseos siempre tendrá saldo. ¿Segundo deseo?

AB: Deseo que a nadie más se le conceda nunca un deseo.

DIK: Vaya, eso es un poco mezquino, Amanda. ¿Por qué tenemos que renunciar a nuestros deseos?

AB: Porque podrías desear mi muerte.

DIK: Seguro que no antes del final del pódcast. Y después, ¿necesitas un tercer deseo?

AB: No, porque ya tengo un suministro infinito de deseos y puedo usarlos a mi antojo.

DIK: ¿Liberas al genio?

AB: Sí. ¿Por qué no?

DIK: Porque... una vez liberado se revelará un demonio en lugar de un genio. Has liberado a un demonio para que camine por la tierra.

AB: Bueno, escribo sobre sucesos y maldad. Eso es bueno para el negocio.
[Risas. Desproporcionadas, a mi juicio. EC].

DIK: Bueno, Amanda, has escrito sobre los asesinatos de Jill Dando, Rachel Nickell y Suzy Lamplugh. ¿Qué es lo próximo para ti?

AB: El caso de los Ángeles de Alperton.

DIK: Impresionante. En mi opinión se ha publicado y hablado mucho sobre ese caso, pero no sé si se cubrió de la forma adecuada. No sé si estás de acuerdo...

AB: No es un caso fácil de investigar. Es como si hubiera un velo de secretismo a su alrededor. *[Amanda Bailey, ¿estás intentando avivar las brasas de una teoría de la conspiración? EC].*

DIK: Yo solo tenía trece años en ese momento, pero recuerdo haber oído hablar de ello. ¿Crees que la falta de, eeeh, investigación documental, me refiero a periodismo, libros, TV, etc. ¿Crees que eso apunta a una conspiración?

AB: Podría ser, pero no sé cuál ni por qué motivo.

DIK: Yo tengo una teoría, bueno dos. O bien estamos ante un caso de encubrimiento de fallos del sistema; o bien de ocultación de fenómenos sobrenaturales que, si se supieran, causarían el pánico.

AB: Bueno, eso es lo que espero averiguar, Dave. ¿Crees que tus oyentes pueden ayudarme?

DIK: Amigos de *Fantasmas Frescos:* si tenéis alguna teoría, alguna idea...

AB: Cualquier recuerdo o experiencia personal que pueda ayudarme a investigar este caso.

DIK: Conectaos a nuestro foro de discusión, que, como ya sabéis, se modera de manera selectiva. ¿Entiendo que hay una recompensa?

AB: La hay, pero como no tengo un demonio que conceda mis deseos, la recompensa es solo la gloria.

DIK: ¡Solo gloria, chicos!

AB: Y el nombre de quien me ayude en el libro.

DIK: ¡Eso sí que es gloria!
    [Corto el resto. EC].

Correo electrónico del consejero espiritual Paul Cole a Oliver Menzies, 18 de julio de 2021:

PARA: **Oliver Menzies**
FECHA: **18 de julio de 2021**
ASUNTO: **Re: Los Ángeles de Alperton**
DE: **Paul Cole**

Estimado Oliver:

Muchas disculpas por mi retraso en responder a su correo electrónico. He estado en un retiro espiritual, lejos de cualquier conexión a Internet. Me pide que le explique lo que quiero decir con «el otro lado» y el posible vínculo de Gabriel con él. Lo intentaré.

Visitamos esta tierra muchas veces y vivimos muchas vidas, pero el regreso nunca está garantizado. Es un privilegio y una oportunidad. Elegimos aspectos de nuestra vida antes de nacer, como nuestros padres, por ejemplo, aunque hay reglas. Debemos contrarrestar la luz con la oscuridad en cada vida que vivimos. A su vez, cada uno de nosotros debe soportar vidas difíciles para disfrutar de vidas más brillantes y felices en el futuro.

Formamos parte de una conciencia colectiva, pero cada uno está en su propio viaje. Para que tenga lugar esa evolución espiritual, debemos nacer sin ningún recuerdo consciente del otro lado. Los sueños son nuestro puente entre los mundos, y creo que es ahí donde Gabriel posee un don especial. Sin embargo, la mayoría de nosotros experimentamos cosas que nos hacen preguntarnos: ¿cómo ha ocurrido? ¿Qué ha sido eso? Sucesos que no tienen una explicación lógica.

Usted puede pensar que nuestras vidas terrenales están predestinadas. Que todo sucede por una razón. El destino. La predestinación. No es necesariamente así. Tenemos libre albedrío. Podemos disfrutar de éxitos repentinos, alegrías, riquezas…, así como sufrir accidentes y desastres. Nuestras vidas pueden ir terriblemente mal en manos de otros.

Creo que Gabriel tiene un poder psíquico y una conexión especial, sí. En cuanto a si es el arcángel Gabriel, de eso estoy menos convencido.

Le deseo lo mejor,

Paul

Una página arrancada de la novela *Mi diario angelical*, de Jess Adesina:

Miércoles el giro-tercio de la Vuelta de Purpurina

Hay una chica nueva. Y también es un ángel.

Jueves, el giro-cuarto de la Vuelta de Purpurina

¿Qué haces cuando llega otro ángel a tu órbita cósmica? Te diré lo que yo hago. Nada. Me quedo sin habla y congelada en el sitio. Se llama Ashleigh. Viene de una escuela pública, así que sus padres deben haber pasado por tiempos difíciles. Quizá su madre es ludópata en Internet o su padre está en la cárcel por negocios ilegales en la red. Tiene el pelo largo y castaño con las puntas quebradas. La señorita Crosby le ha pedido a Daisy que la cuide. Enorme momento de decepción purpurina. Si se lo hubiera pedido a Georgia, podría haber hablado con ella sin llamar la atención. Sé que en este punto te estás preguntando: ¿cómo puede Tilly estar tan segura de que esta chica nueva también es un ángel? No se puede decir con solo mirar, y ni siquiera ha hablado con ella todavía. Bueno, te contaré el secreto de cómo nos reconocemos: los ángeles que nacen en la tierra llevan las alas en los ojos. Ashleigh tiene alas en los ojos. Y yo estoy enamorada (otra vez).

Una página arrancada de la novela *Alas blancas* de Mark Dunning:

Celine le sonrió al embajador con coquetería. Su vestido Givenchy era tan minimalista en su estructura y estaba confeccionado con un material tan transparente que la mirada del embajador nunca alcanzaría sus Manolos personalizados. Analizados y reconstruidos no por el señor Blahnik, sino por Gabriel. Un paso en falso activaría el dispositivo que acabaría con su tapadera y echaría por tierra toda una operación en la que había implicadas partes interesadas más importantes y más turbias incluso que su propia organización. Si la explosión no funcionaba, Gabriel acabaría con ella con mucho gusto. El término «tacones de vértigo» nunca había sido tan apropiado.

Los ojos diplomáticos del embajador recorrieron el cuerpo de Celine como el de una gacela, igual que una mariposa revolotea por un saliente de una pradera rosada al final del verano. En algún lugar de su interior reconoció una leve oleada de disgusto ante aquel hombre que la conocía desde la infancia y que, de hecho, era primo lejano de su padre.

Aunque hubiera preferido creer que Gabriel la valoraba por su inteligencia y su belleza, sabía que en realidad era por esto: por sus impecables conexiones. Porque Celine tenía el porte y el acento. El estilo y el contenido. Podía deslizarse por los pasillos del poder, los hoteles de siete estrellas, los grandes edificios de oficinas, los superyates y los áticos hasta llegar a los dioses de la sociedad mundial sin que ni el más insignificante agente de seguridad comprobara sus credenciales. Una vez dentro, hacía cualquier cosa.

Los ojos de Celine se movían hacia la derecha y la izquierda. Besó al embajador en ambas mejillas y pasó de largo. El chasquido de sus tacones rompió un silencio de admiración cuando hombres y mujeres se detuvieron a contemplar las líneas de sus hombros y el contoneo de sus caderas.

Páginas arrancadas del guion *Divino* de Clive Badham:

INT. SALÓN, PISO -- DÍA SIGUIENTE

Emergen fuertes gritos de la cesta de mimbre que se mece bajo la mesa de centro. El reloj marca las 11.30. Holly, enfundada en un pijama barato, entra en la habitación, ve que la habitación está vacía, sale y golpea una puerta cercana.

                    HOLLY

    ¡Jonah! ¡Jonah!

Golpes y murmullos detrás de la puerta. Jonah, también en pijama, se asoma con la cara fruncida por el sueño.

                    JONAH

    ¿Eh?

                    HOLLY

    No para de llorar. ¿Dónde está Gabriel?

[Tan somnoliento que apenas puede contestar…]

                    JONAH

    Se ha ido.
Los GRITOS del Bebé son insistentes. Jonah lo saca de la cesta, trota y lo acaricia.

INT. COCINA, PISO -- DÍA

Holly, con una tempestad en su expresión, mezcla un biberón de leche de fórmula y lo agita.

INT. SALÓN, PISO -- DÍA

Holly le da a Jonah el biberón espumoso.
Por fin mete la tetina en la boca del Bebé.
Bendito silencio. Observan cómo el Bebé se
alimenta.

                    HOLLY

   ¿Cómo puedes hacerlo?

                    JONAH

   (Se encoge de hombros)
   Gabriel dice que es seguro.

Holly se inclina y mira fijamente al Bebé.

                    HOLLY

   Pura maldad. Más allá de nuestras peores pesadillas. Tanto que ni siquiera
   la muerte puede detenerlo.

                    JONAH

Gabriel lo detendrá.

HOLLY

Y nosotros.

La mirada de Holly se detiene primero en el Bebé, luego en Jonah, pero nada rompe su concentración.

INT. SALÓN, PISO -- DÍA -- MÁS TARDE

El bebé duerme en su cestita. Holly lo observa desde una distancia segura. Se oyen a lo lejos unas campanas de iglesia. Holly piensa en algo y se levanta de un salto.

INT. PASILLO, PISO -- DÍA

Holly se asoma a la habitación de Jonah. Está profundamente dormido en la cama, con los auriculares puestos. Holly se escabulle, toma un abrigo, se cuela por la puerta principal y desaparece.

EXT. VIEJA IGLESIA -- DÍA

Es domingo. Los ancianos feligreses entran en fila por las puertas de una vieja iglesia en ruinas. Holly, cabizbaja, se une a la cola y se desliza a través, la última. Las puertas se cierran tras ella.

INT. IGLESIA -- DÍA -- POCO DESPUÉS

Holly avanza hasta un banco del fondo. Mientras comienza el servicio, contempla las estatuas religiosas y las imágenes. Jesús, María, un santo, un ángel. Cierra los ojos, respira, se concentra. Las imágenes se arremolinan en... UNA VISIÓN CAÓTICA, COMO UN SUEÑO. Algunas imágenes celestiales, otras infernales, todas confundidas con GRITOS DEMONÍACOS.

                    PAM

   Bienvenida.

Holly abre los ojos de golpe. Volvemos a la realidad. Hemos saltado en el tiempo. El servicio ha terminado. La gente se retira. PAM (60 años, avispada, responsable) se cierne sobre Holly, con una sonrisa amable pero curiosa.

                    PAM

   Soy Pam. No te había visto antes por
   aquí. ¿Eres nueva en la zona?

Holly asiente.

                    PAM

¿Dónde están tus padres?

Holly estudia la expresión cálida y abierta
de Pam.

HOLLY

No tengo ni padre ni madre.

PAM

Lo siento. ¿Quién cuida de ti?

HOLLY

Las fuerzas celestiales. Soy un ángel.
Mi alma es divina.

Ni siquiera Pam puede fingir que no está desconcertada.

PAM

Bueno… ¿dónde duermes?

HOLLY

Con un arcángel. Vivimos en los pisos
de encima de las tiendas. Somos un grupo de ángeles.

Pam asiente, pensativa. Mira a Holly de arriba abajo, evalúa el estado de su vestimenta, su limpieza, su salud.

                    PAM

    Nos encantaría veros a todos aquí.
    ¿Quieres traer a los demás?

Holly cruza la mirada con una Pam sonriente.

EXT. CALLE MAYOR -- DÍA

Holly se aleja de la iglesia y enciende su teléfono. Hay llamadas perdidas y mensajes. Suena. Ella contesta.

          GABRIEL (fuera de escena)
        (susurro histérico)

    ¿Dónde estás? ¡Hemos tenido que dejarlo
    solo para buscarte!

                    HOLLY

    Solo he ido a la iglesia.

EXT. CALLE -- DÍA

Gabriel avanza por la acera, con el teléfono en la oreja y la mirada preocupada clavada en la ventana de un apartamento. Camina enfadado, agarra el teléfono y se esfuerza por bajar la voz.

GABRIEL

¡Atrás! Atrás. Corre.

Termina la llamada, mira desesperado hacia la ventana, luego a lo largo de la calle. Espera.

EXT. CALLE PRINCIPAL -- DÍA

Mientras Holly cruza corriendo una calle, ve a Jonah, con expresión sombría.

JONAH

¿Por qué te has ido? ¿Con quién has hablado?

HOLLY

Con nadie. Solo con una mujer.

Jonah y Holly siguen andando juntos, a paso acelerado. Jonah está muy enfadado.

JONAH

Podrían haberla enviado para matarnos. Para impedir que lo destruyéramos. Ya sabes lo que dijo Gabriel. Ningún contacto con nadie. Nunca más. Todo lo de antes se acabó.

HOLLY

(Frunce el ceño)
Lo sé.

JONAH

La realidad de los demás ya no es la
nuestra. Esto es nuestra vida. Para
esto estamos aquí.

EXT. CALLE -- DÍA

Holly y Jonah se detienen ante Gabriel. Él
la agarra del brazo, le susurra con dureza.

GABRIEL

¡Nos has obligado a dejarlo solo! Exactamente el tipo de error que las fuerzas oscuras están esperando.

Jonah y Gabriel miran a Holly.

JONAH

Le ha dicho a alguien quiénes somos.

Sorprendida, Holly le fulmina con la mirada.

HOLLY

(a Gabriel)
A una señora de la iglesia. Me ha preguntado con quién vivo.

Gabriel camina con frustración, apenas contiene su ira y le sisea al oído.

GABRIEL

Ahora tendremos que ir allí y tranqui-
lizarla. Más riesgo. Todo por tu culpa.

HOLLY

Lo siento.

Gabriel mira hacia la ventana plana. Se queda mudo, paralizado.

GABRIEL

Hay algo ahí arriba.

Holly y Jonah miran desesperados hacia la
ventana. Una ligera sombra se mueve detrás
de ella. Se sobresaltan y jadean. En la
ventana se mueve la cortina. Aparece una
FIGURA. Llena la ventana con su gran su
presencia. Holly y Jonah entrecierran los
ojos horrorizados, pero, segundos después,
la cara de Gabriel se transforma en una sonrisa de alivio.

GABRIEL

Ya sabéis quién es… ¡vamos!

Con el ánimo totalmente cambiado, cruza la calle trotando. Holly y Jonah le siguen.

INT. SALÓN, PISO -- DÍA

Gabriel conduce a Holly y Jonah al salón. ELEMIAH (40 años, hombre, corpulento) les sonríe y sostiene la llave de la puerta. Viste de manera informal y se muestra sereno. La cesta de mimbre se balancea sobre la mesita. Holly y Jonah estallan en sonrisas y corren hacia él.

HOLLY/JONAH

¡Elemiah!

Se ríe, los abraza a los dos y luego él y Gabriel se abrazan cariñosamente.

ELEMIAH

(serio, a Gabriel)
Estaba solo.

GABRIEL

Holly se ha ido del piso. Jonah y yo hemos tenido que ir a buscarla.

HOLLY

No volverá a ocurrir.

GABRIEL

Dame la llave de la puerta.

Holly la saca del bolsillo y se la da. Mira la dura expresión de Jonah y al Bebé antes de salir de la habitación.

INT. DORMITORIO, PISO -- A LA MAÑANA SI-GUIENTE

Holly se despierta. Está tumbada junto a un Gabriel dormido. Jonah duerme a su otro lado. Holly les echa un vistazo y baja lentamente los pies al suelo. El sol le da en la cara a través de las cortinas.

GABRIEL (fuera de escena)

¿En qué estás pensando?

HOLLY

En el bien y el mal.

Gabriel balancea las piernas sobre el lateral de la cama. Se sienta junto a Holly. La luz del sol los toca a los dos.

GABRIEL

No puede haber el uno sin el otro.

HOLLY

¿Alguna vez has conocido a una persona
verdaderamente malvada?

GABRIEL

(pensativo)
¿Realmente malvada? Yo sí. Una vez.

HOLLY

¿Cómo lo supiste?

GABRIEL

Estaba en sus ojos. Me tenía miedo y me
hizo todo el daño que pudo.

HOLLY

¿Qué hiciste tú?

Gabriel sonríe, guiña un ojo.

GABRIEL

Me he vengado.

Sale de la habitación y deja a Holly en el
borde de la cama, bañada por la luz del sol.

INT. SALÓN/COCINA, PISO -- MAÑANA -- MÁS TARDE

Jonah da de comer al Bebé. Gabriel prepara café, pero Holly parece preocupada, sentada en un taburete de la cocina. No ha tocado la tostada y se queda mirando una MONEDA que hay en la encimera.

                    HOLLY

  ¿Por qué no puedo mover las cosas con el poder de mi mente?

Gabriel está atareado en la cocina.

                    GABRIEL

  Tu mente es mortal. Los superpoderes no están incluidos.

                    HOLLY

  ¿Tú tienes superpoderes?

                    GABRIEL

  Ojalá los tuviera.

Holly vuelve a mirar la moneda. Jonah toma al Bebé, se acerca al fregadero y tira la botella.

HOLLY

¿Qué podemos hacer entonces?

JONAH

Toma.

Le da al Bebé. Jonah coloca a Holly en el taburete de la cocina.

GABRIEL

Nuestro poder está en ser. No en hacer.

Gabriel deposita un CARTÓN de zumo en la encimera, unta más tostadas con mermelada, comprueba el café.

GABRIEL

En la forma celestial, nuestra energía guía a los mortales. Les ayuda. Tienen libre albedrío, pero en el reino mortal nuestros poderes son mortales. Normalmente, somos mensajeros.

Le da la tostada a Jonah, el café a Holly y se sienta frente a ellos en la barra. Comen, beben y le miran.

JONAH

¿Pero esta vez no?

GABRIEL

Esta vez tenemos que hacer, no ser.

El Bebé llora en brazos de Holly. Ella lo
mece.

INT. SALÓN, PISO -- DÍA -- MÁS TARDE

Holly y Jonah están tumbados en el sofá, mirando la tele, aburridos. El Bebé duerme en
su cestita. Gabriel aparece por el pasillo,
arreglado y con el abrigo puesto. Holly y
Jonah se incorporan, repentinamente inquie-
tos.

HOLLY

¿Adónde vas?

Jonah le lanza una mirada, que ella le de-
vuelve con desafío.

GABRIEL

No tardaré. No salgáis bajo ningún concepto, ¿de acuerdo?

Asienten. Gabriel sonríe, les guiña un ojo
y se escabulle.

INT. SALÓN, PISO -- DÍA -- MÁS TARDE

Un violento y complejo VIDEOJUEGO DE FANTA-
SÍA se reproduce en una pequeña pantalla. El
HÉROE MÍTICO lucha contra una BESTIA MALVA-
DA. El Héroe gana puntos, pero de repente lo
decapitan. SE ACABÓ EL JUEGO.
Holly se tumba en el sofá, aburrida, y deja
a un lado los mandos. Jonah estudia las vis-
tas desde cada ventana por turnos, con los
ojos avizor en busca de peligro. Holly lo
observa.

                    HOLLY

    ¿Tienes miedo?

                    JONAH

    (demasiado rápido)
    No.
    (Una pausa)
    Gabriel sabe qué hacer.

                    HOLLY

    ¿Deshacerse de él?

Jonah vuelve a mirar hacia la ventana. Asiente con la cabeza.

                    HOLLY

    Parece normal. Nunca sabrías lo que es
    en realidad.

Jonah se desliza por el sofá junto a ella. Ambos observan al Bebé dormido.

JONAH

Si no fuera por nosotros, se desataría un mal como nadie ha conocido jamás. Destruiría la humanidad.

HOLLY

¿Puede controlar nuestros pensamientos?

JONAH

No puede hacernos daño. Eso dijo Gabriel.

Antes de que Holly pueda responder... TOC, TOC. Alguien llama. Se levantan de un salto, miran fijamente la puerta. Pánico silencioso.

JONAH

¡No digas nada!

Se acercan con sigilo a la puerta. Jonah observa por la mirilla.

INT. OJO DE PEZ DEL PASILLO DE UN BLOQUE DE APARTAMENTOS -- DÍA

UNA MUJER (20 años, elegante) mira arriba y abajo por el pasillo.

INT. PASILLO, PISO -- DÍA

Jonah se aparta. Holly se acerca para mirar también.

> HOLLY

> ¿No la has visto venir?

> JONAH

> Debe de haberse escondido.

INT. OJO DE PEZ DEL PASILLO DEL BLOQUE DE APARTAMENTOS - DÍA

La mujer echa un último vistazo a la puerta y se da la vuelta para irse.

INT. PASILLO, PISO -- DÍA

El bebé grita con fuerza. Holly y Jonah se quedan paralizados.

INT. OJO DE PEZ DEL BLOQUE DE APARTAMENTOS -- DÍA

La Mujer oye algo y se vuelve. TOC TOC.

MUJER

¿Hola?

INT. PASILLO, PISO -- DÍA

Jonah se aprieta contra la mirilla y le susurra a Holly.

JONAH

¡Hazlo callar!

Holly regresa al salón. Jonah contiene la respiración mientras el Bebé deja de llorar.

INT. OJO DE PEZ DEL PASILLO DEL BLOQUE DE APARTAMENTOS -- DÍA

La Mujer se da la vuelta con reticencia y se marcha.

INT. PASILLO, PISO -- DÍA

Holly mece al Bebé, ahora silencioso. Jonah se vuelve. Intercambian miradas aterrorizadas.

JONAH

Las fuerzas oscuras. Nos han encontrado.

EXT. CALLE -- DÍA

La Mujer llega a la esquina. Con aire seguro, se gira y mira hacia atrás. Sus ojos se
dirigen directamente a la ventana del piso
de los Ángeles. Por el brillo en su mirada,
sabemos que Jonah tiene razón. Momentos después, se da la vuelta y dobla la esquina.
Desaparece.

Mensajes de WhatsApp entre Ellie Cooper y yo, 19 de julio de 2021:

Ellie Cooper
¿Estás bien, Mand? Hace un par de días que no sé nada de ti.

Amanda Bailey
Leyendo y pensando. El bebé es una zona prohibida, así que necesito un nuevo ángulo. Podría utilizar la influencia de los Ángeles en la cultura pop como trampolín para explorar cómo los crímenes impactantes tienen el poder de cambiar algunas actitudes y reforzar otras.

Ellie Cooper
Es un temazo. ¿Pero creía que tu objetivo era escribir un reportaje ligero?

Amanda Bailey
Tienes razón. ⅄

Ellie Cooper
Mi amigo del estudio de grabación me ha contestado. Ya se ha puesto manos a la obra con la entrevista de Oliver con Gabriel. Dice que es una cosa llamada «sangrado». Puede arreglarlo, y tal vez conseguir más palabras, pero que tendrá que hacerlo fuera de horas, usar el equipo de su trabajo y arriesgar su empleo. Básicamente pide dinero.

Amanda Bailey
De acuerdo. Déjame pensar. Gracias, Ellie, eres
un sol.

Mensajes de texto entre Dave «Itchy» Kilmore y yo, 20 de julio de 2021:

Dave Kilmore
Hola, Amanda, ¿has escuchado el pódcast? Salió
anoche. Ya estamos recibiendo respuestas a tu
petición de información. Puedes verlas tú misma en
el foro. Te enviaré los datos de contacto por mensaje.
¿Te parece bien que te los reenvíe? Filtraré a los
vampiros energéticos, a los violentos de mierda y a
los pervertidos sinvergüenzas. Después de eso, lo
creas o no, quedan unos cuantos. 😄

Amanda Bailey
Hola, Dave. Aún no lo he escuchado, lo siento. Lo
haré cuando tenga un momento. Sí, envíamelos, ya
que se han molestado en contestar.

Correo electrónico anónimo enviado a la dirección info@ de *Fantasmas Frescos*, 20 de julio de 2021:

Para la señora que apareció en el programa. Tengo una historia
extraña sobre los Ángeles de Alperton. No suelo contársela a la
gente porque me siento un poco tonto al hacerlo, pero estoy
seguro de que no me equivoqué. Estaba en una comisaría de
Wembley la noche que encontraron los cuerpos. Serían sobre
las diez y media u once de la noche. Me robaron la cartera en el
pub y estaba en el mostrador denunciándolo. La comisaría estaba dispuesta con un espacio en el centro donde trabajaban los

246

sargentos de mostrador y había zonas separadas a ambos lados: una para el público y otra para los policías que venían del aparcamiento con detenidos. Yo tenía una visión clara a través del mostrador en esa dirección. Mientras el sargento me tomaba los datos, eché un vistazo al otro lado del mueble y vi que traían a Christopher Shenk. Había conocido a Chris, o Shenky, en el colegio, pero hacía años que no lo veía. Había oído que traficaba con drogas, que estaba por la zona fingiendo ser un gánster. No me miró. Nadie lo registró en el mostrador, lo llevaron directamente hacia la parte de atrás, supongo que a las celdas. En ese momento no le dediqué ni un minuto a la escena. Días después, vi su nombre en el periódico. Había muerto la noche de la masacre de Alperton. Decían que se había unido a una secta y que se creía un ángel llamado Rafael, como la Tortuga Ninja. Me heló la sangre. Siempre resulta impactante descubrir que alguien que has conocido ha muerto, pero esto me dejó paralizado por otra razón. Incluso recuperé el informe policial sobre el robo de mi cartera para comprobarlo. Yo vi a Shenky esa misma noche, más o menos a la hora en que los ángeles debieron de suicidarse. No le estaban soltando cuando lo vi, estaba entrando en la comisaría. ¿Cómo podía estar en dos sitios a la vez? He vuelto a pensar en ese momento. ¿Realmente lo habían detenido y había sido escoltado por la policía, o estaba solo y yo fui el único que lo vio? ¿O fui testigo de una aparición de su doble en el preciso momento en que murió? Nunca he encontrado una explicación. Tampoco recuperé mi cartera.

Impreso del foro *Fantasma Fresco*, 20 de julio de 2021:

Uno de nuestros psicólogos cuenta una historia sobre los Ángeles de Alperton. Dice que su hermano iba a la escuela con el hombre de origen asiático que fue asesinado. Añade que las noticias que se publicaron en los periódicos sobre su vida hasta entonces no eran ciertas.

Entrevista con Galen Fletcher, en The Doll's House Café, Harrow on the Hill, 21 de julio de 2021. Transcrita por Ellie Cooper.

[He recortado la parte en la que explica su trabajo como psicólogo en una escuela para chicos. EC].

AB: Gracias por responder a la llamada del pódcast.

GF: Yo no lo oí, lo hizo uno de mis alumnos. Recordó haberme oído hablar de mi hermano y de los Ángeles, así que…

AB: Claro. ¿Cuál es esa conexión? Si pudiera explicarlo para que conste.

GF: Mi hermano estaba en el mismo curso que Harpinder Singh en la escuela. Eran amigos.

AB: ¿Así que su hermano fue a la escuela en la India?

GF: No, esto es lo extraño. Creo que Harpinder nació en Delhi, pero su familia se trasladó a Londres cuando él era un bebé. Fue a la escuela aquí.

AB: ¿A qué escuela?

GF: A esta. Aquí mismo. *[Haces una pausa incrédula, al igual que yo. EC].*

AB: ¿La escuela de Harrow?

GF: Sí. *[¿Harpinder Singh fue a una de las escuelas más prestigiosas del mundo? EC].* Los informes posteriores al hallazgo de su cuerpo decían que había llegado recientemente de Delhi. Si fue así, es que estaba de vacaciones. Hablaban como si estuviera ganándose un sueldo por los pelos en un restaurante, diciendo que le habían echado de una habitación alquilada y que estaba alojado en un piso de protección oficial. No es imposible, cualquiera puede tener una mala racha, pero no suena como el tipo que yo recuerdo. Sería muy triste si hubiera acabado en esas circunstancias. Ah, y también se equivocaron con su edad. No tenía veintidós años. Tenía veintinueve.

AB: ¿Qué recuerda de Harpinder?

GF: Debería decir que siempre fue Harry Singh para nosotros. Él y Clem se conocieron la escuela primaria de Ealing. Luego ambos vinieron aquí. Harry era extrovertido,
enérgico. Brillante, pero no tan centrado como Clem. Le
recuerdo en todas las obras del colegio. Era un excelente
jugador de ajedrez.

AB: ¿Así que era más aficionado a las actividades al aire libre
que a las académicas?

GF: Sí. Una persona sociable. Él y Clem compitieron en el
Premio del Duque de Edimburgo juntos. Harry fue a
por el oro, pero se quedó atrás en matemáticas e inglés.
Creo que Clem le ayudó todo lo que pudo. Eso sucedió
años antes de que yo llegara. Eran once años mayores
que yo.

AB: ¿A qué universidad fue Harry?

GF: No lo recuerdo. No fue a Oxford ni a Cambridge. Diría
que estudió derecho en alguna parte, pero Clem fue a
Edimburgo. Estudiaba medicina y no tenía tiempo para
seguir viéndose con sus amigos. Perdieron el contacto y
nosotros también… el resto de la familia.

AB: ¿Cómo supo que el Harpinder Singh que hallaron muerto en Alperton en 2003 era el mismo amigo de su hermano de tantos años antes?

GF: Por la foto que publicaron. En cuanto la vi. ¿Se acuerda?

AB: ¿Esta?

GF: Sí. Está de pie con la cabeza metida en una toalla. Parece
un turbante sij, pero Harry nunca llevó uno. Llevó el
pelo corto durante los años que le conocimos. La foto
está muy recortada alrededor de su cara y su cabeza. Esta
es la fotografía de la que procede. *[Te muestra algo. EC].*

AB: Oh. *[Pareces sorprendida. EC].*

GF: Es una foto de grupo de los chicos de su residencia, el
alojamiento donde vivían durante el curso. Habían na-
dado en el lago, y tomaron esta foto justo después de
que hubieran salido del río. Aquí se ve que Harry lleva

una toalla en la cabeza. Ese es mi hermano, Clem. Aquí tendrían diecisiete o dieciocho años, no mucho antes de terminar el curso.

AB: Sin duda, se trata de la misma foto. Es extraño que usaran esta imagen. Si fue a Harrow, habría fotos más formales de él en uniforme con su clase.

GF: Como esta. Ese es Clem, ese es Harry… Es de un año antes de la otra. Siempre pensé que querían que pareciera más… indio cuando informaron de su muerte. Como si acabara de llegar al Reino Unido, un emigrante más, pero había vivido aquí toda su vida. Su familia era rica, con negocios en todo el mundo. Era muy… y espero que no resulte ofensivo decirlo: era muy inglés. Muy occidental.

AB: Esta es una foto pequeña y granulada. ¿Cómo reconoció al viejo amigo de su hermano, alguien mucho mayor que usted, al que no había visto en una década?

GF: Es una de las fotos favoritas de mi familia. Todos tenemos una, enmarcada. Conozco cada píxel de ella. *[Hace una pausa. EC]*. Clem está justo en el centro. El verano siguiente dio clases a niños de la calle en Perú en un intercambio. Era académico, deportista y bueno con la gente. ¿Qué más?

AB: ¿Cuándo murió Clem? *[Vuelve a hacer una pausa. ¿Cómo supiste que había muerto? EC]*.

GF: En el año 2000. Tenía veintiséis años. Ocurrió de la noche a la mañana. Tenía una enfermedad cardíaca y no lo sabíamos…

AB: Lo siento. *[Silencio. EC]*. ¿Harry se puso en contacto con ustedes entonces? Si había sido un buen amigo de Clem…

GF: Tengo entendido que mis padres le enviaron mensajes a través del contacto que tenían, al igual que otros amigos. Al parecer, su familia se había trasladado al extranjero. Si alguno de esos mensajes le llegó, no contestó. No es tan raro. Nadie sabe qué decir en una situación así. Algunas personas simplemente no dicen nada.

AB: Cierto.

GF: De hecho, yo estaba aquí, en la escuela, cuando me lo dijeron. *[Una larga pausa. EC]* Y sigo aquí. *[Corto vuestra despedida. EC]*.

Mensajes de WhatsApp entre Oliver Menzies y yo, 21 de julio de 2021:

Oliver Menzies
Nombre equivocado, edad equivocada, datos biográficos erróneos. Lo único que vincula al inmigrante pobre llamado Harpinder Singh con el pijo Harry Singh es esta foto borrosa. Podría ser que todos los detalles que publicaron sobre el muerto fueran correctos, solo que utilizaron la fotografía equivocada.

Amanda Bailey
Quizá tienes razón, pero Galen fue al funeral de Harry Singh. Y la familia rica de Harry estuvo presente en el tribunal durante el juicio y la sentencia de Gabriel. En Google está la declaración de su hermana después del proceso. Escúchala con pañuelos a mano, es muy conmovedora.

Oliver Menzies
En ese caso, la veré DESPUÉS de mi reunión con Jo en Green Street. 😬

Mensajes de WhatsApp entre el comisario jefe retirado Don Makepeace y yo, 21 de julio de 2021:

> **Amanda Bailey**
> Hola, Don. ¿Qué le hizo pensar que el bebé del caso de los Ángeles de Alperton fue adoptado por la familia de Holly? He descubierto algo hace poco. Digamos que si es cierto, es solo una parte de la historia.

> **Don Makepeace**
> Los hechos se deforman cada vez que alguien los cuenta. Puede que me haya equivocado o que me hayan engañado a propósito. ¿Está segura de que el destino del bebé es el mejor punto de partida de la investigación, Amanda?

> **Amanda Bailey**
> ¿Ha logrado localizar a Marie-Claire?

> **Don Makepeace**
> No he conseguido nada. Don.

Intercambio de correos electrónicos entre Oliver Menzies y el consejero espiritual Paul Cole, 21 de julio de 2021:

PARA: **Paul Cole**
FECHA: **21 de julio de 2021**
ASUNTO: **Gabriel**
DE: **Oliver Menzies**

Gabriel soñó conmigo.
Primero dijo que mi propósito era cuidar de mi padre mientras estaba enfermo. Eso es. Cuidar de mi padre al final de su vida.

Si eso es cierto, entonces viví mis primeros treinta y siete años sin ningún propósito, luego este se puso en marcha durante menos de tres años y se acabó. Dijo que soy un ángel. Dijo que había soñado conmigo y que un huerto sería significativo.
Oliver

PARA: **Oliver Menzies**
FECHA: **21 de julio de 2021**
ASUNTO: **Re: Gabriel**
DE: **Paul Cole**

Estimado Oliver:
El concepto de «propósito» era algo que Gabriel utilizaba para manipular a la gente. Es un sentido muy fuerte dentro de nosotros. Dudo mucho que ese fuera su único propósito. Tenemos muchos, que cambian a lo largo de nuestra vida. También debo repetirle que, a pesar de la fascinante conexión de Gabriel con el otro lado, creo que no deja de ser un creador de caos. Tiene un don, pero lo utiliza en su propio beneficio, no en el de los demás. Yo actuaría con cautela cuando trate con él.
Le deseo lo mejor,
Paul

PARA: **Paul Cole**
FECHA: **21 de julio de 2021**
ASUNTO: **Re: Gabriel**
DE: **Oliver Menzies**

¿Cree usted en el mal, Paul? ¿No como un concepto religioso, sino como una fuerza? He estado leyendo sobre lugares donde ocurrieron cosas realmente horribles. Torturas. Abusos. Asesinatos. Algunas personas creen que esos lugares se impregnan de la energía negativa de esos sucesos «malvados». Lo llaman «grabación en piedra». No es un fantasma o un vampiro, sino una energía. Escuche. No creo en la religión ni en las cosas espirituales, pero para mí esto tiene una base científica. Las energías eléctrica y magnética no son visibles, aun así, sabemos que existen, ¿verdad? Pueden almacenarse y liberarse a voluntad. ¿Es posible que la fuerza del mal, de la negatividad, genere una energía que se controle de forma similar?

Estoy trabajando en un nuevo ángulo para mi libro sobre los Ángeles de Alperton y he pensado que este podría ser un enfoque interesante. Me interesa su opinión.

Ol

Mensajes de WhatsApp entre Oliver Menzies y yo, 21 de julio de 2021:

> **Oliver Menzies**
> Jo quiere que presente una propuesta actualizada. Sigo pensando que están a un minuto de echarse atrás y no publicarme el libro. La presento, la rechazan. A la basura.

> **Amanda Bailey**
> Momento perfecto para retomar nuestro viaje de investigación. Busquemos nuevos ángulos angelicales.

> **Oliver Menzies**
> Alperton de nuevo no, por favor.

> **Amanda Bailey**
> No hemos terminado. Te desplomaste y tuvimos que irnos, ¿recuerdas? Esta vez también iremos a Wembley y Sudbury. Volver sobre los pasos de los ángeles al revés.

> **Oliver Menzies**
> No me desmayé.

Mensajes de texto entre la extrabajadora social Ruth Charalambos y yo, 21 de julio de 2021:

Ruth Charalambos

He oído que está trabajando en el caso de los Ángeles de Alperton. Trabajé con «Holly» antes de que se fugara del centro de acogida para vivir con los Ángeles.

Amanda Bailey

Gracias por ponerse en contacto, Ruth. ¿Hay algo que le gustaría contarme sobre el caso?

Ruth Charalambos

Sí. Holly era una joven madura que decidió por sí misma dónde y con quién quería vivir.

Amanda Bailey

Los niños acogidos pueden parecer maduros, cuando son MÁS vulnerables.

Ruth Charalambos

Eso ya lo sé. Holly no era así. Era diferente, MUY diferente en realidad. Si fallamos en algo, y no digo que no lo hiciéramos, fue simplemente porque no estábamos acostumbrados a trabajar con chicas como ella. Al final, aunque la hubiéramos apartado a la fuerza de los Ángeles, habría vuelto con ellos.

Amanda Bailey

Es el poder que los depredadores controladores tienen sobre sus víctimas.

NB: No respondió.

Viaje de investigación a Alperton y sus alrededores, realizado por Amanda Bailey y Oliver Menzies, 22 de julio de 2021. Transcrito por Ellie Cooper.

OM: Todo este lugar es muy… anodino.

AB: Eso es lo bueno. El cruce de carreteras está constantemente ajetreado. Allá arriba está Middlesex House, donde se encontró el cuerpo de Singh. Es un bloque de apartamentos de alquiler de corta estancia. Estos edificios están vacíos desde hace años. El garaje de autobuses, detrás del cual estaba el almacén, ahora son pisos. Y aquí abajo, junto al canal, por donde pasan barcazas, paseantes y corredores, aquí puede suceder cualquier cosa y nadie se da cuenta, porque todos van a otra parte.

OM: Y es un cruce de caminos.

AB: Más bien un cruce en forma de T.

OM: No si cuentas el canal como un brazo. *[Ambos resoplan al bajar los escalones. Hay un largo vacío en la conversación. EC].* Tengo mi nuevo ángulo. He estado trabajando en un mapa de asesinatos.

AB: ¿Un qué? *[Crujido mientras despliega algo. EC].* Mierda, Ol. ¿Qué es eso?

OM: Este es el área local con cada asesinato que se produjo durante los diecisiete años anteriores a la masacre de los Ángeles marcados con un punto. Traté de conectarlos, para ver si hay un patrón.

AB: Es la cosa más obsesivo-compulsiva que he visto nunca. Debe de haberte llevado días. ¿Por qué en los últimos diecisiete años?

OM: El año en que nació Holly.

AB: ¿Por qué ese año?

OM: Déjame terminar. Es un lío de líneas, seguro, pero si empiezas de nuevo en un mapa limpio, tomas cada punto y lo conectas solo con otro, obtienes esto. *[Crujido triunfal. Seguido de un tenso silencio. EC]* .

AB: Es increíble. *[No puedo decir si estás sin palabras porque lo que te está mostrando es revelador, o no. EC].* ¿Qué significa?

OM: Uno tres, uno ocho. Están dispuestos en espiral, con este punto en el centro.

AB: El punto central es donde estaba La Asamblea. Pero, ¿qué es uno tres, uno ocho?

OM: Capítulo trece, versículo dieciocho del Libro del Apocalipsis. El versículo bíblico exacto que describe a la bestia, el Anticristo. *[Hay una larga pausa aquí. EC].*

AB: Vaya.

OM: Tú me conoces. Yo no soy así, ¿verdad? Y, sin embargo, escucha. Hay una teoría científica llamada «grabación de piedra». Dice que todo lo que ocurre imprime energía, positiva o negativa, en su ubicación. La acumulación de energía en ciertos puntos calientes influye en cómo nos sentimos en esos lugares y, potencialmente, en los acontecimientos futuros que allí ocurren. Mand, escúchame. Los Ángeles de Alperton pensaron que estaban salvando a la humanidad al destruir al Anticristo. Pero subestimaron la fuerza y la determinación de las fuerzas oscuras. Porque a partir de 1986, el año en que nació Holly, la madre terrenal del Anticristo, la oscu-

257

ridad comenzó a cercar el lugar de La Asamblea. Un lugar que habría sido sagrado. Asesinato tras asesinato, cada uno intensificaba la energía negativa en el centro del área hasta que superó la energía positiva que habría ayudado a la destrucción de la bestia en el momento de la alineación. Los Ángeles no se dieron cuenta, pero su Asamblea se había convertido en un lugar satánico. Cuando intentaron destruir al Anticristo, el lugar que habían elegido, en realidad, lo protegió, lo salvó y lo alejó de todo mal. Los Ángeles se tambalean ante su fracaso e implosionan. *[Se podría cortar con un cuchillo el silencio en este momento. EC].*

AB: No sé qué decir, Ol. *[Dile que los versículos de la Biblia son escrituras antiguas, hechas por el hombre, mal traducidas muchas veces y mal interpretadas. No tienen nada que ver con los asesinatos en el oeste de Londres. EC].* Quizá has dado con algo.

OM: Estoy convencido. Es el nuevo ángulo de mi libro. Que el bebé nacido hace dieciocho años era realmente el Anticristo. Y aún lo es. Un libro sobre cómo los Ángeles de Alperton tenían razón todo el tiempo. *[Odia este tipo de cosas, ¿no? EC].*

AB: Quiero decir, es extravagante, y si ya no se puede localizar al bebé, no hay peligro de que alguien lo encuentre e intente terminar el trabajo, o convertirlo en una estrella del ocultismo. Si Craig puede imponer un vínculo entre Dennis Nilsen y el VIH, entonces seguro que tu idea tiene recorrido.

OM: Lo hay. Sé que lo hay.

[Esta grabación termina de golpe. Te he enviado un mensaje. EC].

Mensajes de WhatsApp entre Ellie Cooper y yo, 23 de julio de 2021:

Ellie Cooper
Estoy preocupada, Mand. Oliver suele ser muy escéptico. Ese mapa de asesinatos... ¿Está perdiendo la perspectiva?

Amanda Bailey
Tranquila, 😄 Pippa y yo estamos en contacto con Jo en Green Street. Lo vigilamos. Últimamente lo está pasando mal. Es mejor dejar que lo supere. Especialmente alguien tan testarudo como Ol. 😕

Ellie Cooper
¡Uf! Sabía que estarías un paso por delante.

Amanda Bailey
Por cierto, tu amigo del estudio de grabación, ¿cuánto pide por limpiar la entrevista a Gabriel? Sea lo que sea, dile que adelante.

Mensajes de WhatsApp entre mi editora Pippa Deacon y yo, 23 de julio de 2021:

Pippa Deacon
Tu amigo Oliver está buscando pruebas de que los Ángeles tenían razón sobre el bebé. De que el Anticristo camina entre nosotros. 😨

Amanda Bailey
¿Cómo lo sabes?

Pippa Deacon

Jo y yo nos vimos anoche. Nos llevamos divinamente.

Amanda Bailey

Su padre murió el año pasado, está lidiando con un acosador, asuntos legales y su madre está en una residencia. Dale tiempo, ya se le pasará.

Pippa Deacon

¿Qué quieres decir? ¡Es una idea fabulosa! Solo espero que tu nuevo ángulo sea tan bueno. Sé que lo será. Tengo fe total en ti. Pero vamos, espero que de verdad, de verdad, sea tan original como eso.

Amanda Bailey

Conversación entre Amanda Bailey y Oliver Menzies en la iglesia de St Barnabas, Sudbury, 22 de julio de 2021. Transcrito por Ellie Cooper.

OM: Hace mucho frío aquí.

AB: Paredes de piedra.

OM: ¿Percibes la atmósfera?

AB: Somos dos individuos ambiciosos y competitivos. Esto es nuestro día a día.

OM: Nosotros no. Me refiero a este lugar.

AB: Es una iglesia antigua, así que…

OM: ¿Qué es eso?

AB: Su famosa vidriera. Muy antigua.

OM: Están cocinando la cabeza de alguien en esa vidriera.

AB: El vicario me explicó la historia. Ese es el rey y esa es una madre del pueblo. Toda esta gente se muere de hambre.

Le preguntan al rey por qué se han perdido las cosechas y él dice que es porque esta mujer, aquí presente, dio a luz a un demonio. Ella dice que no, que su hijo es un niño normal. El rey dice: «Demuéstralo. Intentaremos matarlo. Si no es un demonio, Dios lo salvará». La madre, segura de que su hijo no es una bestia del infierno, dice que de acuerdo. Lo matan con una espada, muere y es declarado un demonio. Esa es su madre, con cara muy triste. *[Esta historia no tiene nada que ver con la que te contaron, Mand. EC].*

OM: Ese es el rey.

AB: Sí, es el rey, ha vuelto al principio porque todavía no hay comida y la gente sigue muriéndose de hambre… *[No, el hijo del rey es asesinado y se lo comen, entonces la mujer no quiere entregar a su hijo tal y como prometió, esa es la historia. EC].* La moraleja: que te den la razón no siempre es el mejor resultado.

OM: Hay algo en el aire aquí. Puedo sentirlo. *[Crujido de un paquete de caramelos. EC].*

AB: Puedes oler mis caramelos de anís. Toma.

OM: Gracias. *[Más crujido. EC].*

AB: Venga, vamos. Tenemos que encontrar el apartamento original de los Ángeles.

Conversación entre Oliver Menzies y yo, mientras caminamos por una concurrida calle mayor, 22 de julio de 2021. Transcrito con dificultad por Ellie Cooper.

AB: Peter Duffy, alias Gabriel Angelis, vivió en este bloque tras salir de la cárcel, por cortesía de una cooperativa. Aquí estaban cuando Holly tuvo al bebé. Luego se mudaron a un bloque abandonado en Wembley y, finalmente, al almacén de Alperton, pasando por Middlesex House, al otro lado de la carretera. Se comportaban como si estuvieran huyendo, pero no hay pruebas de que realmente los persiguiera nadie.

OM: No por fuerzas terrenales.

AB: Si lees entre líneas los testimonios de Holly y Jonah, está claro que los ángeles adultos crearon un ambiente paranoico. Los jóvenes estaban convencidos de que se acercaban fuerzas oscuras que protegerían al Anticristo y les destruirían.

OM: Necesitaban la alineación para acabar definitivamente con él.

AB: Hemos supuesto que los Ángeles adultos también creían eso, pero…

OM: ¿Qué?

AB: Imaginemos que no lo creían. ¿Mentirían solo para mantener el control? La psicología de los líderes de las sectas es compleja. Poder, sexo, adquisición de riqueza, delirios de grandeza. Todo está ahí con Gabriel. Los adolescentes eran vulnerables, pero sin duda, a su manera, los otros también lo eran.

OM: La cabeza me da vueltas, Mand. Necesito sentarme.

AB: Claro, claro. Ven aquí. *[Una pausa mientras lo ayudas. EC].*

OM: Me pasa cada vez… cada vez que me acerco a los Ángeles.

Respuesta anónima impresa del foro *Fantasma Fresco*

No tengo ninguna información nueva sobre este caso, pero siempre me ha intrigado. Los Ángeles. ¿Cómo llegó a reunirse un grupo tan dispar de individuos, y mucho menos a creer de una manera tan descabellada en su propia divinidad? Gabriel debe de ser un hombre realmente carismático, seductor y peligroso.

Esta respuesta de la extrabajadora social Ruth Charalambos (con la que hablé por última vez el 21 de julio) llegó de sopetón el 23 de julio de 2021:

Ruth Charalambos
Rowley Wild.

> **Amanda Bailey**
> OK, gracias.

Mensajes de WhatsApp de Ellie Cooper a mí, 24 de julio de 2021:

Ellie Cooper
Hola, Mand. Mi amigo me da las gracias por la transferencia y ya tiene el archivo limpio de la visita de Oliver a Gabriel. Lo he transcrito y he enviado ambos archivos a tu Dropbox. Si te apetece charlar cuando lo hayas leído, llámame o mándame un mensaje.

Ellie Cooper
Llámame de todos modos, por favor 😱

Grabación mejorada del encuentro de Oliver con Gabriel en la prisión de Tynefield el 10 de julio de 2021. Transcrito por Ellie Cooper, 24 de julio de 2021.

[Comienza a mitad de la conversación, como si Oliver hubiera olvidado grabar. EC].

GA: … el tuyo es ser un consuelo para tu padre en los últimos años de su vida. Cosa que has hecho y de la que puedes sentirte orgulloso. Tu propósito está completo, Oliver.

263

OM: ¿Y ahora qué? ¿Encuentro uno nuevo?

GA: Una vez que has cumplido la razón por la que viniste a la tierra, es tu momento de culminación.

OM: ¿Muero?

GA: La energía del propósito que te mantiene en la tierra libera tus ataduras. Es un momento triunfal, pero también significa que eres vulnerable a otras fuerzas. Accidentes, enfermedades y las energías que mueven los propósitos de otras personas. Tengo la fuerte sensación de que tú eres el foco de la energía negativa de otra persona…

OM: *[Se aclara la garganta, vacila. EC]*. Sí…

GA: Alguien con quien has trabajado. Su energía tiende a crear caos, tal vez un enorme momento de caos, o tal vez una multitud de pequeños momentos, pero siempre caos. Parece fuerte y valiente, pero es peligroso, porque está determinado. No parará hasta cumplir su propio propósito.

OM: ¡Mierda! Hay alguien, hay…

GA: Chs. Oliver, Chs. No veo que tu colisión con su energía vaya a terminar en violencia, sino en lentos incrementos de dolor. Poco a poco. Gota a gota. ¿Tiene sentido?

OM: Sí. Pero he hablado con la policía. Hay abogados involucrados. Y sigue acosándome. ¿Cómo puedo detenerle?

GA: No eres responsable de ello. Está en un viaje y los acontecimientos se desarrollarán. Tu viaje colisiona con el suyo. Como unos planetas que se alinean en el cielo durante un breve espacio de tiempo, antes de alejarse, cada uno en su órbita predestinada. Disfruta de la libertad sabiendo que no puedes hacer nada más que aceptarla. *[Aquí se produce una larga pausa en la conversación. No sé qué decir, Mand. Pobre Ol. Este tipo le ha asustado de verdad. Y a mí. EC]*.

OM: Tengo que hacer esta entrevista, pero no… *[Está sollozando. EC]*.

GA: Puedes decirles a todos que, a pesar de que no tengo ningún recuerdo de la Asamblea o de los acontecimientos que condujeron a ella, sé que soy inocente del crimen por el que se me ha condenado. La Asamblea, para mí, fue un momento de renacimiento. Mi encarnación mortal fue arrancada y se reflejó ante mí. Era una sábana blanca y pura. Así sé que no maté a ese pobre hombre. Si lo hubiera hecho, su asesinato me ensombrecería. Me pesaría. *[Hace una pausa aquí. Hay algo en su voz. EC].* También tengo un mensaje específico para ti, Oliver. He soñado contigo. Eres un ángel, como yo. Tu cuerpo es mortal, pero tu alma es divina. En mi sueño estabas sobre un huerto. Un huerto será significativo en los acontecimientos que finalmente te llevarán al otro lado. No es una advertencia, sino una garantía. Ningún lugar es seguro ahora.

VD: *[Una voz desconocida. EC]* Se acabó el tiempo, señores. *[Ahí termina. Mand, estoy muy asustada. EC].*

Mensajes de WhatsApp entre Ellie Cooper y yo, 24 de julio de 2021:

Ellie Cooper
Gabriel tiene la voz más convincente y seductora que he oído nunca. Habla, y sus palabras eluden mi mente crítica. Literalmente, dejé de transcribir para escucharle. Tuve que volver atrás y escuchar de nuevo. ¿Qué es eso?

Amanda Bailey
Es un psicópata narcisista, encantador y muy inteligente, con habilidades muy desarrolladas para leer a la gente. Toda su vida ha utilizado sus poderes de manipulación para sobrevivir. No va a parar ahora. Su influencia sobre los demás es similar a la hipnosis, un don, un sexto sentido.

Ellie Cooper

No me extraña que tuvieras que conducir hasta casa después de esto. En cuestión de minutos, Oliver quedó reducido a no más que un sollozo con patas. ¿Cómo sabía Gabriel que su padre acababa de morir?

Amanda Bailey

¿Quizá lo adivinó?

Ellie Cooper

¿Y los problemas que está teniendo con el soldado loco? Es imposible que lo supiera.

Amanda Bailey

Todos tenemos enemigos, ¿verdad?

Ellie Cooper

Yo no, o al menos ninguno que crea que me quiera muerta.

Amanda Bailey

Deberías salir más. 😄 No te preocupes por Ol. No dejaré que le pase nada realmente malo.

Ellie Cooper

Por favor, mantenlo alejado de los *pubs* y restaurantes llamados El huerto.

Amanda Bailey

😄 Sí, y de los huertos de verdad. Te lo prometo.

266

Mensajes de WhatsApp entre el autor de novelas basadas en crímenes reales Craig Turner y yo, 24 de julio de 2021:

> **Amanda Bailey**
> Craig, cariño, ¿puedo usar tu nombre de usuario para los archivos nacionales? No quiero usar el mío. 😗

> **Craig Turner**
> Desenterraré los datos y te los enviaré 😊

> **Craig Turner**
> Recuerda que es domingo, cariño. Descansa un poco.

Una lista de nombres impresa de los Archivos Nacionales, bajo el epígrafe: Instituto de Notting Hill & Ealing, 2002-2003. Entre ellos destacan dos:

Adesina, Jessica A.
Wild, Rowley F.

Encuentro con la autora Jess Adesina en la librería de fantasía Warrior's Arrow, 26 de julio de 2021. Transcrito por Ellie Cooper.

AB: ¡Hola, Jess!

JA: ¿A quién le dedico el libro?

AB: Es para otra persona.

JA: ¿Cómo se llama?

AB: Si pudiera escribir: «Para Rowley Wild, gracias por inspirar *Mi diario angelical*». *[Pausa larga aquí. ¿Has abordado a esta mujer en su firma de libros? EC]*. Solo bromeaba. Bastará con la firma, gracias *[Debes apagar la grabación y la enciendes de nuevo para la siguiente parte. EC]*.

267

JA: ¿Qué quiere?

AB: Usted iba a la escuela con Rowley Wild, el verdadero nombre de «Holly». ¿Por qué no lo dijo? *[Seguro que no te contesta. EC]*. ¿Recuerda las circunstancias que la llevaron a marcharse y vivir con los Ángeles?

JA: *[Suspira. EC]*.

AB: El personaje de su serie de libros conoce a otra chica en la escuela y a un hombre adulto y se va de casa para vivir con ambos. A mí me parece que los Ángeles representan la bisexualidad.

JA: Más bien pansexualidad y estilos de vida alternativos. Los Ángeles inspiraron la serie, pero no es la historia de Rowley.

AB: Usted y Rowley iban al mismo curso en la escuela. Yo también soy de esta zona y sé que no hay muchas chicas que vayan del instituto de Notting Hill & Ealing al sistema de acogida. Habría sido la comidilla de la escuela. ¿Qué ocurrió?

JA: Solo estuvo en la escuela unas semanas al final del curso. Mire, su familia era excéntrica. Caos, drogas y abandono… Se trasladó a un centro de acogida, luego volvió al hogar familiar, pero conoció a un hombre y eso fue todo. No volvió a la escuela.

AB: ¿Gabriel?

JA: Creo que sí. Los sucesos de Alperton ocurrieron a finales de ese año. Lo siento. No puedo decir nada más, no es mi historia. *[La muy caradura lleva años contando la historia de Holly en un libro tras otro. Alguien te quita a la señorita Adesina en ese momento. EC]*.

AB: Ellie, Rowley se deletrea R-O-W-L-E-Y y se pronuncia como si rimara con «boli».

Mensajes de WhatsApp entre Oliver Menzies y yo, 26 de julio de 2021:

Oliver Menzies
Así que, cuando la gente rica se hunde en una adicción tan desesperada que no puede cuidar de sus propios hijos, solo es «excéntrica».

Amanda Bailey
Bienvenido al mundo.

Oliver Menzies
Holly/Rowley no es la típica adolescente fugitiva. Proviene de un hogar pudiente y va a un colegio privado de chicas en Ealing.

Amanda Bailey
Los líderes de las sectas tienen como objetivo a las personas adineradas. ¿Qué mejor objetivo que una adolescente problemática y aislada, cuyos padres la ignoran y cuyo estatus hace que las autoridades hagan la vista gorda?

Amanda Bailey
Los servicios sociales no están acostumbrados a las adolescentes educadas y elocuentes que parecen maduras. No tiene nada que ver con que ella sea más inteligente o menos vulnerable. Ni siquiera tiene que ver con que ellos sean incompetentes, sino con que, a diferencia de los otros niños con los que trabajan, ella tiene dinero.

Amanda Bailey

Una trabajadora social con la que hablé reaccionó a la defensiva. ¿Podemos culparles por dar prioridad a los jóvenes que no tienen literalmente nada?

Amanda Bailey

Ya sabes lo convincente que es Gabriel. Se metió en tu cabeza en menos de diez minutos.

Oliver Menzies

No lo hizo. Admito que me intimidó, pero me mantuve firme. Yo te he enviado mi entrevista con él. Ahora envíame tú la entrevista con la trabajadora social.

Oliver Menzies

Por favor.

Amanda Bailey

Eso no es ningún toma y daca, ¿verdad? ¡Tu entrevista con Gabriel fue un fiasco!

Oliver Menzies

No fue culpa mía. Su energía negativa anuló la grabación.

Amanda Bailey

Tú no necesitas mi entrevista con la trabajadora social. Necesitas sacerdotes y satanistas.

Oliver Menzies

Jo dice que examine el caso desde un punto de vista convencional, y luego presente gradualmente pruebas que demuestren que el bebé era realmente el Anticristo. Tengo que dejar que el lector decida, mientras finjo que soy agnóstico y estoy indeciso.

Oliver Menzies
Solo utilizaré un par de citas para que parezca que hice una investigación formal.

Oliver Menzies
Venga.

Oliver Menzies
Lo pedí «por favor» unos mensajes más atrás.

Amanda Bailey
Eliminaré cualquier cosa que tenga que ver con mi nuevo ángulo. No puedo entregarte mis citas clave.

Oliver Menzies
¿Cuál es tu nuevo ángulo?

Amanda Bailey
Tranquilo. No se solapa con el tuyo. Es totalmente diferente.

Oliver Menzies
Si no me lo dices, no revelaré a mi entrevistado misterioso. Aún tienes ganas de saberlo.

Oliver Menzies
¡Ah, haciéndote de rogar! ¡Eso significa que yo gano!

Amanda Bailey

**Mensajes de WhatsApp entre la autora de crímenes reales Min-
nie Davis y yo, 26 de julio de 2021:**

Minnie Davis

Hola, preciosa. 😊 Acabo de enviar la edición final
del manuscrito. Estoy en el jardín, con los pies en
alto y una taza de café. ¿Qué tal?

Amanda Bailey

Hasta las rodillas de ángeles, demonios y
trabajadores sociales. Encontré al chico, y me falta
poco para la joven. Gran desastre: el bebé.

Minnie Davis

¿Están MUERTOS? 😟

Amanda Bailey

Podrían estarlo. De hecho, casi mejor. Nunca lo
sabremos. Una adopción indocumentada. No hay
forma de rastrearlo.

Minnie Davis

No sabía que existiera algo así. Lo siento, Mand.

Amanda Bailey

Mirándolo por el lado bueno, me libera.

Minnie Davis

¿Qué tal tratar el caso como si el niño fuera
realmente el diablo? Eso sería original.

Amanda Bailey

El señor Escéptico-Ateísta Oliver M se ha pasado
a lo espiritual y ya se ha apuntado a esa opción.

Tengo otro ángulo, pero las cosas tienen que encajar para que funcione. Si no. 😬

Minnie Davis
Pobrecita 🙁 Pégame un grito si crees que puedo ayudar. Estas dos semanas solo tengo que esperar a que lleguen las pruebas.

Un escaneado de mi carta a David Polneath, 26 de julio de 2021:

David Polneath

26 de julio de 2021

Estimado David:

Le pido disculpas por mi falta de comunicación. He estado ocupada organizando entrevistas, escribiendo notas preliminares y revisando los planes para mi libro sobre los Ángeles de Alperton. Gracias por sus correos electrónicos. He decidido ponerme en contacto con usted con la esperanza de que el anticuado correo postal sea menos fácil de interceptar. Hay algo que deseo compartir.

He tenido un encuentro reciente con lo que solo puedo describir como una persona con mucho poder. Fue diferente a cualquier otro en toda mi vida profesional. Concertó una cita conmigo en un lugar aislado: un callejón detrás de un *pub,* cerca de donde vivo, en plena noche. Fui allí, pero no apareció nadie. Cuando volví a casa, había alguien en mi piso, esperando. No había señales de que hubieran forzado la entrada. Pronto comprendí que eso era en sí mismo una advertencia.

Esta persona, alguien a quien nunca había visto en mi vida, me dijo en términos inequívocos que dejara de buscar al bebé. Me suministraron una tapadera que explicaría a mi editor por qué nunca podría encontrarlo. Sus instrucciones consistieron en decirme que su nueva identidad está protegida por una adopción cerrada, sin documentación: un proceso que solo se lleva a cabo en circunstancias excepcionales. Puede que sea cierto, puede que no, pero mi única opción era aceptar y, de momento, he accedido a su «petición». No me amenazaron abiertamente, sin embargo, me quedó muy claro que se desharían de mí en un segundo si continuaba mi búsqueda.

No he podido hablar de esto ni siquiera con amigos íntimos y colegas. Ocurrió hace un par de semanas, aunque me he negado a admitirlo y he mentido a todo el mundo.

Tiene razón, hay un misterio detrás del caso de los Ángeles de Alperton. Pero, ¿estoy preparada para desvelarlo?
Atentamente,
Amanda
PD: Mencionó la posibilidad de reunirnos para intercambiar información sobre posibles contactos. ¿Sería posible, por favor?

Mensajes de texto entre la productora de televisión Debbie Condon y yo, 26 de julio de 2021:

> **Amanda Bailey**
> Hola, Debbie. Cuando estaba trabajando en *Abandono,* denunciando los fallos del sistema de servicios sociales, ¿alguien la presionó para que dejara de hacerlo?

Debbie Condon

Los servicios sociales no fueron exactamente colaboradores, pero nadie se puso pesado ni me envió al departamento jurídico, si a eso se refiere. Es extraño que me envíe un correo electrónico precisamente hoy. He estado ordenando la oficina y he encontrado un gran guion sobre los Ángeles de Alperton. El guionista debió de enviárnoslo hace años. *Divino* de Clive Badham. ¿Lo ha leído?

Amanda Bailey

He oído hablar de él. ¿Tiene el guion completo?

Debbie Condon

Sí. ¿Le gustaría verlo?

Mensajes de texto entre el productor de televisión Phil Priest y yo, 26 de julio de 2021:

Amanda Bailey

Hola, Phil. Una pregunta rápida sobre tu serie de televisión *La Asamblea*. ¿Alguien intentó impedir su producción?

Phil Priest

No. Conseguimos lo que ahora llaman un coordinador de intimidad para convencer a los actores para que hicieran las escenas más explícitas.

Mensajes de WhatsApp entre Oliver Menzies y yo, 27 de julio de 2021:

Oliver Menzies
¿Estás despierta?

Amanda Bailey
¿Sigue dándote la lata el soldado loco?

Oliver Menzies
Sí, así que me he levantado temprano para arrastrar los ojos por estas tediosas transcripciones que me has enviado.

Amanda Bailey
No hace falta que me lo agradezcas.

Oliver Menzies
Hay algo raro. No me creo que no te dieras cuenta.

Amanda Bailey
Adelante.

Oliver Menzies
Ese trabajador social, Julian Nowak. El día 5 hablaste con él. Dice que el caso de Holly y Gabriel sucedió a principios de los 90. Sé que la gente se equivoca con los tiempos, pero ¿diez años atrás? Dice claramente que sucedió poco después de obtener su grado. Es un gran momento vital que debería ayudarle a recordar mejor las fechas.

Amanda Bailey

Me di cuenta. Don debió de remitirme a un trabajador social equivocado. Tengo la sensación de que confundió los nombres con un caso anterior. Conoce a mucha gente y no es ningún novato.

Oliver Menzies

¿Qué tal otra explicación? Holly, Jonah y Gabriel son realmente seres divinos, sin edad. Ángeles.

Amanda Bailey

Vaya. Te estás tomando en serio lo del nuevo ángulo.

Oliver Menzies

Todos describen a Holly como una chica madura para su edad. Don me dijo lo mismo. Podría tener cientos de años en el cuerpo de una adolescente. Gabriel es igual, pero su encarnación humana es físicamente mayor.

Amanda Bailey

¿Como en *Entrevista con el vampiro*? ¿Holly es Claudia y Gabriel, Lestat? 😄 Dato curioso: River Phoenix fue elegido para el papel de Molloy, el entrevistador, pero murió semanas antes de rodar sus escenas. Christian Slater se hizo con el papel. Donó sus honorarios a la caridad para romper la maldición.

Oliver Menzies

Nadie se equivoca en diez años por algo que ocurrió «al principio de su carrera».

Mensajes de texto entre el inspector jefe de policía Mike Dean y yo, 27 de julio de 2021:

Amanda Bailey

En relación con nuestra charla del 24 de junio, ¿podría aclararme algo? Dijo que Holly declaró que Gabriel la presionó para robar tarjetas de crédito cuando usted era «nuevo en la policía y en la zona». Esto fue antes del caso de los Ángeles de Alperton, una oportunidad perdida para interceptar a la secta. ¿Exactamente cuánto tiempo antes de los acontecimientos de 2003 declaró Holly?

Mike Dean

1990 o 91. No fue antes de eso, seguro.

Amanda Bailey

Eso habría hecho que Holly tuviera cuatro o cinco años.

Mike Dean

Era una adolescente.

Amanda Bailey

La Holly del caso de los Ángeles de Alperton tenía diecisiete años en 2003. ¿Cómo podía tener la misma edad y haber denunciado el mismo delito trece años antes?

Mis notas sobre los ángeles adultos y Harpinder Singh, extraídas de diversos archivos de noticias en línea y de Wiki:

«Miguel» — Nacido Dominic Jones, en Leicester, Inglaterra, el 18 de septiembre de 1961.

Se forma como electricista y se dedica a la venta al por menor. Se casa en 1981, se divorcia en 1985, alegando diferencias irreconciliables. Vuelve a casarse en 1990, se divorcia en 1998 tras ser detenido y acusado de agresión por su esposa. Trabaja para Dixons y posteriormente para PC World. Alan Morgan («Elemiah», véase más abajo) trabaja brevemente en PC World a principios de la década de los 2000, y esta se cree que fue la primera conexión entre ellos. También pasó varias temporadas en la cárcel por fraude y robo.

«Elemiah» — Nacido Alan Morgan, en Port Talbot, Gales, el 27 de junio de 1967.
Abandona la escuela a los quince años. Pasa una larga temporada en el paro. Se traslada a Londres. Conoce a Gabriel en la cárcel y se cree entonces que se convierte en el primer ángel seguidor. Descrito como simpático, divertido y amable. Artístico y práctico, con tendencia a dejarse llevar con facilidad.

«Gabriel» — Nacido Peter Duffy, en Lewisham, Londres, el 25 de diciembre de 1959.
Padre ausente, madre alcohólica y drogadicta. Infancia nómada moviéndose entre parientes y hogares de acogida. Serie de condenas cortas de prisión por delitos adquisitivos basados en el fraude. Descrito como inteligente y carismático. Condenado a cadena perpetua por el asesinato de Harpinder Singh y la mutilación *post mortem* de los otros ángeles.

«Rafael» — Nacido Christopher Shenk, en Perivale, Londres, el 13 de abril de 1978.
Abandonó el instituto Northolt a los dieciséis años. Se formó como albañil y se dedicó durante un breve tiempo a la construcción. Perdió el contacto con su familia al relacionarse con las bandas locales. Una serie de atracos menores por posesión de drogas y conducción peligrosa. Su familia le veía ocasionalmente tras su descenso a la delincuencia relacionada con las

drogas, pero no tenían ni idea de que se había involucrado en una secta.

Harpinder Singh — Nacido en Delhi, India, hacia 1981, edad aproximada 22 años
Su muerte fue considerada un asesinato ritual por los Ángeles en los días previos a La Asamblea. Los informes sugieren que fue arrastrado involuntariamente a su mundo. Se alojó en un piso de protección oficial tras el incendio del apartamento de alquiler donde vivía. Trabajaba en un restaurante de Southall. Su identidad ha sido cuestionada por un amigo de Harry Singh, que nació hacia 1974.

Mensajes de WhatsApp entre Oliver Menzies y yo, 27 de julio de 2021:

> **Amanda Bailey**
> Ninguno de los orígenes de los ángeles parece ser religioso, ni siquiera el de Gabriel. Me pregunto qué le empujó a creer que era un ángel.

> **Amanda Bailey**
> Que sepamos, no le diagnosticaron ninguna enfermedad que le provoque delirios. ¿Quizá en prisión se expuso a influencias religiosas?

> **Oliver Menzies**
> Los sueños. Los sueños son nuestro vínculo con el otro mundo. Le dijeron en un sueño que es el arcángel Gabriel y que estaba en la Tierra para destruir al Anticristo.

Amanda Bailey
Se cambió el nombre a principios de los 90, así que si sigue creyéndolo ahora… Menudo sueño debió de ser.

Entrevista con dos trabajadores desconocidos de un restaurante de Southall, 27 de julio de 2021. Transcrita por Ellie Cooper.

[Recorto tu pedido para llevar. Tarka daal, bhuna *vegetal y* naan *de ajo. Buena combinación. EC].*

AB: ¿Trabajó aquí mucho tiempo?

TD1: Sí.

AB: ¿Cómo se llamaba entonces?

TD1: ¿Mmmm?

AB: ¿Punjab Junction?

TD1: Sí. *[Parece reacio, Mand. EC].*

AB: Solía venir aquí todo el tiempo. ¿No tenía un camarero llamado Harpinder? ¿Harpinder Singh? *[No hay respuesta audible. EC].* ¿Todavía sigue aquí? *[Un estallido de ruidos, traqueteo y chisporroteos ahogan su respuesta. EC].*

TD2: ¿Puedo ayudarle? *[Se trata de alguien nuevo. EC].*

AB: Solo charlaba con su colega. Yo era una clienta habitual, hace dieciocho años. Cuando Harpinder estaba por aquí. ¿Cómo está, bien?

TD2: Se puede ir. Estoy harto de la policía. *[Vaya, ha subido el tono rápidamente. EC].*

AB: Yo no soy policía.

TD2: ¿Por qué pregunta por Harpinder? ¿Quién se acuerda de un camarero? Ya sabe lo que pasó.

AB: Estoy escribiendo un libro sobre los Ángeles de Alperton. Las noticias de los periódicos decían que Harpinder Singh trabajó aquí.

TD2: Trabajó aquí, pero… Si yo fuera usted, no mencionaría su nombre, ni el de Shenky, ¿verdad? Aunque están muertos, todavía tienen enemigos.

AB: ¿Por qué?

TD2: Tenían un tinglado en la parte trasera, los últimos dueños.

AB: ¿Drogas?

TD2: Ahora hay una nueva dirección. Todo correcto. Estamos haciendo que funcione. Damos una oportunidad a los jóvenes. ¿Ve a ese? Perdió a su familia, así que vive arriba, trabaja aquí, va a la universidad durante el día. El chico de la puerta está en un curso de gestión para personas con diversidad funcional. Pero aún tenemos que vivir y trabajar en esta comunidad. ¿Entiende lo que le digo? Ese hombre lo intentó, pero no pudo con todos. Ni de lejos.

AB: *[Susurras esto. EC].* ¿Harpinder Singh era un operativo encubierto? ¿En Punjab Junction?

TD2: *[También murmura. EC].* No lo ha oído de mí. Aquí está su comida. Invita la casa. Váyase.

[¡Dios mío! ¡Te mando un mensaje! EC].

Mensajes de WhatsApp entre Ellie Cooper y yo, 27 de julio de 2021:

Ellie Cooper
¡Harry Singh estaba ayudando a la policía! 😱

Amanda Bailey
Era un agente de paisano en un restaurante donde se intercambiaban o movían drogas. Chris Shenk, o Rafael, estaba implicado en ello.

Ellie Cooper
Eso explica por qué Harry no se puso en contacto con la familia de Galen Fletcher cuando Clem murió.

Amanda Bailey
Y también por qué se informó de su muerte como si FUERA ese camarero sin dinero, recién llegado

de la India. Tenían que proteger toda la operación encubierta y a todos los demás participantes en ella.

Ellie Cooper
¿La familia de Singh no se opondría a que su difunto hijo fuera retratado de forma tan inexacta?

Amanda Bailey
A menos que les explicaran que había otras vidas en peligro.

Ellie Cooper
¡Qué emocionante! Quedemos para tomar un café. No hemos tenido una de nuestras largas charlas en años ☹

Amanda Bailey
Pronto. Sigo en fase intensa, trabajando toda la noche y todo el día, haciendo de niñera de Menzies y preocupándome por el nuevo enfoque de mi libro.

Un correo electrónico anónimo que me llegó el 27 de julio de 2021 a través de Dave «Itchy» Kilmore del pódcast *Fantasma Fresco*:

Por favor, transmitan este mensaje a Amanda Bailey.

Ahora soy profesora de primaria, pero en 2004 trabajé como documentalista para un director de televisión. Mi jefe quería hacer un documental sobre los Ángeles de Alperton, así que empezamos a reunir contactos y a intentar que las cadenas se interesaran. Casi justo después de empezar, mi jefe recibió una llamada telefónica. Salió de la oficina, me dijo que cerrara y que me vería al día siguiente. Esa noche murió en un incendio en su casa. El dictamen fue accidente. El documental nunca se hizo. No sé por qué se lo cuento. Fue hace mucho tiempo. La oí en el pódcast —mi hijo lo tenía puesto— y me sentí obligada a contarle lo que le pasó a Suzi Korman. Lo siento.

Impresión de una noticia fechada en abril de 2004:

DESCUBIERTA LA IDENTIDAD DE LA MUJER MUERTA
La mujer fallecida en el incendio de una casa en Lordship Lane, Wood Green, ha sido identificada como la documentalista Suzi Korman, de 41 años. La señora Korman vivía sola en el piso donde se originó el incendio en la madrugada del martes. Los bomberos declaran que los primeros indicios apuntan a que el fuego se inició en un antiguo punto eléctrico.

Mensajes de WhatsApp entre Oliver Menzies y yo, 27 de julio de 2021:

Oliver Menzies
¿Sabías que los números repetidos son mensajes de lo divino?

Amanda Bailey
Lo he leído en alguna parte.

Oliver Menzies
Especialmente el 444. Si ves un 444 —en cualquier lugar— significa que los ángeles se están comunicando contigo.

Amanda Bailey
Sí, lo había leído, pero ¿qué significa? ¿Te animan a que te hagas un chequeo médico? ¿O a que

juegues a la lotería esa semana? No te subas a ese avión, ¡cuidado! Como teoría, es un poco vaga. ¿Funciona al revés? ¿Si ves el 666, el diablo te está vigilando? 😈

Oliver Menzies

Escucha. Tuve una reunión sobre el soldado loco. La policía dice que no puede relacionarlo con las llamadas. Es un número electrónico antiguo y los códigos de marcación no tienen sentido, así que no pueden rastrearlo. Te lo reenviaré. Puedo desconectar el teléfono fijo, así, si las llamadas me llegan al móvil, sabrán que es un acosador y será más fácil rastrearlas.

Amanda Bailey

Buenas noticias entonces.

Oliver Menzies

Pero si no es él, ¿entonces quién es?

Amanda Bailey

Puede ser cualquiera, ¿no? Es imposible que solo hayas cabreado a una sola persona en toda tu vida. 😄

Amanda Bailey

O, propuesta radical: que sea un simple error en la línea telefónica.

Oliver Menzies

Hay alguien o algo ahí. Están intentando, luchando por comunicarse. Mand, no estoy loco, lo sabes, pero estas llamadas llegan a las 4.44 de la madrugada. Todos los días. ¿Qué intentan decirme los ángeles?

Mensajes de WhatsApp entre mi agente Nita Cawley y yo, 28 de julio de 2021:

Nita Cawley
¿Todo bien?

Amanda Bailey
Sí, gracias. ☺

Amanda Bailey
¿Pasa algo?

Nita Cawley
He recibido un correo electrónico diciendo que trabajas demasiado en el libro. Alguien está preocupado por ti.

Amanda Bailey
¡Oliver! ¿ÉL está preocupado por MÍ? ¡Es él quien dice que recibe llamadas de ángeles!

Amanda Bailey
Lo único que le preocupa es que Green Street le anule el contrato. Está intentando que cancelen mi libro o, como mínimo, que lo pospongan para que ÉL quede en una posición más fuerte con ELLOS. Sé cómo funciona su mente. Está jugando contigo. No caigas en la trampa, Nita.

Nita Cawley
No es Oliver Menzies.

Amanda Bailey
¿Quién entonces?

Nita Cawley
Ellie Cooper. Dice que trabajas sin descanso y que este caso está desenterrando traumas infantiles.

Amanda Bailey
Vaya con el contrato de confidencialidad que le hice firmar antes de pasarle mis grabaciones. No es de extrañar que no hable de mis sentimientos. Esto es lo que pasa cuando lo hago.

Nita Cawley
Solo está preocupada, eso es todo.

Amanda Bailey
Bueno, es muy amable por su parte, pero Ellie debería cuidar de sí misma, no preocuparse por mí. ¿Sabes que estaba en el departamento de contabilidad de Kronos hasta que presioné para que la trasladaran al de editorial? Era mi protegida, Nita. ¡Y la sigo apoyando!

Nita Cawley
Posiblemente por eso no quiere verte sometida a tanta presión.

Amanda Bailey
Podría transcribir mis entrevistas por Internet o hacerlo yo misma, ¡demonios!

Nita Cawley
Cálmate, Mand. No te conoce tan bien como yo. Sé que estás bien. Pippa sabe que estás bien. Tú estás bien. El libro está en marcha.

Nita Cawley

Por favor, no le digas a Ellie que te lo he dicho. Si reaccionas mal, no dirá nada la próxima vez que alguien necesite una auténtica intervención. Por favor. Hazlo por mí.

Amanda Bailey

OK. No le diré nada.

Mensajes de texto entre Dave «Itchy» Kilmore del pódcast *Fantasma Fresco* y yo, 28 de julio de 2021:

Dave Kilmore

Recibí un mensaje de un tipo que dice que fue uno de los primeros paramédicos en la escena de la masacre de los Ángeles. Jideofor Sani. Ahora está jubilado.

Amanda Bailey

¡Qué crac! Gracias, Dave, envíame sus datos.

Dave Kilmore

Ten en cuenta que dice que «no escribirá nada», quiere «conocer a Amanda en persona» y solo «en un lugar privado». Alarma roja 🔔

Amanda Bailey

Tendré cuidado. Gracias, Dave.

Mensajes de WhatsApp entre Oliver Menzies y yo, 28 de julio de 2021:

Oliver Menzies
Te has quedado callada.

Amanda Bailey
Estoy bien, gracias por preguntar. ¿CALLADA? Han pasado dieciséis horas desde la última vez que nos escribimos.

Oliver Menzies
¿Quedamos esta tarde? Para asegurarnos de que nuestros nuevos enfoques no se pisen.

Amanda Bailey
Bueno.

Mensajes de WhatsApp entre el autor de crímenes reales Craig Turner y yo, 28 de julio de 2021:

Craig Turner
Hola, cariño. Quería preguntarte algo desde hace tiempo: ¿conseguiste una audiencia con el arcángel Gabriel?

Amanda Bailey
No. Es una larga historia.

Craig Turner
Lo siento mucho, guapa. Siento haberlo mencionado.

Amanda Bailey

😄 Valía la pena intentarlo. Me senté fuera y hablé con las señoras de la cola en su lugar.

Craig Turner

Todas esperando a sus hombres presos, ¡me encanta!

Amanda Bailey

Craig, una pregunta rápida: visitaste a Dennis Nilsen innumerables veces y mantuviste correspondencia con él durante años, ¿cómo evitó involucrarte demasiado?

Craig Turner

¿Por «involucrarte» te refieres a...?

Amanda Bailey

Que te gustase. Respetarle. Disfrutar de su compañía. Suponer que sentía lo mismo hacia ti. Simpatizar con él. Justificarlo. Creerte sus mentiras.

Craig Turner

Es un equilibrio, Mand. Necesitaba que confiara en mí lo suficiente como para abrirse, y eso significaba construir una relación. Sucedió de manera natural. Teníamos mucho en común. Ambos éramos gais, ambos crecimos en la Escocia rural y éramos hijos medianos de padres ausentes. Él era un hombre solitario que luchaba por navegar en un mundo hostil. Congeniamos. No me mentía. A mí, no.

Reunión con Oliver Menzies en el Costa Coffee de Westway Cross, Greenford, 28 de julio de 2021. Transcrito por Ellie Cooper.

[He recortado las partes en las que pedís los cafés y encontráis un buen sitio donde sentaros. EC].

AB: ¿Cómo va todo?

OM: Lento. Tengo otras cosas que ocupan espacio en el cerebro. Los que se ocupan del caso del soldado loco han organizado una reunión de mediación.

AB: ¿Y el libro?

OM: Pensando, buscando en Google, desplazándome, documentándome. Me pondré en serio pronto. ¿Y tú?

AB: Lo mismo. Una vez que escriba el capítulo uno y esté bien, el resto irá solo.

OM: ¿Y cuántas versiones has escrito?

AB: Dos. Ninguna es la adecuada.

OM: ¿Cuál es tu nuevo ángulo?

AB: *[Haces una larga pausa. Supongo que no quieres decírselo, pero no se te ocurre una excusa para no hacerlo. EC].* La influencia de los Ángeles de Alperton en la cultura popular. Desde las novelas y series de televisión que ha inspirado hasta las discusiones en línea. Lo relaciono con la teoría de las sectas. Cómo la mente humana se deja atrapar por creencias ilógicas. Una secta sigue teniendo influencia mucho después de que sus líderes y seguidores hayan implosionado. Exploro el hecho de que la gente todavía suscribe el *ethos* de los ángeles hoy en día, y cree que, en algún momento en 2003, el Anticristo nació en la Tierra. Por ejemplo… *[Parece que le muestras su teléfono. EC].*

OM: ¿Son grafitis de los pisos de Alperton? ¿Qué son esas marcas?

AB: Símbolos de ángeles. Estos me los dibujó uno de los policías que encontraron a Holly en el almacén. El edificio fue destruido. Estos símbolos son nuevos.

OM: Cierto.

AB: He encontrado los símbolos en Internet. Este representa a Gabriel, este a Elemiah y el último a Miguel. No hay símbolos para Rafael y nada para Holly o Jonah. Les dijeron a los jóvenes que eran ángeles y les dieron nombres nuevos, pero no les bautizaron con nombres de ángeles.

OM: Los hombres son arcángeles. Holly y Jonah son ángeles ordinarios.

AB: Sin duda les dijeron que, si obedecían, se convertirían en arcángeles con el tiempo. La mayoría de los cultos tienen una escalera de favores. Asciendes o desciendes según tu devoción hacia el líder.

OM: No. Si crees que esos hombres eran arcángeles en forma humana, entonces los jóvenes eran sus ayudantes terrenales y todos tenían un vínculo con el otro lado que les permitía canalizar energía… Todo queda más claro.

AB: Mmmm. Ol, ¿le has escrito a Gabriel desde tu visita en la prisión?

OM: *[Hace una pausa. No quiere decirlo, lo que significa que lo ha hecho. EC].* ¿Por qué iba a hacerlo?

AB: *[Otra larga pausa mientras sorbéis café y probablemente fruncís el ceño. EC].* Recuerda que fue arrestado por el asesinato de Harpinder Singh, pero también es responsable de las muertes de los otros Ángeles. Les convenció para que se suicidaran y luego mutiló sus cuerpos. Está loco y es aún más peligroso porque su carisma hace que esos delirios parezcan racionales. Alguien vulnerable podría dejarse arrastrar.

OM: Gracias, pero no soy vulnerable.

AB: Lo que quiero decir es que todos lo somos. He estado leyendo sobre el lenguaje de los líderes de las sectas. Así se produce el lavado de cerebro. A través de las palabras.

OM: Sí, lo sé.

AB: ¿Gabriel responde a tus cartas? *[No oigo ninguna respuesta verbal. EC].*

OM: ¿Te has fijado en cuántos testigos de este caso han muerto? Sin contar a Harpinder Singh y a los propios Ángeles. Jonathan Childs, Gray Graham, Mark Dunning…, pero no murieron inmediatamente después de encontrarse con los Ángeles, sino hace poco. Desde que empecé a trabajar en este libro para Green Street. Es como si estuvieran eliminando de forma sistemática a las personas que podrían arrojar luz sobre mi investigación.

AB: ¿Crees que fueron asesinados? ¿Por quién?

OM: Fuerzas oscuras que protegen al Anticristo.

AB: Sería más sencillo matarte a ti.

OM: Otros escritores ocuparían mi lugar. Jonathan Childs encontró a Harpinder Singh. Gray Graham halló a los Ángeles muertos. Al matar a los quienes dieron con los cadáveres, eliminas el relato de primera mano de la escena del crimen.

AB: La viuda de Jonathan Childs dice que no fue él quien encontró el cuerpo de Singh.

OM: ¿Cómo sabemos si Childs le dijo la verdad a su mujer?

AB: ¿Y Mark Dunning? Por lo que sabemos, él no encontró ningún cuerpo. Solo escribió una novela inspirada en el caso poco después. No fue asesinado entonces. Pero Suzi Korman, una documentalista, murió en el incendio de su casa en 2004, horas después de empezar a trabajar en el caso.

OM: Te garantizo que Mark Dunning y esta Suzi habrían encontrado algo. Un germen de información, inútil por sí solo, que, sumado a mis investigaciones, habría completado el rompecabezas y me habría llevado exponer la verdad del caso.

AB: ¿Qué verdad justificaría tanta muerte?

OM: Que los Ángeles fracasaron en su intento de destruir al Anticristo. Que el arquitecto del fin de los días está caminando por la tierra ahora, observando, aprendiendo, esperando para hacer su movimiento y llegar al poder.

[Dios, Mand. Tengo que admitir que es una extraña coincidencia. ¿Pero esas personas murieron a causa de la investigación de Oliver, o de la tuya? EC].

OM: ¿Recuerdas cuando visitamos el lugar? En cuanto me acerqué al portal, mis sentidos se agitaron. Casi me desmayo. Eran ellos, intentando bloquear mi poder. Volvió a ocurrir después de que conociéramos a Gabriel. ¿Recuerdas que no podía conducir? Luego tuve ese episodio fuera del primer apartamento de los Ángeles.

AB: Bueno… Todo esto es genial para tu nuevo ángulo. Sin embargo, recuerda el consejo de Jo. Presenta el misterio, pero deja que tus lectores conecten los puntos.

OM: Sí, sí. *[Otro largo silencio. Bebiendo y pensando… EC].*

AB: Gabriel te dijo que no podía haber asesinado a Singh, porque él vio su propia alma en un sueño, y era pura. ¿Crees que es inocente?

OM: ¿Cómo sabes que dijo eso? *[¿No le dijiste que limpiamos la grabación? EC].*

AB: Tú lo mencionaste.

OM: ¿Cuándo?

AB: En el coche cuando volvíamos de Tynefield.

OM: No lo hice.

AB: ¿Cómo iba a saberlo si no? Es una extraña forma de declarar su inocencia. ¿Por qué no decir simplemente «yo no lo hice, es un error», o «me tendieron una trampa»? Suena como si realmente no recordara si lo hizo o no.

OM: No tengo pruebas de ninguna de las dos cosas.

AB: Si Gabriel no mató a Singh, ¿entonces quién lo hizo?

OM: Las fuerzas oscuras. ¿Es posible que el propio Singh fuera una fuerza oscura?

AB: ¿Has leído *Mi diario angelical* de Jess Adesina? *[Debe sacudir la cabeza. EC].* Es una serie de libros para jóvenes adultos inspirada en los Ángeles. Un viaje romántico épico. Es divertida, alocada y tiene una protagonista peculiar llamada Tilly que sabe que es un ángel, es decir, bisexual. Hay cuatro libros y el personaje crece con sus lectores. Comienza cuando está en el instituto y en el último libro se casa con un hombre mayor, mientras que su novia se casa con otro hombre. Todos viven en el poliamor para siempre en pisos contiguos. Es básicamente Jane Austen con una tostada de aguacate.

OM: Suena… *[Debe poner mala cara o algo así. EC],* pero claro, no soy el público objetivo.

AB: En las últimas páginas del libro final, Tilly admite que ninguna de ellas es un ángel, solo comparten una diferencia. Es el momento de comprensión hacia el que conduce todo el tiempo. Lo de los ángeles es una metáfora de algo que ella no puede expresar. Cuando aprende a hacerlo, se despoja de sus alas de ángel, por así decirlo, y avanza en su vida, que es donde la dejamos al final. Bastante conmovedor.

OM: Gracias por destriparme la historia.

AB: Ni siquiera lo habría relacionado con el caso si no hubiera encontrado una entrevista que Adesina concedió a *Grazia* hace diez años. En ella afirma claramente que habló con alguien implicado. Entonces descubrí que ella y Holly fueron al mismo colegio…

OM: Déjame adivinar. Holly estuvo poco tiempo en la escuela. Es imposible que esta Adesina la conociera desde primero hasta sexto curso. *[Haces una pausa aquí como si te sorprendiera que él supiera eso… EC].*

AB: Correcto. Sí, es lo que ella dijo. Holly vino de otra escuela y solo estuvo allí un trimestre.

OM: Holly no es una adolescente, Mand. Parece joven, actúa como una joven, incluso hasta causa problemas y pone cara de ingenuidad… Pero Holly y Jonah son seres eternos.

AB: Eso es lo que insinuarás en tu libro, ¿verdad?

OM: Ajá.

[Te escribo. EC]

Mensajes de WhatsApp entre Ellie Cooper y yo, 28 de julio de 2021:

Ellie Cooper
Este caso tiene algo. Se mete insidiosamente en tu mente y luego te cambia.

Amanda Bailey
¡Hola, Els! Me has pillado con los pies en alto, una copa de tinto y navegando por Netflix. 🖼 Puede que tengas razón. Es la lógica contra el instinto. La cabeza y el corazón. Algunas personas ven una coincidencia y eso es todo. Otros lo ven como una prueba de fuerzas sobrenaturales en acción.

Ellie Cooper
O fuerzas criminales terrenales tramando algo malo. 🐻

Amanda Bailey
Oliver cree que es lógico y racional, pero este caso ha sacado al pensador instintivo que lleva dentro. ¿Recuerdas a los dos policías, Rose y Khan?

Ellie Cooper
¿Los que respondieron a la llamada de Holly al 999 y vieron, o no, símbolos de ángeles pintados en el suelo?

Amanda Bailey
Ambos vieron los símbolos de ángeles. Pero semanas después, cuando a Khan le mostraron una fotografía que refutaba lo que había visto,

«supo» que tenía que haberse equivocado. Creyó las pruebas contundentes que le presentaron. Rose, en cambio, no lo hizo, porque considera que existen fuerzas que desafían la comprensión humana. Todos estamos a merced de nuestros propios pensamientos ante las coincidencias y los fenómenos inexplicables.

Noticia impresa de la sección «Sussex» del sitio web de noticias de la BBC y fechada el 28 de julio de 2021:

IDENTIFICADO EL HOMBRE FALLECIDO EN EL INCENDIO

El hombre que murió en el incendio de una casa en Lewes ayer (martes 27 de julio) ha sido identificado como David Polneath, de 67 años. Los bomberos recibieron una llamada de aviso y acudieron a la casa de Bishop's Road a las dos de la madrugada, pero no pudieron llegar hasta el señor Polneath. Fue declarado muerto en el lugar de los hechos esta mañana. Los vecinos rindieron homenaje al contable jubilado, que vivía solo. «Era un hombre tranquilo y amable que se interesaba por el mundo y siempre tenía un proyecto entre manos», dijo uno de ellos, que no quiso ser identificado. La policía informa de que es demasiado pronto para determinar si el incendio fue accidental, pero la gran cantidad de papeles que había en el suelo contribuyó a que el fuego se propagara.

Mensajes de WhatsApp entre Oliver Menzies y yo, 28 de julio de 2021:

Amanda Bailey
¿Se puso en contacto contigo un detective aficionado llamado David Polneath?

Oliver Menzies
No.

Amanda Bailey
Era contable, estaba jubilado. Se dedicaba al caso de los Ángeles de Alperton como pasatiempo. Era inteligente, racional, estaba muy interesado en el caso y parecía analítico en su enfoque. Le di tus datos. Pensé que tendría algo.

Oliver Menzies
¿Un detective aficionado? ¿Tengo que escuchar las divagaciones obsesivas de un imbécil? Mátame ya.

Amanda Bailey
Murió anoche, en un misterioso incendio. Acaba de aparecer en mi página principal. Mira el enlace.

Oliver Menzies
Mierda. Mierda, eso no es bueno.

Oliver Menzies
Ya son cinco personas muertas. Cuatro de ellos inmediatamente antes o después de conectar conmigo en este caso.

La brumosa magia de brillo-noviembre

Le llamaré Gabriel. El hombre ángel. Me recuerda al gato Gabriel. ¿Podría ser una reencarnación divina? Siendo realistas, no. Gabriel, el hombre, nació al menos treinta años antes de que naciera Gabriel el gato. Y Gabriel el gato sigue vivo y coleando. Aun así, los gatos tienen nueve vidas, ¿quién puede decir si son en el mismo cuerpo o al mismo tiempo?

Me sentiría halagada si alguien me comparara con un gato. Pueden ser psicópatas asesinos, pero cuando quieren, son las criaturas más dulces, amables y cariñosas de la tierra. Si un psicópata decide ser dulce, gentil y cariñoso, significa mucho más que cuando alguien que no lo es hace lo mismo.

Gabriel el hombre tiene alas en los ojos, pero es su voz la que me arrastra y me lleva lejos.

Una página arrancada de la novela *Alas blancas* de Mark Dunning:

El pasillo se extendía hasta un punto de fuga en la oscuridad más absoluta delante de ella. Un caleidoscopio de escarlata y verde, madera brillante y brocado dorado. La casa era una reliquia viviente de un tiempo ya pasado. Nada tenía menos de un siglo y medio, salvo las bombillas parpadeantes y un inconfundible olor a colonia. Celine arrugó sus perfectas fosas nasales. No era colonia, pensó, sino una mezcla de espray, líquido abrillantador y cera que pretendían emularla.

Tenía que haber al menos cincuenta puertas. Se deslizó junto a las primeras. Sus tacones eran, de algún modo, demasiado elegantes para estropear la seda persa tradicional que había debajo. Su cuerpo, ingrávido, como un sueño. Sus alas rozaban los antiguos candelabros a su paso. Cada delicado fleco de cristal de Murano se ondeaba con suavidad, luego temblaba y brillaba mientras las lágrimas se besaban a su paso.

Celine estudió cada puerta, con los sentidos aguzados por lo que pudiera haber al otro lado. Aquí no. Aquí no. ¿Aquí? Una puerta idéntica a las demás. Pero una mirada a izquierda y derecha, unos delicados dedos se alargaron alrededor del picaporte y se coló rápida y silenciosamente hasta que el pasillo quedó tan quieto como cuando lo había encontrado. Excepto por las campanadas mortecinas y una única pluma blanca, que ondeaba de un lado a otro en su viaje siempre descendente.

Esta era la habitación. La biblioteca. Celine inhaló como si pudiera leer los propios iones y partículas del aire. De repente, entrecerró esos ojos, tan profundos y líquidos como los de un cervatillo. Estaba ahí. Bajo la ventana. Sola. Desprotegida. Flotó hacia ella.

Brillaba tanto como cualquier tesoro. El corazón le latía con fuerza, entreabrió los labios… Sus alas la envolvieron con la certeza de que había hecho todo lo que Gabriel le había pedido y juntos cogerían esta… cosa y la harían desaparecer.

INT. SALÓN, PISO -- NOCHE

Gabriel tiene un aspecto desaliñado. Se sienta en la encimera de la cocina, mira fijamente a Jonah y a Holly por encima de su taza de café.

GABRIEL

¿Parecía oficial? ¿Policía, ayuntamiento, servicios sociales?

Holly y Jonah se encogen de hombros. Gabriel suspira sin dar más señales.

GABRIEL

La habrán enviado a rescatar al Anticristo... Siempre que mandan a alguien suele ser una mujer.

JONAH

¿Por qué? Cuando son más débiles.

Holly mira alternativamente a Jonah y a Gabriel.

GABRIEL

Porque en el reino mortal, sus poderes
también son mortales, como nosotros. Si
usan la fuerza, nos resistimos, así que
usan el encanto. La mayoría de nosotros
somos hombres y, en el mundo mortal,
las mujeres distraen a los hombres de
su propósito.

Le guiña un ojo a Holly.

GABRIEL

No te ofendas.

JONAH

(señala a Holly con la cabeza)
¿Cómo es que es una mujer?

Holly mira a Gabriel, con la misma pregunta
en los ojos.

GABRIEL

Su propósito es cuidar de un bebé, así
que eligió ser una hembra mortal (señala a Jonah) con un protector.

JONAH

Dijiste que mi propósito era proteger
al bebé.

GABRIEL

Todos tenemos ese propósito. Nuestra
energía forma un escudo a su alrededor.

HOLLY

Pero proteger algo tan maligno no tiene
sentido.

Gabriel busca las palabras para explicar lo
inexplicable.

GABRIEL

A menos que lo destruyamos en el momento adecuado, de la forma adecuada,
un siglo de sacrificio, de espera, de
trabajo, acabará en desastre. Hay que
protegerlo hasta ese momento.

Gabriel tira de Holly y Jonah hacia él.

GABRIEL

Pero no estamos solos. Nos tenemos los
unos a los otros y hay más, una red que
lo hará posible. Hay fuerzas en movimiento a ambos lados de la división.

Holly y Jonah escuchan atentamente como si
estuvieran ante un gran maestro.

GABRIEL

Pero su arma más afilada es la autoridad. Estamos infringiendo las leyes
terrenales, así que somos vulnerables.

El Bebé llora. Gabriel vacía su copa y se
levanta.

GABRIEL

Mi turno…

Holly lo sigue con la mirada mientras se
marcha.

INT. SALÓN, PISO -- NOCHE -- MÁS TARDE

Gabriel se repantiga en el sofá, Holly y Jonah
a cada lado. Con los brazos y las piernas en-
trelazados, somnolientos. Termina una PELÍCU-
LA FANTÁSTICA. Gabriel hace clic en un mando
a distancia. La pantalla cambia a la PÁGINA DE
MENÚ de un VIDEOJUEGO. Jonah toma dos mandos
del suelo y le lanza uno a Gabriel.

GABRIEL

Solo una partida. Me levanto temprano.

Con un entusiasmo infantil, Jonah y Gabriel
crean sus personajes en la pantalla. Holly
los observa, su vínculo. Se levanta a rastras y sale al dormitorio sin que la vean.

INT. PASILLO, PISO -- A LA MAÑANA SIGUIENTE

Holly se arrastra por la pared. Desde el umbral de la puerta atisba el salón, a través del cual ve a Gabriel ir y venir en la cocina. La máquina de café GRUÑE.

INT. COCINA/PASILLO, PISO -- MAÑANA

Gabriel, elegantemente vestido con un traje barato, toma las llaves de la puerta y el teléfono, se apresura hacia el pasillo vacío. Lo recorre de puntillas y pasa por delante de la puerta de Jonah y luego de la de Holly. La puerta principal se cierra tras él. Segundos después, la puerta de Holly se abre ligeramente. Echa un vistazo por encima del hombro hacia el Bebé, que duerme en su cuna, y luego se dirige a la puerta principal.

INT. RELLANO, PISO -- MAÑANA

Holly se escabulle por la puerta principal y se aleja a paso ligero. Detrás de ella, la puerta parece cerrada, pero el pestillo está suelto, por lo que se queda ABIERTA.

EXT. CALLE -- DÍA

Gabriel avanza a zancadas mientras sigue un mapa en el teléfono. Cruza la calle. Un ros-

305

tro entre la multitud. Detrás de él, Holly le sigue a una distancia prudencial.

EXT. RESIDENCIA DE ANCIANOS -- DÍA -- POCO DESPUÉS

Gabriel se detiene ante un agradable y moderno edificio municipal. Mira su teléfono, el edificio, comprueba un trozo de papel que tiene en la mano antes de entrar a grandes zancadas. El letrero dice: RESIDENCIA MEADOW VIEW.

Holly se esconde tras un seto, lo sigue hasta la ventana, se asoma por ella. Gabriel está sentado con TRES PERSONAS MAYORES. No oímos nada, pero le vemos sonreír, reír, besar algunas manos… Están encantados. Se sienta junto a ellos y, sin dejar de hablar, abre un libro y empieza a leer en voz alta. Los ojos de Holly se posan en el tobillo de Gabriel y en la forma inconfundible de su PULSERA ELECTRÓNICA. Con aire de alivio pensativo, Holly se escabulle.

La página está arrancada. Faltan cuatro páginas más…

INT. SALÓN, PISO -- NOCHE -- MÁS TARDE

Gabriel y Elemiah irrumpen en el salón. Holly y Jonah se sobresaltan, pero se detienen en seco. MIGUEL (treintañero, delgado, elegante, con un aire inquietante y etéreo) se cuela detrás de Elemiah.

ELEMIAH

Holly. Jonah. Miguel.

Holly y Jonah observan al extraño recién llegado y luego miran a Gabriel en busca de orientación. Su sonrisa es tensa.

MIGUEL

Aquí están. Nuestros héroes. Me lo han contado todo sobre vosotros…

Dirige una mirada a Gabriel, da unos pasos.

MIGUEL

… y el excelente trabajo que habéis hecho. Sin embargo, han violado nuestras defensas. Ahora que han encontrado el punto débil, no cesarán de atacarnos. No estaremos a salvo hasta la alineación, cuando esté para siempre fuera de su alcance.

Miguel camina de un lado a otro. Todos los ojos le siguen.

MIGUEL

Pero hay un problema acuciante. El recipiente mortal utilizado por la oscuridad atraerá hacia nosotros la fuerza
de la ley terrenal. Hay que eliminarlo.

Holly y Jonah se quedan en blanco.

MIGUEL

El cuerpo. Deshaceos de él. Es impres-
cindible.

Se sobresaltan.

HOLLY

¿No se ha quemado o disuelto?

MIGUEL

No pongas esa cara de preocupación. Lo
solucionaremos. (A Gabriel) ¿Verdad que
sí?

Gabriel casi asiente, serio. Elemiah y Gabriel se escabullen. Holly y Jonah se enfrentan a Miguel.

MIGUEL

Concentraos en vuestro propósito.

El Bebé gime en su cuna. Miguel se congela y se acerca a él.

HOLLY

Tiene hambre.

Se dirige a la cocina, toma un biberón de leche de fórmula. Miguel aparta las mantas del Bebé. Le pasa los dedos por la mejilla. Su expresión es extraña, pensativa. Gabriel y Elemiah vuelven a entrar en la habitación.

ELEMIAH

(a Miguel)
Tenemos que hablar… a solas.

Holly pasa a su lado con una botella.

GABRIEL

Holly, Jonah…

Holly y Jonah salen. La puerta se cierra tras ellos. Gabriel, Elemiah y Miguel esperan a que haya silencio. Entonces…

ELEMIAH

Apuñalado en el cuello, en el pecho, por todas partes. Montones de sangre. Tendré que levantar las tablas del suelo y volver a enyesar la pared.

Gabriel se mueve, incómodo.

GABRIEL

Los chicos oyeron un alboroto en el pasillo. No debieron abrir la puerta… Entró tambaleándose.

Miguel mira fijamente a Gabriel, debe saber que está mintiendo.

MIGUEL

No importa. No puede quedarse aquí.

ELEMIAH

Hay un piso vacío al lado. Lo pondremos allí.

MIGUEL

¡Por el amor de Dios! ¿Quién era?

GABRIEL

Vecino. El piso al final del pasillo.

ELEMIAH

¿Vive solo?
(Gabriel asiente)
Coge al bebé y lárgate.

Gabriel estalla en una exclamación frustrada sin palabras.

GABRIEL

Es demasiado pronto.

MIGUEL

¿Y ellos?

ELEMIAH

Han cumplido su propósito. (Gabriel, Miguel y Elemiah cruzan unas miradas cargadas de siniestro significado).

INT. DORMITORIO, PISO -- NOCHE

Holly se sienta en la cama, da de comer al Bebé. Jonah se acurruca enfrente y los observa. Holly frunce el ceño, pensativa.

HOLLY

¿Quién es Miguel?

Jonah se encoge de hombros.

JONAH

Otro arcángel.

HOLLY

No es como Gabriel. O Elemiah.

JONAH

Creo que es más importante.

HOLLY

¿Alguna vez seremos arcángeles? ¿Cuando
seamos mayores?

JONAH

(sacude la cabeza)
Somos ángeles normales y punto. Necesi-
tamos un arcángel que nos guíe.

Una pausa.

HOLLY

Me gustaría tener el poder de hacer cosas. Que estallasen, o sanar a la gente.

JONAH

No es nuestro propósito. Nuestros cuerpos mortales nos lo impiden.

El Bebé deja de comer. Holly le masajea la
espalda, pensativa.

INT. SALÓN, PISO -- NOCHE

Elemiah y Miguel se enfrentan a un Gabriel ansioso.

GABRIEL

Son una tapadera. Y es buenísima. No pueden verme con el bebé, ¿verdad? Tampoco a ninguno de vosotros.

Los penetrantes ojos de Miguel se clavan en él.

MIGUEL

(desesperación)
Oh, Gabriel…
(pausa)
Tenemos que hacerlo ahora. Tráeme al bebé.

Gabriel inspira y sale de la habitación con obediencia.

El siguiente intercambio entre el aspirante a guionista Clive Badham y yo está grapado y sujeto con un clip al guion anterior:

Hola, Clive:

Espero que estés bien. ¿He mencionado que me estoy pasando al cine como productora/directora? Bueno, una amiga de la industria me habló maravillas hace poco de tu premiado guion, *Divino,* y simplemente tuve que leerlo. Le pedí que me lo enviara. Espero que no te importe. Voy por la mitad.

Gracias,

Amanda

Mensaje de texto de Clive Badham, 28 de julio de 2021:

Clive Badham

Hola, Amanda:

¡Me has alegrado el día! ¡Es una noticia increíble! Cuando lo hayas leído avísame y quedamos para charlar. Necesitarás contactos e información.

Tengo algunos buenos amigos en tecnología y correos. Seré un socio valioso en la empresa.

4

Estoy cerca, a pesar de los esfuerzos
de todos por hacerme enfadar

Correspondencia, entrevistas y lecturas de fondo

Mensajes de WhatsApp entre mi editora Pippa Deacon y yo, 29 de julio de 2021:

Pippa Deacon
¿Has visto el *Daily Watch* de hoy? Página 14.

Amanda Bailey
Estuve despierta hasta las tres investigando mi nuevo ángulo. Sigo en la cama.

Pippa Deacon
El artículo principal, está en línea. Ve a mirarlo.

Amanda Bailey
Teléfono al 1%. Dame un segundo.

Amanda Bailey
¿¿¿¿QUÉ MIERDA???? MIERDA MIERDA MIERDA.

Pippa Deacon
¿Sabías que estaba escribiendo eso?

Amanda Bailey
NO, JODER, NO LO SABÍA

Amanda Bailey
Lo siento, Pippa. No tenía ni idea. Necesito calmarme lo suficiente para leerlo bien, comprender las implicaciones y abordar el asunto con serena dignidad.

Una impresión parcial de *WatchOnline* del 29 de julio de 2021:

El adolescente de LOS ÁNGELES
DE ALPERTON es UN MONJE

- Aún se hace llamar JONAH
- Encontró la felicidad en un MONASTERIO aislado
- Reza SIETE veces al día
- Viste BOTAS, cría CERDOS, elabora CERVEZA
- SE NIEGA a hablar del CULTO DE LA MUERTE

Por OLIVER MENZIES para *WATCHONLINE*

Un hombre rescatado en 2003 de la secta de la muerte de los Ángeles de Alperton, cuando era adolescente, vive ahora en un apartado monasterio rodeado de una pintoresca campiña en la isla de Wight. La abadía de Quarr (pronunciado «cor») alberga una pequeña comunidad de monjes benedictinos que rezan siete veces al día, crían cerdos y elaboran cerveza. Los monjes no tienen televisión ni teléfono móvil y evitan utilizar Internet.

A pesar de su conexión con el violento culto a la muerte que se regodeaba en sacrificar bebés y que provocó la muerte de cuatro hombres, el chico declara que por fin es feliz y que ha encontrado su propósito en la vida. Sin embargo, sigue refiriéndose a sí mismo como «Jonah», el nombre que le dio el líder de la secta y asesino convicto Gabriel Angelis.

¿Quiénes eran los Ángeles de Alperton?
Los Ángeles de Alperton seguían al líder de la secta Gabriel Angelis, cuyo nombre real era Peter Duffy, y tenían su base en Alperton,

318

al noroeste de Londres. Creían que eran ángeles cuyo propósito en la tierra era matar, durante una alineación particular de los astros, al Anticristo recién nacido.

Angelis, que se cambió el nombre mediante una inscripción notarial en la década de 1990, dio a sus seguidores nombres bíblicos como Miguel, Elemiah y Rafael. Su objetivo era reclutar a adolescentes fugitivos para que les ayudaran en su supuesta misión divina.

La secta llegó a un sangriento final en diciembre de 2003, cuando se descubrieron los cuerpos mutilados de tres seguidores del culto en un almacén vacío. El cadáver de otra víctima, el camarero Harpinder Singh, fue relacionado con el caso. Angelis huyó del lugar, pero pronto fue detenido y acusado del asesinato de Singh.

Dos adolescentes, que se habían fugado de sus hogares de acogida para unirse a la secta, volvieron a ser tutelados. Los policías de la época elogiaron a los jóvenes, ambos de 17 años, por alertar a las autoridades. Gracias a ellos, el bebé recién nacido de la chica escapó de la muerte a manos de los Ángeles. Como menores, sus identidades estaban protegidas.

¿Dónde están ahora los Ángeles de Alperton supervivientes?
Gabriel Angelis cumple cadena perpetua en la prisión de Tynefield.

«Holly», la adolescente, y su bebé recibieron nuevas identidades y, por lo que sabemos, están bien.

«Jonah» ha sido encontrado recientemente viviendo en la abadía de Quarr y se describe a sí mismo como finalmente feliz con su espartana vida religiosa.

Mensajes de WhatsApp entre Ellie Cooper y yo, 29 de julio de 2021:

> **Ellie Cooper**
> No lo leo, pero la barra lateral del *Daily Watch* ha aparecido en mi navegador y no he podido evitar

fijarme en un artículo de Oliver M sobre el hermano Jonah. ¿Sabías que lo estaba escribiendo?

Amanda Bailey
No. Y estoy muy cabreada.

Mensajes de WhatsApp entre Oliver Menzies y yo, 29 de julio de 2021:

Amanda Bailey
¿En qué coño estabas pensando?

Oliver Menzies
¿En qué? ¿En qué? ¿Te refieres a lo del artículo?

Amanda Bailey

Oliver Menzies
Lo envié cuando pensé que Green Street iba a anular el contrato de mi libro.

Amanda Bailey
¿Por qué? ¿De qué te serviría?

Oliver Menzies
Vincula mi nombre al caso y consigo ser un «experto» publicado. Más influencia ante Jo. Pero si ella cancela el encargo, al menos habré sacado algo de dinero. El periódico no me hizo mucho caso cuando lo envié, la verdad. Hace semanas que tenía la pieza. Lo olvidé. Supongo que solo esperaban un día de noticias ligeras para publicarlo.

Oliver Menzies
Si te sirve de consuelo, han reescrito lo que les envié por completo.

Amanda Bailey
No me creo que hayas sido tan rastrero y traidor.

Oliver Menzies
Todo es de dominio público. Juego limpio. Cualquiera podría encontrar a Jonah, pero yo lo hice antes.

Amanda Bailey
Yo lo encontré. Yo lo encontré, NO TÚ. Debería aparecer como coautora en la pieza. Por lo menos.

Oliver Menzies
Te estás pasando un poco.

Amanda Bailey
¡Y conseguiste mis fotografías bajo falsos pretextos y las publicaste como si fueran tuyas!

Oliver Menzies
Solo utilizaron un par. Mira, es una pieza de mierda. Ya ha sido desbancado del primer puesto. Incluso se está deslizando por la barra lateral.

Oliver Menzies
Ves, superado por «El bikini que desafía a la edad» de Liz Hurley y «El atrevido vestido semitransparente de Kylie Jenner». Tranquilízate. Te invitaré a cenar algún día.

Amanda Bailey
Y compromete AMBOS libros. La idea es generar interés en este caso justo antes de nuestras fechas de publicación. No tan pronto como para que todos los periodicuchos estén de repente sobre el caso, buscando al bebé, publicando *spoilers* y robándonos el protagonismo.

Oliver Menzies
Creía que habías dicho que no se podía encontrar al bebé.

Oliver Menzies
De acuerdo, ignórame.

Oliver Menzies
¿AÚN estás enfurruñada?

Amanda Bailey
¿Qué quieres?

Oliver Menzies
Dijiste que no se podía encontrar al bebé. Ahora te preocupa que dé con él otra persona.

Amanda Bailey
El hecho de que no se pueda encontrar es una noticia en sí misma.

Oliver Menzies
WatchOnline no parece pensar lo mismo. Lo mencioné en mi artículo y lo quitaron.

Intercambio de correos electrónicos entre Louisa Sinclair, editora de *WembleyOnline*, y yo, 29 de julio de 2021:

PARA: **Louisa Sinclair**
FECHA: **29 de julio de 2021**
ASUNTO: **Pregunta**
DE: **Amanda Bailey**

Hola, Louisa:

Oliver Menzies se ha portado como un cerdo. El muy traidor ha ido a mis espaldas y ha publicado un artículo sobre un adolescente de los Ángeles de Alperton firmado por él. Yo organicé la entrevista para los dos, hice las únicas preguntas destacadas del día e incluso hice las malditas fotos. Estoy furiosa.

De todos modos, en su artículo se le escapó un detalle que no había sido publicado anteriormente. Ni siquiera se da cuenta de lo fundamental que es. Que el bebé fue dado en adopción de tal forma que nunca pudo ser localizado. El medio lo pasó por alto con una vaga perogrullada, como que en su nueva vida «les va bien».

¿Por qué no publicaron esa información? Además, no hicieron más reportajes ni fotografías. Creo que eso debería decirme algo, pero ¿qué? ¿Alguna idea?

Amanda X

PARA: **Amanda Bailey**
FECHA: **29 de julio de 2021**
ASUNTO: **Re: Pregunta**
DE: **Louisa Sinclair**

Hola:

¡Madre mía! Nunca habría pensado que precisamente Oliver Menzies fuera a meterte un gol, Amanda.

Razones por las que el medio recortó ese detalle: la explicación más sencilla es que no pudieron verificarlo. O bien hay una prohibición legal para abrir el expediente; recuerda que la primera regla de ese tipo de medidas es que no pueden ni mencionarse. Pero, ¿una cría que fue adoptada a los dieciocho años podría permitirse los cien mil pavos de honorarios legales que cuesta esa gestión?

Hay otra posible razón: conservan la pólvora seca mientras planean presentar la historia con mayor profundidad en una fecha posterior; tal vez ya tengan a alguien trabajando en el caso, intentando localizar al bebé, o a punto de escribir algo sobre que no se puede localizar. Un pequeño artículo como este es un buen barómetro del interés. Ves cuántos clics recibe, cuántos comentarios, cuántas veces lo comparten. Les da una idea de cuántos recursos desviar hacia él. Echa un vistazo a la sección de comentarios bajo el artículo. Siempre sorprende cómo la gente no se presenta con información, pero es capaz de escribirla de forma anónima en un sitio de noticias.
Louisa

Mensajes de WhatsApp entre Oliver Menzies y yo, 30 de julio de 2021:

Oliver Menzies
Me siento como una mierda

Amanda Bailey
Bien. Te portaste como una mierda.

Oliver Menzies
No lo digo por el reportaje de Jonah. Es por la reunión de mediación con el soldado loco. Intentaron pintarme como la parte culpable. Dijeron que había acosado a un valiente héroe de guerra y víctima de estrés postraumático. Querían una disculpa, ¡no te jode! Bastardos

manipuladores. Y tú también sigues enfadada. Y todavía me despiertan a las 4.44 de la madrugada todos los días.

Amanda Bailey
No creas que te he perdonado. NUNCA lo haré.

Oliver Menzies
Ah, bueno, así me siento mucho mejor.

Amanda Bailey
Hay un comentario interesante debajo de tu artículo en el *Daily Watch*. Lo pegaré 👇

Amanda Bailey
«Mi tío estuvo en la policía y me contó que ocurrieron cosas extrañas cuando detuvieron a Gabriel. Un minuto estaba herido y al siguiente ya no. Sus heridas se curaban solas. Todos los que lo vieron no contaron nada. También decía cosas que los policías no entendían, luego ocurría algo que daba sentido a sus palabras y todos se quedaban alucinados».

Oliver Menzies
¿Dónde? Acabo de mirar y no lo veo.

Amanda Bailey
Tienes razón, el comentario ha desaparecido. 👻 Lo copié y pegué hace una hora. El moderador debe de haberlo eliminado. Me pregunto por qué.

Oliver Menzies
Ya te lo dije. Hay algo raro ahí, algo sobre él.

Amanda Bailey

Es mitología. Se han contado historias similares sobre otros asesinos famosos. Especialmente de Fred West. Muchos asesinos oportunistas tienen instinto para saber cuándo pasan desapercibidos. Así logran atrapar a sus víctimas a plena luz del día, sin que nadie les vea.

Oliver Menzies

Escucha. ¿Y si el «sexto sentido» es un rasgo BIOLÓGICO de la psicopatía?

Amanda Bailey

Los psicópatas carecen de empatía. Si hay alguien totalmente aislado de la conexión psíquica o de cualquier otro tipo, son ellos.

Oliver Menzies

Es cierto, no procesan las emociones como lo hacen las personas neurotípicas. Sin embargo, comprenden muy bien cómo se comportan quienes experimentan la empatía. Reconocen el amor, la simpatía, la culpa y la obligación, sin sentir ellos ninguna de esas emociones complejas. Comprenden lo que impulsa a los demás a actuar y lo explotan en consecuencia. ¿Y si la «empatía» en los psicópatas se sustituye simplemente por este «sexto sentido» para saber cómo se comportan los demás? ESO es una base científica para algo que de otro modo sería inexplicable por la lógica.

Amanda Bailey

Para cuando sabemos que alguien es un psicópata asesino, ha tenido años de ensayo y error tratando con el mundo empático y toda una vida para perfeccionar sus habilidades de observación.

Oliver Menzies
Eso ya lo sé. Pero Gabriel es diferente. Esto es lo que me está costando, Mand. Verás, conocer a Gabriel me demostró que hay algo especial en él. Que hay personas y acontecimientos que desafían las explicaciones racionales. Sé que soy inteligente. No me dejo engañar con facilidad. Así que debe haber algo en él. Si lo conocieras, lo entenderías.

Amanda Bailey
Pero él se negó a conocerme.

Envié un correo electrónico a la oficina de prensa del Servicio de Bomberos de Londres para preguntar por David Polneath. Jayden Hoyle respondió lo siguiente, 30 de julio de 2021:

PARA: **Amanda Bailey**
FECHA: **30 de julio de 2021**
ASUNTO: **Re: El difunto David Polneath**
DE: **Jayden Hoyle**

Estimada señora Bailey:

Gracias por su correo electrónico en relación con el señor David Polneath, por desgracia declarado fallecido en un incendio en Belgrade Mansions el 27 de julio. Lamento mucho su pérdida y entiendo que era un querido amigo y un colega cercano con el que usted trabajaba.

Por desgracia, su apartamento sigue acordonado y la policía aún no ha dado permiso para acceder a él. Esperan las conclusiones de la Unidad de Investigación de Incendios, que determinará si el incendio fue accidental o no. He estado en la residencia y puedo confirmarle que no queda ningún papel ni ningún aparato electrónico. El piso entero ha quedado destruido por la conflagración, que comenzó en el salón y avanzó por las habitaciones a través de una serie de llamaradas y corrientes de aire que canalizaron el fuego en forma horizontal desde la ventana delantera hasta el portal trasero. Por suerte, las viviendas situadas a ambos lados y por encima no se vieron afectadas. Siento comunicarle que el trabajo que el señor Polneath estaba haciendo para usted, fuera el que fuera, se habrá perdido.

Lamento no tener más noticias positivas que darle en este momento.

Atentamente,

Jayden Hoyle

Relaciones Públicas

Servicio de Bomberos de Londres

Mensajes de WhatsApp entre Ellie Cooper y yo, 30 de julio de 2021:

Ellie Cooper
¿Todo bien, Mand?

Amanda Bailey
Todo bien. Gracias, Ellie.

Ellie Cooper
Es que no me has mandado ninguna transcripción más. ¿Has terminado todas sus entrevistas?

Amanda Bailey
Aún no he escrito el capítulo uno. Ahora trabajo en el tercer borrador. Una vez que consiga clavarlo, seré mucho más feliz.

Amanda Bailey

Quiero decir que soy feliz. Estoy tranquila, relajada. No te preocupes por mí.

Ellie Cooper

SÍ me preocupo por ti. Sé lo duro que trabajas. Pero PUEDES tomártelo con calma.

Amanda Bailey

Alguien más ha muerto. Un detective aficionado que llevaba años investigando a los Ángeles. Me envió un correo electrónico al principio, pero entonces yo intentaba encontrar al bebé y le ignoré. Cuando cambié mi enfoque, volví a ponerme en contacto con él. Mencionó un encubrimiento, pero no tuve ocasión de hablar con él. Murió en el incendio de su casa el martes.

Ellie Cooper

¿Había hablado con Oliver?

Amanda Bailey

No. Si hay alguien tratando de taparlo todo, me estará siguiendo a mí, no a él. 😱

Ellie Cooper

Ten cuidado, Mand. Probablemente todo sea una coincidencia, pero meterse con cosas así... ¿Es necesario que escribas este libro? A tu edad podrías hacer lo que quisieras. Leer. Escribir. Viajar. Encontrar a alguien y sentar la cabeza. Odio sonar como un pariente anciano, pero antes de que sea demasiado tarde.

Amanda Bailey

¿Encontrar a alguien? Yo no. Terminé con alguien justo antes de empezar este trabajo.

Ellie Cooper

¿Terminaste? Suena como si lo hubieras despedido 😊

Amanda Bailey

🪃 No confío en las relaciones. Solo soy feliz cuando pienso en mí. Estoy casada con mi trabajo, eso es lo que dicen 😊

Amanda Bailey

¿A MI edad? Maldita milenial descarada 😄 ¿Qué edad crees que tengo?

Ellie Cooper

Bueno, te peleaste con la tía Pat hace 26 años. Si entonces tenías entre 16 y 20 años, ahora estarás entre los 42 y los 46.

Amanda Bailey

Tengo 38. Tenía 12 cuando fui a servicios sociales y me peleé con la tía Pat y el resto de mi familia.

Ellie Cooper

Vaya, Mand. Lo siento mucho. Es trágico.

Amanda Bailey

No. Es lo mejor que he hecho nunca.

Divino
de
Amanda Bailey

Uno

David Harris Polneath se había pasado la vida sumando cosas. Como contable corporativo de [averiguar dónde] había cuadrado libros de contabilidad, luego hojas de cálculo y después sistemas contables con la misma atención al detalle. No iba a dejar de hacerlo en junio de 2019 cuando, a la edad de sesenta y cinco años, finalmente se jubiló. Porque David Polneath tenía un proyecto. Algo más que una afición. Un interés que le hacía levantarse a las seis cada día y acostarse a las once. Los Ángeles de Alperton.

Dieciséis años antes, David había seguido una noticia en particular con una fascinación que trascendía el interés morboso. Empezaba con cuatro hombres muertos, dos adolescentes traumatizados y un bebé en un almacén abandonado del noroeste de Londres, y terminaba con la escalofriante noticia de que una pequeña pero intensa secta de la muerte había reclutado a jóvenes vulnerables ante las narices de los servicios sociales.

Mientras se levantaba e iba a trabajar día tras día, David mantenía sus sentimientos a raya. El trabajo ordenaba sus pensamientos, la rutina era reconfortante. Podía ignorar a los Ángeles y los recuerdos que desencadenaban. La oscuridad que amenazaba con brotar y ahogarle a su paso. Ahora estaba dispuesto a utilizar su propio trauma para ayudar a resolver un caso que la gente de a pie simplemente no entendía. Porque, tal como David lo veía, para entender cómo los Ángeles de Alperton habían hecho lo que habían hecho, tenías que haber sido un adolescente vulnerable. Y él lo había sido.

Conocí a David cuando comencé mi propia investigación sobre este misterioso caso. Desde el principio me desconcertaron los recuerdos y relatos, todos creíbles por igual, pero completamente contradictorios entre sí. Es más, estos relatos diferían a menudo en el tipo de datos en los que nadie suele equivocarse, ni siquiera cuarenta años después, y mucho menos dieciocho. Un profesional recuerda a una persona clave de un caso que saca un cuchillo y amenaza con matar a un niño. Otra persona que estuvo allí no vio nada de eso.

Pronto comprendí por qué David estaba fascinado con los Ángeles de Alperton. Lo que empezó como un ejercicio para desterrar sus propios demonios se transformó en algo bastante inesperado. Por primera vez en su vida, David descubrió que las cosas no cuadraban. Fechas, nombres, lugares, horas. Hechos. Su conclusión fue tan desconcertante como breve: había habido un encubrimiento, una cortina de humo que aún hoy seguía en pie. Y David juró que llegaría al fondo del asunto, aunque fuera lo último que hiciera.

***

El servicio de bomberos acudió a un apartamento en llamas en la madrugada del 28 de julio [averiguar la hora exacta]. Había comenzado en el salón y, gracias a una sucesión de fogonazos y retrocesos, avanzó de delante hacia atrás, incinerando todo a su paso. Documentos, registros, ordenadores, notas. No quedaba nada de la meticulosa investigación de dos años de un hombre. ¿Qué había descubierto que ahora se había perdido para siempre? Maldije el hecho de haber aplazado el encuentro con David hasta haber completado las entrevistas con las personas directamente implicadas en el caso. Lloré la tragedia, pero en el fondo de mi mente existía la sospecha de que no había sido un accidente.

Una investigación sobre el incendio determinó que se había iniciado en un enchufe eléctrico sobrecargado. No se culpó a nadie y se expresó alivio porque el fuego no se había propagado a los pisos vecinos. El cuerpo de David fue identificado por su ficha dental. Una de las pocas cosas sobre su muerte que tenía sentido.

5

Cuanto más me acerco, más lejos parezco estar

Mensajes de WhatsApp entre el comisario jefe retirado Don Makepeace y yo, 30 de julio de 2021:

Don Makepeace
Te invito a comer. Quaglino's, a la una. Don.

Amanda Bailey
¿Hoy? 😊 ¿A qué debo este honor?

Don Makepeace
¿Sí?

Amanda Bailey
¡Ya lo creo!

Mensajes de WhatsApp entre Ellie Cooper y yo, 30 de julio de 2021:

Amanda Bailey
Don Makepeace me ha invitado a comer a Quaglino's.

Ellie Cooper
¡Yupi! Envía el archivo cuando estés lista.

Amanda Bailey
Te lo digo por si acaso, para que sepas dónde estaré.

Ellie Cooper
Vale.

*[A diferencia de la mayoría de las reuniones entre tú y Don,
en esta no hay charla previa antes de ir al grano. EC].*

AB: Don, cuando nos conocimos en junio, ¿sabías que no
tenía esperanzas de encontrar al bebé?

DM: Lo sospechaba.

AB: ¿Por qué no me lo dijiste?

DM: Te advertí que tuvieras cuidado. No conozco los entresijos de este caso, pero sé que los hay.

AB: Cinco personas relacionadas con este caso han muerto
prematuramente. *[Una larga pausa. EC].*

DM: La mayoría de nosotros tenemos una historia. Una que
no acaba de cuadrar. Quiero contarte la mía.

AB: Te escucho.

DM: Hace muchas lunas, yo era un joven agente de tráfico que
trabajaba en Hillingdon. Durante un turno de noche, nos
llamaron a mi colega y a mí a causa de un accidente en la
M40. Llegamos y encontramos a una pareja angustiada,
con el coche parado en el arcén. Estaban buscando algo.
Pronto descubrimos que ellos no habían tenido el accidente, sino que eran los testigos. Ahora bien, en aquella
época aún no había barreras en la mediana. La pareja conducía su coche cuando un vehículo de la calzada opuesta
viró, fuera de control, se cruzó en su camino y les obligó a
frenar de forma brusca. El coche desviado salió volando de
la carretera, bajó por un terraplén y se precipitó en la den-
sa maleza. No se veía nada dentro de aquella espesura, ni
siquiera con una linterna de policía. La pareja estaba fuera
de sí, imaginando a los ocupantes atrapados en el coche,
posiblemente heridos, así que pedí refuerzos. Teníamos
seis coches patrulla, una ambulancia, doce policías y hasta

un helicóptero de la policía con su reflector. Recorrimos ese tramo del terraplén más de una vez. No había ningún coche. La pareja insistió en quedarse para ayudar con la búsqueda, y eso es lo que jamás olvidaré. Su angustia, el detalle de su relato. El coche era un Mini Clubman amarillo mostaza con una franja verde en la parte superior del parabrisas, algo común en aquella época. El rostro de un hombre joven, petrificado, al volante. Una pegatina en la ventanilla del acompañante del Windsor Safari Park. ¿Había niños en el coche? Pero la búsqueda fue infructuosa. Al amanecer tuvimos que suspenderla, decirle a la pareja que se habían equivocado. Lo más probable es que estuvieran cansados y los faros de largo alcance de la calzada contraria les hubieran cegado momentáneamente. Que creyeran que un coche se había cruzado en su camino, pero solo fuera una ilusión óptica. De mala gana, abandonaron la escena, pero yo no me los sacaba de la cabeza. Estaba en el turno de día, una semana más tarde más o menos. Era un día tranquilo, así que decidí pasar con el coche por el lugar, para hacer una última comprobación. Rastreé el lugar donde habíamos buscado y no encontré nada. Sin embargo, continué por debajo del puente y por la carretera un poco más adelante de donde la pareja había dicho que vio el coche. No había ido muy lejos cuando vislumbré un parachoques cromado enterrado entre la maleza. Para abreviar, un Mini Clubman amarillo mostaza con un parasol verde y una pegatina del Windsor Safari Park había derrapado y se había salido de la carretera. Su conductor fue declarado fallecido en el lugar de los hechos. Un joven de veintiún años, era su primer coche. Murió al impactar contra un árbol. *[Mierda, qué historia. No me extraña que ambos respiréis hondo después de esa confesión. EC].*

AB: Guau. Si no hubieras tenido una corazonada y regresado a la escena, nunca lo habrían encontrado. Es una historia conmovedora, Don.

DM: Esa no es la historia, Amanda. Recuerda que me había desplazado un buen cuarto de milla por delante de donde la pareja vio salirse un coche de la carretera. El coche que encontré había estado oculto en la maleza durante seis meses. Los restos del interior eran esqueléticos. *[Me estoy estremeciendo. EC].* Cuando ocurrió el accidente, nadie lo vio. El joven volvía en coche de casa de un amigo, solo, y se denunció su desaparición cuando no llegó a casa. Sus padres estaban angustiados. ¿Había sido asesinado, se había quitado la vida o simplemente les había abandonado? No fue un final feliz. Pero al menos, les dio un cierre.

AB: ¿Cuál fue la explicación de esa discrepancia en el tiempo?

DM: Algunos compañeros bromeaban diciendo que el fantasma del joven había escenificado el accidente para que se encontraran sus restos. Pero yo lo achaqué a una mera coincidencia. Los testigos se equivocaron sobre lo que vieron, y dio la casualidad de que estaba cerca del lugar de un accidente anterior similar, en el que estaba implicado un coche normal, de un color normal, con pegatinas comunes en aquella época. Sin embargo, nunca olvidé aquel caso y, poco antes de dejar el cuerpo, volví a buscarlo y a leer los documentos. Con el beneficio de la experiencia de toda una carrera, esperaba ver en esas pocas páginas una explicación para el desfase temporal. Pruebas de que tenía razón y de que no se trataba en absoluto de algo sobrenatural. Y así fue. Encontré algo que se me pasó por alto en su momento.

AB: ¿Qué era?

DM: Era una transcripción de la llamada al 999 que nos había convocado a mi compañero y a mí al lugar de los hechos. No la hizo la pareja que presenció el accidente. Procedía de una cabina telefónica situada junto a la siguiente salida de la autopista. Era mucho antes de los teléfonos móviles. La persona que llamó había visto un

Mini Clubman amarillo derrapar por la calzada y caer entre los arbustos. Nos dijo que otro coche se había visto obligado a frenar bruscamente y se había detenido en el arcén. Dos personas de ese coche se habían bajado para ayudar. Este conductor hizo lo correcto, se detuvo en la siguiente salida, encontró una cabina telefónica, informó del accidente y siguió su camino. Esa llamada significaba que la pareja no se había equivocado, Amanda. Alguien más había visto el mismo accidente del que ellos fueron testigos, solo que fue seis meses después de que ocurriera.

AB: Vaya. Eso es…

DM: Es una prueba de que algunas cosas simplemente no tienen una explicación lógica. Quizá todo el mundo debería tener una experiencia así una vez en la vida. Y cuando suceda, lo mejor es mantenerse alejado de ella. *[Hay algo inquietante en su tono, Mand. De todos modos, he cortado una discusión rebuscada sobre los entrantes. Escogéis los dos las vieiras y tomates. Aquí se pone interesante de nuevo. EC].*

AB: Me preocupa que un colega mío esté cayendo bajo el hechizo de Gabriel Angelis.

DM: ¿Oliver Menzies? *[Se ríe ante la idea. EC].* Bueno, si le salen alas y empieza a llamarse a sí mismo arcángel, sabrá por qué.

AB: ¿Lo has visto últimamente? ¿Le has hablado del Mini Clubman amarillo?

DM: No. No hace falta, Amanda.

AB: ¿Por qué no?

DM: Porque no es como tú *[Baja la voz. EC].* No es probable que se acerque a la gente que quiere que todo esto se mantenga en secreto. Así que no corre ningún peligro. Por favor, toma nota.

[Espero no estar hablando fuera de lugar, Mand. ¿Pero crees que podrías escuchar lo que dice? Corté todo lo demás porque no parecía tan importante como lo anterior. EC].

Mensajes de WhatsApp entre la autora de crímenes reales Minnie Davis y yo, 30 de julio de 2021:

Amanda Bailey
¡Hola, Mins! ¿Cómo va todo?

Minnie Davis
Hola, ¡guapísima! 😊 Regodeándome en mi gloria personal. Comentarios de Pippa: sólido tratamiento de los crímenes, además de un ángulo oscuro que te da un puñetazo en el estómago. Justo el tipo de libro para lanzar *Eclipse*. ¡Uf!

Amanda Bailey
Genial. Bien hecho. En realidad, tengo que pedirte un favor. ¿Podrías acercarte a alguien por mí? Necesito minimizar mi relación personal con este caso. Podría crear una identificación falsa, pero sin antecedentes rastreables haría saltar las alarmas al instante.

Minnie Davis
Entiendo. ¿Qué necesitas?

Amanda Bailey
Hubo una chica que asistió durante poco tiempo a una escuela privada. Necesito averiguar de qué centro procedía.

Minnie Davis
¿No está en Facebook, Twitter o Instagram?

Amanda Bailey
Nada. No tiene presencia en las redes sociales. Probablemente, se haya cambiado el nombre desde entonces. Se llamaba Rowley Wild.

Minnie Davis
¡Déjamelo a mí, preciosa!

Mensajes de WhatsApp entre Oliver Menzies y yo, 30 de julio de 2021:

Amanda Bailey
¡DEJA DE MASTURBARTE! Hola, ¿qué tal?

Oliver Menzies
Ocupado.

Amanda Bailey
¿Te apetece quedar? ¿Charlar sobre el caso, etc.?

Oliver Menzies
No.

Amanda Bailey
¡Venga! Sabes que echas de menos mi cara sonriente y mi buen humor.

Oliver Menzies

Correo electrónico del consejero espiritual Paul Cole a Oliver Menzies, 30 de julio de 2021:

PARA: Oliver Menzies
FECHA: 30 de julio de 2021
ASUNTO: ¿Cómo está?
DE: Paul Cole

Querido Oliver:

Hace tiempo que no sé nada de usted y espero que se encuentre bien.

Antes habíamos hablado de los sueños y de cómo nos conectan con nuestra otra vida. Pero incluso si sus sueños son esquivos, aún puede aprovechar ese vínculo para buscar la paz y la curación. El arte puede transportar nuestra conciencia a un lugar más elevado. ¿Puede utilizar la música para cambiar su estado de ánimo? Una canción favorita, descender por una lista de música recomendada en su aplicación de música… Todo puede ayudar a calmar la ansiedad y refrescar la psique.

A menudo recomiendo a mis clientes que exploren la creatividad. Estoy seguro de que su escuela local de educación para adultos imparte clases de arte. Podría escribir su historia, o si la música se le da bien, componer su propia melodía. Por último, salir por ahí, solo o con amigos, puede ser un tónico transformador. A menudo me propongo el reto de decir «sí» a todas las invitaciones que recibo.

Muchas personas con las que he trabajado han encontrado lo anterior útil para superar su bajo estado de ánimo. No dude en ponerse en contacto conmigo en cualquier momento.

Paul

Entrevista por videoconferencia con la trabajadora social jubilada Sabrina Emanuel, 30 de julio de 2021. Transcrita por Ellie Cooper.

AB: Ellie, voy a entrevistar a Sabrina Emanuel, una trabajadora social jubilada. Es una señora maravillosa y nos conocemos desde hace mucho, mucho tiempo. Quería hablar con ella antes sobre el bebé, pero se estaba mudando al extranjero. Veamos si recuerda algo. Puedes cortar lo que no sea relevante para los ángeles. *[Recorto tu conversación sobre su mudanza a Portugal, el tiempo, la playa, las noches templadas... EC].*

AB: Nunca te he agradecido debidamente todo lo de entonces.

SE: No hace falta. Eres una historia de éxito en la que pienso a menudo.

AB: ¿Yo, una historia de éxito?

SE: ¡Sí! Por supuesto que lo eres.

AB: El chico encantador al que acabo de dejar podría no estar de acuerdo.

SE: ¿Qué ha pasado? Cuéntame.

AB: Oh, no lo sé. No me gustan cuando son bordes y no confío en ellos cuando son simpáticos.

SE: No confías en ti misma, querida. Quizá no confíes en que las cosas vayan bien en tu vida. Pero lo harán. Cuando lo conozcas, lo sabrás.

AB: Sabrina, me temo que le conocí hace años. Me sentí atraída por alguien, pero él hizo algo que me hizo saber que nunca podría volver a confiar en él. Con el tiempo, me di cuenta de que también había destruido mi confianza en los demás. Aún no puedo perdonarle. No hasta que pierda tanto como yo. *[Recorto el consejo que te da sobre aprender a dejar ir y confiar en los demás. Pareces un poco alterada, Mand. ¿De quién estás hablando? Apagas la grabación y la vuelves a poner en marcha más tarde. EC].*

SE: Recuerdo a los Ángeles, oh sí. Mi compañera trabajó con Holly cuando se escapó de ellos por primera vez. Era como tú: una joven que tomó las riendas de su propia vida porque nadie más lo hacía.

AB: Para ser sincera, parte del material es un poco… *[Una larga pausa aquí. CE].*

SE: ¿Te sientes apelada?

AB: Literalmente. Como ya sabes, de hecho.

SE: Bueno, entonces entenderás por qué Holly se alejó de todos los adultos que la habían defraudado.

AB: Lo entiendo. Yo tuve suerte, jamás conocí a un Gabriel. ¿Qué le pasó a Holly? Me han dicho que la acogió una familia.

SE: ¿Familia? Bueno, sí. No estaba en el sistema de acogida cuando él la atrapó en sus garras, así que debió de haber vuelto con su madre. Se metió en un curso universitario. Al final, logró centrarse. Mi amiga se enteró de que estudiaba para ser trabajadora social. Buscó su nombre en los círculos profesionales, pero nunca lo vio, así que quizá decidió que no era para ella.

AB: ¿Y el bebé?

SE: Mi amiga no recuerda a ningún bebé.

AB: ¿Sería concebible que a tu compañera no le hubieran dicho que a Holly le habían quitado un bebé?

SE: Tendrían que saberlo. Sería demasiado significativo para su estado mental y emocional.

AB: Exactamente. *[Una larga pausa aquí. EC].* Sabrina, ¿puedes recordar cuándo fue esto? Cuando trataste con Holly, quiero decir, tu amiga.

SE: Sí, lo recuerdo exactamente. Me casé ese año. Fue en 1991. No mucho después de trabajar contigo.

AB: Lo de los Ángeles de Alperton ocurrió en 2003.
[Corté el resto de vuestra charla. Pero tengo algunas ideas. Voy a enviarte un mensaje. EC].

Mensajes de WhatsApp entre Ellie Cooper y yo, 1 de agosto de 2021:

Ellie Cooper
Hay dos Hollys.

Amanda Bailey
Buenos días. Recién despierta.

Ellie Cooper
Gabriel estuvo con una chica a principios de los 90 y con otra a principios de los 2000. A las dos las llamaba «Holly».

Ellie Cooper
Para la primera Holly, las cosas acabaron mucho mejor. No pasó tanto tiempo bajo el hechizo de Gabriel, no tuvo un bebé y fue rescatada o escapó. La SEGUNDA Holly no tuvo tanta suerte. Tuvo un bebé y quedó atrapada en el baño de sangre de los Ángeles de Alperton. Esa es la Holly que buscamos.

Amanda Bailey
¡Buen trabajo! Bien hecho. 😊

Ellie Cooper
¿Ya lo sabías?

Amanda Bailey
Lo resolví cuando las fechas y las horas no cuadraban. Solo que no quiero que Oliver se dé cuenta todavía. 😶

Correo electrónico de Oliver Menzies al consejero espiritual Paul Cole, 31 de julio de 2021:

PARA: **Paul Cole**

FECHA: **31 de julio de 2021**

ASUNTO: **Escuchar**

DE: **Oliver Menzies**

Esto es muy grande y soy el único que lo ve. La mayoría de la gente no lo entenderá, pero usted quizá sí, Paul. Escuche.

Se avecina un cambio. El arte, la literatura y la música llevan prediciéndolo desde hace un siglo o más. De verdad. Los mensajeros han estado bajando a la Tierra para advertirnos, en forma de músicos, artistas y escritores. Y este es el momento sobre el que nos han advertido. Gabriel era nuestra última oportunidad de salvarnos y le fallamos. El Anticristo escapó. Ahora la única persona con una conexión con el otro lado está encarcelada. Ya nada puede detenerlo.

¿No lo ve, Paul? Los Ángeles de Alperton tenían razón. El Anticristo está aquí.

Oliver

Mensajes de WhatsApp entre la autora de crímenes reales Minnie Davis y yo, 1 de agosto de 2021:

Minnie Davis
¡Hola, preciosa! Misión cumplida. Rowley Wild se trasladó al instituto Notting Hill & Ealing desde Gordonstoun.

Amanda Bailey
¿Gordonstoun? Eso es de lo más pijo.

Minnie Davis

Los príncipes Carlos, Andrés y Eduardo fueron alumnos ahí… Es el sitio donde la aristocracia y cualquiera que tenga el dinero y la inclinación para unirse a ellos envía a sus vástagos.

Amanda Bailey

¿Averiguaste por qué se fue y cuándo?

Minnie Davis

Estuvo allí de septiembre de 2001 a mayo de 2003. Pone «traslado». Yo diría que es un término educado para decir «los padres no pueden pagar las cuotas».

Amanda Bailey

Así que Rowley sale de su exclusiva escuela pública en Escocia y la envían a una escuela privada diurna en Londres, justo al final del trimestre de verano.

Minnie Davis

Los padres no estaban sin blanca. Solo al último millón.

Amanda Bailey

Tuvo una vida familiar traumática y luego una nueva escuela que descubrir. Debió de ser la gota que colmó el vaso.

Minnie Davis

¿Quieres saber algo interesante? Rowley Wild aparece entre comillas en toda la documentación. «Rowley Wild». Tengo un par de pistas que puedo probar. Veamos. ☝

Un correo electrónico inesperado del preso Ross Tate, 1 de agosto de 2021:

PARA: **Amanda Bailey**
FECHA: **1 de agosto de 2021**
ASUNTO: **Wandsworth**
DE: **Ross Tate**

Estimada señora Bailey:

Un tipo llamado David Polneath me pidió que le escribiera. Solo que ahora él no me contesta, así que no sé qué más hacer. Ahí va de todos modos.

David me pidió que le hablara del tiempo que pasé en prisión con Gabriel Angelis, tal y como le conté a él cuando vino a verme. Estuve en Wandsworth en 2002. Cumplí ocho meses por blanquear dinero, mi jefe fue el que me delató. Los presos de guante blanco nos mantenemos unidos dentro, así que conocí a Gabriel bastante bien durante los seis meses que coincidimos mientras yo estuve allí.

¿Le ha conocido? Es diferente. Hay algo indescriptible en él. Tampoco es algo malo. Está en sus ojos. Cuando te habla, el mundo deja de girar. Te escucha como si quisiera escuchar lo que tienes que decir. Sientes que lo sabe todo sobre ti. Y te da consejos como si le salieran del corazón.

No soy gay. Ni siquiera en la cárcel, pero lo cierto es que quería pasar todo el tiempo que pudiera con él. No era el único. En cuanto se abrían las puertas para que los presos fuéramos a las zonas comunes, todos salíamos de nuestras celdas para entrar en la suya. Le escuchábamos hablar como si fuera nuestro mesías. Tampoco soy religioso, pero no puedo describirlo de otra manera. Admito que podía haber un poco de competencia por estar cerca de él. Es natural, ¿no? Cuando hay hombres juntos siempre hay competición, ¿verdad?

Pero, de repente, Gabriel dejó de estar tan disponible como antes. La puerta de su celda permanecía cerrada y no salía mucho. Más tarde, me enteré de que dos tipos nuevos se habían metido con él. Los habían condenado por desviar suministros informáticos del almacén de PC World y venderlos. Conocieron a Gabriel y, de pronto, los demás ya no éramos bienvenidos. No digo que esté mal, pero es lo que hay, ¿no? Los tres eran uña y carne. Esos dos tipos eran Dominic Jones y Alan Morgan. Los dos Ángeles que murieron en Alperton. Miro hacia atrás y pienso, ahí debió de empezar todo.

Los otros muchachos y yo no sabíamos si Gabriel había visto algo en ellos y quería acabar con el resto de nosotros, o si habían visto algo en él y no querían compartirlo con nadie. Es un misterio. David lo llamaba una dinámica, lo que sucedía entre Gabriel y estos dos tipos.

Solo sé que Gabriel contó a ciertas personas que eran ángeles. Seguro que ahora se está desternillando, señora Bailey, porque no debería haber ángeles en una prisión, ¿verdad? Nunca me he preguntado por qué algunos fueron elegidos y otros no. David dice que son los vulnerables. Gabriel tiene instinto para saber quién es susceptible de caer bajo su hechizo.

Todo lo que sé es que nunca me dijo que yo era un ángel. Pero si lo hubiera hecho, le habría creído. Creería cualquier cosa que ese hombre me dijera.

Si tiene noticias de David, ¿me haría el favor de hacérmelas llegar?

Atentamente,
Ross Tate

Mensajes de WhatsApp entre Oliver Menzies y yo, la mañana del 1 de agosto de 2021:

> **Oliver Menzies**
> Vale. Esto es grande.

Amanda Bailey
¿Qué pasa?

Oliver Menzies
El caso de los Ángeles de Alperton. El MISTERIO de los Ángeles de Alperton. Nadie se dio cuenta en su momento. La gente está ciega. Lo sé porque yo mismo estuve ciego una vez. Estas últimas semanas he descubierto algunas cosas que lo explican todo. Y estoy más implicado de lo que me había dado cuenta.

Amanda Bailey
¿Te refieres al soldado loco?

Oliver Menzies
No, no. Él no es nada. Le llamé después de la terrible experiencia de la mediación. Se disculpó. Estuvo bien. Gracioso incluso. Vamos a tomar una copa. Ya no me llama todas las mañanas.

Amanda Bailey
Me alegro de que por fin puedas descansar, eso es bueno.

Oliver Menzies
Cada mañana, a las 4.44 de la madrugada, me llaman ellos. Es una señal de que están vigilándome.

Amanda Bailey
Recuerda lo que dijo Jo. Destaca cualquier anomalía misteriosa, pero deja que el lector haga la conexión de otro mundo 😏.

Mensajes de WhatsApp entre Oliver Menzies y yo, más tarde, el 1 de agosto de 2021:

Amanda Bailey
Estoy buscando referencias a los Ángeles de Alperton en la cultura popular. ¿Cuál era la pista de Ibiza que mencionaste hace un tiempo?

Oliver Menzies
«Starz» de Widmore & Schmoozy. Coros y letra de diez.

Amanda Bailey
Gracias. Lo comprobaré ahora.

Amanda Bailey
No sabes dónde está la luna hasta que miras al cielo. No sabes dónde están tus alas hasta que te caes y tienes que volar.

Oliver Menzies
Como he dicho, una letra genial.

Amanda Bailey
Lástima que no haya más. Las repiten 400 veces solo en esta mezcla. 😱

Oliver Menzies
Filistea. Sabes que los compositores y músicos tienen un vínculo subconsciente con el otro lado. Me lo dijo un experto y he estado investigando por mi cuenta. Solo tienes que escuchar. Escuchar de verdad.

Amanda Bailey

Oliver Menzies
Lo digo en serio. Mozart, Beethoven y Bellini eran todos niños prodigio. John Lennon y Paul McCartney eran básicamente críos cuando hicieron música que influyó en generaciones venideras.

Amanda Bailey
Cierto. Eran adolescentes cuando escribieron «Eleanor Rigby». Una canción sobre el arrepentimiento al final de la vida.

Oliver Menzies
Leí que cada vez que nacemos en la tierra, nuestra conexión con nuestra vida anterior se desvanece gradualmente. Así, en la juventud tenemos una visión y una perspectiva de la totalidad de la vida que perdemos con la experiencia. De ahí que los jóvenes escriban con tanta elocuencia sobre el arrepentimiento.

Amanda Bailey
Vaya. Nunca lo había pensado así.

Oliver Menzies
Eso no es todo. Escucha. Hay música que predice literalmente el futuro de la música. «Tago Mago» de CAN. Esa mierda es de 1971. Es como ver un teléfono móvil en un Monet. Alucinante.

Oliver Menzies

Pero ¿sabes quién es realmente interesante? Vangelis. Su nombre significa literalmente «un ángel». Llevo todo el día con su obra en bucle. Es un mensajero. A principios de los 70 estaba en una banda llamada Los cuatro jinetes del Apocalipsis. Tenían una canción llamada «Aphrodite's Child». Escúchala, Mand. Es sobre AHORA. Sacaron un álbum en 1972 llamado 666, el número mencionado en el apocalipsis de Juan 13:18. La bestia.

Amanda Bailey

¿Quién te ha llevado a estas conclusiones? ¿Gabriel?

Oliver Menzies

💩 Mis cartas han llegado devueltas, sin entregar. Marcadas como correspondencia inapropiada. El alcaide me ha estado utilizando, Mand. Para que Gabriel haga una confesión o saber si va a pedir un juicio nulo. Todo es inútil.

Amanda Bailey

¿De dónde sacas toda esta información?

Oliver Menzies

Como he dicho, estoy en contacto con un experto.

Amanda Bailey

¿No será ese consejero espiritual que me envió un correo electrónico a MÍ primero? ¿Paul Cole?

Oliver Menzies

Es fascinante. Algún día te enseñaré sus correos electrónicos. No soy un seguidor descerebrado, compruebo todo lo que dice. Mira, no se trata solo de música. Antes de que la música se convirtiera en una fuerza artística impulsora de nuestra cultura, fue la literatura la que nos señaló el futuro. H. G. Wells, Julio Verne y George Orwell. Los tres fueron profetas.

Amanda Bailey
Esos artistas visionarios son todos hombres. Ni una sola mujer. Demasiado para la Era de Acuario.

Oliver Menzies
¿Y eso qué tiene que ver?

Amanda Bailey
La Era de Acuario es una nueva era liderada por la energía femenina. Últimamente, he estado leyendo sobre estas cosas. De todos modos, ninguno de sus supuestos «profetas» predijo que el Anticristo escaparía a la destrucción en un almacén de Alperton en 2003.

Oliver Menzies
No seas ridícula. Es simbólico. Pero ¿sabes qué es lo más importante? Las predicciones han cesado. Se acabó la música. La música ha muerto como forma de arte que crece, cambia e influye en las generaciones. Escritores, artistas, ya nadie predice el futuro.

Entrevista con una mujer misteriosa en el parque de Northala Fields, 2 de agosto de 2021. Transcrita por Ellie Cooper.

AB: No cortes nada de esto, Ellie. Son las 5 de la mañana y no sé con quién me voy a encontrar. *[Canto de pájaros de madrugada y tráfico ligero. EC].*

MM: ¿Amanda?

AB: Ah, claro. Es usted. Ya nos conocemos.

MM: Sí, ¿quién le dio mi número?

AB: Jonah. Le visité en el monasterio.

MM: ¿Cómo supo que le encontraría allí?

AB: Me dieron su antiguo número de teléfono. Me lo confesó la persona que contestó al teléfono. *[La mujer suspira. EC].*

AB: Mientras estaba allí, tropecé, y me puso un papelito en la mano con su número. Nada más.

MM: Entonces confía en usted.

AB: No tengo ni idea de quién es usted ni de su relación con este caso, salvo que hace dos semanas me hizo salir de mi casa mientras entraba en mi piso y esperaba a que volviera. Gran truco, por cierto. *[Dios mío, Mand, ten cuidado. EC]*

MM: No es un juego. No parece que eso la desanimara, y necesito que se dé cuenta del nivel de seguridad con el que está tratando.

AB: Amigos en las altas esferas no dejan de advertirme. Contactos con información potencialmente clave mueren de repente y mi colega, que según él nunca se equivoca, casi me ha convencido de que el Anticristo está a punto de acabar con el mundo. *[Aquí casi la haces reír. CE].*

MM: Hay muchas cosas en este caso que son difíciles de explicar.

AB: ¿Qué papel desempeñó usted en él?

MM: No puedo ser específica. Mi trabajo se basa en la seguridad.

AB: No hay libros de crímenes reales que lleven a cabo algo

357

parecido a una investigación en profundidad. Ahora empiezo a comprender que hay una razón para ello.

MM: Correcto. Mire, le diré lo siguiente. Se puede escribir un libro sobre el fracaso de los servicios sociales, que fueron incapaces de proteger a los jóvenes que dependían de ellos. Podría examinar el poder de las sectas y lo difícil que es romper el dominio que algunas personas ejercen sobre otras. O podría centrarse en el misterio religioso. Los posibles sucesos sobrenaturales. Cualquiera de esos temas está bien. *[Mierda, Mand, así que ninguno de esos es la verdad. ¿Quién es esta mujer espeluznante? EC].*

AB: Vale… *[Ambas guardáis silencio durante largo rato. EC].*

AB: ¿Estaba allí? ¿En el almacén? ¿La noche de La Asamblea?

MM: ¿Qué le hace preguntar eso?

AB: Llámelo intuición. Una de esas cosas que no se pueden explicar del todo. Como por qué Harpinder Singh fue retratado como un emigrante sin dinero cuando era un antiguo alumno de una escuela de excelente nivel y procedía de una familia acomodada.

MM: Como ya le he dicho, no puedo ser más concreta.

AB: Estaba infiltrado, vivía en un piso cerca de los Ángeles. ¿Por qué? Llegué a pensar que los estaba vigilando, pero ellos se mudaban cada pocos días, mientras Singh permaneció en Middlesex House durante semanas. Sé que estaba conectado con Chris Shenk a través del restaurante. Singh trabajaba allí y Shenky vendía drogas en la parte trasera.

MM: *[Obviamente se está alejando. EC].* Lo siento…

AB: ¡Marie-Claire! *[Pausa larga. Creo que la has conmocionado. EC].* ¿Por qué se llevaron al bebé? Se lo quitaron a Holly antes de que los servicios sociales llegaran.

MM: Para que gente como usted no lo encuentre jamás. *[Lo dice tan bajito que apenas la oigo. EC].*

AB: ¿Qué tiene de especial ese bebé?

MM: No habrá más advertencias, Amanda.

[Dios mío, Mand, cíñete a tu nuevo ángulo. Lo de la cultura popular. Será genial. Este libro es solo un thriller *para leer en vacaciones. No vale la pena. EC].*

Un pedazo de papel, arrancado de los márgenes de una Biblia. En él, con letra apresurada, figura el nombre de «Marie-Claire» y un número de teléfono garabateado.

Mensajes de WhatsApp entre Ellie Cooper y yo, 2 de agosto de 2021:

Ellie Cooper
¿Esa mujer misteriosa es la agente de policía llamada Marie-Claire, la que estuvo presente en la escena del crimen de La Asamblea?

Amanda Bailey
Es posible. Es una mujer de color de unos cuarenta años. En aquella época tendría unos veinte años.

Ellie Cooper
¿También recogió al bebé de Holly justo después de que Aileen se fuera? La directora de guardia del centro infantil, Maggie Keenan, dijo que una mujer negra y un hombre blanco se lo llevaron. Esto sorprendió a los trabajadores sociales, que esperaban recogerlo al día siguiente.

Amanda Bailey
De nuevo, es posible. Solo Maggie Keenan recuerda a Marie-Claire como caucásica. «Marie-

Claire» podría ser un nombre operativo utilizado por varios agentes encubiertos. 🫤

Ellie Cooper

El bebé no había desaparecido, así que quien lo recogió debió de presentar credenciales legítimas. Los servicios sociales podrían haber enviado por accidente dos equipos de trabajadores sociales o...

Amanda Bailey

Ellie, en 2004 una respetada cineasta, Suzi Korman, intentó hacer un documental. La advirtieron de que dejara el tema en paz y, como eso no la detuvo, murió en un incendio «accidental» en su casa. Pero un par de años después, se emitieron dos series de televisión sobre el caso. Una denunciaba los fallos del sistema de servicios sociales. La otra era una fantasía con demonios y fuego infernal. Nadie advirtió a esos cineastas ni les pidió que dejaran el caso.

Ellie Cooper

¿Qué puede ser lo que TODAVÍA intentan ocultar?

Amanda Bailey

La mujer con la que he hablado en el parque hace un momento fue la que entró a mi piso, sin dejar rastro, mientras yo esperaba detrás del *pub* Ballot Box el 13 de julio. Me ha dicho que deje de buscar al bebé. ¿Qué parte de la investigación que estoy llevando a cabo, y de lo que descubrió Suzi Korman, les preocupa tanto?

Ellie Cooper
Una documentalista respetada. Una periodista experimentada en crímenes reales. Cualquiera de las dos podríais llegar al fondo del asunto. Lástima que tuvieras que abandonar la búsqueda del bebé.

Amanda Bailey

Ellie Cooper
¿?

Amanda Bailey
Deberías saber que yo no soy así.

Ellie Cooper
¿?

Amanda Bailey
Nunca he dejado de buscar al bebé.

Mensajes de WhatsApp entre Oliver Menzies y yo, 4 de agosto de 2021:

Oliver Menzies
¿Estás despierta?

Amanda Bailey
Ahora sí.

Oliver Menzies
He estado leyendo las transcripciones de Gray Graham. Las páginas que hiciste traducir de su cuaderno.

Amanda Bailey

Sí. Estuvo allí, ¿verdad? Encontró los cuerpos de los ángeles. En aquel entonces no era una información oficial.

Oliver Menzies

Ya sé por qué tenía tan buen ojo, por qué siempre llegaba el primero a la escena.

Amanda Bailey

Tenía a la policía en el bolsillo. Conocía el distrito como la palma de su mano.

Oliver Menzies

«Veía» los crímenes antes de que ocurrieran. Estos cuadernos no son solo sus descripciones de la escena del crimen. Es escritura automática, algo que anotaba cuando estaba medio dormido, medio despierto. Es un diario de sueños. Tenía una conexión con el otro lado.

Amanda Bailey

Vaya. Lo volveré a leer, pero si Gray era capaz de hacer algo así, nos lo habría contado todas las Navidades.

Oliver Menzies

¡NO! Tenía que callárselo. Era su ventaja secreta.

Mensajes de WhatsApp entre la autora de crímenes reales Minnie Davis y yo, 4 de agosto de 2021:

Minnie Davis
Hola, preciosa. He descubierto algunas cosas. Podría o no ser útil. La hija del séptimo marqués de Carlisle salió de Gordonstoun poco antes de que «Rowley Wild» llegara al instituto de Notting Hill & Ealing. Se llama Georgina Ogilvy. Su madre era lady Helen Carlisle y su padre, Frederick Ogilvy, lord Carlisle. Se conocieron en rehabilitación y, según cuentan, se llevaban bien, ya que tenían muchas adicciones en común. Él era un primo segundo muy lejano de la reina que había caído en desgracia.

Amanda Bailey
Gracias, Minnie. Eres un sol. ¿Qué les pasó?

Minnie Davis
Lo miré en la Wikipedia. Se pulió los ya menguados fondos de la familia en cocaína y heroína. Murió de sobredosis en 2009, al día siguiente de salir de prisión. Acababa de cumplir una condena por posesión y tráfico. Helen también entró y salió de rehabilitación y atención psiquiátrica. Murió el año pasado.

Amanda Bailey
¿Qué dice la wiki sobre Georgina?

Minnie Davis
Casi nada. Era su única hija, nacida en 1986. Está claro que quisieron disimular su caída en desgracia dándole un nuevo nombre cuando se vio obligada a «trasladarse» a una escuela más humilde.

Amanda Bailey

Y eso habría facilitado que los Ángeles le dieran OTRO nombre. Estaba acostumbrada a que los adultos con estilos de vida caóticos le cambiaran el nombre.

Minnie Davis

No lo había pensado así, pero es cierto.

Amanda Bailey

Así que el bebé de Holly viene de buena familia, lo que significa que es posible que cualquier investigación sobre su origen se cortara de raíz para proteger su identidad, dado que sus padres adoptivos tendrían un perfil alto. La adopción secreta no implica que el bebé se fuera a otro país, sino que ascendió un escalón en la sociedad.

Minnie Davis

¿Conoces a alguien que pueda colarse en esos círculos? Quizá te lleven más lejos, porque he agotado mi fuente y estoy a punto de empezar la publicidad del preestreno de *Rose & Myra*.

Amanda Bailey

Eres un sol, Mins. Gracias. Buena suerte con la publicidad y si necesitas que te ayude con CUALQUIER COSA en el futuro, solo tienes que silbar. ♥

Minnie Davis

Intercambio de correos electrónicos entre Cathy-June Lloyd, presidenta del Club de Asesinatos por Resolver, y yo, el 6 de agosto de 2021:

PARA: **Amanda Bailey**
FECHA: **6 de agosto de 2021**
ASUNTO: **El misterio de los Ángeles de Alperton**
DE: **Cathy-June Lloyd**

Querida Amanda:

¡Los detectives aficionados del Club de Asesinatos por Resolver están de vuelta con más detalles curiosos! Uno de nuestros miembros —y merece un gran aplauso por ello: Rob Jolley— ha repasado las microfichas de los archivos de los medios locales de todo el noroeste de Londres y, después de cuatro semanas, ha encontrado esto. Espero que pueda leer el documento escaneado, es de la sección de anuncios personales del *Hillingdon Times* del 3 de abril de 1990:

LOS ÁNGELES VUELAN SOBRE EL CENTRO CERVECERO
ASAMBLEA EN EL ARCA FESTIVA 01 ▮▮▮▮▮

El mismo anuncio aparece con idéntica redacción durante las tres semanas siguientes. Quienquiera que lo contratase, pagó para que apareciera durante todo el mes de abril de 1990. Ahora bien, el anuncio se publicó trece años antes del caso de los Ángeles de Alperton, y no había teléfonos móviles ni Internet. Si uno tenía un mensaje clandestino que comunicar, lo más probable era que pusiera un anuncio clasificado en código en su periódico local. Como sabe, eran casi imposibles de rastrear, porque podían dictarse por teléfono y pagarse en efectivo. Eran útiles para la gente que tenía aventuras y, según nuestro veterano miembro Tony Morris, que recuerda bien aquella época, para las trabajadoras sexuales que anunciaban sus servicios. Pero también sabemos que era un método habitual de comunicación entre los informadores criminales y sus superiores policiales.

No tenemos forma de saber a qué se refiere este mensaje en particular, pero hemos intentado adivinarlo. He aquí nuestra conclusión más probable: «ángeles» se refiere a la secta de personas que más tarde se convertirían en los Ángeles de Alperton. El «centro cervecero» eran un hotel y un centro de actos situado en un paso elevado de la autopista M40, en un lugar que ahora se conoce como Hillingdon Circus. No es solo un cruce en una de las principales autopistas arteriales de Londres, sino que también es un núcleo de transportes con autobuses nacionales y el metro hacia las proximidades.

Lo de «Asamblea Arca Festiva» nos ha dejado perplejos, pero Julie Gormley, una de nuestras incorporaciones más recientes, cree que «festiva» puede significar Holly y «arca» el arcángel Gabriel.

El número de teléfono lleva un antiguo código de marcación londinense con sede en la central telefónica de South Harrow, pero su alcance se extiende mucho más allá de la zona circundante, por lo que no podemos precisar la ubicación con mayor exactitud.

Creemos que el hotel es el punto de encuentro de una reunión clandestina. Era un lugar ideal para un intercambio rápido y una escapada fácil, ya fuera dentro o fuera de Londres.

Lo que sea que estuvieran haciendo los Ángeles de Alperton en 2003, también lo estaban haciendo trece años antes, en 1990. ¿Qué era y por qué salió tan mal después de pasar tanto tiempo desapercibido?

Nos morimos de ganas por saber qué opina de todo esto, Amanda, y esperamos con impaciencia sus noticias.
Cathy-June Lloyd

PARA: **Cathy-June Lloyd**
FECHA: **6 de agosto de 2021**
ASUNTO: **Re: El misterio de los Ángeles de Alperton**
DE: **Amanda Bailey**

Estimada Cathy-June:

Gracias. Especialmente a Rob Jolley por encontrar ese anuncio clasificado. Me imagino todo el tiempo que le supuso localizar algo tan pequeño.

Lo que ha encontrado coincide con lo que he observado. Algunos policías y trabajadores sociales que conozco me han hablado de la actividad de los «Ángeles» a principios de los noventa. Veinte o treinta años después, sus recuerdos se funden con lo ocurrido en 2003. Veamos, 1990 es el apogeo de la música *house*. Todos los fines de semana se celebraban fiestas ilegales en las afueras de Londres y en sus alrededores, donde se consumían drogas. Este anuncio local se publicó un viernes. El mensaje podía indicar un punto de encuentro para los que iban a asistir a una fiesta ilegal. Una vez llegados, si llamaban a ese número desde una cabina telefónica, les darían la ubicación exacta. El anuncio aparecía semana tras semana, porque era el mismo punto de encuentro.

De igual forma, también pudiera ser un punto de encuentro para los traficantes de droga que vendían por esa zona.

Los Ángeles vuelan sobre el Centro Cervecero. Yo soy de la zona y recuerdo el hotel. Es a la vez un lugar concreto y una zona extensa, en gran parte inaccesible debido al cruce de la autopista y al puente del ferrocarril. Hay pocos lugares donde un gran número de personas puedan encontrarse. El hotel disponía de un aparcamiento, pero si los jóvenes que querían asistir a una fiesta ilegal quedaban allí, la policía no tardaría en acudir y en poner fin a cualquier encuentro.

Sin embargo, no puedo evitar pensar que es como el almacén de Alperton. O como Middlesex House, donde encontraron a Harpinder Singh. Es una zona de transición. Toda la gente que pasa por allí está inevitablemente de paso, y eso lo convierte en un lugar ideal para pasar desapercibido.

Gracias de nuevo, Cathy-June, y gracias también a su club de investigadores. Algunas cosas parecen más claras ahora.

Le deseo lo mejor,
Amanda Bailey

Intercambio de correos electrónicos entre Oliver Menzies y el consejero espiritual Paul Cole, 6 de agosto de 2021:

PARA: **Paul Cole**
FECHA: **6 de agosto de 2021**
ASUNTO: **La bestia**
DE: **Oliver Menzies**

OK, este es mi problema con el Anticristo. ¿Cómo podía Gabriel estar tan seguro de que el bebé sin duda sería malvado al crecer? Porque si alguien me lo diera y me dijera: «Este niño es la bestia, y va a destruir el mundo», me aseguraría de que nunca saliera de la casa, no sé si me explico. Mantenerlo entre cuatro paredes, para impedir que haga nada.

Pero imagínese que mientras yo estoy atareado con eso, algún otro niño crece en algún lugar con unos padres que son una basura, pierde la cabeza y se convierte en la «bestia» que destruye el mundo. ¿Cómo tiene en cuenta la profecía de Gabriel los factores que sabemos que son fundamentales para el desarrollo humano, como la educación, la oportunidad, la suerte, la personalidad, etc.? Me interesan sus reflexiones.

Además: piense en esto. Nuestro mundo está en la cúspide de la Era de Acuario. Una época en la que el universo favorece el poder femenino. La nueva Anticristo podría ser una mujer.

PARA: **Oliver Menzies**
FECHA: **6 de agosto de 2021**
ASUNTO: **Re: La bestia**
DE: **Paul Cole**

Estimado Oliver:
Gracias por su correo electrónico. Estas son preguntas clave.

Para que el Anticristo alcance sus poderes, debe gravitar hacia las altas esferas de la sociedad, donde tiene la oportunidad de ejercer su influencia. De lo contrario, será impotente. El Anticristo se siente atraído por la fama y la riqueza porque son atajos hacia el poder. Sin embargo, creo que la bestia también gravitará hacia posiciones elevadas y poderosas de forma subconsciente, porque hay fuerzas que apartan obstáculos de su camino. Como se apartan los peones en una partida de ajedrez, para proteger a la reina mientras se abre paso por el tablero.

No tengo ni idea de cómo Gabriel estaba tan seguro. En cuanto a si hemos llegado a la Era de Acuario, no estoy tan seguro. El mundo no parece ser tan igualitario todavía. Pero continúe investigando; creo que tiene entre manos temas muy pertinentes e interesantes para su libro. Mis mejores deseos, Paul

---

Mensajes de texto entre el inspector jefe de policía Mike Dean y yo, 6 de agosto de 2021:

Amanda Bailey
Hola, Mike. Cuando hablamos el 27 de julio mencionaste que una agente entrevistó a Holly en 1990. ¿Recuerdas su nombre?

Mike Dean
Nikki Sayle. Preside un grupo de mujeres oficiales retiradas. Podrías ponerte en contacto con ella por esa vía.

Una página arrancada del tercer libro de *Mi diario angelical*, de Jess Adesina:

El primero de junio a las dos de la tarde.

Ashleigh quiere un bebé. Ya está, lo he anotado en mi diario de ángeles y eso lo hace real. Lleva semanas mencionándolo como por casualidad. He estado cambiando de tema.

¿Quién será el padre? ¿Gabriel o José? Si tiene un bebé con Gabriel, ¿significará eso que tendré que quedarme embarazada de José? ¿Deciden ellos quién será padre primero? Si el mundo no angelical supiera las traumáticas decisiones a las que nos enfrentamos a diario… ¿Quiero siquiera un bebé? Solo hay sitio para nosotros en esta relación, no digamos ya para otro ser-ángel. Uno nuevo, inocente, con mejillas regordetas y pequeñas alas en los ojos.

Ahora está fuera con Gabriel. No estoy celosa. Bueno, estoy celosa, pero no pasa nada. Estoy celosa de verdad. En el fondo de mi mente, sé que un día, y pronto, ella agitará el test positivo ante mis ojos como una varita mágica de la fatalidad y el trato estará hecho. Me parece bien. Me parece bien.

El seis de junio a las seis de la tarde.

La última entrada del diario que escribí hace cinco días parece un dibujo infantil caído bajo la nevera y olvidado. Es una larga historia. Bueno, paciencia. Ashleigh volvió más tarde ese mismo día, después de haber estado fuera con Gabriel durante un tiempo sospechosamente largo. Abrí la puerta. Estaba allí, de pie en el pasillo. Mis ojos se posaron en lo que tenía en los brazos: un bebé diminuto envuelto en una prenda azul marino que más tarde descubriría que era una sudadera Adidas con capucha.

¿De verdad? Vamos, por Dios. «¿De quién es?», pregunté. Eso fue cuando pensaba que era posible una explicación racional. «No lo sé», susurró. «¡Pero míralo! Es perfecto».

Lector, era una monada, pero ¿de quién era?

Estaba fuera de la biblioteca, dijo, y juraría que las alas brillaron en sus ojos. Me quedé congelada, sin habla, mientras ella se deslizaba a mi lado hacia el pasillo: en unos pocos pasos fui cómplice de un secuestro infantil. No llevo mucho tiempo estudiando derecho, pero en mi cabeza, mi expediente criminal se hacía más largo a cada paso. No denunciar un delito. Complicidad con un delincuente conocido…

Los pasos de Gabriel sonaron escaleras arriba. Entró corriendo, se zambulló por la puerta principal, la cerró de golpe y se apoyó contra ella jadeando de alivio. Empecé a decir algo. Me calló y nos hizo señas a los dos para que entráramos en la cocina.

—¿Alguien puede explicármelo? —pregunté. Ashleigh respondió con los ojos fijos en el bebé:

—Lo han abandonado en un carrito. Nadie lo quiere, Tilly. Esta es la solución.

—¿La solución a qué?

No se me ocurre ningún problema que se solucione tomando prestado el bebé de alguien sin decírselo, pero bueno, solo soy un simple ángel que intenta arreglárselas en la tierra.

—La forma habitual es demasiado complicada. Esta es la respuesta. Mira su cara. —En lugar de eso, miro la cara de Gabriel mientras cierra las cortinas con firmeza.

—Aléjate de las paredes donde los vecinos puedan oírte. Tilly, cuando José vuelva, tú y yo saldremos a recoger comida y lo que haga falta. Tenemos unas horas antes de que se corra la voz, después tenemos que atrincherarnos y esperar a que pase la fase de alerta máxima. —No soy capaz de guardar silencio durante mucho tiempo.

—Tenemos que devolverlo, Gabriel. Pertenece a alguien. A otra persona.

Tengo visiones de la pobre madre o padre, obligados a dejar a su hijo solo durante una fracción de segundo, distraídos, cansados o abrumados, viviendo ahora una pesadilla…

Ashleigh lanza una mirada de dolor en mi dirección, luego vuelve sus ojos suplicantes hacia Gabriel.

—No tenemos que hacerlo, ¿verdad?

—¡No! —responde él—. ¿Qué es esto, histeria colectiva? Está más seguro aquí.

No estoy segura de si la sirena de la policía procede del mundo exterior o del interior de mi mente, que no deja de dar vueltas.

Lo que sí que oigo es el portazo de la puerta principal cuando José entra, ajeno a todo. Se para en seco y, con esa capacidad tan extraña que tiene, lee la habitación en un instante.

—¿De quién es ese bebé?

—Ashleigh se lo ha llevado, delante de la biblioteca —digo yo primero.

—No podemos quedárnoslo —susurra José— o se desatará un infierno. Dámelo, Ash.

Hay algo en la forma en que lo dice. El tono de su voz. La mirada de Ashleigh. Los ojos de Gabriel.

José saca su teléfono, pasa los dedos por la pantalla y me lo da a mí. Me quedo congelada por un momento. ¿Le dará Ashleigh el bebé? ¿O se resistirá?

José toma al niño en brazos con tranquilidad y en silencio.

Miro el teléfono. 666. ¿El número de la bestia? Pero no, José ha tecleado el 999. Le doy la vuelta al teléfono y pulso el botón rojo. Mientras espero en la línea, se me pliegan las alas, cada vez más pequeñas, porque el mundo exterior está a punto de caer sobre nuestras cabezas.

Gabriel se agarró a la mano de Celine mientras recorrían las calurosas calles nocturnas de Madrid. El hecho de que estuviera descalza y desnuda, salvo por la bata de seda pura, sujeta por hilos de gasa sobre los hombros, no le impidió seguir sus pasos. Sus largas piernas y sus muslos suaves saltaban cunetas y bordillos como una gacela atraviesa una árida llanura antes de que la estación de las lluvias imposibilite el viaje.

Sus alas les llevaban, sin ser vistos, mientras el cielo se iluminaba con el resplandor anaranjado de la explosión. Gabriel y Celine se volvieron, casi se detuvieron a mirar. Las llamas y los gases alcanzaban lo alto del cielo. Hermoso como un diamante rojo. El más raro de todos.

Celine respiró, cautivada. Comenzaron las sirenas. Como arpías ululantes. Gabriel estaba detrás de ella mientras lanzaba miradas casuales a izquierda y derecha. Esa necesidad de parecer normal. Parte del mundo cotidiano. La abrazó. Parecían dos amantes cuya velada romántica se había visto interrumpida, pero ni siquiera la explosión catastrófica en la embajada arruinaría su amor. Nadie que les viera podría adivinar que eran los culpables de la explosión, ni que su trabajo estaba aún a medio hacer.

Los enfermeros y paramédicos se arremolinaban alrededor de los moribundos y los heridos. Numerosos fuegos diminutos echaban humo mientras el Lamborghini Gallardo negro de Gabriel se abría paso hasta el centro del caos y se detenía emitiendo un leve suspiro. Celine saltó como una mosca para abrir el maletero, Gabriel le seguía de cerca. Sus alas se elevaron detrás de ellos para ocultar el contenido. El cuerpo apenas era reconocible. Estaba golpeado, roto sin remedio. Pero era demasiado humano para deshacerse de él. Su cuerpo, unido a la tierra con cadenas irrompibles, debía ser destruido así.

Celine, delgada como un junco pero fuerte como una hormiga, sacó al BioBot muerto del maletero y lo arrojó a una hoguera cercana que ya rebosaba de cuerpos consumidos hasta quedar irreconocibles. Se hundió en la escena como una piedra bajo las arenas movedizas, como la verdad se desvanece con cada mentira que se cuenta. Para siempre víctima de la ardiente atrocidad, no de los puños y las botas de sus camaradas. Finalmente, y con la misma rapidez, Gabriel y Celine desaparecieron.

Páginas arrancadas del guion *Divino* de Clive Badham:

EXT. CASA ABANDONADA -- AMANECER

El sol sale sobre el viejo cascarón de una
casa. Se agacha detrás de un seto, abandonada, olvidada. La FURGONETA en la entrada.
Un rostro en la ventana del piso de arriba.

INT. HABITACIÓN DE ARRIBA, CASA ABANDONADA
-- AMANECER

Holly da de comer al Bebé, se asoma furtiva-
mente por la sucia ventana, hacia abajo, al
techo de la furgoneta. Observa cómo Miguel
salta dentro. El motor arranca.

EXT. CASA ABANDONADA -- MAÑANA

La furgoneta da marcha atrás desde la entrada. Ruge en la carretera y se aleja en una
bocanada de gases de escape.

INT. HABITACIÓN DE ARRIBA, CASA EN RUINAS
-- MAÑANA

Holly se aleja de la ventana, deja la botella casi vacía en el suelo y levanta al
Bebé. Lo mira. Le sostiene la mirada durante
un largo momento. El rostro de Holly se fun-
de en una sonrisa y le besa la frente.

JONAH

Te está manipulando.

HOLLY

Vuelve a la cama.

JONAH

¿Por qué estás despierta?

Holly agita la botella. Una pausa. El tono
de Jonah se suaviza, se mueve hacia ella.

HOLLY

¿Qué es la Asamblea?

JONAH

Donde lo entregamos, para que otros
puedan destruirlo.

HOLLY

¿Aquí? ¿Hoy?

JONAH

Aún no es la alineación.

Jonah se da la vuelta, se escabulle.

Holly mira al Bebé un momento, sale de la habitación.

EXT. CASA ABANDONADA -- MAÑANA

La casa permanece desolada mientras el tráfico avanza.

INT. COCINA, CASA EN RUINAS -- DÍA

Holly enjuaga biberones en el viejo fregadero. Con ojos cansados, mira a través de la ventana rota hacia un patio desordenado. Sacude los biberones, se agacha hasta un estante bajo el fregadero y los coloca con cuidado para que se sequen. Se levanta.

UN ROSTRO EN LA VENTANA.

Holly suelta un grito de horror, retrocede, resbala y se escabulle por el suelo. La mujer que las ha estado siguiendo, ASHLEIGH (26 años, angelical), se asoma. Alrededor de su cuello lleva un sencillo COLGANTE de ALAS DE ÁNGEL. Sus ojos se encuentran con los de Holly mientras esta se encorva en el suelo.

ASHLEIGH

Hola. ¿Quién eres?

Holly mira las escaleras y luego a ella. Se levanta y se acerca con cautela a la ventana de nuevo.

HOLLY

Holly. ¿Qué quiere?

ASHLEIGH

Necesito saber que estás bien.

Holly vacila. Perpleja.

ASHLEIGH

Que no te retienen contra tu voluntad.

Una pausa. Holly estudia el rostro de Ashleigh.

HOLLY

Podemos irnos cuando queramos.

Ashleigh apenas disimula su sorpresa.

ASHLEIGH

¿Nosotras?

HOLLY

Mi novio y yo.

Ashleigh asiente pensativa.

ASHLEIGH

¿Cómo se llama?

HOLLY

Gabriel.

Ashleigh asiente, su expresión es ilegible. El Bebé llora en la habitación de arriba. La expresión de Ashleigh cambia.

ASHLEIGH

Dios mío.

Mira a Holly incrédula. Holly mira desesperada hacia las escaleras. Se vuelve hacia la ventana, pero Ashleigh ya no está. Sale corriendo. La cocina está vacía mientras los pasos de Holly suben con fuerza las escaleras.

INT. HABITACIÓN DE ARRIBA, CASA ABANDONADA -- DÍA

Holly se lanza hacia la cuna del Bebé.

INT. COCINA, CASA EN RUINAS -- DÍA -- MÁS TARDE

Holly entra con sigilo, con el Bebé en brazos. Pequeños RUIDOS aleatorios mientras se calma. Lo mece con suavidad, se asoma por la ventana, estira el cuello a su alrededor. Nada. Nadie. Sus ojos se posan en algo. La puerta de la cocina. Gira el picaporte. CE-RRADA.

INT. HABITACIÓN DELANTERA, CASA ABANDONADA -- DÍA -- MÁS TARDE

Holly se sienta en un halo de luz solar sobre las tablas desnudas del suelo. Abraza al Bebé. La puerta se abre. Jonah. Lleva allí un tiempo. Holly ve su expresión reprobadora.

HOLLY

Estoy haciendo que se duerma.

Jonah se acerca a la ventana, mira hacia el seto. Holly mira la puerta, baja la voz.

HOLLY

¿Sacan al demonio o destruyen al Bebé entero?

JONAH

Eso no nos corresponde saberlo.

HOLLY

¿Te sientes mal?

JONAH

Es para salvar a la humanidad.

Holly frunce el ceño.

HOLLY

¿Podemos salir? ¿A dar un paseo?

JONAH

No. Lo recuperarán. Aquí dentro, nuestra energía lo protege.

La mirada de Holly va del Bebé a la ventana.

INT. COCINA, CASA ABANDONADA -- NOCHE

Gabriel busca en los armarios vacíos a la
luz del día que se va apagando. Solo hay la-
tas de preparado para bebés. Holly y Jonah
observan.

GABRIEL

Si no hay comida, no comemos. Es sencillo.

Se aleja dando pisotones hacia el salón.
Jonah sale tras él. Holly mira la cocina.
Toma una lata de leche de fórmula y le da la
vuelta, pensativa.

ASHLEIGH (Fuera de escena)

(susurro) ¡Holly!

Holly salta, casi deja caer la lata, empuja la puerta casi cerrada.

ASHLEIGH

¡Chs!

HOLLY

¿Quién es usted?

ASHLEIGH

Ashleigh. Holly, necesito que hagas algo.

Ashleigh le lanza una mirada suplicante.

HOLLY

No. No. Vete.

Holly echa un rápido vistazo al salón y se pone las manos sobre las orejas, confundida.

ASHLEIGH

Estás en un terrible…

Ve la angustia de Holly y se detiene. Pausa. Se prepara para decirlo.

ASHLEIGH

Soy como tú. Un ángel. Nací en un cuerpo
mortal para cumplir un propósito en el
reino terrenal. Para vigilarte y prote-
gerte mientras tú cumples el tuyo. ¿Lo
entiendes?

Holly asiente.

ASHLEIGH

Bien. Holly, todos corréis un terrible
peligro mientras estéis juntos. Te está
destrozando.

La cara de Holly se ilumina.

ASHLEIGH

Puedo salvaros a todos. Solo trae al
bebé y ven conmigo.

GABRIEL (fuera de escena)

¿Holly?

Holly salta. Ashleigh se agacha. Cuando Holly mira hacia atrás, ya no está. Gabriel
aparece en la puerta.

GABRIEL

¿Qué estás haciendo?

                                HOLLY

        Buscaba comida.

Levanta la lata de leche de fórmula.

                                HOLLY

        ¿Qué tal esto?

Gabriel pone mala cara.

                              GABRIEL

        No. Gracias. Vamos.

La empuja hacia fuera. Cuando ella se va, le
cambia el rostro. Comprueba la puerta de la
cocina. Está cerrada. Echa una última mirada
alrededor, apaga la luz y cierra la puerta.
Con firmeza.

6

En busca de Ashleigh

Mensajes de texto entre Cathy-June Lloyd y yo, 9 de agosto de 2021:

> **Amanda Bailey**
> ¿Encontró el encantador señor Jolley algún anuncio de periódico interesante del caso de los Ángeles de Alperton en 2003?

Cathy-June Lloyd
Todavía no, pero tiene una semana libre y está trabajando en ello.

> **Amanda Bailey**
> 👍 Gracias. Una cosa más: mientras revisaba los documentos, ¿usted o alguien más se topó con una mujer llamada Ashleigh?

Cathy-June Lloyd
Dame un momento, Amanda, te lo preguntaré.

Cathy-June Lloyd
El veredicto del grupo de WhatsApp es que no, no hemos encontrado a ninguna Ashleigh en relación con el caso de los Ángeles de Alperton.

Mensajes de WhatsApp entre Oliver Menzies y yo, 9 de agosto de 2021:

> **Amanda Bailey**
> ¡Uuuuuu! Tu amiga fantasma a la que has ignorado aquí... Te voy a sacar de marcha.

Oliver Menzies
Ocupado.

Oliver Menzies
¿Adónde?

> **Amanda Bailey**
> A un viejo pasadizo bajo una autopista. Estoy trabajando a partir de recuerdos de hace treinta años, pero en los 80 tenía un arco característico y unas rejillas muy elaboradas. La casa de mi tía está cerca de allí. Yo y mis primos nos retábamos a correr por el túnel y volver. Google Street View muestra que ahora ambas entradas están cubiertas por la maleza. Limpiarla es tarea para dos personas.

Oliver Menzies
Por el amor de Dios, se dice «mis primos y yo», y sabía que tenías una razón para invitarme. Me necesitas por mis músculos.

> **Amanda Bailey**
> Es para tu libro. Algunos de nuestros contactos han confundido a los Ángeles de Alperton de 2003 con un hombre que buscaba adolescentes, se hacía amigo de ellas y les decía que eran Ángeles a principios de los 90.

Oliver Menzies
¿Qué relevancia tiene este pasadizo espeluznante?

> **Amanda Bailey**
> Una corazonada. Llámalo un sexto sentido.

Reunión con Oliver Menzies junto a lo que parece una autopista, 10 de agosto de 2021. Transcrito por Ellie Cooper.

AB: Ellie, por favor, transcribe todo lo que hablemos. Tendré que encenderlo y apagarlo por si ve el teléfono. Junta los archivos en una única transcripción. Gracias. *[Entendido. Pero ¿deberías grabarle sin que lo sepa? EC].*

AB: El Centro Cervecero, un hotel de tres estrellas, estaba en ese descampado de allí. Una arquitectura muy de los años sesenta. Encontré esta foto en Internet.

OM: Se pasaron con las tres estrellas.

AB: Fue un punto de referencia local durante años. Esto se llamaba la glorieta del Centro Cervecero.

OM: Ahora no hay ni Centro Cervecero ni rotonda. Mierda, me van a atropellar, Mand. ¿Dónde está ese callejón encantado?

AB: Sígueme. No podemos llegar como antes, han reconstruido la carretera. Pero conozco otra ruta que ataja a través de los campos.

AB: *[Camináis un rato sin hablar. EC].* Alto, alto. Aquí es.

OM: ¿Y tú solías correr por ahí?

AB: Es un viejo paso subterráneo peatonal de cuando había un *pub* mucho más antiguo en lugar del Centro Cervecero. Se hizo para que la gente de las casas de atrás no tuvieran que cruzar una carretera muy transitada en su camino de ida y vuelta. Pero el *pub* se convirtió en un hotel con un aparcamiento, la rotonda, en un paso elevado y en un cruce con su propio camino subterráneo para peatones, así que este paso cayó en desuso. Mis primos me trajeron aquí una vez. Solo tenía unos seis años, pero

389

recuerdo claramente el detalle en el cemento del arco. Aún es visible.

OM: Acebo. Hojas y bayas de acebo. Muérdago.

AB: Un arco festivo. Si logro alcanzar ese árbol, arranca las ramas con las tijeras de podar. *[La siguiente parte os dedicáis a quitar las malas hierbas del camino. EC].*

OM: Más abajo.

AB: Sí.

OM: No se ha limpiado en décadas. ¡Ay! ¡Maldito arbusto!

OM: *[Silencio durante un rato. EC].* ¿Qué mierda es eso? Mand. ¡Mand! ¡MAND!

AB: ¡Quédate quieto! Lo tengo. Se ha ido.

OM: Uf. Si eso me ha mordido, tendré superpoderes antisociales y ningún amigo.

AB: Creo que ya está. A ver si puedo colarme.

OM: Sí, pero ¿crees que yo pasaré?

AB: *[Un rato después. EC].* Allá vamos.

OM: Espera. Aquí.

AB: ¿Qué es eso?

OM: Obsidiana. Protección en lugares desconocidos. Guárdatela en el bolsillo.

AB: … Gracias.

OM: Huele a zorros.

AB: Es como los demás lugares. Como Alperton. Se oye el tráfico y los trenes mientras la gente pasa zumbando por encima. Todos van a otra parte.

OM: Una encrucijada. Ni aquí ni allí. Donde el tejido entre los mundos es endeble, y cualquier cosa puede suceder.

AB: Pues no crece nada. No hay luz, no hay agua. Significa que las paredes se conservan. Mira. *[Ambos hacéis una pausa aquí. EC].* El símbolo de Gabriel. Pintura azul. Tendrá unos treinta años de antigüedad.

OM: ¿Recuerdas esto de entonces?

AB: En absoluto. Yo estuve aquí antes que los Ángeles. ¿Por qué pintar esto aquí?

OM: Es un punto de asamblea. Como el almacén trece años después. Un lugar donde los Ángeles se reúnen para intensificar su energía. Tiene que haber algún tipo de portal psíquico aquí.

AB: Ol, ¿puedes revisar el resto de la pared en busca de símbolos de ángeles? Mi vista es muy mala con esta luz. *[Pasos, murmullos y crujidos. EC]*.

OM: No. Nada. Ni siquiera un grafiti normal.

AB: Un único símbolo de ángel. Gabriel iba por su cuenta, entonces. Con Holly. ¿Pero qué planeaban hacer? ¿Destruir a un Anticristo anterior?

OM: *[Susurra esta parte. EC]*. Los ángeles restantes están todos escondidos. Jonah en un monasterio, Gabriel en prisión y Holly donde sea. Todos saben algo. Este fue el comienzo, Mand. El fin de los días. Primero los jinetes: Guerra, Hambre, Pestilencia y Muerte. Luego el quinto sello: persecución religiosa. El sexto sello: el cambio climático, y el séptimo y último sello, cuando los ángeles se reúnan para el silencio que precede a la segunda venida de Cristo. *[Ambos guardáis silencio durante mucho tiempo. EC]*.

AB: Es un final feliz, entonces.

OM: ¿Recuerdas que dije que ya nadie predice el futuro? Porque es demasiado tarde. No hay futuro. Esto es todo. El fin de los días. *[No pareces cuestionar las divagaciones de Oliver, Mand. ¿No estás preocupada por él? EC]*.

Mensajes de WhatsApp entre Ellie Cooper y yo, 10 de agosto de 2021:

Ellie Cooper
Comprueba tu bandeja de entrada para ver el último archivo. ¿Crees que Oliver se está obsesionando con el aspecto espiritual del caso de los ángeles?

Amanda Bailey
😄 Sí, un poco. Pero lo mantiene alejado de mi ángulo. 😜

Ellie Cooper
¿Has encontrado al bebé? 😱

Amanda Bailey
Cuando averigüe qué pasó REALMENTE esa noche, sabré dónde está el bebé. Dame un momento para enviar algunos mensajes y te diré lo que tengo hasta ahora.

Mensajes de texto entre Clive Badham y yo, 11 de agosto de 2021:

Amanda Bailey
Hola. Estoy releyendo *Divino*. Me encanta, me encanta, me encanta el personaje de Ashleigh. ¡DIOS MÍO, cómo destaca! Estoy pensando en Carey Mulligan, Ana de Armas, Chloe Grace Moretz. Solo por curiosidad, ¿está basada en una persona real del caso?

Clive Badham
¡Impresionante! Me ENCANTAN todas esas actrices. Cada una aportaría algo a ese papel. No, me inventé a Ashleigh como recurso argumental para alejar a Holly de Gabriel y Jonah. Ella espera y observa, entonces: ¡BAM! Hace que todo su mundo estalle en pedazos. ¿Importa que sea ficticia? ¿Crees que las actrices preferirían interpretar a alguien real?

Amanda Bailey

No, no. Seguro que no les importa. Solo quiero tenerlo todo muy claro cuando hable con ellas. Estupendo. Volveré a ponerme en contacto después de hablar con sus agentes, etc.

Clive Badham

Correo electrónico mío a Ellie Cooper, 11 de agosto de 2021:

PARA: **Ellie Cooper**
FECHA: **11 de agosto de 2021**
ASUNTO: **Mis hallazgos hasta ahora**
DE: **Amanda Bailey**

Gracias por el expediente. Bien, esto es lo que tengo hasta ahora. Todo alto secreto. 💀

Gabriel tenía una «Holly» con él y ya planeaba algo en 1990. Puso el mismo pequeño anuncio críptico en un periódico local durante todo un mes. El mensaje conducía a un pasadizo en desuso bajo la autopista M40, al oeste de Londres, donde encontré un símbolo de ángel de treinta años de antigüedad como los que los agentes de policía encontraron en el suelo del almacén y que Oliver y yo hallamos en el hueco de la escalera de los pisos de lujo que hay ahora. Aún no sabemos nada más sobre la actividad de los Ángeles de principios de los noventa. Nuestra Holly, la de 2003, procedía de un entorno problemático y se fugó del sistema de acogida, pero era diferente. Sus padres eran aristócratas drogadictos. Había asistido a la escuela Gordonstoun, pero se escapó a Londres. Ese verano dejó atrás lo que sin duda era una vida caótica. Si el bebé nació a principios de diciembre, entonces habría estado embarazada de tres meses al final del curso escolar, precisamente cuando se fugó para vivir con Gabriel. Si a su bebé lo adoptó alguien de su familia, como me dijeron cuando empecé con esto, entonces fue una adopción «secreta», porque no quieren que nadie sepa que lady Georgina y el bebé que tuvo a los diecisiete años estaban implicados en un caso tan sórdido. Así que mi próxima tarea es encontrar a lady G y descubrir todo lo que pueda sobre la Holly de 1990.

De las tres obras de ficción que he estado leyendo, dos coinciden en algo muy extraño. Tanto en *Mi diario angelical,* de Jess Adesina, como en *Divino,* un guion inédito de un aspirante a guionista, aparece un personaje llamado Ashleigh. En ambos casos, es una mujer relacionada con Holly que potencialmente se interpone entre ella y Gabriel. El guionista afirma que se inventó ese nombre y al personaje. La siempre escurridiza Jess Adesina aún no ha respondido a mi mensaje.

Mientras tanto, espero unos documentos del difunto Mark Dunning, cuya viuda me ha enviado un paquete por mensajero. Parece creer que él quiere que yo los tenga y que le ha enviado una señal desde el más allá. Me alegra recibir información, no importa bajo qué pretexto o razón.

En ninguna de las tres historias aparece un ángel llamado Rafael.

Si se te ocurre algo que pueda haber pasado por alto, Ellie, házmelo saber. Me siento más cerca del bebé que nunca. Y Oliver no podría estar más lejos.

Mand X

Entrevista con Nikki Sayle, sargento de policía jubilada, en un Starbucks en Watford, viernes 13 de agosto de 2021 🫢. Transcrita por Ellie Cooper.

[He recortado lo habitual. Parece muy mayor. Conseguiste la entrevista justo a tiempo. EC].

AB: Conozco a Don Makepeace desde hace años. Solo que fue Mike Dean quien me dio sus datos.

NS: Me dijo que se pondría en contacto conmigo y que no hablara con usted si no quería. Es uno de los buenos y no quiere que nadie se meta en problemas por haber tomado una decisión equivocada hace años. Ni yo tampoco.

AB: Lo entiendo. Solo me interesa este caso, nada más. Nikki, ¿puede explicarme lo que recuerda de esa entrevista?

NS: Lo haré. ¿Está grabando ya la cinta?

AB: Sí. Bueno, no es una cinta. *[He cortado tu breve historia de las tecnologías de grabación. EC].*

NS: Fue a principios de los 90, como me dijo por teléfono. Recuerdo a la chica porque su historia era extraña. Decía que el arcángel Gabriel la acogió tras haber discutido con su madre. Este tipo le dijo que ella era un ángel y que su propósito era librar al mundo del mal. Algo así.

AB: ¿Tuvo un hijo con este hombre?

NS: No que yo supiera. Lo que me sorprendió en aquel momento fue que la chica había dejado al hombre, pero seguía creyendo que era un ángel.

AB: ¿Qué edad tenía?

NS: Diecisiete, que no era tan joven como ahora. Las chicas solían casarse y se iban de casa a los dieciocho o diecinueve. Se había ido a vivir con este tipo por voluntad propia.

AB: ¿Por qué delito intentaba denunciar la chica a Gabriel en 1990?

NS: Él le había dicho que el Anticristo estaba esperando nacer en la tierra y, cuando lo hiciera, cuidarían de él para asegurarse de que no hiciera ningún daño. Pero mientras esperaban, parece que él la presionaba para que hiciera transacciones fraudulentas con tarjetas de crédito, a lo que ella se resistió. Él fue perdiendo el interés y para ella este cambio en él significaba que había sido malogrado por las fuerzas sobrenaturales y que estaba en peligro.

AB: ¿Qué pensó la policía de eso?

NS: Se rieron de ella. Mike Dean y yo la escuchamos porque era obvio que era vulnerable.

AB: Bien. ¿Entonces no hubo registro de esas conversaciones?

NS: No registramos la denuncia. Entonces todo eran estadísticas. Si nos encontrábamos con un caso que no teníamos ninguna posibilidad de cerrar, no lo abríamos. Pero vi de qué se trataba y se lo quité a Mike. Era cosa de mujeres. Lo mejor para todos era que la cría volviera con su madre.

AB: Continúe.

NS: La clásica técnica del amante. Este Gabriel le hizo creer que mantenían una relación. Le había comprado toda la ropa que quería, zapatos, bolsos, discos, joyas. Tenía un collar de alas de ángel hermosísimo. Y no era barato. No era de extrañar que la pobre chica se sintiera arrastrada. Menos mal que su madre le había conseguido anticonceptivos o habría acabado como la Holly de Alperton. Lo único que Gabriel quería era que se dedicara a robar para él, pero la mantenía bajo control con el cuento del ángel. Era un estafador de los de toda la vida, pero necesitaba a alguien joven, dócil y sin antecedentes policiales que corriera todos los riesgos. Cuando ella demostró ser más lista que eso, se largó y él fue a por la siguiente. Pero su control era tan fuerte que la chica seguía viviendo la fantasía que él había creado. Hoy en día lo llamamos control coercitivo. Años más tarde supe que tenía razón, cuando sucedió lo de los Ángeles de Alperton. Esa pobre chica no había tenido tanta suerte. Acabó teniendo un hijo suyo. *[Aquí hay una pausa. EC]*.

AB: Es un *modus operandi* extraño.

NS: Está clarísimo. Advertí a la chica que era un estafador, que solo la quería por lo que podía conseguir, y que aprendiera la lección. Le dije que volviera a casa con su madre, que se buscara un novio de su edad. Incluso la llevé a casa y eso es otra cosa que se me quedó grabada en la memoria. Me pidió que la dejara a las puertas de una enorme finca en Surrey.

AB: ¿Era de buena familia?

NS: Ni mucho menos. Su madre era el ama de llaves. Vivía en una casita en las afueras del terreno. Habría que ser una adolescente sin cabeza para irse de un sitio así a un piso mugriento en Staines. *[Las dos os reís, pero sé lo que estás pensando, Mand: parte del* modus operandi *de Gabriel era apuntar a chicas vinculadas con la alta sociedad. El dinero es la raíz de todos los males. EC].*

AB: Nikki, ¿esta chica se llamaba Holly?

NS: Ella se presentaba como Holly, pero cuando la dejé en su casa, admitió que su verdadero nombre era Ashleigh. Con i, g, h.

AB: Cuando estalló el caso de los Ángeles de Alperton, ¿denunció este incidente anterior?

NS: Mike y yo hablamos de ello, pero solo para comprobar que no habíamos registrado el informe de la chica de entonces. De todas formas, Gabriel iba a ser condenado por asesinato, así que decidimos guardar silencio. La chica, dondequiera que estuviera por entonces, no nos habría agradecido que lo desenterráramos y la arrastráramos como testigo a un juicio.

AB: Mike confundió a las dos Holly cuando hablé con él por primera vez.

NS: ¡Bueno, es que los dos estamos un poco mayores!

AB: Nikki, ¿hay alguna posibilidad de que la de 2003 fuera la misma chica que en 1990?

NS: No. Conocí a su madre y charlamos en la puerta. La chica de 2003 se había fugado del sistema de los servicios sociales. ¿Has hablado con Farrah Parekh?

AB: Ni siquiera había oído ese nombre antes.

NS: Era policía en 2003 y entrevistó a la chica de los Ángeles de Alperton. Usted está en contacto con Don Makepeace, ¿no? Él seguro que se acuerda.

AB: Probablemente se olvidó de decírmelo. Gracias, Nikki. *[He omitido las partes amables. Lo de Ashleigh es muy extraño. Mand, ¿es posible que tal vez Don Makepeace no quiera que encuentres a ninguna de las dos Holly? EC].*

Mensajes de WhatsApp entre Ellie Cooper y yo, 14 de agosto de 2021:

Ellie Cooper

Perdón por escribirte en mitad de la noche, pero se me acaba de ocurrir algo. Decirles a Holly y a Jonah que no pueden matar al bebé «hasta la alineación» garantiza que NO lo maten, porque eso no es lo que Gabriel tiene en mente.

Ellie Cooper

Esperaba que la primera Holly tuviera un bebé. Cuando no lo hizo, empezó a utilizarla para cometer pequeños fraudes hasta que ella le dejó y se fue a casa. Les dice a estas chicas que el bebé es el Anticristo para que no se vinculen con él ni se sientan mal cuando «desaparezca».

Ellie Cooper

Mand, creo que Gabriel tenía la intención de VENDER al bebé de Holly. Encaja con su *modus operandi* criminal. Es un estafador convicto. Atrae a los otros Ángeles con la promesa de darles dinero en efectivo.

Ellie Cooper

La Asamblea se produjo cuando Gabriel entregó el niño a sus padres adoptivos, que pagaron por él. 😱

Amanda Bailey

Buenos días. Gracias por esto. Bien pensado.

398

Entrevista con la sargento de policía Farrah Parekh en el coche de Amanda después de visitar el Starbucks de Greenford Quay, 16 de agosto de 2021. Transcrito por Ellie Cooper.

[Como siempre, en ausencia de instrucciones que digan lo contrario, elimino la charla trivial. EC].

AB: ¿Puede explicar cuándo y cómo interrogó a Holly de los Ángeles de Alperton en 2003?

FP: Fue el día después de la masacre en el almacén. La chica había pasado la noche en un centro de menores. La interrogamos en la comisaría de Alperton. Yo dirigía el interrogatorio, pero teníamos que ir con cuidado, porque era joven y había pasado por un trauma. Había un adulto presente. Todo se hizo según las normas.

AB: Por supuesto.

FP: Queríamos saber qué había ocurrido la noche anterior, ante todo.

AB: ¿Le habían dicho cuántos cuerpos había?

FP: *[Aquí hace una pausa bastante larga. Interesante. EC].* Dijeron que cuatro, creo, eh... Fue hace mucho tiempo. Por lo que recuerdo, Holly todavía estaba bajo la influencia de la secta. Hablaba como si fuera una criatura de otro mundo dentro de un cuerpo humano. Era extraño. Pero le habían lavado el cerebro para que lo creyera. Describió al bebé como el Anticristo.

AB: ¿Dónde estaba el bebé en ese momento?

FP: Se lo habían llevado. *[Baja la voz. EC].* No creo que lo recuperara. Ahí terminó la cosa. Los servicios sociales se hicieron cargo. Fue lo mejor.

AB: ¿Y adoptaron al bebé?

FP: No lo sé.

AB: ¿Holly estaba angustiada porque el bebé hubiera desaparecido?

FP: Había pasado por tantas cosas que era difícil saberlo, aunque la verdad era que no. *[Pausa. Ha perdido el hilo de sus pensamientos. EC].*

AB: Lo siento. Siento interrumpirle. ¿Qué declaró Holly acerca de la noche anterior?

FP: Dijo que los Ángeles habían organizado una asamblea para destruir al Anticristo. Una alineación de estrellas significaba que su muerte libraría a la humanidad del mal. Si sobrevivía a la alineación, la humanidad estaba condenada.

AB: Ya… ¿Qué había salido mal en ese plan?

FP: Dijo que los arcángeles no pudieron cumplir con su misión a causa de las fuerzas oscuras y todos tuvieron que morir porque habían fracasado.

AB: ¿Todos?

FP: Todos los ángeles estaban muertos excepto ella y Jonah. Es lo que nos dijo.

AB: Sin embargo, Gabriel escapó. Fue arrestado días después. Se dio a la fuga.

FP: Tal vez lo estaba protegiendo. Esperaba que no fuéramos a buscarle. La muchacha estaba bajo su hechizo. Todos lo estaban.

AB: Sí. Tengo entendido que es un individuo carismático.

FP: Yo no estaba allí, así que no sabría decirle. Sé que Gabriel ya había matado a un hombre para entonces. El joven indio…

AB: Harpinder Singh.

FP: Sí.

AB: Farrah, voy a mostrarte algo que no le he enseñado a nadie más. Mire.

FP: *[Hay una pausa. EC].* ¿Qué estoy mirando?

AB: La escena de la masacre de los ángeles.

FP: Es espeluznante.

AB: Lo sé. Es una fotografía tomada por Gray Graham, un reportero local. Un sabueso de la vieja escuela. Fue el primero en llegar a la escena del crimen. Cuando se tomó esta fotografía, Holly había sido escoltada desde una habitación del piso superior por dos polis de guardia que pensaban que era un caso de psiquiátrico. Había abandonado esta escena antes, había subido las escaleras y había llamado a una ambulancia para ella y el bebé.

FP: Nunca había visto esa foto.

AB: Nadie lo ha hecho. Estaba entre las cosas de Gray Graham cuando murió el mes pasado. Junto con sus cuadernos. *[Mierda, Mand, nunca mencionaste esta foto. EC]*. ¿Puedo mostrarle algo?

FP: Claro.

AB: ¿Ve ese cuerpo? Alan Morgan o Elemiah. Ahí, Miguel, cuyo nombre real era Dominic Jones. En ninguna de estas tomas aparece Christopher Shenk, o Rafael. Las declaraciones de la policía dicen que su cuerpo fue hallado en un descansillo, a un tramo de escaleras del sótano. Sin embargo, tengo pruebas circunstanciales de que estaba en un lugar completamente distinto esa noche. Este brazo es el del adolescente Jonah, que está vivo e ileso, pero se aferra a un tercer cuerpo. El arcángel Gabriel.

FP: ¿De verdad? ¿Cómo puede saberlo?

AB: Escaneé la huella y la amplié. Mire, compárela con la foto de la ficha policial de Peter Duffy, alias Gabriel Angelis.

FP: Es imposible que estuviera muerto. Debió de haberse levantado y escapado después de que se sacara la foto. *[Larga pausa mientras estudia de nuevo la imagen. EC]*. Bueno, da igual. Lo atraparon y lo encerraron, eso es lo que importa.

AB: Sí. Aunque Holly le dijo horas después que todos los ángeles estaban muertos, y aquí hay una foto que lo respalda. Algo terrible ocurrió que causó este baño de sangre. Y algo más sucedió después. Creo que ni siquiera Holly sabe lo que fue. ¿Lo sabe usted? *[Vuelve a hacer una pausa. Esta mujer o sabe más de lo que dice o no quiere saberlo. EC]*.

FP: ¿Que si sé que pasó algo o si sé lo que fue?

AB: Dígamelo usted.

FP: *[¡Menea la cabeza? Hay algún tipo de comunicación no verbal en este momento. Solo tú sabes cuál. EC].* Y eso es todo lo que puedo decir.

Mensajes de WhatsApp entre Ellie Cooper y yo, 16 de agosto de 2021:

Ellie Cooper
¿Puedo ver la foto, Mand?

Amanda Bailey
No, no quieres. Cuando Gray Graham buscaba fotos de ambiente para un artículo sobre un bebé nacido en una vieja fábrica, tropezó con esta escena.

Ellie Cooper
¿Alguna vez la vendió?

Amanda Bailey
No, y también habría sido una fuente de ingresos. Estaba en un sobre en blanco, enterrada en una caja de fotos de fiestas, ferias y carreras populares que reveló pero desechó.

Ellie Cooper
¿Por qué no se limitó a destruirla?

Amanda Bailey
Exactamente. Creo que le daba miedo. Estaba demasiado asustado incluso para tirarla.

Ellie Cooper
Por favor, ¿puedo verlo?

Amanda Bailey
[?] Error de impresión [?]

Ellie Cooper
Ya veo lo que quieres decir. Gabriel parece muerto en esta imagen. Entonces, ¿a quién se juzgó por el asesinato de Singh? ¿A quién visitó Oliver en la prisión de Tynefield?

Amanda Bailey
Quienquiera que fuera, tiene el mismo aspecto que ese cadáver en el suelo. Como la foto policial de Peter Duffy. Es un misterio. Aunque la investigadora práctica que hay en mí está de acuerdo con Farrah. Gabriel no puede haber estado muerto, como sugiere esta foto.

Ellie Cooper
Jonah se aferra al cuerpo. Según Aileen, estaba «deseando» que volviera a la vida. Pero ¿y si Gabriel se estaba haciendo el muerto? ¿Es eso posible? ¿Y si Jonah se aferra a él no porque le invadiera la pena y la emoción, sino porque oyeron a Gray Graham entrar en la habitación y querían asegurarse de que nadie examinara el «cadáver» demasiado de cerca?

Amanda Bailey
Deberías estar escribiendo este libro tú, Els 😊

Mensajes de WhatsApp entre Ellie Cooper y yo, en las primeras horas del 17 de agosto de 2021:

Ellie Cooper
Se me ha ocurrido una idea y ahora no se me va de la cabeza. ¿Y si Gabriel ESTABA muerto... y Jonah lo sanó? Lo devolvió a la vida.

Amanda Bailey
☺

Ellie Cooper
Ignórame. Es tarde. Me voy a la cama.

Mensajes de WhatsApp entre mi editora Pippa Deacon y yo, 20 de agosto de 2021:

Pippa Deacon
¿Qué tal, Amanda?

Amanda Bailey
Muy bien. ¿Por qué?

Pippa Deacon
Por nada. Solo que Jo dice que Oliver no da señales de vida. Sé que estás ocupada, pero te dije que si te enterabas de algo, me lo hicieras saber y yo la tranquilizaría.

Amanda Bailey
Está bien. Dile a Jo que está exactamente en la misma fase que yo: reuniendo datos, documentándose y empezando con su nuevo ángulo. Estamos en contacto y le apoyo en cada

paso. Su enfoque espiritual será increíble. Y el mío aún más. 😛

Pippa Deacon
¡Eres una maravilla! 😊

Mensajes de WhatsApp entre Oliver Menzies y yo, 20 de agosto de 2021:

Amanda Bailey
¡Eeeooooo! ¿Qué tal? ¿Estás evitando a Jo?

Oliver Menzies
No importa lo que haga. Estamos en el final de los tiempos.

Amanda Bailey
Ol, muchos cultos han predicho el fin de los tiempos. Y eso incluye a algunas religiones dominantes. Por un lado, captan la atención de todo el mundo. Por otro, cuando la fecha llega y pasa, es un poco embarazoso 😳

Oliver Menzies
Soy muy consciente de ello. Esto es diferente. Escucha. Los Ángeles de Alperton no solo tenían razón sobre el Anticristo, eran nuestra última oportunidad. Me he documentado, he hablado con expertos. Pero sé demasiado. Me he asomado al abismo. No para mí, personalmente. Para toda la civilización. Lo único que puede salvarnos ahora del fin de los días es un nuevo mesías. Y no veo ninguno.

Oliver Menzies
Pasa de mí si quieres. No importa.

Amanda Bailey
Estoy pensando, no ignorándote.

Comunicaciones entre la trabajadora social Sonia Brown y yo, 21 de agosto de 2021:

PARA: **Sonia Brown**
FECHA: **21 de agosto de 2021**
ASUNTO: **Holly**
DE: **Amanda Bailey**

Hola, Sonia:

Holly era hija de un duque. Por eso fue una adopción cerrada. Privacidad. Vergüenza. Todo lo que una familia rica e influyente quiso evitar, después de que su hija se fugara con el líder de una secta y diera a luz a su bebé.

Eso ya lo sé, así que no será un gran salto que me diga dónde está ahora. Porque lady Georgina Ogilvy no tiene presencia en Internet. Una búsqueda en Google simplemente dice que nació. Rowley Wild, el primer seudónimo que ocultó la desgracia de sus padres, es igualmente escurridizo. ¿Ha conservado su nombre de ángel, «Holly»? Jonah sí. ¿Siguen creyendo ambos que son ángeles?

Necesito hablar con «Holly», Sonia. Cualquiera de las dos servirá.

Amanda

Sonia Brown
Amanda, déjalo. Esto va hasta muy arriba y nadie romperá filas por ti.

Amanda Bailey

¿«Romper filas»? ¿Qué es esto?

Sonia Brown

¿Por qué centrarse en Holly y en el bebé? ¿Por qué no en Gabriel?

Amanda Bailey

Supongo que porque él ya está en prisión, a salvo en el interior de la cárcel.

Sonia Brown

Ha insistido en su inocencia desde el primer día. Si su condena por el asesinato de Singh se anula, entonces esa cadena perpetua también habrá que reevaluarla. Ha cumplido una condena en la cárcel más que suficiente por los otros cargos.

Amanda Bailey

Cierto. Si se anula la condena por asesinato, Gabriel quedará libre.

Sonia Brown

Si ese hombre sale, nadie estará a salvo. Desaparecerá, encontrará gente a la que manipular y controlar de nuevo. Incluso las personas que saben EXACTAMENTE cómo es son tan vulnerables como los incautos: el conocimiento NO ES poder, y eso es aterrador.

Sonia Brown

Puedes meterlo en una jaula durante cincuenta años. En cuanto lo liberen, volverá a las andadas. Solo sabe hacer eso. Es una araña. Lo único que sabe hacer es tejer telarañas.

Mensajes de WhatsApp entre Ellie Cooper y yo, 23 de agosto de 2021:

Ellie Cooper
Mand, ¿puedo enseñarte algo? Enlace más abajo:

MAYORÍA DE EDAD REAL

La hija mayor del príncipe Eduardo y de Sofía, condesa de Wessex, lady Louise Windsor, se prepara para cumplir 18 años a finales de este año. Descrita a menudo como la nieta favorita de la reina, lady Louise ha crecido alejada de los focos y asiste a una escuela privada en Ascot.

Ellie Cooper
El bebé de los Ángeles de Alperton es lady Louise Mountbatten-Windsor, la séptima nieta de la reina, decimosexta en la línea de sucesión al trono. 😱

Ellie Cooper
Lo que te dijeron al principio era correcto. El bebé de Holly fue acogido por su familia, los Wessex. Su padre era primo lejano de la reina. Es un encubrimiento real. 👁

Amanda Bailey
Gracias, Ellie, estás haciendo un trabajo fantástico. Pero que quede entre nosotras. ¿Por favor?

Ellie Cooper
Te lo juro. 😊

Mensaje de WhatsApp de Ellie Cooper a mí, más tarde el 23 de agosto de 2021:

> **Ellie Cooper**
> A los policías les hicieron creer que los símbolos del almacén eran significativos. Los borraron para desacreditar sus testimonios. A los trabajadores sociales les dijeron que lo que había sucedido era culpa suya. Hay gente en la iglesia local que sigue pensando que desempeñaron un papel en las muertes de la secta. Todo esto desvía la atención de los implicados respecto a QUIÉN era realmente el bebé.

Tarjeta de entrega IntCourier:

Remitente: Judy Teller-Dunning
Mensaje: No estaba en casa, así que dejamos su paquete en el contenedor azul

---

Un diario pulcramente manuscrito, tamaño carta americano. Páginas sueltas grapadas:

10 de diciembre de 2003, Londres

Emocionado y aprensivo. He oído hablar mucho de la policía británica, pero tengo que despejar mi mente y experimentar todo esto con claridad. Espero que los malhechores de la ciudad de Londres no estén planeando unas vacaciones. ¿Te acuerdas de Boston? Fue la maldición de Mark Dunning. Era la noche más tranquila que el departamento había conocido. Solo dos llamadas. Una errónea y un ladrón en un quiosco. ¿Eso me convierte en un talismán de la suerte o en un maleficio?

Si mi próxima novela se desarrolla en Londres y París, tengo que ver esas ciudades. No la ruta turística, sino los bajos fondos. ¿Es eso siquiera posible? Tan jodidamente falso y tenso. Se comportarán lo mejor que puedan. Seré supereducado y estaré infinitamente agradecido, claro que sí.

Nadie te dice lo solitarios que son los viajes de investigación. Mis pensamientos y yo vamos dando vueltas por el mundo. Ojalá Judy estuviera aquí. Pero con sus compromisos de escritura y la nueva escuela de Harrison...

Jonathan llamó. Estará en la estación de metro de Alperton, a las ocho de la tarde. Comprobé que tenía el dinero conmigo. Apuesto a que nadie sabe que recibirá quinientas libras esterlinas (sí, setecientos pavos) por llevarme en su coche patrulla. ¿Es habitual aquí que los escritores paguen por un paseo con la policía? Una cosa me dejó clara: nada de cámaras ni equipos de grabación. Solo debo observar y absorber.

He planeado el viaje en metro. Compraré un billete en la taquilla de South Kensington. Me subiré a un tren de la línea Piccadilly en dirección oeste hacia Rayners Lane y bajaré en Alperton. La línea se divide en dos y da una vuelta al final, así que ¿quién sabe? Podría estar de vuelta aquí, en South Kensington, a las ocho de la tarde. Le dedicaré dos horas al viaje.

Sentado en mi habitación, observo cómo el reloj marca las seis de la tarde. Está oscuro fuera. También lo está dentro, porque las bombillas parecen estar racionadas en las habitaciones de los hoteles londinenses. Hace frío porque el radiador está apagado. Es invierno. Quiero un fuego ardiente, calor, rabia, pasión, excitación. Solo quiero que pase algo esta noche.

En una nueva página, en la misma letra, aunque menos pulcra, más nerviosa, cambiada de algún modo...

11 de diciembre de 2003.

Gracias a Dios, hemos despegado. Cambiar de vuelo ha sido fácil. Les he dicho que mi madre está enferma, que tengo que volver antes de que sea demasiado tarde. Es demasiado tarde. Murió en 1977. Resulta que interpreto demasiado bien a un hombre ansioso, aterrorizado y culpable. Así que me han metido en este avión. Nunca había oído hablar de la aerolínea. Hace escala en Reikiavik y tengo que cambiar en el aeropuerto de JFK, pero da igual.

Nunca olvidaré lo de anoche, aun así, creo que debería documentarlo. ¿Para quién? ¿Para mí? ¿Para alguien en el futuro que pueda necesitar saber lo que pasó? ¿Por qué soy tan mezquino? Esto es lo que esperaba encontrar. Cuidado con lo que deseas, ¿eh?

El policía Jonathan Childs estaba esperando fuera de la estación. Dijo que lo llamara JC. Más joven de lo que parece por teléfono. Sudoroso, nervioso. Si no hubiera ido de uniforme, en un coche patrulla, me hubiera preguntado si realmente es un policía. Me lleva a la vuelta de la esquina, aparca en una calle sin luz y cuenta los billetes de mi sobre. Lo deja caer en su regazo, conduce otras cuantas manzanas sin abrocharse el cinturón de seguridad. Me deja en el asiento trasero, atrapado, mientras él se zambulle por una puerta, con el dinero en la mano. Se ha ido durante siete minutos. El lugar es oscuro, urbano y deprimido. Pronto queda desierto. La noticia de que hay una patrulla de policía cerca viaja rápidamente.

Jonathan reaparece, mucho más tranquilo. Nos vamos en coche. Hago mis preguntas de siempre. ¿Habrá mucho tráfico? ¿Qué delitos son habituales en esta zona? ¿Cuál ha sido su peor llamada hasta la fecha? ¿Ha conocido a la reina?

Paramos a un coche al que le falta una luz trasera. El conductor promete que lo arreglará y se marcha sin multa. Ayudo a JC a retirar de la acera una valla publicitaria dañada. Una llamada por radio nos envía a una pequeña casa donde los vecinos han oído voces airadas, una pelea. La pareja que está dentro jura que tenía la televisión demasiado alta, nada más. El hombre tiene un moratón en la cara. De vuelta en el coche, Jonathan dice que los maltratos domésticos son «la hostia» porque «no puedes hacer nada».

Hacia las once de la noche nos encontramos con otro coche patrulla, este con dos agentes varones dentro. Jonathan fuma y se ríe con ellos fuera del coche. Intento salir y unirme. No puedo, estoy encerrado en el coche patrulla. Me miran a través del parabrisas. No preguntan quién soy. Deben saberlo, ya que los oigo burlarse de JC, algo sobre que conduce «el taxi más caro de Londres». Los policías reciben una llamada y salen corriendo, con luces azules y sirenas.

JC me lleva a una gasolinera y nos compra café y lo que supongo que es un buñuelo en forma de palo, como el que haría mi abuela. Le doy un mordisco, hambriento en busca del subidón de azúcar. Es carne de cerdo en hojaldre, pesado e indigesto. No es la primera vez que esta noche tengo que reajustar mis expectativas.

Hacia medianoche, nos llaman por un disturbio callejero.

Dos bandas de hombres. Un enfrentamiento. Sin armas, solo gritos en un idioma extranjero. JC suspira, cansado, los describe como «familias rivales» que «siempre acaban a golpes», pero «normalmente se calman antes de que se ponga feo». Unos cuantos hombres en los márgenes se deshacen a la vista del coche patrulla, y otros más desaparecen cuando JC se baja. Aun así, se respira un aire tenso. Se dirige directamente a los cabecillas y habla con ellos. Sin una figura tras la que ponerse, la multitud restante se dispersa. Ahora solo quedan unos pocos. Los cabecillas se calman. Por primera vez me impresiona este joven. Quiero escuchar lo que dice.

Pruebo la puerta del coche. Está abierta. Otra novedad. Salgo. JC está de espaldas a mí. Algo instintivo hace que lleve la mano hacia mi cartera, en el bolsillo interior, para comprobar que está a salvo de los ladrones de dedos ligeros. Veo al tipo, él me ve a mí, pero su reacción es exagerada. Grita, con cara de terror. Otro tipo sigue su ejemplo. Se me ocurre, demasiado tarde, que creen que estoy cogiendo una pistola.

JC gira sobre sí mismo, me hace señas para que vuelva al coche, pero ¡zas! El tipo más grande le empuja al suelo. El otro utiliza un pie para mantenerlo en el suelo, ¡como si JC fuera su rescate contra un disparo mío!

De repente, los rivales están en el mismo bando. JC casi se levanta, pero es derribado por una bota. Grita por su radio «oficial caído». Me grita que vuelva al coche. Levanto las manos para mostrarles que estoy desarmado. Unas sirenas lejanas se acercan desde todas las direcciones.

Permanecimos anclados en ese momento durante una eternidad. Los rivales, ahora compañeros de armas, gritan, presas del pánico, sin saber cómo resolver el enfrentamiento que han iniciado. Cuando los coches patrulla de la policía aparecen en la calle, lanzan las manos al aire, y retroceden ante JC, que se levanta de un salto. Oficiales de todas las formas y tamaños saltan en su ayuda, incluidos los dos tipos con los que JC ha compartido un cigarrillo antes. Olvidado, vuelvo sigilosamente al coche y me encierro. JC está bien. Los rivales están bien. Se alejan juntos. Todos se ríen. Los coches patrulla se alejan tan rápido como han llegado. JC y yo volvemos a estar solos en el coche. La mirada que me echa por el retrovisor me intimida. Finalmente, dice que me dejará en la estación. Se refiere a la estación de metro.

Así pues, mi gran excursión en un coche de la policía británica podría haber llegado a un final poco glorioso si JC no estuviera «muriéndose por un pitillo». De camino al metro, conduce hasta la barrera de un aparcamiento al borde de un campo, bordeado de bosque. No solo está cerrado esta noche. Este lugar lleva años cerrado, pero JC conoce el código. Abre la barrera y allí estamos, aparcados solos en un mirador que nos ofrece una vista del horizonte nocturno de Londres. Le pregunto dónde estamos. En Horsenden Hill.

Mientras JC fuma por la ventanilla del coche, intuyo que está más conmocionado por el incidente de lo que dejó entrever a sus colegas.

Le pido disculpas. Me dice: «No te preocupes, amigo».

Entonces recibe una llamada, no en su teléfono de la policía, sino en otro, en el fondo de su bolsillo. Tira su cigarrillo, salta del coche, cierra la puerta, me grita que «esta vez me quede quieto» y se aleja un buen trecho antes de contestar por fin a la llamada, demasiado lejos para que yo le oiga. Habla un rato por teléfono y cuando vuelve, parece preocupado.

«Ha surgido algo. No puedo llevarte de vuelta todavía. Tendrás que tirarte al suelo».

Debí de parecer tan inexpresivo como me sentía, porque me espetó: «¡Mark! Tírate al suelo y agacha la cabeza».

Balbuceo un «¿por qué?».

«Alguien va a venir a darme algo. Llegará en cualquier momento. No te muevas, no te sientes, solo... quédate ahí».

Sube la ventanilla y cierra la puerta. Estoy apretado contra el suelo mugriento. Mi mente vuelve al sobre de dinero que se ha llevado, y a la puerta oscura. No sería el primer policía que trapichea con una banda de narcotraficantes.

Al instante oigo otro coche. El motor arranca mientras voces, bajas y firmes, dan instrucciones sin lugar a preguntas. Pasos alrededor del coche. Si miran hacia abajo, me verán. JC salta para traer de vuelta esos pasos, les hace una pregunta. Se abre el maletero. Ya está. La caída. «PUM». Algo pesado aterriza en el maletero. ¿Un cargamento de droga? Si es así, tiene el tamaño y el peso de un hombre adulto.

Portazos, portazos y más portazos, una de las puertas es el maletero. Miro el asiento trasero y me pregunto si hay alguna posibilidad de que lo que haya al otro lado no sea un cadáver.

«Quédate agachado», sisea JC mientras salta al asiento del conductor. «Yo te diré cuándo puedes sentarte».

Conducimos en silencio. JC está al volante, nervioso. Yo sigo aplastado detrás de los asientos.

«¿Qué hay ahí detrás?». Supongo que no hay nada malo en preguntar.

«Algo de lo que quieren deshacerse», dice JC. «Lo llevaremos a algún sitio y lo perderemos». Intento hablar de nuevo, pero JC me hace callar.

Al final, aparcamos y nos detenemos. Miro hacia arriba. Está oscuro, pero hay gente alrededor. Oigo pasos, gritos, portazos. Todo más sombrío que urgente. Un vehículo más grande se detiene cerca, pero maniobra para alejarse. Alguien grita que dejen libre la salida.

Voces de nuevo. Oigo abrirse el maletero. La suspensión del coche se alivia cuando sacan lo que haya dentro. Me arriesgo y miro por la ventanilla. JC está enfrascado en una conversación con un tipo. De estilo gris. Podría meter el pie en tu plato y, ni aun así, te fijarías en su altura, peso, edad...

Me agacho cuando dos figuras acarrean algo junto a mí. Llevan uniformes de policía, o al menos eso creo.

El maletero se cierra detrás de ellos. Eso es. Lo que sea que JC ha recogido en el aparcamiento. Una masa inconfundible con forma de cuerpo.

Pruebo la puerta del coche. Cerrada. Pero la puerta del conductor quizá no lo esté. Lentamente me arrastro entre los asientos, mi bolsa se engancha en una palanca de cambios, pierdo un zapato y tengo que pescarlo. Al final, llego. Clic. La puerta se abre. Me deslizo fuera, intento parecer igual de gris, como si tuviera un trabajo que hacer, como si perteneciera a ese lugar. Observo a esos tipos grises y al paquete pesado que llevan entre ellos.

En cuanto atravieso las puertas, creo saber dónde estamos. Es una planta de envasado de carne. Es frío, austero y huele a sangre y carne. Más adentro, no estoy tan seguro. Los policías han instalado luces para trabajar durante la noche. En cuanto estoy dentro, oigo voces discutiendo. «No muevas nada», dice uno.

«Pensamos que respiraba. Le vimos respirar», dice uno de los hombres.

«Podría haber estado vivo. Le sentamos e intentamos reanimarle, luego le llevamos donde había más luz y podíamos ver», añade el otro, que es una mujer... una joven negra. Guapa.

«Bueno, ¿RESPIRABA SÍ O NO?», suelta el oficial, y mira de uno a otro.

«No».

«¿Dónde lo encontrasteis?».

«Por ahí, subiendo las escaleras, en un descansillo». La chica señala más allá, en ninguna parte cerca del coche patrulla del que acaba de salir el cuerpo, en ninguna parte cerca del aparcamiento o dondequiera que hubiera estado antes.

«Lo siento mucho. Soy NUEVA y él es solo un AUXILIAR.» La chica parpadea ante las miradas desdeñosas a su alrededor, da un respingo, y gime como si no tuviera cerebro. Pero ella y el tipo que estaba de pie encogido a su lado... Los VI. Estaban esperando como putos halcones a que JC llegara con el cuerpo. La forma en que lo llevaban... no era la primera vez. Eran un equipo.

El oficial al mando suspira, mira fijamente la placa de la chica. «Bueno, Marie-Claire, pues devuélvelo y ponlo donde lo has encontrado». Murmuran disculpas, se alejan arrastrando los pies, hacia una puerta vieja, no por la que han maniobrado desde fuera. El ambiente de la habitación desprende un aire nauseabundo tras ellos.

Nadie me ve mientras me aprieto contra un rincón. Oigo juramentos murmurados sobre que habría que denunciar a los agentes. ¿Alguien los conocía? Chavales que salen a la calle sin la formación adecuada. Entonces veo lo que hay en el suelo de esta habitación y me pasa algo.

Debe ser una reacción habitual. Un reflejo primitivo cuando ves sangre, entrañas. Recuerdo cuando un colega del *New York Times* contaba que había visto un trasplante de riñón. Una gran historia que le interesaba mucho. En cuanto el cirujano hizo el primer corte, vio la carne roja, olió la cauterización ardiente y se desmayó. Parte del equipo médico tuvo que atender al periodista desmayado en el suelo del quirófano. Contó la historia durante años. Me reí mucho. Qué imbécil. Era una operación rutinaria. ¿Cómo pudo ser tan remilgado?

Ahora tiene sentido. Si ves un cuerpo despedazado es que tú también estás en peligro. Ese animal salvaje te atacará a ti después. De repente comprendí la maraña roja en el suelo, los cuerpos. Tres hombres, las tripas mutiladas, las gargantas cortadas... Perdí el control de las piernas, me hundí... y eso es lo último que recuerdo durante, no sé cuánto tiempo.

«Despierta, Mark». JC me da una palmada en la mejilla, me sisea al oído. «Levántate de una puta vez, colega».

Vuelvo en mí, temblando. Casi me desmayo de nuevo cuando me doy cuenta de que sigo en la habitación.

«Chss. Levántate. Vamos».

Me levanta por el brazo y me saca fuera. «Casi me provocas un puto infarto», dice, fuera, donde zigzagueamos entre un revoltijo de vehículos policiales aparcados. JC enciende un cigarrillo y me ofrece uno.

«¿Qué es este sitio?», susurro.

«Un antiguo almacén de comida para bebés».

«¿Quiénes eran esas personas y qué se han llevado de tu maletero?».

Suelta humo por la comisura de los labios. «Mejor que no lo sepas, Mark. Olvida que lo has visto».

«Olvidar que he visto a un ser humano muerto en el maletero de un coche patrulla, arrastrado a la escena de... de...»

JC se burla entre caladas. Se acerca, susurra.

«¿Ser humano? Acaba de matar al tipo más agradable que podrías conocer. A sangre fría. Un gran tipo y un gran oficial. Amigo mío, un joven sij. Entrenamos juntos en Hendon». JC sacude la cabeza. Veo verdadera emoción, lágrimas en sus ojos. «Así que no pierdas el sueño por ese pedazo de mierda. Los tipos que le han pateado la cabeza no lo harán».

Me tiemblan las manos mientras la adrenalina se dispersa por mi torrente sanguíneo. Shock retardado. Finalmente...

«¿Sabías que esto iba a pasar esta noche?».

«¿Crees que te habría dejado subir al coche si lo hubiera sabido?». Se ríe. «Mira, has tenido la suerte de visitar la escena de un asesinato múltiple. Tienes algo emocionante para tu libro, ¿eh?».

«No puedo escribir sobre ello o seré el próximo en el maletero del coche».

Se rio. «Sí. A ellos, no les importas una mierda».

«No les importa una mierda nadie». Hago un gesto con la cabeza hacia el edificio.

«Oh, los otros», se burla. «Solo una secta, unos idiotas que se han suicidado».

He vuelto al hotel a las dos de la madrugada. He hecho la maleta y he tomado un taxi a Heathrow. Unas horas más tarde, aquí

417

estoy. Lo más lejos posible de cuatro hombres muertos cuyas vidas acaban de cruzarse con la mía.

Mensajes de WhatsApp entre Oliver Menzies y yo, 25 de agosto de 2021:

Amanda Bailey
Christopher Shenk o Shenky. Hay relaciones entre los otros Ángeles: vínculos carcelarios, vínculos laborales. Pero no con él. Supuestamente es un delincuente de poca monta y traficante de drogas, aunque nunca ha estado en prisión.

Oliver Menzies
Rafael. El ángel de la curación para judíos y cristianos. Ángel de la resurrección en el islam.

Amanda Bailey
No aparece en ninguno de los relatos ficticios de la época, ni con su nombre ni como Rafael.

Oliver Menzies
Ficción. RELATOS FICTICIOS. ¿Sabes lo que significa «ficción»?

Amanda Bailey
Estos relatos de ficción —dos novelas y un guion— son contemporáneos de los hechos. Por muy ficticios que sean, siguen teniendo valor histórico. Cada uno de estos escritores captó algo sutil, un matiz del caso, perdido para nosotros ahora, del que ni siquiera ellos se dieron cuenta.

Oliver Menzies
Escucha. Gabriel es el mensajero. Miguel es el ángel de la guerra que presidirá el fin de los días. Elemiah el ángel de la protección, Rafael del renacimiento. Las cuatro esquinas. Cuatro jinetes. 444.

Amanda Bailey
¿Estás durmiendo bien, Ol? ¿Todavía te despiertan cada mañana?

Oliver Menzies
Ahora lo espero. Es una prueba. La prueba de que tengo razón.

Amanda Bailey
Bueno, si es el fin de los días, ¿puedes decirme por fin quién es ese misterioso entrevistado?

Oliver Menzies
😄 No, Mand. Disfruto demasiado bromeando contigo.

Mensajes de WhatsApp entre mi editora Pippa Deacon y yo, 25 de agosto de 2021:

Amanda Bailey
Solo un aviso: puede que al final sí sea una buena idea que Jo se ponga en contacto con Oliver. No tengo ni idea de cómo alguien tan ferozmente racional como él puede llegar a obsesionarse con el lado esotérico de un caso, pero…

Pippa Deacon
¿Cuándo fue la última vez que tuviste noticias de Minnie?

Amanda Bailey
¿Minnie? Hace unos días. Tal vez semanas. ¿Por qué?

Pippa Deacon
Mmmm. Estaba cotejando las citas de su manuscrito y de repente dejó de responder.

Mensajes de WhatsApp míos a la autora de crímenes reales Minnie Davis, 25 de agosto de 2021:

Amanda Bailey
¡Hola, Mins! ¿Estás evitando a Pippa?

Amanda Bailey
He dejado un par de mensajes… ¿Estás bien?

Amanda Bailey
Me estoy preocupando. Responde lo antes posible por favor, Minnie.

Mensajes de WhatsApp entre el autor de crímenes reales Craig Turner y yo, 26 de agosto de 2021:

Amanda Bailey
Eh, ¿has sabido algo de Minnie en los últimos días?

Craig Turner
Hace siglos que no. Su libro sale pronto, así que probablemente esté ocupada.

Amanda Bailey

Pippa no logra contactar con ella. No le responde los mensajes.

Craig Turner

Qué raro.

Pero ya sabes cómo es Minnie.

Asomará la cabeza tarde o temprano.

Mensajes de WhatsApp entre la autora de crímenes reales Minnie Davis y yo, 27 de agosto de 2021:

Amanda Bailey

Mins, por favor, responde. Craig y yo estamos preocupados por ti. No le diré a Pippa que has estado en contacto conmigo.

Minnie Davis

Oh, Mand, tengo un problema con mi autora feminista.

Amanda Bailey

Ah, eso es. 😣 Ya imaginaba que tendrías problemas con eso. La gente no regala su trabajo así como así. ¿Qué has conseguido exactamente por escrito de ella?

Minnie Davis

Nada. Fue algo tácito. Pero un corrector puso signos de interrogación sobre algunos de sus contenidos. Cuando le pedí confirmación, se quedó callada de repente.

Amanda Bailey

¿Eso es todo? 😳 Las fuentes no entienden lo rápido que hay que trabajar. Estará bien. La has acreditado en la bibliografía, ¿verdad?

Minnie Davis

Sí, pero… 😠

Amanda Bailey

Son solo algunas citas y pasajes. ¿Qué puede objetar?

Amanda Bailey

Incluso si quiere que elimines algún fragmento, no será gran caso. Vuelve a redactar la cita y encuentra una fuente amiga a quien puedas atribuírsela. Yo puedo ayudar. 😛

Minnie Davis

Lo utilicé entero, Mand. Al principio, le pregunté: «¿Puedo usarlo todo?». Y me dijo: «Claro, las mujeres deben ayudarse mutuamente». Así que lo hice.

Amanda Bailey

¿Qué quiere decir con TODO? Seguro que al menos lo reescribiste.

Minnie Davis

Era demasiado bueno para cambiarlo. Era fresco, diferente, emocionante. Había encontrado documentos y registros a los que yo jamás podría aspirar. Su análisis daba en el clavo. Tenía fotografías atmosféricas que me provocaron escalofríos y magníficas ilustraciones. Era simplemente perfecto.

Amanda Bailey

Mierda, M. Tienes que hablar con Pippa para cambiar los créditos o algo. ¿Créditos conjuntos? No es el fin del mundo. No lo sé, pero llámala. ¿Por favor?

Minnie Davis

No es eso, Mand. Resulta que esta maravillosa tesis feminista no es realmente para Estudios de la Mujer, Criminología y Medios de Comunicación.

Amanda Bailey

¿Entonces para qué es?

Minnie Davis

Arte Práctico en la Sociedad. Es un curso de licenciatura, ¿quién iba a decirlo? Su objetivo era crear una obra de apariencia académica pero totalmente ficticia. Demostrar que se pueden crear hechos y engañar a cualquiera, lo único que se necesita es a la presa adecuada.

Minnie Davis

Mand, se INVENTÓ esos nuevos y emocionantes hechos. Falsificó los documentos. Falsificó las fotografías. Le han dado buena nota porque era tan buena, que engañó a un profesional.

Amanda Bailey

¿A quién engañó?

Amanda Bailey

Ah, ya veo.

Minnie Davis

Todos los datos del ensayo son una completa tontería. Desde la primera página. No, ¡desde la primera LÍNEA! Dice: «Myra y Rose tenían hermanas que se llamaban Avis y fueron a escuelas situadas en carreteras llamadas "Calle Hertz"».

Amanda Bailey

Avis y Hertz son empresas de alquiler de coches.

Minnie Davis

¡AHORA LO SÉ!

Amanda Bailey

¿Pippa no se dio cuenta? ¿Nadie más?

Minnie Davis

¿No te has enterado? Pippa ha dejado a su novia por Jo Li Sun de Green Street. Ha estado distraída durante semanas. El resto del departamento revisa los libros a toda máquina. De todos modos, no era su trabajo. Es el mío.

Amanda Bailey

Mierda. Lo siento mucho, Mins. Pero tienes que decírselo a Pippa. Se pondrá manos a la obra para resolver esta situación. Ya sabes, lo que suelen hacer. ¿Limitación de daños?

Minnie Davis

¿Cómo he podido ser tan estúpida?

Mensajes de WhatsApp entre Ellie Cooper y yo, 27 de agosto de 2021:

Ellie Cooper
Si el padre de la decimosexta heredera en la línea de sucesión al trono es un asesino convicto y líder de una secta que se cree el arcángel Gabriel, no es de extrañar que quieran mantenerlo en secreto.

Ellie Cooper
Holly debe de haber sido absorbida de nuevo por la aristocracia de un modo u otro. Probablemente se casó con un vizconde y vive en una antigua casa de campo. ¿Sabe ella que su bebé está siendo criado como el nieto de la reina?

Ellie Cooper
¿Estás bien, Mand? Hace tiempo que no sé nada de ti.

Amanda Bailey
Lo siento. Están pasando muchas cosas. Ellie, me he estado mensajeando con el tipo que escribió el guion de la película inédita. Le he dicho que soy una productora de cine en ciernes. Solo que hay algo raro en él. La forma en que se niega a hablar con propiedad sobre la inspiración detrás de la película. Me esquiva con «me lo he inventado», «he leído todo lo relacionado con el caso» cuando sé que debe de tener información privilegiada porque ha utilizado el nombre de «Ashleigh». No solo eso, también otros detalles. Solo hay una forma de saberlo con certeza.

Ellie Cooper
¿Vas a reunirte con él?

Amanda Bailey
Voy a desvelar su farol y sugerirlo. Pero supongo que no querrá quedar conmigo. Me propondrá una llamada telefónica o cancelará en el último minuto. Porque no es quien dice ser.

Ellie Cooper

Mensajes de texto entre Clive Badham y yo, 27 de agosto de 2021:

Amanda Bailey
Clive, deberíamos vernos. Para que, como profesionales, pongamos las cartas sobre la mesa, antes de que tu guion se convierta en el proyecto más caliente del momento, y nos arrastre a los dos a una bola de fuego rodante. 🔥

Clive Badham
Por supuesto. ¿Cuándo y dónde?

Amanda Bailey
Cerca de donde estés. ¿Dónde me dijiste que vivías?

Clive Badham
Stoke Newington. Hay un pequeño café estupendo llamado Café Z en la calle mayor.

426

Amanda Bailey
¿Esta tarde?

Clive Badham
¿A las dos de la tarde? Genial, Amanda. ¡Me muero de ganas! 😱

Amanda Bailey
Yo tampoco puedo esperar 😊

Mensajes de WhatsApp entre Ellie Cooper y yo, 27 de agosto de 2021:

Amanda Bailey
Bueno, ya estoy aquí. De momento, el señor Badham ni ha llegado ni ha cancelado.

Ellie Cooper
¿Cuánto tiempo debo esperar antes de denunciar tu desaparición esta vez?

Amanda Bailey
Llámame dentro de una hora. Pero no tendrás que esperar tanto. Nadie se reunirá conmigo aquí. Y mucho menos un tal Clive Badham. Aunque estoy segura de que ella me está observando. Ahora mismo.

Ellie Cooper
¿Ella? ¿Quién?

Amanda Bailey
Holly.

Ellie Cooper

¿La segunda Holly? ¿La Holly de los Ángeies de Alperton? ¿Lady Georgina?

Amanda Bailey

Sí. Bueno, si mi corazonada es correcta. Eso espero. Espero que sea ella y que me vea.

Amanda Bailey

Espera, ¿quién es?

Ellie Cooper

Bien, ¿ha llegado? Te daré una hora a partir de ahora y te llamaré.

Amanda Bailey

¡Mierda, mierda, mierda! Era Clive Badham. Aspirante a guionista. No ha dejado de hablar de *Divino* desde que ha llegado. Tiene tableros con referencias para la ambientación y listas. De efectos especiales, localizaciones, atrezo. Menús nutricionalmente equilibrados para el equipo. Una declaración sobre la diversidad que quiere ver «delante y detrás de la cámara». Ni te imagines cuántos tornillos le faltan. Tiene a Tom Cruise en la lista de sus actores deseados para el proyecto ¡y ni siquiera es el primero!

Ellie Cooper

¡No! Madre mía, Mand, ¡qué gracioso! 😄

Amanda Bailey

Estoy en el baño, pero no hay ventana ni otro medio de escape. No puedo hablar más de «Jay Horror». No tengo ni idea de quién es. ¿Cómo puedo escapar de este hombrecillo insoportable?

Ellie Cooper
Vuelve a la mesa, te llamaré y diré que hay una emergencia en la oficina. Ponme en el altavoz. Procuraré sonar lacrimosa.

Amanda Bailey
Gracias, Els. Llama en cinco minutos. A la mierda mis falsas corazonadas. No volveré a hacerles caso, ¡no aciertan!

Ellie Cooper
Y el J-horror es un estilo particular de cine de terror japonés.

Reunión con Clive Badham en el Café Z de Stoke Newington, 27 de agosto de 2021. Transcrito por Ellie Cooper.

[Madre mía, ¡Mand! Ya veo lo que quieres decir. Recortaré todo lo que dice aparte de las partes sobre cómo y por qué escribió lo que escribió en el guion. Aquí está la parte principal. Que conste que estoy de acuerdo con él en que las versiones originales de The Ring, The Grudge *y* Dark Water *son mucho mejores que las nuevas versiones. EC].*

AB: ¿Qué le hizo elegir ese nombre en concreto? Ashleigh.

CB: Es un nombre bonito.

AB: Lo es, pero es inusual.

CB: Si no le gusta, podemos cambiarlo.

AB: En otra obra inspirada en los ángeles aparece un personaje con el mismo nombre escrito del mismo modo.

CB: ¿Cuál?

AB: *Mi diario angelical*, de Jess Adesina.

CB: No lo conozco. Será una coincidencia. Cambiémoslo. No estoy casado con el nombre. ¿Cómo prefiere llamarla? *[¿Qué cara pone cuando dice esto? ¿Le crees? También he eliminado toda esa cháchara sobre su amigo músico que puede «componer canciones» y su otro amigo que «trabaja en postproducción» y puede hacer los «subtítulos» a precio económico. EC].*

AB: Me lo pensaré. Clive, lo sobrenatural se insinúa a lo largo de esta historia, pero ya he leído su guion unas cuantas veces y va mucho más allá de los efectos especiales…

CB: No hay problema, Amanda. Lo haré supersangriento. Le doy al bebé lengua y cuernos de serpiente, y lo hago impermeable a las llamas.

AB: Una cosa de la que no habla es…

CB: Continúe.

AB: Holly dando a luz al bebé. Un demonio nacido en la Tierra. Parece un momento muy dramático, pero no lo incluye en el guion…

CB: No hay problema. Podemos incluir esa escena. Tiene razón, sería superhorrible y dramática. *[Lo siento, casi todo lo demás son divagaciones sobre su visión de la película. Entonces va al baño y, cuando vuelve, te llamo como una superheroína y te saco de la reunión. EC].*

AB: Uf. Gracias, Ellie. Me he largado. Estoy corriendo por la calle como si la oficina estuviera en llamas. Después de hablar del guion con Clive Badham, me dio la sensación de que hablaba de algo diferente. Cuanto más me contaba su visión de la historia, más me daba cuenta de que el guion que escribió, el que he estado leyendo, no es en absoluto una película de terror. *[Interesante. ¿Entonces qué es? EC].*

Mensajes de WhatsApp entre Ellie Cooper y yo, 27 de agosto de 2021:

Amanda Bailey
Oliver dijo que los artistas captan más de lo que se dan cuenta porque su subconsciente está en contacto con el otro lado. Entonces, ¿tengo que creer que, mientras escribía su guion, Clive B captó, casualmente, cosas que no tiene forma de saber, solo porque estaba sintonizando las longitudes de onda psíquicas? Porque no me lo creo.

Ellie Cooper
Clive B escribió su historia poco después de que el caso de los Ángeles de Alperton saliera en las noticias. ¿Es posible que diera en ese momento con información o indicios, sin darse cuenta de lo delicados o secretos que eran?

Ellie Cooper
Además, el caso es de hace dieciocho años. Podría haber encontrado esos detalles en noticias que ya no están disponibles en línea.

Amanda Bailey
Dice que investigó poco o nada. Solo se lo inventó de acuerdo con sus gustos acerca de los demonios y las películas de terror. Sin embargo, su guion es más interesante que eso. Da la sensación de que contiene pistas sutiles. Pero también me pasa lo mismo con Jess Adesina y sus novelas juveniles de superación personal. No entiendo cómo sabían lo que sabían. Pero esa reacción soy yo SINTIENDO y no investigando. Empiezo a hablar como Oliver.

Entrevista por videoconferencia con Jideofor Sani, paramédico jubilado, 28 de agosto de 2021. Transcrita por Ellie Cooper.

AB: Ellie, estoy a punto de entrevistar a un tipo que se puso en contacto después del pódcast *Fantasma Fresco,* pero que no quiso poner por escrito su testimonio. Puede que sea un paranoico fantasioso, o puede que sea algo interesante. En fin, la historia de mi vida. Corta las cortesías como de costumbre. *[Sin problemas. He recortado la parte en la que le preguntas cómo se pronuncia su nombre y te dice que le llames Jidi. EC].*

AB: Jidi, usted era paramédico en la época de los Ángeles de Alperton.

JS: Sí. Ahora estoy jubilado.

AB: Dijo que asistió a la escena de los asesinatos, pero que no quería poner nada por escrito ni dar declaraciones grabadas.

JS: ¿Está grabando nuestra conversación?

AB: No. *[¡Mand! EC].*

JS: Siempre ha sido… *[Una pausa aquí. ¿Es emoción o nervios? EC]* delicado para mí.

AB: ¿Le gustaría contarme lo que ocurrió aquella noche?

JS: Bueno… Nos llamaron para que fuéramos a un lugar junto al canal en Alperton. La policía ya estaba allí. Nos habían avisado de que había cadáveres y un joven herido.

AB: Bien, entiendo que eso era una comunicación normal, ¿no?

JS: Sí. Es útil saber de antemano qué nos encontraremos, para que prestemos atención a los detalles. Por si nos llama el forense o la policía más adelante. Es lo que pensé.

AB: ¿Qué vio cuando llegó?

JS: Había un hombre joven aferrado a uno de los cuerpos. La policía trataba de convencerlo para que lo soltara. Pero teníamos que examinarle, así que le administramos

432

un sedante suave. Se soltó y lo examinamos. No estaba herido. Entonces, llegó un agente de policía y se lo llevaron.

AB: ¿Vio al resto de los...?

JS: Era horrible. *[Muchas pausas y vacilaciones. EC].* Lo primero que pensé fue que había sido un enfrentamiento entre bandas. Más tarde oí que fue un suicidio colectivo, que todos eran miembros de una secta.

AB: ¿Puede describirme un poco más la escena? ¿Cómo habían sido asesinados los Ángeles?

JS: Heridas de bala en la cabeza. *[Espera... ¿cómo? EC].*

AB: ¿Perdón?

JS: Cada uno había recibido un disparo en la cabeza. Y estaban mutilados. Gargantas cortadas y heridas en el pecho. Entrañas extraídas y esparcidas. *[Dios mío, Mand, ¿de verdad? EC].*

AB: ¿Les habían disparado? ¿Está seguro?

JS: Sí.

AB: ¿Esas heridas eran visibles? ¿En los tres ángeles? He visto fotografías de la escena y...

JS: Eran pequeñas heridas de entrada, detrás de la oreja. Estilo ejecución. Comprobé cada una de ellas, busqué pulso y respiración, así que los vi más de cerca que nadie. Dudo que fueran visibles en una fotografía.

AB: Pero era la escena de un crimen...

JS: Sí. Pero todo el mundo debería tener la dignidad de ser declarado fallecido. Especialmente cuando han muerto en la calle.

AB: Por supuesto.

JS: Yo soy de un pequeño pueblo de Nigeria. Creemos que la muerte no es el final de la vida, pero a menos que se observen ciertos rituales tradicionales, la persona no irá con sus antepasados. Permanecerá en el limbo. No es más que una superstición, pero en mi caso, siempre formulaba una declaración en mi cabeza, por cada persona fallecida. Fueran quienes fueran y sin importar cómo habían muerto. Por respeto.

AB: ¿A cuántos declaró fallecidos esa noche? *[No contesta. EC]*. ¿Jidi?

JS: Tres. Hubo tres muertos. *[Hay un gran silencio aquí, Mand. Hay algo que no le gusta de ese número. EC]*.

AB: Solo que esa noche había cuatro cadáveres, o no es así. *[Sin signo de interrogación, porque no es una pregunta. EC]*.

JS: ¿Lo sabe?

AB: Sí, ahora está un poco más claro. Digamos que una escena que parecía ser un suicidio masivo sangriento y caótico ofreció a ciertas personas una oportunidad.

JS: Más tarde leí que había otro cadáver en otra parte del edificio. Yo ya me había marchado para entonces, así que ese hombre no fue declarado muerto…

AB: ¿Qué es lo que piensa sobre este caso, Jidi?

JS: Declaré tres muertos en el lugar de los hechos. Otro fue encontrado más tarde. Cuatro. También se encontró a un joven en un piso. Cinco. Pero cuando leí sobre el caso, la prensa decía: tres en la escena, uno en el piso. Cuatro.

AB: Cuatro. Así que en algún momento se pierde un cuerpo.

JS: Esto le parecerá una locura, señora Bailey. He vivido aquí muchos años y me parece una locura. Pero durante mucho tiempo pensé en ese hombre que no fue declarado muerto. Pensé que tal vez no pudo reencontrarse con sus antepasados. Y que por eso regresó. *[Dios mío. Ambos guardáis silencio durante un rato. EC]*.

AB: Es un Mini Clubman amarillo.

JS: ¿Perdón?

AB: Alguien me habló una vez de un Mini Clubman amarillo. Dijeron que todo el mundo debería tener uno. Una historia que se desarrolla de una forma que no se puede explicar.

[Aquí detienes la grabación, Mand. Madre mía, voy a mandarte un mensaje. EC].

Mensajes de WhatsApp entre Ellie Cooper y yo, 28 de agosto de 2021:

Ellie Cooper
Los Ángeles fueron asesinados. ¿Por quién? ¿Y por qué la discrepancia entre los recuentos de cadáveres?

Ellie Cooper
¿Se mencionan en algún momento armas de fuego en relación con los Ángeles?

Amanda Bailey
No por las fuentes con los que he hablado, ni en las tres obras de ficción que estoy leyendo. Ni siquiera en la novela de espionaje de Mark Dunning.

Ellie Cooper
¿Estás vigilando a Oliver, Mand? Estoy preocupada por él. Cuando le envié un mensaje para preguntarle cómo estaba, me respondió con un calendario marcado con una fecha para «El fin de los días».

Amanda Bailey
Se pondrá bien. Lo sacaré de esto. Pronto. Cuando esté lista. 😜

Divino
de
Amanda Bailey

Uno

Oliver Menzies pensaba que quería ser periodista. Se había sacado la carrera de Historia a duras penas, tuvo un interés pasajero por la política y siempre leía la portada del periódico antes de pasar a la contraportada [¿es obvio que me refiero a las páginas de deportes?]. Pero cuando un amigo de su madre le consiguió una plaza en un programa de formación periodística, no contaba con que sus compañeros de prácticas serían mejores, más brillantes y estarían más ávidos de lo que él podría llegar a imaginar.

Menzies disfrazó lo inadecuado que se sentía con bromas pesadas, de las que hoy consideraríamos intimidatorias y abusivas. En una ocasión, a propósito, le indicó a una joven compañera el lugar equivocado para tomar unas copas después del trabajo. Ella estuvo esperando, sola y vulnerable, por la noche, en un *pub* de mala muerte en las afueras.

Lo que podría haber empezado como una broma inofensiva se convirtió en cualquier cosa menos eso. Cuando por fin se dio cuenta de la «broma» y abandonó el local, alguien la siguió. La atacaron y le robaron, no solo sus posesiones, sino todo por lo que había estado trabajando. Dejó sus estudios, sola, herida y confusa. Prefirió abandonar el programa antes que admitir lo que había sucedido. Lo más terrible fue que perdió la visión de su ojo izquierdo. Nunca volvió a ser la misma.

Esta joven colega no era tan afortunada ni privilegiada como Menzies o los demás estudiantes. Apenas había leído un libro en su vida, nunca había ido a la universidad ni había vivido en algo parecido a una familia normal. Entonces no se daba cuenta de lo vulnerable que era, pero algo en Oliver sí. Ella estaba aprendiendo lo que era la confianza y, con una broma irreflexiva, él la destruyó. Para siempre.

Puede que él olvidara el incidente, o que prefiriera no recordarlo cuando los dos se reencontraron años después. Pero ella no, y pronto se dio cuenta de que él no había aprendido nada en los años transcurridos. Seguía pensando que la gente que se tragaba trucos, estafas, mentiras y fraudes eran estúpidos, «imbéciles de mierda» e indignos de su consideración. Cuando Oliver Menzies recibió el encargo de escribir una novela policíaca sobre los Ángeles de Alperton, descubriría lo fácil que es ser influenciado, engañado, controlado y, en última instancia, traicionado por alguien en quien se confía.

No hace falta ser un individuo carismático para influir en los demás. Basta con utilizar las palabras adecuadas, en el momento oportuno, para mostrarles ciertas cosas y ocultarles otras. El resto lo harán solos.

¡AQUÍ ESTÁ! ¡Mi nuevo enfoque!

7

¿El fin de los días?

Mi tercer encuentro con la Mujer Misteriosa del 2 de agosto (y aquel primer encuentro del 13 de julio). Ahora sé que es «Marie-Claire». Transcrito por mí esta vez. No quiero que Ellie se enrede en algo que pueda resultar contraproducente. Contraproducente. Ja ja. 30 de agosto de 2021:

AB: Gracias por reunirse conmigo de nuevo. ¿Cómo debería llamarla?

MC: Marie-Claire. Si lo desea.

AB: ¿Su nombre operativo? *[No contesta].* Mark Dunning la inmortalizó en *Alas blancas.* Celine es un ángel con poderes de invisibilidad que hace el trabajo sucio del FBI.

MC: No leo ficción.

AB: Don Makepeace cuenta una historia sobre un Mini Clubman amarillo que derrapa fuera de la autopista. Una pareja se detiene para intentar rescatar al conductor, pero el coche ha desaparecido. Días después, Don busca en una zona más amplia y lo descubre, enredado entre la maleza, con el conductor muerto. Solo que no se estrelló hace días, lleva seis meses oculto a la vista, y el conductor era una persona desaparecida.

MC: Todos los policías de la Met han oído esa historia. La mayoría de ellos también la cuentan en primera persona y afirman que encontraron el coche accidentado.

AB: Don lo explica como una visión desde el otro lado. El conductor quería que encontraran su cuerpo.

MC: Extrañamente, eso se considera un final feliz.

AB: Tengo un final alternativo. Un coche pequeño derrapa fuera de la carretera, se precipita por la orilla, se detiene en un camino de tierra junto a un campo. El conductor ileso simplemente cambia de marcha y se aleja, retoma la carretera más adelante. Por eso la pareja no encuentra el vehículo. Cuando Don regresa al lugar de los hechos, busca en una zona completamente distinta y encuentra los restos de un Mini Clubman amarillo. La coincidencia es suficiente para que cuente la historia. Con el tiempo, ambos coches son de la misma marca y color, con las mismas pegatinas y el mismo parasol. Al final se convierte en el mismo coche, y la historia se convierte en una leyenda.

MC: Nadie quiere el final alternativo.

AB: Christopher Shenk no era un Ángel de Alperton. Era un pequeño traficante de drogas que descubrió que Harpinder Singh no era un tímido camarero indio, sino un detective de la policía, infiltrado y a punto de reventar la operación de tráfico de drogas que tenía montada. ¿Tenía Shenky intención de matar a Singh o solo quería advertirle? No les importó a los policías que patearon a Shenky hasta matarlo. Arrojaron su cuerpo en el lugar de la masacre de los Ángeles de Alperton y su historia se perdió en la de ellos. Lo hicieron pasar por Rafael, un miembro secreto de una secta, y así evitaron preguntas sobre cómo murió.

MC: Usted no sabe…

AB: Sé que los Ángeles recibieron un disparo mortal en la cabeza en ese sótano. Tiene razón, no sé por qué. No fue solo para ocultar un cadáver. Tengo la sensación de que todo fue muy conveniente para alguien, hasta que Gabriel se levantó y se marchó. ¿Cómo lo hizo? Le inculparon del asesinato de Singh para encerrarlo en prisión. Alguien en algún lugar está decidido a que nunca salga. *[Ella se queda en silencio durante un largo rato]*.

MC: Deme su teléfono.

[Lo toma y lo apaga antes de volver a hablar. No puedo probar nada de su conversación posterior, pero me contó lo que le pasó a Gabriel y eso explica muchas cosas].

Mensajes de WhatsApp entre mi agente Nita Cawley y yo, 30 de agosto de 2021:

Nita Cawley
¿Has oído lo de Minnie Davis? Copió toda la tesis de un estudiante y se descubrió cuando un corrector hizo una comprobación básica de los hechos. Todo era una patraña artística. Pippa está furiosa.

Amanda Bailey
Solo podría pasarle a Minnie.

Nita Cawley
No son tanto los errores de bulto y las bromas, a cualquiera puede pasarle. Es el hecho de que haya copiado el trabajo de otra persona. Eso es lo que Pippa no puede perdonar. Le han cancelado el contrato y ella también está en la lista negra, así que ve con cuidado, Mandy: distánciate de ella. No la toques ni con un palo, ya sabes.

Mensajes de WhatsApp entre el autor de novelas de crímenes reales Craig Turner y yo, 30 de agosto de 2021:

Craig Turner
¿Te has enterado?

Amanda Bailey
Sí.

Craig Turner
¿Qué parte de «no te conviertas en la historia» no pilló? Redomada estúpida. Cómo no se dio cuenta de algunos de esos errores, Dios mío.

Amanda Bailey
Confiaba en la otra.

Craig Turner
¡Vamos! Esas dos redacciones de primaria supuestamente escritas por Myra y Rose con una década de diferencia, con sus «escalofriantes similitudes». Ambas mencionan a Google, ¡por Dios!

Amanda Bailey
¿Lo has leído? No sé: ¿pereza? ¿Complacencia? Al fin y al cabo, es una cuestión de confianza.

Craig Turner
Al final el sol siempre cae y llega la noche. Alguien lo ha filtrado todo. Twitter está que 🔥.

Amanda Bailey
Mierda, pobre Mins. Espero que esté bien.

Craig Turner
La estudiante estaba en el programa de Jeremy Vine esta mañana riéndose como una condenada. Todo lo que puedo decir es que si eso es feminismo, me alegro de ser un hombre gay. Nosotros nos cuidamos los unos a los otros.

Amanda Bailey
¿Como tu amigo Dennis, que se ganó la confianza de hombres gais vulnerables, los asesinó, los descuartizó e hirvió los trozos?

Craig Turner

Eso es totalmente diferente. Denny era un producto de su tiempo y su lugar. Ni homofobia, ni Dennis Nilsen. Su respuesta fue extrema, no la justifico, pero estaba totalmente dentro del contexto.

Mensajes de WhatsApp entre Oliver Menzies y yo, 30 de agosto de 2021:

Amanda Bailey

¡Hola! ¿Qué tal? Quedemos para charlar. Podemos comparar notas, hablar de dónde estamos con nuestros nuevos ángulos.

Oliver Menzies
Ocupado.

Amanda Bailey
Necesito aclarar un par de cosas.

Mensajes de WhatsApp de la autora de crímenes reales Minnie Davis, 1 de septiembre de 2021:

Minnie Davis
Así que todo se fue a la mierda, la mierda salpicó por todas partes y luego la gente se sentó en ella y se la llevó de paseo. 💩

Minnie Davis
Pippa dice que el libro de Craig será el que lanzará *Eclipse.* Va a dar una fiesta en The White Swan.

Minnie Davis
Debería ser buena. Han invitado a RuPaul.

Minnie Davis
¿Te apetece venir? Podemos quedar para tomar algo antes. He estado pensando... Podríamos trabajar en algo juntas cuando termines con los Ángeles. Tengo algunas ideas que comentarte.

Minnie Davis
La cuestión es que tengo que devolver mi anticipo, pero nadie quiere contratarme otro libro.

Minnie Davis
¿Mand?

Minnie Davis
Vale. Resulta que la intrépida Amanda Bailey está tan asustada como los demás.

Mensajes de texto entre Rob Jolley, miembro del Club de Asesinatos por Resolver, y yo, 1 de septiembre de 2021:

Rob Jolley
Soy Rob, del Club de Asesinatos por Resolver.

Amanda Bailey
Hola, Rob. ¿Tienes noticias?

Rob Jolley
Primero, ¿quién eres y de qué me conoces?

Amanda Bailey

He estado hablando con Cathy-June Lloyd sobre el caso de los Ángeles de Alperton.

Rob Jolley

Solo era por si acaso. Nunca se es demasiado cuidadoso. Bueno, la cuestión es que he encontrado un nuevo mensaje relevante para los acontecimientos de 2003. Pero no apareció en ninguno de los periódicos locales habituales, sino en un periódico publicitario de tirada limitada llamado *Free Herald.* Se distribuía puerta a puerta de forma gratuita, en una zona muy pequeña que abarcaba Ealing y Brent.

Amanda Bailey

¿Puedes enviarme una foto o un escaneado?

Rob Jolley

Mejor no. Me lo he aprendido de memoria. Durante cuatro semanas, del 28 de noviembre al 19 de diciembre de 2003, el *Free Herald* publicó un anuncio independiente que decía lo siguiente: LOS ÁNGELES VUELAN DENTRO DEL CERCADO DE ERMINTRUDE.

Amanda Bailey

¿Ya está? ¿No hay número de teléfono? ¿Es un anagrama?

Rob Jolley

Debes de ser muy joven, Amanda. Ermintrude era la vaca de *El carrusel mágico,* el programa infantil de televisión de los años 60. Cercado = puerta. Vaca y puerta.

Amanda Bailey

Los Ángeles vuelan en el interior del almacén del Cow & Gate. El anterior anuncio del periódico dirigía a alguien a un paso subterráneo, donde se habían pintado símbolos de ángeles. También se pintaron símbolos de ángeles en el interior del almacén de Cow & Gate. Son indicaciones para alguien. Un lugar.

Rob Jolley

La Asamblea donde pretendían sacrificar al bebé. Parece que había mucha gente que pensaba que eran ángeles, y así se reunían antes de los teléfonos móviles. Impactante.

Amanda Bailey

No, Rob. Solo había tres ángeles. Gabriel, Miguel y Elemiah. Pero gracias, es una pieza vital del rompecabezas.

Mensaje de texto de un número misterioso, 2 de septiembre de 2021:

07▮▮▮▮▮▮▮

¿Podemos vernos? Confiamos en que no grabe la conversación. Llame para conocer el lugar.

> **Amanda Bailey**
> Els, he quedado con alguien en Richmond. La mujer que contestó el antiguo teléfono de Jonah. Solo para que sepas dónde estaré.

> **Ellie Cooper**
> Entendido.

Grabación realizada en Richmond Park, el 2 de septiembre de 2021. Transcrita por Ellie Cooper.

AB: Els, estoy esperando junto a la cafetería del parque Richmond. La mujer que tiene el antiguo teléfono de Jonah me ha pedido que nos encontremos aquí. Él la describió como una «vieja amiga». Es ella, Els. La Holly de Alperton *[Una pausa mientras esperas a que llegue. Se oye a alguien acercarse, pero da la sensación de que te quedas desconcertada. EC]*.

AB: ¡Oh! Jess. No te esperaba.

JA: Así que ahora te he sorprendido.

AB: Pero… No hablé contigo por teléfono. Tú no eres quien me dijo dónde estaba Jonah.

JA: No. Está esperando en el bosque. Allí es más privado.

AB: ¿Con quién he quedado?

JA: Ya lo verás. *[Camináis en silencio durante un rato. Entonces los pasos se detienen. EC]*. Esta es Amanda. Amanda, esta es…

GA: Georgie Adesina. Encantada de conocerte. *[Dios mío, ¡Mand! Es lady Georgina. Suena muy tranquila y parece que cuida mucho sus palabras. EC]*.

JA: Como ya habrás adivinado: estamos casadas.

449

GA: No lo había adivinado. Pero… Yo… Así que os conocisteis en la escuela.

JA: Así es, ¿verdad?

GA: Brevemente, antes de que… todo sucediera.

AB: Esto es… Gracias por reunirte conmigo. Tengo muchas preguntas.

JA: Antes de que sigas, esta reunión es para decirte que… bueno, Georgie puede contártelo.

GA: Conozco tu historia, Amanda. Comprenderás que, como tú, he dejado a un lado esa parte de mi vida. He seguido adelante. Jessie y yo tenemos dos hijos juntas. No soy Holly. La persona que era entonces está muerta. No tengo ningún interés en mantenerla viva y repetir la historia.

AB: Lo comprendo, pero Jess lleva años contando tu historia en *Mi diario angelical*.

GA: Las dos lo hemos hecho.

JA: Lo empezamos para ayudar a Georgie a explorar su experiencia, ¿no?

GA: Terapeuta tras terapeuta me sugirieron que escribiera lo que había sucedido. Lo hice, escribí exactamente lo que pasó, pero no me ayudó en nada. En todo caso, hizo que fuera aún más importante. Así que cambiamos la narración y la transformamos en una historia positiva, vibrante.

JA: El primer libro, cuando Tilly descubre que es un ángel…

GA: Fue una revelación. Podía controlar lo que ocurría. Hacerlo mío. ¿Recuerdas eso, Jess? Me ayudó mucho.

JA: Fue catártico.

GA: Lo fue, y los lectores se dieron cuenta. Les encantó.

JA: Les sigue encantando. Esperamos volver a visitar a esos personajes, cuando las niñas estén en la escuela a tiempo completo; volveremos a ello, ¿verdad?

GA: Tilly, Ashleigh, Joe y… Gabriel tienen que navegar por sus treinta después de todo.

JA: Al igual que nuestros lectores. *[Entiendo lo que quieren decir. Está claro que les encantan los libros. EC]*.

AB: Ashleigh. ¿Ashleigh es una persona real?

GA: Le debo mi vida a Ashleigh. *[¿Es Jess quien la hace callar aquí? EC]*. Es el alma gemela de Tilly en *Mi diario angelical* por una buena razón. Ya no se llama así.

JA: Y antes de que saques conclusiones precipitadas, no soy yo.

GA: Nos dio su permiso para usarlo.

AB: ¿Qué papel desempeñó Rafael, Christopher Shenk, en el caso de los Ángeles de Alperton?

GA: No lo sé. No formaba parte de nuestra… familia. Solo vi su foto en el periódico después. Tal vez era un amigo de…

AB: ¿Gabriel? Te cuesta decir su nombre incluso ahora. ¿Cómo os convenció a ti y a Jonah de que erais ángeles y el bebé el Anticristo? Es una mentira increíble. ¿Lo demostró de alguna manera, con trucos, o…?

GA: Nada de eso. Si no entiendes cómo pudimos creerlo, es porque no has conocido a un depredador que se haya dado cuenta de tus vulnerabilidades. Era una persona que te daba lo que querías y te manipulaba, y, a su vez, te hacía sentir como si fueras tú quien mandaba. Simplemente no he conocido a nadie igual.

JA: Todavía.

AB: Entiendo que reescribir la historia te haya ayudado. Pero hay algo de la historia real que aún debe contarse, para ayudar a otros en situaciones similares ahora, o en peligro de caer en manos de manipuladores en el futuro.

JA: No estamos de acuerdo.

GA: No les contaremos a nuestros hijos lo que me pasó.

AB: ¿En serio?

JA: No necesitan el peso de esa historia sobre ellos.

GA: Tampoco quiero que se cuente esa historia. Nunca más.

AB: Lo entiendo, pero no desaparecerá…

GA: Lo hará.

JA: Doscientas mil libras. Más de lo que ganarías con el libro. Firmaremos los documentos aquí y transferiré los fondos de inmediato. Tómate unas vacaciones. Cómprate lo que quieras. Piénsatelo unos minutos si quieres. *[Vaya, Mand. Realmente deben querer que esto desaparezca. Has estado callada durante mucho tiempo. ¡Piensa en lo que puedes hacer con todo ese dinero! EC].*

AB: Me preguntaba por qué no había libros de *true crime* sobre los Ángeles de Alperton. Porque habéis estado pagando a cualquiera que investigue hasta llegar a vosotras. Supongo que mamá y papá no despilfarraron toda la fortuna familiar después de todo.

GA: No me gusta hacerlo, pero es por nosotras y por nuestros hijos.

AB: ¿Qué pasó con el bebé?

GA: ¿El bebé?

AB: El bebé que rescataste de los Ángeles de Alperton. Tiene casi dieciocho años. ¿Dónde está?

GA: No tengo ni idea. Se lo llevaron.

AB: Me dijeron que fue adoptado por su familia. ¿Dónde está ahora?

JA: Doscientos cincuenta mil.

AB: No creo que Gabriel Angelis matara a Harpinder Singh.

JA: La persona adecuada está en la cárcel.

AB: Los Ángeles de Alperton. ¿Quiénes eran realmente? ¿Quién era Marie-Claire?

JA: Trescientos mil. Esa es mi oferta final. *[Hay un largo silencio aquí. No puedo saber qué está pasando. EC].* OK. Bueno, eso depende de ti. *[Suena como si te estuvieras alejando. Estás rechazando mucho dinero, Mand. EC].*

AB: Espera.

JA: ¿Has cambiado de opinión?

AB: Dijiste que ya lo habías hecho. Que ya habías escrito exactamente lo que pasó y que no sirvió de nada.

GA: En una clase de escritura creativa en la universidad. Escribí un guion cinematográfico y utilicé el nombre de mi escuela, Rowley Wild. Esperaba que me ayudara a crear cierta distancia, pero no. Lo tiré a la basura. Nadie más que nosotras llegó a leerlo.

AB: *[Mientras te alejas, susurras…]* Excepto el tutor.
[La grabación termina aquí. Dios mío, Mand. Ese no es el guion de Clive Badham. Lady Georgina lo escribió. Divino *no está inspirado en el caso de los Ángeles de Alperton, es lo que REALMENTE sucedió. EC].*

Mensajes de WhatsApp entre Ellie Cooper y yo, 2 de septiembre de 2021:

Ellie Cooper
Mand, acabo de transcribir tu reunión con Jess y Georgie. ¡¡Dios mío!!

Amanda Bailey
Clive Badham me lo dijo en uno de sus primeros correos electrónicos: trabajaba en un locutorio y enseñaba escritura creativa a jóvenes. Robó el guion de Holly hace años. Ganó un premio por él y TODAVÍA está intentando que se ruede. Ni siquiera se da cuenta de lo que es.

Ellie Cooper
Mand, tienes un relato de primera mano de lo que ocurrió la noche de los asesinatos de los Ángeles de Alperton, ¡y nadie lo sabe excepto tú!

Amanda Bailey
Es solo una parte de la historia, Els. Es solo lo que Holly vivió. Necesito unirlo con todo lo demás.

Con lo que me han contado personas que también estaban allí: Gray Graham, que tomó la primera fotografía de la escena del crimen, y Mark Dunning, que iba en un coche patrulla con un policía corrupto.

Ellie Cooper
¿Dice cómo murió Harpinder Singh?

Amanda Bailey
Sí. Pero es el final, en La Asamblea. No hay ningún Rafael en el guion. Puede que hubiera una alineación de estrellas esa noche, pero también hubo una alineación de encubrimientos. Los personajes de Holly y Jonah son antagónicos, distantes y gélidos entre sí. No son pareja. Ella no tenía ni idea de adónde había ido a parar el bebé. Lo que Don me contó sobre que su familia lo adoptó no puede ser cierto.

Ellie Cooper
Sigue encajando con que el bebé sea lady Louise Windsor. 👑 ¿Se lo contarás a Oliver?

Amanda Bailey
¿Por qué iba a hacerlo? 😄

Ellie Cooper
¿Porque ya le has engañado bastante tiempo?

Amanda Bailey

Páginas arrancadas del guion *Divino* de Clive Badham:

EXT. ALMACÉN -- NOCHE

Un monolito abandonado, negro contra la noche oscura. Antaño una fábrica o un almacén, ahora no es ni lo uno ni lo otro. Ventanas oscuras, portales unidos por el acero esquelético de viejas escaleras de incendios que envuelven los peldaños y plataformas alrededor de los suelos. El aparcamiento de hormigón, agrietado por la maleza, está casi desierto. Una furgoneta, parada. A través del parabrisas, Miguel y Gabriel observan, nerviosos.

INT. FURGONETA -- NOCHE

Holly y Jonah se acurrucan en el suelo. Holly mece al Bebé en su destartalada cesta, intenta captar la atención de Jonah, pero él evita su mirada a propósito. Con el pretexto de acomodar al Bebé, Holly se levanta, mira a través del parabrisas. Sus ojos desesperados buscan en la oscuridad.

MIGUEL

(Susurro áspero)
¡Al suelo!

No hay rastro de Ashleigh. Se agacha de nuevo.

HOLLY

¿A qué esperamos?

JONAH

¡Chss! A los demás ángeles.

Miguel y Gabriel, ambos tensos y melan-
cólicos, comparten una mirada indescifra-
ble.

EXT. ALMACÉN -- NOCHE
Por fin, movimiento. Se abre una puerta, dos
pisos más arriba. Una FIGURA en la plataforma. Elemiah.

INT. FURGONETA -- NOCHE
Gabriel y Miguel saltan, mascullan.

GABRIEL

¡Ahora!

MIGUEL

¡Moveos!

GABRIEL

¡Silencio!

EXT. FURGONETA -- NOCHE

Cuatro figuras salen de la furgoneta, se dirigen rápidamente hacia el edificio, saltan un escalón roto, suben por la escalera de incendios y desaparecen entre las sombras de un portal del segundo piso. El edificio está tan oscuro y silencioso como siempre.

INT. SEGUNDA PLANTA, ALMACÉN -- NOCHE

La planta diáfana fue una vez una oficina. Los Ángeles, incluso Elemiah, parecen diminutos en este espacio cavernoso. Holly, con los ojos en todas partes, toma al Bebé en brazos y aparta la cesta con el pie.

GABRIEL

¿Qué haces?

HOLLY

No se está quieto.

JONAH

Déjalo. De todos modos pronto estará muerto. (A Gabriel) ¿Cuándo empieza la alineación?

GABRIEL

Pronto. Debemos protegerlo hasta entonces. No le hagas daño.

Holly y Jonah hacen ademán de reaccionar de forma imperceptible.

LOS SÍMBOLOS EN EL SEGUNDO PISO LOS HICIERON PARA PRACTICAR DE CARA A LA ASAMBLEA EN EL SÓTANO

                    JONAH

   Pero ¿vamos a matarlo nosotros?

                    HOLLY

   Es el Anticristo, ¿verdad?

Antes de que Gabriel y Miguel puedan responder.

          ELEMIAH (fuera de escena)

   ¿Qué tal esto?

Con una lata de pintura en espray en la mano, Elemiah marca algo en el suelo, a cierta distancia. Gabriel mira con el ceño fruncido a Holly y Jonah

                    GABRIEL

   Quedaos ahí.

Corre hacia Elemiah. Gabriel toma la lata, rocía el suelo, como si corrigiera los intentos de Elemiah, susurra consejos sobre… ¿Qué? Holly observa, desconcertada.

Finalmente, Elemiah se hace con la lata, trota hacia la escalera de incendios, desaparece por ella.

MIGUEL (fuera de escena)

Dámelo.

Holly aparta la mirada de la espalda de Elemiah, se gira de golpe para ver a Miguel, con los brazos extendidos para que le dé al Bebé.

MIGUEL

Has hecho tu trabajo. Has cumplido tu propósito. Entrégamelo.

Los ojos aterrorizados de Holly recorren el vasto espacio. Ni rastro de Ashleigh. Ninguna salvación. Nada.

JONAH

Dáselo.

HOLLY

Mi propósito es protegerlo hasta la alineación. Os lo daré una vez que estemos en la Asamblea.

Miguel duda, no contesta. No puede pensar tan rápido como Gabriel. Jonah mira a su alrededor.

JONAH

(a Miguel)
¿Dónde será la Asamblea? ¿Aquí?

MIGUEL

Abajo. Ven.

Miguel se aleja hacia la escalera de incendios. Jonah fulmina a Holly con la mirada
y luego le sigue. Holly mira la cesta, sus
BOLSAS de cosas de bebé… pero las deja, con-
serva al Bebé en sus brazos mientras les
sigue a una distancia prudencial, con los
sentidos alerta ante cualquier señal de Ashleigh.

INT. LA ASAMBLEA -- NOCHE
Esta es la planta del SÓTANO del almacén
abandonado. Una inquietante LUZ DE VELA
ilumina la escena. Una PUERTA está apun-
talada para revelar una entrada/salida
peatonal. Elemiah vigila, con la capucha
puesta y el rostro oculto. Escruta el mundo
exterior con la mirada. Desde la puerta,
hay unas MARCAS EXTRAÑAS pintadas con un
ESPRAY azul que dibujan un recorrido hacia
el centro de la sala. Termina en un CÍRCU-
LO de SÍMBOLOS. La pintura fresca reluce.
Holly y Jonah están cautivados. Gabriel
los rodea a ambos con los brazos. Holly se
queda paralizada.

JONAH

¿Qué significa?

GABRIEL

Somos nosotros. Gabriel, Miguel, Elemiah. Para que las fuerzas oscuras sepan con quién están tratando.

JONAH

¿Dónde están los otros ángeles?

MIGUEL

¿Qué otros ángeles?

Miguel se pasea por el suelo, alterna la mirada entre Gabriel y su reloj y viceversa.
Se aleja dando pasos, como…

JONAH

Todos. Los ángeles aquí en la tierra
que formarán La Asamblea.

HOLLY

Dijiste que todos nos reuniríamos para
destruir al Anticristo. Los ángeles se
reúnen en la alineación para detener
para siempre a las fuerzas de la oscuridad. Dijiste que eso era la profecía.

Holly y Jonah miran a Gabriel. Miguel murmura.

MIGUEL

Díselo.

GABRIEL

Que somos arcángeles.

MIGUEL

(a Gabriel)
¡Por el amor de Dios!

JONAH

¿Decirnos qué?

HOLLY

Que una vez que hemos cumplido nuestro
propósito… morimos.

Jonah corre hacia Gabriel, le rodea con los
brazos.

JONAH

Se ha vuelto mala. No cree en ti y quiere que yo también dude de ti.

Holly mira fijamente a Gabriel, suplicante.

HOLLY

Demuéstralo. Demuéstranos que eres divino. Entonces yo creeré en ti.

Gabriel niega con la cabeza.

JONAH

Yo creo en ti.

GABRIEL

No lo hagas. Cree en ti.

JONAH

¿A quién espera Elemiah?

GABRIEL

Llegará un hombre y dejará un maletín. Se llevará al bebé y ya está.

ELEMIAH (fuera de escena)

(grita)¡Aquí!

Elemiah corre hacia los demás. Gabriel agarra a Jonah y a Holly, Miguel le arranca al bebé de los brazos. Ella GRITA. Mientras Gabriel, Elemiah, Holly y Jonah se retiran, Miguel y el Bebé se hunden en la sombra en el lado opuesto. Gabriel mantiene la mano sobre la boca de Holly.

SE HACE EL SILENCIO. Una luz superior ilumina el centro del círculo pintado. Es una escena espeluznante y satánica. UN HOMBRE vestido con un traje oscuro entra en el almacén. Lleva un gran MALETA. Vacila un momento cuando ve los símbolos pintados. Con cautela, los sigue hasta el charco de luz…

MIGUEL (fuera de escena)

Deténgase.

El hombre se para en seco en el centro del círculo.

MIGUEL (fuera de escena)

¿Cómo se llama?

HOMBRE

Don Makepeace. Lo tengo todo, tal y como habíamos quedado.

MIGUEL (fuera de escena)

Déjelo ahí, ponga las manos en la cabeza, dese la vuelta, camine despacio hacia la puerta.

DON

El bebé.

MIGUEL (fuera de escena)

Deténgase en la puerta. Espere y no se dé la vuelta.

DON

¿Dónde está el bebé?

MIGUEL (fuera de escena)

Si todo va como acordamos, tendrá el bebé.

DON

¿Cómo puedo estar seguro de que cumplirá su parte del trato?

MIGUEL (fuera de escena)

Confíe en mí.

Don coloca el maletín en el centro del círculo, se lleva las manos a la cabeza, se gira, da unos pasos hacia la puerta. Miguel deja al bebé en el suelo, solo, se acerca al maletín. Se arrodilla, desabrocha los cierres, toma aire, lo abre de un tirón. Sus ojos se abren de par en par.

¿DON COMPRÓ
AL BEBÉ?

MONTONES de billetes. Saca uno, lo hojea, pero espera… Se queda paralizado, presa de una comprensión horrible. Detrás de los primeros billetes auténticos, hay PAPEL EN BLANCO. DE PRONTO, el Bebé chilla. Don salta. Se rompe un hechizo, porque en ese mismo segundo…

EL INFIERNO -- LENTO, SILENCIOSO Y MORTAL -- SE DESATA.

Fiuuu. Miguel se incorpora, como sobresaltado por el ruido. Holly mira al Bebé, que se retuerce en las sombras, pero Gabriel no la suelta. Gabriel, Jonah y Elemiah apenas se atreven a respirar mientras observan a Miguel exhalar lentamente, aparentemente paralizado por el dinero. Solo que…

Miguel se hunde hacia delante hasta que su cabeza queda apoyada en la maleta abierta. La sangre se filtra entre los BILLETES FALSOS. ESTÁ MUERTO.

TAN PRONTO COMO COMPRUEBAN QUE EL BEBÉ ESTÁ AHÍ Y SANO Y SALVO, DISPARAN

Gabriel, Elemiah, Holly y Jonah se sobresaltan al darse cuenta de repente de lo sucedido, horrorizados. Sus ojos buscan en la
oscuridad. Nada. Gabriel afloja la presión
sobre los brazos de Holly por un momento.
Ella aprovecha la oportunidad para liberarse, corre por el suelo, a través de la sangre, hasta el bebé, lo atrapa y se dirige a
la escalera de incendios.

Elemiah corre a detenerla, pero: fiuuu. Cae
al suelo. MUERTO. Holly está bañada en SAN-
GRE. Se detiene, mira fijamente a Elemiah,
cuyos ojos sin vida parecen suplicarle. Se
aferra al bebé, se vuelve hacia la escalera
de incendios, pero se detiene de nuevo. Se
encuentra cara a cara con una FUERZA OSCURA.

Va completamente vestido de NEGRO. No se le
ven los ojos a través de las gafas negras.
Sostiene una pistola negra con un cañón largo y estrecho, un silenciador. Ve al bebé,
retrocede, se hunde de nuevo en la sombra.

Gabriel se levanta, la luz le alcanza… Fiuuu.
Cae al suelo. Jonah GRITA, salta encima de
él.

JONAH

¡No puede matarle! ¡No morirá! ¡Es divino!

La FUERZA OSCURA reaparece, busca a Holly,
pero ella se HA IDO.

467

EXT. ALMACÉN -- NOCHE

Una sombra. Es Holly, con el bebé en brazos. Salta por la escalera, sube y sube, desaparece en un portal del segundo piso. Justo cuando varias FUERZAS OSCURAS salen del edificio, miran a su alrededor, se separan, buscan desesperadamente en el aparcamiento.

NO MATAN NI A HOLLY NI A JONAH. ¿POR QUÉ NO?

INT. SEGUNDO PISO, ALMACÉN -- NOCHE

Holly se desliza dentro, se apresura hacia las BOLSAS que ha dejado antes. Se arrodilla, mete al bebé en una de ellas con cuidado, lo envuelve y lo oculta. Al final, sus manos temblorosas tantean para recuperar el TELÉFONO del bolsillo donde Ashleigh se lo escondió. Marca el 999 con dedos temblorosos.

A ESTA LLAMADA ACUDEN NEIL ROSE Y FAREED KHAN

EXT. ALMACÉN - NOCHE

Durante la siguiente escena las voces se oyen en off. Holly se arrastra hasta otra escalera de incendios exterior, baja por ella despacio, hasta que encuentra una ventana rota desde la que ve el sótano.

                    OPERADOR (voz en off)

¿Cuál es su emergencia?

                    HOLLY (voz en off)

Tengo un bebé.

                    OPERADOR (voz en off)

¿Ha tenido un bebé? ¿Respira?

                    HOLLY (voz en off)

Sí.

                    OPERADOR (voz en off)

¿Estás sola?

                    HOLLY (voz en off)

No. Las fuerzas oscuras le persiguen.
Los otros ángeles están muertos. Solo
estamos el bebé y yo.

                    OPERADOR (voz en off)

¿Dónde está?

                    HOLLY (voz en off)

En La Asamblea.

Cuando Holly se asoma al sótano, ve:

INT. SÓTANO, ALMACÉN -- NOCHE

Don Makepeace y el maletín de dinero han DESAPARECIDO. LAS FUERZAS OSCURAS trabajan rápidamente en un inquietante silencio. El cuerpo de Miguel está ahora tendido, como Cristo, en el centro del círculo. Una FUERZA OSCURA se sienta a horcajadas sobre él, le toma la mano muerta, coloca un CUCHILLO en ella y hace que el cadáver se CORTE SU PROPIA GARGANTA. Luego, con estudiada precisión más que con pasión, la FUERZA OSCURA corta el torso del cuerpo una y otra vez, recoge las ENTRAÑAS, las dispone cuidadosamente sobre el cuerpo. Otra FUERZA OSCURA arrastra a ELEMIAH desde las sombras. También hace que se CORTE SU PROPIA GARGANTA y lo dispone con precisión fuera del círculo como si lo hiciera un desquiciado asesino en serie satánico.

Tres FUERZAS OSCURAS rodean el cuerpo de Gabriel. JONAH, con la cara enterrada en el pecho de Gabriel, se aferra con fuerza sobrehumana al muerto. LAS FUERZAS OSCURAS intentan apartarlo. UNA FUERZA OSCURA con un CUCHILLO espera, lista…

¡BANG! Una puerta se abre de golpe.

Las Fuerzas Oscuras se sobresaltan, ESCAPAN en las sombras, observan y esperan mientras… UN RAYO DE LUZ atraviesa la oscuridad.

Un HOMBRE (50 años, BAJO, FUERTE) entra a grandes zancadas detrás de él, con una gran CÁMARA alrededor del cuello. El haz de su linterna barre el suelo en busca de algo.

EXT. ALMACÉN -- NOCHE
Holly observa desde su posición privilegiada a través de la ventana.

INT. SÓTANO, ALMACÉN -- NOCHE
El Hombre se DETIENE al ver los cuerpos mutilados de Miguel y Elemiah. Jadea, se tambalea sobre sus pies. Apenas puede asimilarlo todo. Sin que nadie excepto Holly lo vea, toma una fotografía de la horrible escena con una mano temblorosa, antes de caer de rodillas y desplomarse, DESMAYADO. En las sombras, las Fuerzas Oscuras observan y esperan. Los auriculares apenas emiten un sonido.

EXT. ALMACÉN -- NOCHE
Holly divisa algo en el exterior. UN COCHE PATRULLA DE LA POLICÍA apaga las luces azules, entra en el aparcamiento. Holly se mueve, salta sin hacer ruido hacia el segundo

piso, se cuela por la puerta, busca a tientas una LINTERNA, la ilumina temblorosa por la ventana rota. Abajo, DOS POLICÍAS ven la luz, suben de forma despreocupada por la escalera de incendios más cercana. Una FUERZA OSCURA hace una señal a otra de «mantener la posición»...

LA LLEGADA DE ROSE Y KHAN IMPIDE A LAS FUERZAS OSCURAS MATAR A GRAY. ¿SON POLICÍAS? PERO PARECE QUE SE ESCONDEN CUANDO LLEGA LA POLICÍA.

Una exhausta Holly se hunde entre las bolsas, comprueba cómo duerme el bebé mientras llegan los AGENTES.

INT. SEGUNDO PISO, ALMACÉN -- NOCHE -- POCO DESPUÉS
Holly recoge las bolsas mientras los dos OFICIALES fuman cigarrillos por una ventana rota. Se echan a reír y apenas la miran. Acabamos de pillar...

OFICIAL UNO

¿Qué te parece? ¿Brujas?

OFICIAL DOS

No sabes lo que significan estos signos, ¿verdad? ¿Aquí?

Holly se da cuenta de que se dirige a ella y sacude la cabeza.

OFICIAL UNO

Vamos a hacerte un chequeo.

Holly coloca las bolsas para disimular la forma del bebé. Se pega a los agentes de policía mientras la conducen escaleras abajo hacia el coche de policía. Desde la ventana del sótano, las FUERZAS OSCURAS observan cómo Holly y los agentes de policía se acercan al coche patrulla. El fotógrafo, que no ve a Holly ni a los dos oficiales, se arrastra hasta quedar sentado, se limpia la frente, saca a tientas un teléfono de su bolsillo.

FOTÓGRAFO (fuera de escena)

Policía. Policía… Yo… Tienen que venir aquí.

ASÍ QUE GRAY GRAHAM LLAMÓ A LA POLICÍA, SIN DEJAR SU NOMBRE

INT. COCHE DE POLICÍA -- NOCHE
El coche se detiene en el tráfico nocturno. Holly se sienta en oscuro silencio en el asiento trasero. El bebé está cuidadosamente colocado sobre su regazo, oculto en su bolsa. Al final, el coche se detiene ante el

DEPARTAMENTO DE URGENCIAS de un hospital. De repente, las radios cobran vida.

RADIO POLICIAL (fuera de escena)

Código Azul. 444,
oficial caído.

Los oficiales entran en acción.

OFICIAL DOS

Jonny está en la mierda si ese civil resulta herido.

OFICIAL UNO

(a Holly)
Nos vamos, cariño. Ahí tienes la entra-da, ¿vale?

EXT. HOSPITAL. URGENCIAS -- NOCHE
Holly sale corriendo del coche, con las bol-sas en las manos. El vehículo se aleja chi-

rriando, las sirenas suenan, las luces azules parpadean. Holly comprueba que el bebé está dormido en la bolsa, se recompone, camina hacia la entrada del hospital.

INT. RECEPCIÓN DEL HOSPITAL, URGENCIAS -- NOCHE

Hay mucha gente. Holly, sucia, manchada de sangre y despeinada, con la mirada vidriosa por la conmoción, camina entre el bullicio hasta un mostrador de recepción. La RECEPCIONISTA (30 años, mujer) levanta la vista. Su expresión cambia. Es la escena uno, donde conocimos a Holly por primera vez.

INT. CUBÍCULO, URGENCIAS, HOSPITAL -- NOCHE -- MÁS TARDE

Holly se instala en una silla de plástico. UNA ENFERMERA (20 años, mujer) examina al bebé, que patalea feliz en una cama cercana.

ENFERMERA

Está bien. ¿Y tú? ¿Fuiste a tus citas postparto?

Holly casi niega con la cabeza.

ENFERMERA

Deberías cuidarte. El bebé depende de ti. ¿Cómo se llama?

HOLLY

¿Dónde está el baño, por favor?

«Zas». La cortina se abre de golpe. UNA OFI-
CIAL DE POLICÍA (20 años, mujer, negra) se
asoma. Brillante, amable, eficiente, más tarde
la conoceremos como MARIE-CLAIRE.

MARIE-CLAIRE

¡Hola! Estoy aquí para recoger a Holly y al bebé cuando estén listos para
irse.

La enfermera está sola en el cubículo. Sonríe y le entrega un sobre a Marie-Claire.

ENFERMERA

Sí, aquí está su alta. Están en el aseo,
dos puertas más abajo a la izquierda.

A Marie-Claire se le nubla la expresión.
Toma el alta y sale corriendo.

INT. PASILLO, HOSPITAL -- NOCHE
Cabizbaja, Holly se agarra al bebé, se apresura, busca una salida. De repente, se encuentra cara a cara con una OFICIAL DE POLICÍA (30 años, mujer, blanca).

AILEEN

¿Holly? Te he encontrado. Soy Aileen.

Aileen es tan charlatana y amable que Holly se deja llevar.

EXT/INT. APARCAMIENTO/COCHE PATRULLA DE POLICÍA -- NOCHE
Aileen charla amablemente, conduce a Holly hasta un coche patrulla de policía y la deja dentro, instalada. A pesar de la conversación despreocupada, Aileen se fija en la actitud de Holly hacia el bebé.

AILEEN

Tu compañero Jonah está esperando y voy a llevaros a los dos a una unidad nocturna para que descanséis un poco. ¿Cómo está el pequeño?

HOLLY

Bien.

AILEEN

¿Cómo se llama?

HOLLY

No necesita nombre.

En el retrovisor, Aileen entrecierra los
ojos y parpadea. Marie-Claire corre hacia la
entrada del aparcamiento justo a tiempo para
ver cómo el coche se aleja.

EXT. APARCAMIENTO, ALMACÉN -- NOCHE
El coche patrulla de la policía con Holly
y el bebé en la parte trasera gira hacia el
aparcamiento, sortea vehículos de la policía
oficiales y sin marcar, hay oficiales arremo-
linados por todas partes. Quizá nos fijamos
en que un COCHE sin marcar está detrás. Con
una decidida Marie-Claire al volante.

EXT. APARCAMIENTO, ALMACÉN -- NOCHE
El coche ruge hasta detenerse bajo una sección cubierta del aparcamiento. Nos aparta-
mos para ver desde arriba.

AILEEN (EN LA RADIO)

Señor, necesitaré una oficial femenina
para vigilar el, eh…

Marie-Claire salta del coche, se pone la go-
rra de policía, se alisa el uniforme.

AILEEN (EN LA RADIO)

Olvídalo, hay una aquí. Hola.

MARIE-CLAIRE

Marie-Claire.

EXT. APARCAMIENTO, ALMACÉN -- NOCHE
Holly sale del coche de policía y se encuentra cara a cara con Marie-Claire. Es un momento de tensión.

FLASHBACK a la FUERZA OSCURA CONTRA LA QUE SE
HA ENFRENTADO HACE SOLO UNAS HORAS. ¿ES ESTA
LA QUE HA DISPARADO A LOS ÁNGELES? Retroce-
de, se agarra al bebé, GRITA.

AILEEN

Holly, Holly. Esta es Marie-Claire;
cuidará de ti mientras recojo a Jonah…

HOLLY
¡No! Es una fuerza oscura.

AILEEN

¡Eh! Tú, cállate. (a Marie-Claire) Lo
siento, oficial.

Aileen y Marie-Claire comparten una mirada.

AILEEN

Siéntate en el coche un momento. Marie-Claire te vigilará desde aquí fuera.

Marie-Claire asiente con la cabeza, mientras Aileen se apresura a entrar en el almacén.

ASÍ QUE MIENTRAS AILEEN ESTÁ EN EL SÓTANO TRATANDO DE SEPARAR A JONAH DEL CUERPO DE GABRIEL, SUCEDE ESTO

INT. COCHE PATRULLA DE LA POLICÍA -- NOCHE -- POCO DESPUÉS

El Bebé busca los ojos de Holly. Ella sonríe, lo mece. Fuera, Marie-Claire camina, habla por teléfono. Su voz es un murmullo bajo, apenas audible.

MARIE-CLAIRE

… en el coche con la chica… Se ha ido todo a la mierda… Policías por todas partes.

Holly hace callar al Bebé, contiene la respiración para escuchar.

MARIE-CLAIRE

(apenas audible)
Dejemos que sigan el protocolo. Lo recuperaremos cuando nadie nos vigile.

Los ojos de Holly se abren de horror. Mira al Bebé. ¡TOC TOC TOC! Holly da un salto, seguido de alivio al ver… LA CARA DE ASHLEIGH EN LA VENTANA. Susurra, ansiosa.

ASHLEIGH

Holly. Bien hecho. ¿Estás bien?

… mientras Marie-Claire termina apresurada-
mente su llamada.

MARIE-CLAIRE

(a Ashleigh)
No deberías estar aquí. Vuelve a la
furgoneta.

ASHLEIGH

¿Qué les pasará?

Marie-Claire aparta a Ashleigh. Susurran
juntas con urgencia. Apenas se oye.

ASHLEIGH

(a Marie-Claire)
Por favor. Por favor.

Marie-Claire la mira y le entrega la llave
del coche. Ashleigh salta al lado del conductor.

HOLLY

Debe ser el escudo de energía. Hay tantos humanos aquí que no pueden hacernos
nada.

ASHLEIGH

¿Quiénes?

HOLLY

Las fuerzas de la oscuridad. Es una de
ellas, como la que intentó llevárselo
del piso.

ASHLEIGH

Holly…

HOLLY

Somos los únicos ángeles que quedan.

Ashleigh se toma un momento para tragarse
las lágrimas. Se vuelve hacia Holly. Se sostienen la mirada.

ASHLEIGH

Holly, no soy un ángel.

Holly se queda helada, pero no de sorpresa.

ASHLEIGH

Tampoco lo eres tú.

Holly la mira fijamente.

ASHLEIGH

Somos humanas. Como todo el mundo.

Holly le sostiene la mirada a Ashleigh y sacude la cabeza.

HOLLY

No. Gabriel no cometería un error así (pausa). Es un arcángel.

Ashleigh respira hondo.

ASHLEIGH

Él no es un arcángel. Ni siquiera es Gabriel. Se llama Peter Duffy.

Todas las dudas que Holly ha tenido se reflejan en su rostro.

ASHLEIGH

Escucha, Holly, hace trece años me dijo que tenía un alma celestial, que salvaríamos el mundo juntos. Me llamó Holly, como a ti.

ASHLEIGH ES LA PRIMERA HOLLY. ES-TUVO CON GABRIEL EN 1990, Y LO SEGUÍA EN 2003.

ES LA QUE APARTA A HOLLY Y AL BEBÉ DE LOS ÁNGELES.

Holly intenta sacudirse el horror creciente.
Su mano vuela hacia el picaporte de la puerta. Está cerrada.

ASHLEIGH

Es un hombre insidioso y depredador,
una alimaña. Lo único que sabe hacer es
tejer telarañas.

Holly está llorosa, como si este fuera su
mayor temor.

ASHLEIGH

Te hizo sentir especial.

Holly se detiene. Su quietud y su silencio
lo dicen todo.

ASHLEIGH

Él también me hizo sentir especial a mí.
(Pausa) Te construye una vida, una familia, te enamoras de él y harías cualquier cosa. (Pausa) Es solo un bebé. Tu
bebé. Una parte de ti. Y es preciosa.

Holly cierra los ojos con Ashleigh, sacude
la cabeza. Esta mirada es diferente.

HOLLY

No es mi bebé.

Ashleigh se echa hacia atrás, repentinamente inquieta, confusa.

TOC TOC TOC. El rostro de Marie-Claire en la ventana.

MARIE-CLAIRE

Ashleigh. Has hecho un gran trabajo, pero no deberías estar aquí y tienes que irte.

CLIC. El cierre central se abre con un clic mientras SUENA el teléfono de Marie-Claire. Se da la vuelta para contestarlo. Ashleigh trota hasta el lado de Holly y abre la puerta.

ASHLEIGH

Salta. Dame un abrazo, rápido.

Holly sale. El bebé hace que el abrazo de despedida sea incómodo, pero se aprecia la empatía entre ambas.

ASHLEIGH

¿Cuál es tu verdadero nombre?

HOLLY

Georgie.

ASHLEIGH

Georgie, no creas lo que te dicen solo porque confías en la persona que te lo dice. Has salvado a este bebé. No vuelvas a hacer que tu vida gire en torno a otra persona. (pausa) Especialmente la de Gabriel. ¿DE ACUERDO? Holly va a replicar, pero...

MARIE-CLAIRE

¿Que QUÉ? ¿Esto es una BROMA? (susurra) Por supuesto que...

Las piernas de Marie-Claire casi ceden, se le cae el teléfono, lucha por recuperarlo. Finalmente, se arrastra hasta el asiento trasero del coche, cierra la puerta, apoya la cabeza en sus manos temblorosas.

¿ES AHORA? ¿EL MOMENTO EN QUE GABRIEL RESUCITA?

Al otro lado del aparcamiento, aparecen una enérgica Aileen y Jonah, roto. Ashleigh le susurra a Holly al oído.

ASHLEIGH

Prométemelo.

Se aleja de forma tan silenciosa como ha llegado. Detrás de Aileen y Jonah, sin que ellos lo vean, un OFICIAL DE POLICÍA se tambalea al salir del almacén y vomita. Le sigue otro que camina angustiado. Mientras Aileen mira brevemente a Marie-Claire, aún sentada en el coche, Holly mece al bebé, y piensa en las palabras de Ashleigh.

AILEEN

Bien, vamos a llevaros a los tres a un lugar seguro para pasar la noche.

CLIC, PASOS mientras Marie-Claire sale del coche y se aleja a toda prisa. Aileen abre la puerta para Holly.

AILEEN

(en la radio)
¿Puedo confirmar la dirección…?

Su voz se desvanece mientras nos centramos en Holly y Jonah, sus ojos fijos y desafiándose mutuamente.

HOLLY

Están todos muertos.

JONAH

Se hará con el poder. La destrucción de la humanidad será culpa tuya. Nunca fuiste un ser de amor.

HOLLY

Soy un ser de amor. Un ser humano.

Se le llenan los ojos de lágrimas mientras
lucha por aceptar lo impensable.

HOLLY

Tú también. Ellos también.

Jonah vacila ligeramente en su determinación. ¿Él también tiene dudas?

JONAH

¿Por qué? ¿Por qué salvarlo?

Se acerca más.

HOLLY

No me parecía bien hacerle daño.

JONAH

Las fuerzas oscuras te han convertido.
Si tú no lo matas, lo haré yo.

Aileen, aún al teléfono, mira a Holly y Jonah, ve algo que Holly no puede: un CUCHILLO
en la mano de Jonah. Suelta el teléfono e
interviene.

                    AILEEN

   ¡Eh!

Roto el hechizo, Holly se aleja de un salto.
Aileen habla con firmeza, pero con cuidado.

                    AILEEN

   Jonah. Dame el cuchillo.

                    JONAH

   Me gusta ser un ángel.

                    AILEEN

   Deja el cuchillo. Dámelo. Ahora.

             GABRIEL (fuera de escena)

   Dale el cuchillo, Jonah.

Jonah se gira de golpe. Nada. No hay nadie, solo policías distantes, distraídos,
angustiados, horrorizados por algo… Aileen
se abalanza sobre el cuchillo. Con experta
sincronización, lo mantiene alejado, y al
mismo tiempo busca si Jonah lleva más armas.
El cuchillo cae estrepitosamente en un contenedor de seguridad.

INT. COCHE PATRULLA DE LA POLICÍA -- NOCHE
-- POCO DESPUÉS

PUM. La puerta del conductor se cierra de
golpe. Aileen arranca el motor. Holly sujeta
al bebé y se sienta lo más lejos posible de
Jonah, esposado en el asiento trasero.

HOLLY

¿Va a arrestarle?

Aileen mira hacia atrás, les lanza una mirada severa.

AILEEN

Queréis dormir esta noche, ¿verdad? Yo
también.

Asienten. Aileen arranca el motor, se da la vuelta.

AILEEN

Lo achacaré al trauma, si los dos os
portáis bien. ¿Prometido? (Asienten) Y
si la unidad pregunta por mi nombre,
decid que me llamo Marie-Claire.

Aileen se ríe para sus adentros.

HOLLY

Si alguien le pregunta por esta noche,
no ahora, sino en el futuro, ¿qué dirá?

Aileen la mira por el retrovisor.

AILEEN

Ya se me ocurrirá algo.

Holly se acomoda de nuevo en el asiento mientras el coche sale del aparcamiento y se aleja de La Asamblea.

MAGGIE KEENAN TENÍA RAZÓN. AILEEN SE OLVIDÓ DE LA MENTIRA QUE CONTÓ.

Mensajes de WhatsApp míos al comisario jefe retirado Don Makepeace, 3 de septiembre de 2021:

Amanda Bailey
He descubierto quién es el bebé, Don. Lo siento.

Amanda Bailey
Lo que quiero decir es que siento que hayas tenido que mentir. Pero nada permanece en secreto para siempre.

Correspondencia entre Oliver Menzies y yo, 6 de septiembre de 2021:

Amanda Bailey
Sé quién era Christopher Shenk.

Oliver Menzies
Rafael.

Amanda Bailey
No había ningún Rafael en los Ángeles de Alperton. Solo en las Tortugas Ninja.

Oliver Menzies
El hecho de que no veas algo no significa que no esté ahí. Solo significa que TÚ no puedes verlo.

Amanda Bailey
¿Has oído hablar de Minnie Davis? Basó su libro en un proyecto sobre noticias falsas de una estudiante de arte. Ella no tenía ni idea hasta que un corrector detectó un rastro de anomalías.

Oliver Menzies

Debería haber comprobado los hechos por su cuenta.

> **Amanda Bailey**
> La cuestión es que lo hizo. Los comprobó haciendo clic en las páginas web que le había proporcionado la estudiante, y que estaban manipuladas para confirmar los «hechos» de su tesis.

Oliver Menzies

Ni siquiera conozco a esa mujer. ¿Por qué me cuentas esto?

> **Amanda Bailey**
> Tengo una confesión que hacer. 😊 Averigüé algo sobre los Ángeles de Alperton. Unas cuantas cosas. En realidad, muchas. Y no te las conté.

Oliver Menzies

¿Y? Yo también investigo por mi cuenta, y tengo mis propios contactos.

> **Amanda Bailey**
> Claro. Pero hay una cosa que es bastante fundamental.

Oliver Menzies

Seguramente varias cosas. Que Holly era lady Georgina Ogilvy, prima lejana de la reina. Que el bebé de los Ángeles de Alperton fue adoptado por el príncipe Eduardo y Sophie, condesa de Wessex. Que lady Louise Mountbatten Windsor

493

está a punto de cumplir dieciocho años mientras el mundo sigue sin saber lo que realmente es.

Amanda Bailey
¿Quién te ha contado todo eso? Se supone que escribes sobre el enfoque sobrenatural.

Oliver Menzies
Ya no. Hay algo más importante que hacer.

Amanda Bailey
¿Como qué?

Oliver Menzies
Destruir al Anticristo. Salvar a la humanidad.

Amanda Bailey
Oliver, deja de jugar. Estoy hablando en serio.

Oliver Menzies
Yo también. Los Ángeles de Alperton tenían razón. Pero Holly los traicionó. Ella no era un ángel, solo la madre del bebé. Fue atraída por las fuerzas oscuras.

Amanda Bailey
Holly no era la madre del bebé. Olly, necesito contarte algunas cosas. Quedemos en algún sitio.

Oliver Menzies
Demasiado tarde.

Amanda Bailey
Bien, te contaré las cosas que debes saber. Allá va:

Amanda Bailey
Gabriel, Miguel y Elemiah eran delincuentes de toda la vida. Se conocieron en la cárcel.

Amanda Bailey
Sabemos que Gabriel estaba planeando algo en 1990. Se hizo amigo de una joven con problemas, preparó algunas estafas, pero fracasó en sus primeras etapas. La primera Holly fue a la policía y la llevaron de vuelta a casa. ¿Quién sabe cuántos intentos más hizo? Cada fracaso no hizo sino perfeccionar su *modus operandi*.

Amanda Bailey
Gabriel tiene pocos recursos materiales. Solo posee la habilidad para atraer a otros a su órbita y hacer que le crean. Su «don» es convencer a personas vulnerables de que son ángeles con un propósito divino. Cuando, en 2003, encontró a Georgina Ogilvy, una niña problemática de la aristocracia caída en desgracia, le tocó la lotería.

Amanda Bailey
A diferencia de 1990, ahora también contaba con Jonah, y un plan mucho más grande, impregnado de venganza.

Amanda Bailey
Nadie mirará dos veces a una joven pareja con un bebé. Holly y Jonah podían moverse por ahí, ocultos a la luz del día. Recuerda que todos tienen antecedentes penales y no tienen dinero.

Oliver Menzies

Amanda, escucha. Crees que has descubierto una gran conspiración, pero estos acontecimientos se han predicho durante décadas. Holly, Jonah, Miguel, Elemiah... Son todos peones. Jugadores en la última elevación de la bestia. La verdadera manipulación se ha producido a nivel psíquico, para asegurar que tan pronto como el Anticristo llegue a su poder, pueda utilizarlo.

> **Amanda Bailey**
> Dame un ejemplo.

Oliver Menzies

Gray Graham. ¿Cómo supo que debía ir a ese lugar oscuro y abandonado esa noche? Su capacidad psíquica. Fue atraído al almacén por fuerzas oscuras. Su llegada salvó al Anticristo de que los ángeles acabaran con él.

> **Amanda Bailey**
> Gray Graham no tenía ningún sexto sentido. Tenía olfato para las historias, contactos policiales desde hacía tiempo y un equipo receptor especializado. ESCUCHABA las transmisiones de radio de la policía.

> **Amanda Bailey**
> Fui a su piso después de que muriera, vi la vieja radio, leí sus cuadernos. Tú también. Son una mezcla de lo que oía en las ondas y citas de escenas de crímenes, ¡donde a menudo llegaba ANTES que la policía!

Amanda Bailey

Aquella noche estaba escuchando. Oyó hablar de un bebé nacido en un viejo almacén de comida para bebés y se fue a fotografiarlo. Tenía una entrega al día siguiente. No tenía material nuevo y se le ocurrió que eso podía funcionar. Una foto nocturna y atmosférica y una historia que apelase al sentimentalismo del público podría ser suficiente.

Amanda Bailey

La pintura azul hallada en el segundo piso era el lugar donde Elemiah practicaba con los símbolos que empleaban para marcar el lugar donde los Ángeles se encontrarían con su contacto. Más tarde, las borraron y sembraron la duda en la mente de un oficial y una discrepancia entre los distintos relatos que reforzó la leyenda y sigue enturbiando las aguas incluso ahora.

Amanda Bailey

Sí que había fuerzas oscuras en el almacén, pero eran muy reales, y estaban allí porque Ashleigh, la primera chica a la que Gabriel había llamado «Holly» e intentado reclutar para su fallido plan en 1990, estaba siguiendo a los Ángeles y alertó a la policía. Ella sabía cómo operaba y quería salvar a la nueva Holly de sus garras.

Oliver Menzies

Holly es solo el recipiente a través del cual el Anticristo vino a la tierra.

Amanda Bailey

¿Quién crees que es el padre del bebé?

Oliver Menzies

Gabriel o Jonah. Eso no importa. La determinación biológica es irrelevante. Simplemente son bloques de construcción que dan al Anticristo forma física en la tierra.

Amanda Bailey

El padre del bebé es Don Makepeace, el comisario jefe que envió a Gabriel a prisión a finales de la década de 1980. La madre del bebé es su esposa, Julia. Fue un simple caso de secuestro y rescate. Te estoy enviando algo por correo electrónico.

Reunión con Connor Makepeace, el «bebé» de los Ángeles de Alperton, 5 de septiembre de 2021. Transcrito por Amanda Bailey.

AB: ¿Y no tenías ni idea hasta ayer?

CM: No. Papá dijo que alguien se había enterado, así que tenía que decírmelo antes de que ellos lo hicieran. ¿Sabe quién podría ser?

AB: No.

CM: Está muy enfadado. Estaban esperando el momento adecuado para decírmelo. No precisamente cuando estoy a punto de empezar la uni, ¿verdad? Nunca le había visto así.

AB: ¿Hay alguna vez un buen momento para descubrir algo tan... traumático?

CM: Cierto. Quiero decir, está bien. Pero es impactante.

AB: ¿Qué te contaron tu madre y tu padre?

CM: Que cuando tenía pocos meses de edad, mamá me llevó a la biblioteca. Tenía otra cita y tenía prisa, pero yo estaba llorando. Una joven se le acercó y se ofreció para cuidarme mientras ella entraba a devolver los libros. La chica mencionó que había ayudado a su madre con su hermana, así que tenía experiencia con bebés. Llevaba un uniforme de una escuela privada local que mamá conocía por su trabajo como profesora. Parecía de confianza, mamá estaba desesperada y aunque no le gustó la idea de dejarme con una desconocida, pensó que no le llevaría mucho tiempo y, ¿qué es lo peor que puede pasar? Divertido, ¿verdad?

AB: Sí.

CM: Papá dijo que la chica estaba con una banda. Había encerrado a uno de ellos años antes, cuando era policía, así que yo era su objetivo. Lo planearon durante meses. Dijo que debieron seguir a mamá desde casa, pero como esta chica iba bien vestida y hablaba tan bien, ella no sospechó nada. Hasta que salió y vio que había desaparecido.

AB: Eso debió de ser terrible.

CM: Dijeron que lo fue, sí. Conoces esa parte de la historia, ¿verdad? Por eso me estás preguntando al respecto.

AB: Conozco retazos.

CM: Durante días, papá recibió llamadas de los secuestradores y tuvo que buscar en el periódico local dónde dejar el rescate. Papá les dijo que pagaría. Cuando fue a dejarlo, se encontró con que toda la banda se había suicidado y yo estaba sano y salvo con la chica. Ella me rescató, junto con su novio, así que… Supongo que la dejaron marchar.

AB: ¿Cómo te sientes ahora al respecto?

CM: Bien. Ya sabe. No lo recuerdo. Estoy bien.

AB: ¿Has leído sobre ello o has visto algo en la televisión? Lo llaman el caso de los Ángeles de Alperton.

CM: Creo que sí. Pero papá dice que no es lo que pasó realmente. La gente dice que pensaban que yo era el diablo, pero es solo lo que la pandilla les dijo a los adolescentes. Eran delincuentes que iban en busca de dinero, eso es todo.

AB: ¿Sabe que los Ángeles, los secuestradores, murieron todos menos uno?

CM: Sí. Papá dijo que fue un error.

Amanda Bailey

Holly roba el bebé. Ella y Jonah cuidan de él mientras los Ángeles se comunican con Don y organizan el intercambio del dinero del rescate. Pero Gabriel no contaba con la red de amigos de Don.

Oliver Menzies

Te crees cualquier tontería que te diga Don, Mand. El Anticristo está aquí y yo sé dónde.

Amanda Bailey

Don recuerda la catastrófica gestión policial de los casos de secuestro en el pasado. Muriel McKay, Lesley Whittle. Conoce los protocolos y no confía en que recuperen a su hijo sano y salvo. Recurre a sus antiguos vínculos con las fuerzas especiales.

Amanda Bailey

Cuando secuestraron al bebé, hacía semanas que aparecían anuncios en el periódico local que indicaban dónde tendría lugar el intercambio. Preparados con antelación para que toda la operación fuera más fluida.

Oliver Menzies

Te olvidas de algo. Una llamada a las 4.44, todas las mañanas. Hasta ayer. Esperé, pero la llamada nunca llegó. Esa es mi señal.

Amanda Bailey

Sobre esas llamadas. 😳 Sé quién las hizo. Estaba intrigada, así que rastreé el número electrónico hace semanas. Pensé que sería gracioso que siguieras creyendo que había ángeles en el teléfono. Te reenviaré el correo electrónico. Tú también te reirás, te lo prometo. ¡Yo me reí! 😄

PARA: **Amanda Bailey**
FECHA: **30 de julio de 2021**
ASUNTO: **Re: Llamadas misteriosas**
DE: **BioCleanse Solutions Ltd**

Estimada señora Bailey:

Gracias por su correo electrónico de fecha 27 de julio de 2021. Me complace informarle de que, tras una investigación realizada por nuestro equipo de atención al cliente, puedo confirmar que las llamadas persistentes a su teléfono fijo están siendo realizadas por uno de nuestros inodoros químicos fuera de servicio. Se trata de una unidad portátil fabricada a finales de los años noventa, que estaba equipada con un sistema electrónico que marcaba automáticamente una llamada a la oficina central en caso de avería. En términos sencillos, durante los últimos meses ha intentado una y otra vez, y a intervalos constantes, llamar a un ingeniero y solicitar sus servicios. Aunque nuestros sistemas se actualizaron hace muchos años, parece que esta unidad en concreto se programó con un número de teléfono equivocado en la línea de producción.

Siempre nos esforzamos por retirar los paquetes de baterías antes de enviar nuestras unidades al vertedero. Sin embargo, parece que esta fue desechada con su batería *in situ*. Quizá ocurrió algo que la cargó y puso en marcha el sistema de marcación automática. Tengo entendido que un rayo puede hacerlo. Le aseguro que la batería se agotará y las llamadas se detendrán por sí solas.

Como gesto de buena voluntad, BioCleanse Solutions Ltd. se complace en ofrecerle un 10 % de descuento en la compra o alquiler de cualquier inodoro químico de nuestra gama estándar, y un 5 % en nuestra gama de lujo.

501

Atentamente,
BioCleanse Solutions Ltd

Oliver Menzies
¿Lo has sabido todo este tiempo y no me lo has
dicho?

Amanda Bailey

Oliver Menzies
No importa. Sigue siendo una señal para mí.

Amanda Bailey
Es un retrete portátil.

Oliver Menzies
Mi número se programó en ese retrete en los
años noventa. Ahora, justo cuando está a punto
de apagarse, un rayo reinicia la batería y recibo
las llamadas. Yo, Mand. No se programó con el
número equivocado. Estaba programado con el
número correcto, el del único ser capaz de salvar
a la humanidad del mal: un ángel con forma
humana.

Amanda Bailey
Tú no eres un ángel.

Oliver Menzies
Nací en la Tierra como un seguro contra el
fracaso de los Ángeles de Alperton en su misión.
Fracasaron. Ahora mi propósito es destruir al
Anticristo.

Amanda Bailey

No hay ningún Anticristo. Solo una operación secreta de las fuerzas especiales para rescatar al bebé secuestrado de un oficial de policía de alto rango y, de forma ilegal, asesinar a los autores desarmados, una operación que tuvo lugar al mismo tiempo que unos policías trataban de encubrir el asesinato de Chris Shenk, que sucedió mientras estaba bajo custodia.

Amanda Bailey

Singh estaba infiltrado en un restaurante local. Cuando lo encontraron asesinado, para la policía estaba claro que la banda a la que investigaba lo había descubierto y ejecutado. El traficante de drogas local y aspirante a pez gordo del hampa, Chris Shenk, era su único sospechoso. Esa noche, Shenky murió estando bajo custodia, sin haber estado nunca OFICIALMENTE detenido.

Amanda Bailey

La ex francotiradora de las fuerzas especiales y policía en activo Marie-Claire se ocupó de eliminar el cadáver de Shenk. Como socia de confianza de Don, también estaba coordinando la operación de rescate no oficial de Connor Makepeace y el asesinato de sus secuestradores. Gracias a Ashleigh, que había seguido a los Ángeles y les había informado, sabía lo que Gabriel planeaba hacer.

Amanda Bailey

Ashleigh escapó de las garras de Gabriel en 1990. Años más tarde, lo descubre con dos adolescentes, comprende que son tan vulnerables como lo era ella y que están totalmente bajo su control, pero lo que es peor, tienen un bebé. Se hace amiga de Holly, que le revela la ubicación de La Asamblea.

Amanda Bailey
Ashleigh, que cree que los Ángeles iban a hacerle daño al pequeño, informa a la policía, momento en el que Marie-Claire se da cuenta de que el lugar es el mismo que habían concertado para el intercambio del rescate por el hijo de Don.

Amanda Bailey
Símbolos pintados en el suelo, velas, testigos que pueden dar fe de la naturaleza satánica de los Ángeles. Era la oportunidad perfecta para rescatarlo y deshacerse tanto de los secuestradores como de Shenk.

Amanda Bailey
No todo salió según lo previsto. Holly escapó con el bebé. Llamó al 999 desde el segundo piso, lo que también alertó a Gray Graham, que estaba escuchando las comunicaciones por radio de la policía. Esto significó que las fuerzas oscuras —es decir, los agentes de las fuerzas especiales Marie-Claire, Don y su equipo de confianza— tuvieron el tiempo justo para disponer los cadáveres en un retablo satánico antes de que llegaran Gray y la policía. Tuvieron que pasar a un segundo plano mientras se desarrollaban los protocolos oficiales.

Amanda Bailey
Marie-Claire y Don siguieron al coche de policía que llevó a Holly y Jonah al centro infantil, y se presentaron poco después para recoger al bebé.

Connor no tardó en reunirse con sus padres. No tenían ni idea de cómo este caso iba a captar la imaginación del público. Seguro que no pensaban que seguirían lidiando con las secuelas dieciocho años después.

Amanda Bailey
Ninguno de los implicados en las dos operaciones quiere que la verdad salga a la luz y, aunque ambas tuvieron éxito, el encubrimiento sigue dependiendo de que todo el mundo crea que su propia versión de los hechos es cierta y de que perduren las leyendas vinculadas al caso.

Amanda Bailey
Desde nuestros días en *The Informer,* cada uno de nosotros consideraba a Don un contacto útil con el que mantener la amistad. Pero lo cierto es que fue él quien se mantuvo en contacto con nosotros. Probablemente, hace lo mismo con otros escritores y periodistas, gente que podría acercarse demasiado a la verdad. Al menos siete personas han muerto gracias a él y Marie-Claire.

Amanda Bailey
Me dijo que tuviera cuidado, cuando en realidad ellos eran el verdadero peligro.

Oliver Menzies
Esto no va de ti o de Don. Es más grande que eso. Cuando estaba cerca del lugar de La Asamblea, sentí un poderoso portal psíquico. Ha ocurrido siempre que he estado cerca de la energía de los Ángeles.

Amanda Bailey

Ol, ¿no te preguntaste por qué seguía dándote cosas? ¿Todas esas bebidas y dulces? Todos tenían cafeína. Recordé cómo te afecta de cuando estuvimos juntos en *The Informer*. 😊 En el lugar de la masacre, en la abadía de Quarr, cuando visitamos el apartamento de los Ángeles. Incluso calculé exactamente cuánto tardarían en empezar los temblores. Dieciocho minutos.

Oliver Menzies

Tonterías. Estás intentando desviarme de mi propósito.

Amanda Bailey

Ese comentario que había en tu reportaje, sobre las heridas de Gabriel que se habían curado como por arte de magia, ¿recuerdas? No pudiste encontrarlo, porque me lo inventé.

Oliver Menzies

¿Por qué te molestaste en hacer todo eso?

Amanda Bailey

¿Recuerdas aquella noche antes de nuestras evaluaciones en *The Informer?* Quedamos a tomar una copa en un local de la ciudad. Me dijiste el lugar equivocado.

Oliver Menzies

Vagamente. ¿Qué hay de eso?

Amanda Bailey

Acabé en la otra punta de Londres. Sola.

Oliver Menzies

¿Y? Era una broma.

> **Amanda Bailey**
>
> Tenía dieciocho años. Estaba oscuro. Estaba en un *pub* del norte de Londres. Cuando salí, alguien me siguió y me dio un puñetazo en la cabeza. Sufrí un desprendimiento de retina. Cuando volví en mí, me di cuenta de que me habían robado el bolso. Me quedé sin dinero, sin teléfono, sin abono de transporte y con dos horas de camino a casa.

Oliver Menzies

Fue hace veinte años, supéralo.

> **Amanda Bailey**
>
> Hiciste que perdiera la visión de un ojo, maldita sea.

Oliver Menzies

¡No es verdad! No fui yo quien te atracó, ¿verdad?

> **Amanda Bailey**
>
> Al día siguiente, teníamos que presentar una carpeta de trabajos y un reportaje sobre nuestro año en el programa. El disco en el que tenía todos esos documentos estaba en mi bolso. Había desaparecido.

Oliver Menzies

Eras la chica de oro. Podrías haber entregado una lista de la compra y habrías aprobado el curso.

> **Amanda Bailey**
>
> Estaba traumatizada. Sabía que me pasaba algo en el ojo, pero no quería admitir que me

habían atracado. No se lo dije a nadie. No lo
denuncié. Estaba tan acostumbrada a ocultar
mis emociones que no sabía cómo sentirme. Por
eso nunca volví al periódico. No me gradué en el
curso. Todo por lo que me había esforzado tanto
se perdió.

Amanda Bailey
Todos estos años después, no tienes ni idea de
lo que me hiciste aquella noche. Ni siquiera ahora
estás prestando atención.

Oliver Menzies
Te escucho.

Amanda Bailey
No es cierto. Acabas de enviarle un correo
electrónico a Paul Cole para pedirle que te aclare
cómo un alma cruza la línea divisoria en caso de
muerte súbita.

Oliver Menzies
¿Cómo lo sabes?

Amanda Bailey
No existe ningún Paul Cole. Soy yo.

Oliver Menzies
Tonterías. No sabes nada de ciencia metafísica.

Amanda Bailey
Sé buscar en Google. Todas las teorías y consejos
que te di están en Internet, y algunos son bastante
interesantes.

Amanda Bailey

He sido tu consejera espiritual durante estas últimas semanas. Sugiriéndote cosas, ayudándote a creerlas. Te envié la dirección equivocada y te dejé allí.

Amanda Bailey

Solo te hice lo que tú me hiciste a mí.

Oliver Menzies

Y yo te dije que tenía una entrevista que nunca conseguirías. Bueno, pues no fue así. Era todo mentira y te lo creíste. Así que *quid pro quo* para ti.

Amanda Bailey

🙂 Prefiero ojo por ojo 👁

Oliver Menzies

El almacén de Alperton era el lugar de la resurrección. Lo presentía, con o sin cafeína. Estaría aquí ahora mismo con o sin Paul Cole. Está escrito en las estrellas.

Amanda Bailey

No hubo resurrección. A Gabriel le dispararon en la cabeza, le declararon muerto, luego se levantó y se marchó, ¿cómo? Bueno, la bala impactó en su cráneo, pero no lo penetró. Sufrió una fractura de cráneo, una grave conmoción cerebral y quedó inconsciente. Mientras su cuerpo estaba en *shock* profundo, su pulso y respiración estaban en niveles tan bajos que hasta un paramédico pasó por alto sus signos vitales en un examen superficial.

Oliver Menzies

¿Y cuáles son las posibilidades de que eso ocurra? ¿Te lo has preguntado siquiera?

Amanda Bailey

No tuve que hacerlo. La francotiradora me lo dijo ella misma. Una entre mil.

Oliver Menzies

Ahí lo tienes. A Gabriel lo salvaron fuerzas del otro lado.

Amanda Bailey

Pero esas probabilidades se reducen considerablemente cuando a un arma de fuego se le coloca un silenciador y se dispara varias veces en rápida sucesión. Cada disparo aumenta la probabilidad de fallos en el mecanismo que pueden reducir la velocidad de la bala y su capacidad de penetrar en el cráneo. Gabriel tuvo suerte porque solo había un francotirador para matar a tres personas y fue el último en ser abatido, eso es todo.

Amanda Bailey

Puede que no sea el arcángel Gabriel, pero Peter Duffy es un hombre afortunado en varios aspectos. Una vez muertos los ángeles, las fuerzas especiales montaron una escena que parecía un sacrificio satánico. Gabriel solo se salvó de ser degollado y mutilado porque Jonah estaba abrazado a él.

Oliver Menzies

Supe quién era Gabriel en el momento en que lo vi en la sala de visitas de aquella prisión. Cuando

510

mis ojos se encontraron con los suyos. Es el
Mesías, pero su poder es impotente por culpa del
hombre. Yo soy el último ángel, Mand. Enviado a
la tierra para salvar a la humanidad.

> **Amanda Bailey**
> Gabriel tuvo una experiencia traumática cercana
> a la muerte y una conmoción cerebral que parece
> haberle borrado la memoria. Es el mismo psicópata
> narcisista. Sigue siendo un estafador peligroso y
> controlador. Solo que no es un asesino.

Oliver Menzies
Inventa la teoría que quieras, a mí me da igual.
Estoy decidido a hacerlo.

> **Amanda Bailey**
> ¿Hacer el qué?

Oliver Menzies
Creía que Paul Cole había leído mi correo
electrónico. 😂 🪁

PARA: **Paul Cole**
FECHA: **6 de septiembre de 2021**
ASUNTO: **El fin**
DE: **Oliver Menzies**

Paul, cuando un alma experimenta una muerte súbita, ¿puede aclarar cómo se transmuta esa energía al otro lado? ¿Hay algo que deba o no deba hacer para que el proceso se produzca rápidamente y sin problemas?

Verá, he encontrado al Anticristo. Es el decimosexto en la línea de sucesión al trono. Puede ir a cualquier parte, hacer cualquier cosa. Su ascenso al poder será catastrófico. Pero gra-

cias a mí, no ascenderá. Ahora estoy aquí. Lo destruiré
pero sé que ellos me destruirán a mí.

Mensajes de WhatsApp entre Ellie Cooper y yo, 6 de septiembre de 2021:

> **Amanda Bailey**
> Mierda. Oliver le ha dicho a Paul Cole que va a matar a lady Louise Windsor. Me mentiría a mí sin pensárselo, pero no a su consejero espiritual. ¿Por qué cree que ella es el bebé?

> **Ellie Cooper**
> Se lo dije. Le dije que el bebé de Holly fue adoptado por el príncipe Eduardo y Sophie.

> **Amanda Bailey**
> 👤Pero no lo fue, Ellie. El bebé era un niño.

> **Ellie Cooper**
> ¿Un niño? Oh. Mierda.

> **Amanda Bailey**
> Era el hijo de Don Makepeace, Connor. Gabriel utilizó a los Ángeles para secuestrar al bebé. Quería dinero, por supuesto, pero también venganza: Don había encerrado a Gabriel años antes.

> **Ellie Cooper**
> Uy. Perdón. Pensé que Oliver se merecía un descanso 😳

> **Amanda Bailey**
> ¿Qué dijo cuando se lo contaste?

Ellie Cooper

Algo acerca de que dondequiera que nazca en la sociedad, gravitará hacia los escalones superiores. Los obstáculos se apartarán de su camino para que llegue a la cima.

Amanda Bailey

Joder. Yo le dije eso, y mucho más. Le dio mis datos a un terapeuta de ángeles como broma. Se la devolví fingiendo que le había dado su correo electrónico a un consejero espiritual. Solo que era yo 😬

Amanda Bailey

Le convencí de que Gray Graham era vidente y de que los Ángeles le llamaban cada mañana. Le di dulces con cafeína y bebidas energéticas para que creyera que estaba siendo arrastrado a portales psíquicos. Le hice creer que la gente que iba a contactar con él moría de forma misteriosa. Solo tenía que mencionar algo, como la música o el arte, para que cayera en un agujero de gusano que confirmaba sus delirios. El poder era estimulante. Y era muy divertido verle caer en la trampa.

Ellie Cooper

Entonces, ¿todo lo que Gabriel hizo, tú se lo hiciste a Oliver? Menuda venganza por una broma por correo electrónico.

Amanda Bailey

Esa no fue la razón. Es una larga historia. Te la contaré algún día.

Ellie Cooper
¿Se ha acabado? ¿Le has dicho ya la verdad?

Amanda Bailey
Sí, y no me cree. Dice que va a destruir al Anticristo. ¿Dónde podría estar ahora lady Louise? ¿Deberíamos llamar a la policía? Mierda. Si hubiera pensado que se lo tomaría TAN en serio, nunca lo habría hecho.

Ellie Cooper
Calma. ¿Qué puede hacer? Va a una escuela en Ascot. Si llega allí, en el peor de los casos, montará un número y lo sacará a rastras la seguridad de la escuela.

Amanda Bailey
Cierto. Cierto. Tienes razón. No tiene sentido. ¿Cómo va a conseguir siquiera un arma? Gracias, Ellie.

Ellie Cooper

Mensajes de WhatsApp entre Oliver Menzies y yo, 6 de septiembre de 2021:

Amanda Bailey
¡Vete a la mierda, imbécil! ¿De dónde vas a sacar una pistola?

Oliver Menzies
El soldado loco. El destino nos unió. Justo en el momento adecuado. Necesito armas y una idea de cómo operan los agentes de una escolta. Está aquí

conmigo ahora mismo 😁 Esperaremos lo que haga falta. Te envío algunas fotos para la investigación.

Mensajes de WhatsApp entre Ellie Cooper y yo, 6 de septiembre de 2021:

Amanda Bailey
Ellie, está en el tejado de la escuela de lady Louise. Aquí están las fotos. Dice que está con un exsoldado problemático que tiene un arma. En las fotos no está claro, pero... 😬

Ellie Cooper
Se ve a las colegialas caminando por el patio. Debe de ser su primer día de vuelta tras las vacaciones de verano.

Ellie Cooper
¡Mand! He buscado un mapa del colegio. El tejado donde se esconde Oliver se llama el Edificio del Huerto. 😬

Amanda Bailey
No debería haber dejado que llegara tan lejos. Tengo que impedir que haga algo verdaderamente estúpido. Voy en dirección a Ascot ahora. Esto es para que lo sepas. Por si acaso.

Amanda Bailey
Oliver dice que vivo en 2001. Se equivoca. Vivo en 1991. Imprimo mis investigaciones y las archivo sobre la marcha. Por si se cuestiona o se pone en duda algo. Mark Dunning hizo lo mismo.

Amanda Bailey

Ellie, voy a la escuela y te enviaré algo por el camino. Pase lo que pase, lo recibirás en los próximos días. Explica cómo y por qué murió Harpinder Singh. Por si acaso.

Ellie Cooper

¿Por si acaso qué?

Ellie Cooper

No vayas a ninguna parte, Mand. Estoy hablando con la policía ahora. Llegarán antes que tú. Todo irá bien.

Mensajes posteriores míos a Amanda Bailey, 6 de septiembre de 2021:

Ellie Cooper

¿Todo bien, Mand? No he sabido nada ni de ti ni de la policía. Espero que eso signifique que estás bien, pero ¿puedes hacérmelo saber?

Ellie Cooper

Hola, Mand. ¿Fuiste? ¿Está todo bien ahora?

Ellie Cooper

Acabo de tener una idea: al principio de todo esto, Oliver y tú competíais por encontrar al bebé, y ¡todavía lo hacéis! Es gracioso, ¿no?

Por supuesto, nunca recibí respuesta.

8

Tomo el relevo de la difunta Amanda Bailey
el 8 de septiembre de 2021

Recibí la carta de Amanda como ella había predicho. Dentro había una llave, una copia impresa de ese último intercambio de mensajes entre ella y Oliver, y esta nota manuscrita:

Ellie:

Esta llave abre una caja de seguridad. La dirección está en la etiqueta. Dentro encontrarás mi investigación sobre los Ángeles de Alperton. Además de recortes y notas, he impreso todas las entrevistas, conversaciones de WhatsApp y mensajes de texto. Estas son las únicas versiones que existen ahora. Cualquier documentación electrónica ha sido borrada de tal forma que nunca se podrá recuperar. Es una precaución, por si ocurriera algo malo. Pero no pasará. Todo irá bien. Como verás, Gabriel es inocente del asesinato de Harpinder Singh.

Si me pasa algo, dejaré en tus manos qué hacer con lo adjunto.

Amanda

Estas son las páginas arrancadas del tercer extracto de *Divino*, de Georgie Adesina (ver conversación con Georgie y Jess). Holly se escabulle para seguir a Gabriel y lo descubre leyendo a los ancianos de una residencia. Regresa al piso:

INT. ATRÁS, PISO -- DÍA

Holly llega a la puerta principal del piso. Se detiene en seco. CRUJIDOS arriba y abajo. Se abre. Tras ella, los tonos claros y suaves de la VOZ DE UN JOVEN. Holly, con la cara en blanco al darse cuenta aterrorizada, empuja la puerta, entra de puntillas. Sigue la voz hasta su dormitorio. A través de un resquicio lo ve: un HOMBRE JOVEN (20 años, asiático) sostiene al Bebé y le susurra suavemente al oído. Este hace ruidos aleatorios en respuesta. La cara de Holly palidece, camina rápidamente hacia la habitación de Jonah, abre la puerta, se desliza dentro.

INT. EL DORMITORIO DE HOLLY, PISO -- DÍA -- POCO DESPUÉS

El Joven deambula, pasea al Bebé, comprueba su reloj, preocupado.

HOMBRE JOVEN (ACENTO INGLÉS)

¿Te han dejado a solas, no…?

Se vuelve, sobresaltado. Holly y Jonah están de pie en la puerta, con las manos a la espalda, los rostros fijos con terror y determinación.

JONAH

Suéltalo.

El Joven abraza instintivamente al bebé con más fuerza.

HOMBRE JOVEN

¿Cuántos años tienes, catorce?

JONAH

(con ligera indignación)
Diecisiete.

HOLLY

No lo salvarás. No te dejaremos.

JONAH

Suelta al bebé.

HOMBRE JOVEN

Llevaba cuarenta minutos llorando.

El joven sujeta al Bebé con firmeza. Holly y Jonah se miran desesperados.

HOMBRE JOVEN

Necesita que lo alimenten y que lo cambien.

HOLLY

(a Jonah)
Es uno de ellos. Lo han enviado para salvar al Anticristo.

JONAH

(al hombre joven)
No te dejaremos.

El hombre joven sacude la cabeza, decidido. Se dirige hacia la puerta, hacia Holly y Jonah, como si fuera a llevarse al Bebé. Sus ojos decididos se encuentran con la misma determinación en los de Jonah.

JOVEN

Apártate de mi camino.

Con un movimiento rápido, Jonah le clava un GRAN CUCHILLO DE COCINA en el cuello. Una herida FATAL. Holly le golpea en la cabeza con un BATE DE *CRICKET*. Holly agarra al Bebé mientras el Joven cae al suelo. La sangre brota de su herida en el cuello. Jonah salta sobre él y levanta el cuchillo por encima de su cabeza. Su rostro se pone rígido, sus ojos muertos.

Como poseído por una fuerza malévola e invisible, Jonah hunde la hoja en el pecho, el cuello y la cara del Joven. Holly observa horrorizada, se echa hacia atrás para evitar las salpicaduras de sangre, pero no puede apartar los ojos de la escena. Finalmente, Jonah se tambalea hacia atrás, y observa el cuerpo conmocionado. Mira a Holly. Algo tácito pasa entre ellos. Salen corriendo de la habitación con el Bebé.

INT. PASILLO, PISO -- DÍA -- CONTINUACIÓN
Holly y Jonah cierran la puerta tras de sí, comprueban que el Bebé está tranquilo e ileso. Se quedan mirando la puerta silenciosa, con las armas en ristre.

INT. PASILLO, PISO -- DÍA -- MUCHO MÁS TARDE
Holly y Jonah se sientan a vigilar, armas en
mano. UNA CUERDA CORREDERA asegura el picaporte de la puerta al de al lado. Se oye
UNA LLAVE en la puerta principal. Se levantan de un salto. Gabriel se desliza dentro,
con bolsas de comida china para llevar. Ve
a Jonah y a Holly y en un instante sus ojos
pierden el brillo.

HOLLY

Entraron e intentaron llevárselo.

JONAH

Nos deshicimos de ellos.

El rostro de Gabriel se ensombrece con creciente alarma.

HOLLY

El Anticristo está a salvo.

Gabriel divisa la cuerda alrededor del picaporte de la puerta. De un solo movimiento, la deshace y desaparece en la habitación. Holly y Jonah se miran. Segundos
después, Gabriel reaparece, pálido y conmocionado.

JONAH

Estábamos dormidos. Entró y tomó al
bebé en brazos.

                    GABRIEL

He cerrado la puerta. Sé que lo he
hecho.
(Pausa)

Holly se revuelve.

                    HOLLY

Debió de hacerse invisible y atravesó
la pared.

                    JONAH

Estaba vigilándonos, esperando.

                    GABRIEL

¡Es un simple vecino!

Gabriel respira hondo, cierra la puerta del
dormitorio, empuja a Holly y a Jonah al
salón.

INT. SALÓN, PISO -- DÍA -- CONTINUACIÓN
El Bebé duerme en su cuna. Gabriel empuja a
Holly y Jonah al sofá, da vueltas, piensa.

                    GABRIEL

Nunca os he dicho que matéis a nadie,
nunca he dicho eso.

JONAH

Podría levantarse de nuevo.

HOLLY

Enviarán a otros.

Gabriel mira sus caras, sorprendidas e inocentes.

GABRIEL

Necesito llamar a alguien. Esperad
aquí.

Gabriel hace ademán de salir de la habitación...

JONAH

Hemos hecho lo correcto, ¿no?

La mirada de Gabriel es inescrutable.

Cuando abrí la caja de seguridad el 8 de septiembre de 2021, descubrí los documentos que acabas de leer hasta el 6 de septiembre del mismo año. El único otro artículo era una de las tarjetas de visita de Amanda. A primera vista, no tenía nada especial, pero en el reverso había dos plumas blancas, pegadas firmemente al papel. Debajo de una, Amanda había escrito: «Encontrada detrás del *pub* Ballot Box el 13 de julio, mientras esperaba al señor Azul. Brillaba en el camino».

Bajo la otra pluma, había escrito: «Encontrada en el hombro de la chaqueta de Ol mientras hacíamos cola para ver a Gabriel en la prisión de Tynefield».

Cosas añadidas por mí, Ellie Cooper, a partir del 9 de septiembre de 2021.

Alerta de noticias de la BBC el 6 de septiembre de 2021:

TIROTEO EN UNA ESCUELA DE ASCOT. UN MUERTO

DOS MUERTOS CONFIRMADOS EN LA ESCUELA

TIROTEO EN UNA ESCUELA:
PISTOLERO ABATIDO POR LA POLICÍA

POLICÍA: TIROTEO EN ESCUELA
NO RELACIONADO CON TERRORISMO

Enlaces a noticias fechadas entre el 7 de septiembre y el 9 de diciembre de 2021:

ASESINATO EN UNA ESCUELA REAL: IDENTIFICADA LA
VÍCTIMA COMO LA AUTORA AMANDA BAILEY

EL TIRADOR DE LA ESCUELA REAL CREÍA QUE IBA
A LIBRAR AL MUNDO DEL ANTICRISTO

EL ASESINO DE LA ESCUELA REAL: MENZIES Y
SU OBSESIÓN FATAL CON EL CULTO A LOS ÁNGELES

POLICÍA: EL ROBO EN EL PISO DE LA
PERIODISTA ASESINADA, «UN INSULTO»

EL ORGULLOSO LEGADO DE LA PERIODISTA ASESINADA AMANDA BAILEY, POR DON MAKEPEACE, EL JEFE DE POLICÍA RETIRADO QUE LA CONOCIÓ

Mensajes de texto entre Don Makepeace y yo, 9 de septiembre de 2021:

Ellie Cooper

Me cuesta encontrar detalles sobre el reciente robo en el piso de Amanda Bailey. ¿Han detenido ya a alguien?

Don Makepeace

Por desgracia, después de cualquier asesinato o atrocidad de gran repercusión, hay gente que se aprovecha. Don.

Ellie Cooper

Fui al piso. Se habían llevado su portátil y sus discos duros. Su teléfono no figuraba entre sus efectos personales. Ha desaparecido.

Don Makepeace

Hay gente en este mundo que no tiene escrúpulos cuando los demás se interponen en su camino, ni culpa o vergüenza por lo que hacen. Si conocías a Amanda, sabrás que en cierto modo ella era así también. Don.

Ellie Cooper

No estoy de acuerdo. Pero sé que el portátil y los discos duros fueron borrados. ¿Qué pasó con su investigación sobre los Ángeles de Alperton? Es un misterio.

Don Makepeace

Como tantas cosas de este caso. No conozco todos los entresijos. Solo que HAY entresijos. Don.

Ellie Cooper

Como el hecho de que este número sea el que Sonia le dio a Amanda como el de un supuesto intermediario anónimo llamado Señor Azul. No me di cuenta de que era usted hasta el final, Don. Pero explica por qué, desde el momento en que empezó a investigar este caso, Amanda estuvo en peligro.

No recibí más respuestas de este número.

PARA: **Judy Teller-Dunning**
FECHA: **9 de diciembre de 2021**
ASUNTO: **Amanda Bailey**
DE: **Ellie Cooper**

Querida señora Teller-Dunning:
Lamento informarle de la trágica muerte de Amanda Bailey, y siento tener que conocerla en unas circunstancias tan trágicas. Sin embargo, me gustaría agradecerle que enviara a Amanda el archivo perteneciente a su difunto marido, Mark Dunning. Sé que ella lo leyó y que fue una base interesante para el libro en el que estaba trabajando. Me estoy ocupando de sus efectos personales y le devolveré el expediente a su debido tiempo. No creo que contuviera nada directamente relevante, pero gracias de todos modos.
Atentamente,
Ellie Cooper

PARA: **Louisa Sinclair**

FECHA: **9 de diciembre de 2021**

ASUNTO: **Pruebas de crímenes de guerra**

DE: **Ellie Cooper**

Hola, Louisa:

Estoy ordenando la investigación y los efectos personales de Amanda Bailey y me he encontrado con algunos relatos interesantes relativos a un antiguo soldado de los servicios especiales. Fue absuelto de algunos cargos terribles hace unos años, pero las grabaciones de conversaciones entre Amanda Bailey y Oliver Menzies indican que en realidad es culpable de esos y de otros delitos mucho peores. Estoy segura de que es una cuestión de interés público que esos descubrimientos salgan a la luz y que se investigue a fondo cualquier acusación. Se las reenviaré y dejo en sus manos qué hacer.

Mis mejores deseos,

Ellie Cooper

PARA: **Clive Badham**

FECHA: **10 de diciembre de 2021**

ASUNTO: *Divino*

DE: **Ellie Cooper**

Estimado señor Badham:

A través de la difunta periodista Amanda Bailey he recibido un guion, titulado *Divino,* que ha sido distribuido y promocionado como obra suya. Fui ayudante de la señora Bailey y continúo su trabajo, mi intención es atar los cabos sueltos de sus proyectos activos. Tengo razones para creer que la señora Rowley Wild es la verdadera autora de *Divino*. También, que usted actuó como su tutor en el curso de escritura creativa en el que escribió el guion. Posteriormente, usted lo presentó a concursos y productoras bajo su nombre. El festival de cine que otorgó a *Divino* el primer premio en la categoría de mejor guion inédito de 2005 ha sido informado y su nombre eliminado de su lista de «ganadores anteriores». Si desea evitar una acción legal cara y embarazosa, le aconsejo que haga lo siguiente:

1. Destruya o queme cualquier versión física del guion que posea.
2. Abra cada versión digital, seleccione todo el texto, borre, guarde y cierre.
3. Borre cada documento vacío de su disco duro.

Le sugiero que también tome medidas para recuperar y borrar cualquier versión completa de *Divino* que haya enviado a profesionales de la producción cinematográfica. Incluso aquellos extractos que solo contengan las diez primeras páginas. Le ruego me informe cuando haya completado los pasos anteriores.

Atentamente,
Ellie Cooper

PARA: **Ellie Cooper**
FECHA: **13 de diciembre de 2021**
ASUNTO: **re: *Divino***
DE: **Clive Badham**

Estimada señorita Cooper:
Sabía que Amanda no era una productora de cine propiamente dicha. Rowley era solo una niña pija que hizo un curso universitario porque sí. Nunca estuvo interesada en que se hiciera el guion, así que no sé cuál es el problema, pero, de todos modos, he hecho todo lo que me ha dicho, por lo que ya puede calmarse.
Clive

PARA: **Ellie Cooper**

FECHA: **13 de diciembre de 2021**

ASUNTO: RE: **Imágenes de las cámaras de seguridad**

DE: **Oficina de Seguridad – Waterview**

Señorita Cooper:
Estas son las únicas imágenes que tenemos del vándalo grafitero que marcó la sala de acceso de nuestro bloque de apartamentos Waterview en Alperton. Si puede darnos su nombre, estoy segura de que la policía tratará esa información con la más estricta confidencialidad.
Atentamente,
Oficina de seguridad, Waterview

Escribí este correo electrónico a Sonia después de hablar con ella, pero no lo envié:

PARA: **Sonia Brown**

FECHA: **14 de diciembre de 2021**

ASUNTO: **Amanda Bailey**

DE: **Ellie Cooper**

Querida Sonia:
Gracias por nuestra videoconferencia de hoy. Tras su muerte, mucha gente está compartiendo recuerdos positivos de Amanda. Fue un placer escuchar los tuyos. No pude evitar fijarme en tu precioso colgante. Un par muy sencillo de alas de ángel, desplegadas como en vuelo. Muy acertado, teniendo en cuenta nuestro tema de conversación. Como decía, he estado rebuscando en sus archivos, en particular en los de su libro inacabado sobre los Ángeles de Alperton. Ha sido complicado encajar todas las piezas, pero al final todo cuadra. He oído que Gabriel

Angelis ha presentado una petición para anular su condena. Sin ninguna prueba nueva que demuestre que otra persona mató a Singh, está destinado al fracaso. Su «club de fans» fue fotografiado en un artículo de prensa, de pie fuera de la prisión con pancartas. Todas mujeres.

Te reconocí de inmediato, a pesar del sombrero, la bufanda y las gafas. Solo una de las seguidoras de Gabriel tiene un colgante como ese. Nunca lo supo, pero Amanda te vio en Tynefield, en la cola de visitantes de la prisión. Tenías una visita programada para ver a Gabriel después de Oliver. Empleé algunos de los contactos de Amanda para buscarte. Eres Ashleigh Sonia Brown. Supongo que tu roce con el sistema significó que, cuando empezaste a trabajar, usases tu segundo nombre. Eres una heroína, Ashleigh. Salvaste a Connor. Rescataste a Holly y Jonah de Gabriel mientras le seguías el juego con la historia del ángel que tan bien conocías por la época en que caíste en su trampa. Estás decidida a mantenerlo entre rejas y a la gente inocente a salvo de su particular tipo de control coercitivo. Lo haces jugando con él a su propio juego: le has convencido de que sigues bajo su hechizo.

Tú dibujaste los símbolos de ángeles en el lugar de La Asamblea. Te dice que lo hagas y lo haces. Demuestras tu lealtad, él confía en ti. Pero le odias más que a nada en este mundo, así que informas a Don Makepeace de cada cosa que ese hombre te pide.

Don no es alguien que deje testigos. No tiene intención de liberar al secuestrador de su hijo, el hombre que habría muerto si el arma del francotirador no hubiera fallado y Gray Graham no hubiera llegado en un momento clave. Vosotros dos conspirasteis juntos para aseguraros de que Amanda no pudiera revelar lo que sabía de aquella noche. Entre los dos, os habéis propuesto mantener a Gabriel en prisión el resto de su vida, cueste lo que cueste.

Ambos tenéis gente que os ayuda: Holly y Jonah. Ni tú, ni Don, ni Marie-Claire, os dais cuenta de ello, pero ellos también tienen un gran interés en que Gabriel siga siendo culpable del asesinato de Singh. El dinero de Holly les viene muy bien. Todavía no sé cómo ayuda Jonah, pero su aislamiento en un monasterio remoto no interfiere con el plan.

Ya vi lo encantada que estabas de que el libro que estoy planeando utilice el enfoque de la conspiración para encubrir lo que realmente ocurrió aquella noche. No soy Amanda Bailey. No arriesgaré mi propia vida para denunciar la verdad.

Gracias de nuevo y mis mejores deseos,
Ellie Cooper

En su lugar, envié este correo electrónico:

PARA: **Sonia Brown**
FECHA: **14 de diciembre de 2021**
ASUNTO: **Amanda Bailey**
DE: **Ellie Cooper**

Querida Sonia:

Gracias por nuestra reunión por videoconferencia de hoy. Como acordamos, no grabé la conversación. Mucha gente tiene recuerdos positivos de Amanda. Fue un placer escuchar los tuyos. Tal y como hablamos, estoy planeando escribir sobre cómo la secta de los Ángeles de Alperton todavía tiene el potencial de atrapar a la gente, incluso todos estos años después y con el líder en prisión. Utilizaré la historia de Oliver y Amanda para impulsar mi narración. Dos héroes en pos de la verdad que se destruyeron mutuamente en su carrera hacia la luz. Puede que insinúe que hubo elementos sobrenaturales en juego. O al menos la suerte, la coincidencia, el destino y otros factores más allá de la comprensión. A la gente le encanta ese tipo de cosas. Mi libro presentará el caso a nuevos lectores, pero dará a los que ya lo conocen un punto de vista nuevo y fresco.

Gracias de nuevo por la charla y mis mejores deseos para el futuro,
Ellie Cooper.

Entrevista entre Ellie Cooper y el hermano Jonah en la abadía de Quarr, el 17 de diciembre de 2021. La transcribí yo misma y recorté las trivialidades.

EC: Don y Marie-Claire no se dieron cuenta de que usted y Holly mataron a Harpinder Singh. Siguen creyendo que lo hizo Shenky. *[No habla, pero sigue alimentando a los cerdos]*. Don casi se lo confesó a Amanda cuando mencionó el caso por primera vez. Describió a Singh como heroico, un agente encubierto que murió en cumplimiento del deber. Se corrigió rápidamente. No se equivocó. Singh nunca lo supo, pero murió intentando rescatar a un bebé de lo que él pensaba que era una vida de abandono. *[Deja lo que está haciendo, camina por el barro hasta donde yo estoy, al otro lado de la valla. Sus ojos están tristes. Baja la voz]*.

HJ: Rezo por él todos los días. Por Harpinder.

EC: ¿Y Christopher Shenk? ¿Reza por él?

HJ: Me temo que no conozco ese nombre.

EC: No era un ángel, pero tampoco era un asesino. Igual que Gabriel. *[Nos quedamos en silencio un rato]*.

HJ: ¿Se lo ha dicho a alguien? *[Sacudo la cabeza]*. He oído que esos dos periodistas fallecieron.

EC: No «fallecieron». Murieron a tiros. Dicen que Oliver disparó a Amanda. Luego uno de los escoltas de lady Louise disparó a Oliver.

HJ: Qué trágico. Rezaré por los dos.

535

EC: Holly le dijo a Amanda dónde estabas, y le pasaste un número cuando te visitó. Eso la puso directamente en contacto con Marie-Claire.

HJ: Creo que intuimos que lo entendería.

EC: O sabíais que Marie-Claire podía ocuparse del problema. En 2003, Marie-Claire era policía, pero había sido francotiradora de las fuerzas especiales. Don la reclutó para una operación secreta y extraoficial. Como única mujer del equipo, entabló relación con Ashleigh, que la condujo hasta La Asamblea.

HJ: Estábamos protegidos de...

EC: Marie-Claire también estaba encubriendo otra operación policial secreta: el asesinato por venganza de Christopher Shenk. En los años transcurridos desde entonces, ha sido la responsable de mantener ambos encubrimientos. Todo lo que Amanda les contaba a Sonia y Don iba directamente a Marie-Claire, que pronto se dio cuenta de que Amanda estaba más cerca de la verdad de lo que nadie había estado nunca. Tan cerca que hizo que hasta Don, Holly, tú y la propia Marie-Claire os sentiríais incómodos.

HJ: No sé...

EC: Cada uno de vosotros cuatro tiene una razón diferente para querer que la leyenda de los Ángeles de Alperton siga siendo la historia que quede en el recuerdo de la gente. Y que Gabriel siga en la cárcel. Así que todos colaboráis para mantener el encubrimiento. *[Deja de barrer y se queda de pie, con el fango hasta los tobillos, rodeado de cerdos y, por primera vez, me mira directamente a los ojos]*

HJ: ¿Escribirá el libro de Amanda?

EC: No del todo. Mi libro es sobre Amanda... y Oliver. Contaré cómo la historia de los Ángeles de Alperton tiene el poder de influir y retorcer toda la perspectiva de una persona.

HJ: ¿Qué dirá sobre su muerte?

EC: De eso es de lo que quiero hablarte. Jonah, ¿acompañó un antiguo soldado de las fuerzas especiales a Oliver a la escuela y le animó a atraer a Amanda hasta allí para, una vez que estuvieran juntos y solos, matarlos a los dos?

HJ: No sabría decir…

EC: El soldado loco, el amigo de Don. Nadie conoce su verdadero nombre, ni siquiera Oliver, y eso que escribió su autobiografía. Es un mercenario despiadado que infundía temor a todo el que conocía. Era el único que estaba allí. El único que puede revelar lo que realmente les ocurrió a Amanda y Oliver. *[Es entonces cuando Jonah me lanza una mirada. Hace un sutil gesto con las manos que conduce mis ojos hacia el lugar donde está, con el barro hasta los tobillos, pala en mano, rodeado de un mar de cerdos que se revuelven alegremente en su pienso. Gruñen y chillan muy alto].*

HJ: Supongo que nunca lo sabremos. *[Pasa un rato antes de que ninguno de los dos hable].*

EC: Si Gabriel no os hubiera convencido a ti y a Holly de que había fuerzas oscuras buscando al bebé, Singh estaría vivo hoy. La persona más culpable está entre rejas. Irónicamente, si dijera la verdad, podría quedar en libertad y seguiría siendo un hombre peligroso. Puede que no sea culpable de asesinato, pero nadie merece estar a su merced. *[Recorto nuestras despedidas rebuscadas y torpes y lo dejo en su propia prisión personal, rodeado de barro, paja, mierda y cerdos resoplando].*

PARA: **Ellie Cooper**
FECHA: **3 de enero de 2023**
ASUNTO: **Amanda Bailey**
DE: **Cathy-June Lloyd**

Querida Ellie:

Le escribo para expresarle nuestros mejores deseos para la publicación de su libro la próxima semana. Además, me gustaría decirle lo mucho que todos los miembros del Club de Asesinatos por Resolver disfrutamos del reciente documental de televisión en el que usted habló sobre los Ángeles de Alperton. Se hizo con gran sensibilidad —Naga Munchetty es la presentadora perfecta—. Nunca tuvimos el privilegio de conocer a Amanda, pero todos somos grandes admiradores de su trabajo e incluso la ayudamos con algunas investigaciones. Viendo el documental, me doy cuenta de que hemos hablado de Amanda en todas las reuniones desde que murió. Hubo algo extraño en lo que sucedió en Ascot. La versión oficial es que Oliver disparó a Amanda y luego que un tirador de la policía le disparó a él. Pero si al hueso del asunto, el hecho es que dos periodistas, ambos trabajando en el mismo caso controvertido, fueron asesinados a tiros sin ningún testigo independiente que viera lo que ocurrió. La policía y las fuerzas de seguridad conocen muy bien esa escuela porque lady Louise Windsor era aún alumna cuando ocurrió el incidente. Por suerte, ella no estaba allí ese día, lo que nos hace preguntarnos por qué la policía armada llegó a la escena del crimen tan rápido.

Tanto Amanda como Oliver condujeron a la escuela, y a ambos se les permitió pasar por las puertas del recinto, aparentemente sin ningún obstáculo. El tejado del edificio es la única zona de todo el complejo que no está cubierta por cámaras de seguridad. Usted conocía a Amanda. ¿Descubrieron algo ella y Oliver que pudiera haber conducido a sus muertes? Me pregunto si hay alguna forma de acceder a su investigación. Podría contener pistas vitales sobre por qué ella (y quizá también Oliver) estaba allí ese día. ¿Es posible que los engañaran de algún modo? Si necesita ayuda para investigar lo sucedido, háganoslo saber. Mientras tanto, reciba el más sentido pésame de todos y cada uno de los miembros del Club de Asesinatos por resolver.
Saludos cordiales,
Cathy-June Lloyd

El día de la publicación de mi libro recibí una tarjeta impresa y ornamentada, entregada en mano con un ramo de flores:

MUCHAS FELICIDADES POR

LA PUBLICACIÓN DE TU LIBRO.

HEMOS OÍDO QUE ES UN FABULOSO

HOMENAJE A AMANDA.

JESS Y GEORGIE ADESINA

Divino
de
Ellie Copper

La historia desde dentro, por la antigua ayudante de Amanda Bailey.

Cómo dieciocho años después de su sangriento suicidio, la secta de los Ángeles de Alperton se cobró otras dos vidas inocentes. Aquí se cuenta la versión de la mujer que tuvo que ver cómo ocurría.

ECLIPSE
Crímenes reales con un giro

Eclipse hará una donación a la Fundación Amanda Bailey para apoyar a quienes abandonan la rueda de la asistencia social en su formación y en la búsqueda de empleo.

CAPÍTULO UNO

A la edad de doce años Amanda Bailey se acercó a una agente de policía en un centro comercial abarrotado y le reveló los malos tratos que sufría a manos de un familiar. Pidió que la ingresaran en un centro de acogida y a partir de ese momento tuvo que cuidar de sí misma. Se convirtió en una persona intrépida y librepensadora, dispuesta a tomar cualquier camino para sacar a la luz la verdad, costara lo que costara.

A los dieciocho años, y por fin en un hogar de acogida que la apoyaba, consiguió una codiciada plaza en el programa de formación de un periódico local. Aparentemente, no le intimidó el hecho de que todos los demás alumnos eran al menos dos años mayores, procedían de familias estables y podían presumir de buenos títulos de universidades reconocidas. Amanda impresionó de inmediato al comité de entrevistadores. Cada año les gustaba apostar por alguien con un perfil distinto.

La conocí una década más tarde, cuando los recortes de empleo en los periódicos locales me obligaron a trasladarme a una editorial de novela negra. Acepté un puesto en contabilidad, con la esperanza de cambiar a un puesto en el departamento editorial en cuanto surgiera una oportunidad. Dos años después, seguía esperando. Amanda luchó mucho para que yo fuera su ayudante. Cuando decidí cursar un doctorado en Psicología Criminal, nadie me apoyó más que ella.

***

A pesar de haber adquirido muchas de sus habilidades profesionales en ese programa de formación, Amanda nunca habló positivamente de su paso por él. No descubriría por qué hasta después de su muerte. Oliver Menzies, un licenciado en Historia cuya madre tenía una amiga que era la propietaria del periódico, se sentía superado por todos los demás estudiantes que le rodeaban y, en especial, por la joven con el acento equivocado que no había conseguido sacarse el bachillerato.

Oliver no cesaba de soltar indirectas y comentarios despectivos siempre que se le presentaba la oportunidad. Pero una broma cambiaría el curso de la vida de ambos. Una travesura infantil que llevó a Amanda a perder la vista en un ojo. Ella nunca fue capaz de olvidar aquella experiencia, que destruyó su confianza en los demás. Y desde luego, nunca olvidó quién era el responsable. Cuando se reencontraron años después, Oliver expresó su desdén por los adolescentes vulnerables que se habían tragado una sarta de mentiras, en referencia a los Ángeles de Alperton. Amanda se dio cuenta de que, a pesar de los años transcurridos, Oliver no había cambiado. En ese momento, decidió demostrarle lo que significaba ser vulnerable. No tenía ni idea del éxito que tendría su plan de venganza. Porque, veinte años después de que los Ángeles de Alperton aparecieran mutilados en un almacén abandonado, esta ya no es una historia sobre gente que se creía divina. Es sobre un hombre que creía que no se le podía engañar, y la mujer que quería darle una lección, pero subestimó el poder de una leyenda. Es una historia de dos personas que buscaron la verdad con determinación, pero demasiado tarde, en lugares que ya no estaban allí, y con nombres que cambiaban constantemente. Buscaron sin cesar, hasta que les destruyó. Su historia atestigua el poder de un culto cautivador y horrible, que sigue siendo un relato cuya moraleja llega hasta nuestros días. Esa es la sencilla verdad que se esconde tras el misterioso caso de los Ángeles de Alperton.

Este mensaje es para ti.

Lo que acabas de leer es material de investigación para un libro que debería ser sobre una condena injusta. Gabriel Angelis no mató a Harpinder Singh, ni fue responsable de las muertes o mutilaciones *post mortem* de Dominic Jones, Alan Morgan o Christopher Shenk. Él es inocente, mientras que las dos personas que mataron a Singh siguen en libertad. Tú podrías tomar todas estas pruebas e iniciar un proceso que, en última instancia, podría rectificar ese error judicial y sacar a la luz una serie más amplia de encubrimientos todavía más mortales. Pero si lo haces, ten algo en cuenta. Gabriel es un psicópata peligroso y narcisista que ha buscado el control coercitivo sobre los demás durante toda su vida. Si le liberan, volverá al mismo comportamiento. Es lo único que sabe hacer. Tú serás responsable de liberarlo de nuevo en nuestra comunidad, para que atente, con sus convincentes mentiras y su instinto para identificar la vulnerabilidad en los demás, contra una nueva generación de personas inocentes y confiadas. Pero hay un peligro mucho mayor que el que representa Gabriel. Si estos documentos se hacen públicos, saldrá a la luz el hecho de que personas en posiciones de poder fueron responsables de la muerte de tres criminales desarmados y de un número incalculable de inocentes que se acercaron demasiado a la verdad. Acabo de volver a leer estos documentos y sigo asombrada ante lo que pueden y están dispuestos a hacer para sobrevivir. En ningún lugar se está a salvo de ellos. Si tú o yo intentamos denunciar sus crímenes, estaremos en peligro. Estoy embarazada. Mis gemelos, un niño y una niña, nacerán dentro de seis semanas. Así que no estoy en condiciones de correr tales riesgos. Aunque, dependiendo de cuándo leas estas líneas, quizá tú sí puedas tomar esta decisión. Así que vuelvo a colocar estos documentos en su caja de seguridad. Si los has encontrado mucho después de que los protagonistas de esta historia hayan muerto, entonces podrás revelar la verdad con toda seguridad. Si estás leyendo esto antes de que transcurra el tiempo suficiente, puedes escoger: seguir adelante y denunciar el error judicial o, simplemente, deslizar todo de nuevo en sus carpetas, sobres y archivos, y alejarte. Como haré yo ahora.

La decisión es tuya.

Ellie Cooper
Psicóloga criminalista y autora

Para Jill Dando, Michelle McNamara y Lyra McKee quienes, trágicamente, se convirtieron en la historia

Agradecimientos

La gestación de este libro comenzó cuando leí la increíble obra de Michelle McNamara *I'll Be Gone in the Dark* y vi la docuserie de HBO del mismo nombre. Como lectora de crímenes reales de toda la vida, me sorprendió cómo, en el proceso de escribir sobre un caso desconcertante, McNamara se obsesionó con resolverlo. Como antigua periodista, aprecié el difícil equilibrio que eso exigía.

Mi editora, Miranda Jewess, la reina de la distancia subjetiva, fue tan feroz como siempre durante la creación de *El misterioso caso de los Ángeles de Alperton*, aunque durante parte de esta estuvo inmersa en su propia gestación. Gracias también a la persona que la sustituyó durante su baja por maternidad, Therese Keating, que mantuvo el fuerte con igual sensatez, experiencia y creatividad. Juntas formaron un equipo de ensueño.

Hablando de equipos de ensueño, no hay mejor que el de Viper, formado por el editor jefe Graeme Hall, la correctora Alison Tulett, la redactora de textos Lucie Worboys y el diseñador de portadas Steve Panton, que idearon un paquete visual y textual que refleja y realza a la perfección esta historia. Mientras tanto, Flora Willis, Drew Jerrison, Alia McKellar, Claire Beaumont, Niamh Murray, Lisa Finch y Sarah Ward están, mientras usted lee esto, probablemente ocupadas con el *marketing,* la publicidad, las ventas y la promoción. Por último, Nathaniel McKenzie y Louisa Dunnigan harán su magia para crear un audiolibro en inglés emocionante. Enormes gracias a todos ellos.

Mis encantadoras agentes Gaia Banks y Lucy Fawcett de Sheil Land Associates son mis ángeles de la guarda en Londres, asistidas por Maddie Thornham y David Taylor. Mientras tanto, Alba Arnau se ocupa de los derechos en el extranjero. Mis agentes estadounidenses Markus Hoffmann, de Regal Hoffmann & Associates, en Nueva York, y Will Watkins, de ICM Partners, en Los Ángeles, vigilan los asuntos al otro lado del Atlántico.

Estoy en deuda con David Collins, redactor de la edición norte del *Sunday Times* y autor de *The Hunt for the Silver Killer*, cuyas hazañas durante su época de reportero de sucesos inspiraron algunas de las que aquí se describen. Asimismo, con James Brockett, que compartió sus recuerdos del trabajo en el periodismo local en el noroeste de Londres a principios de la década de los 2000. Mi informadora policial Laura Flowers me proporcionó algunos datos útiles, mientras que las comunidades en línea de aficionados a la balística compartieron anécdotas sobre el mal funcionamiento de las armas de fuego y las probabilidades de un fallo balístico, que resultaron muy valiosas.

Gracias a Kathy Buchanan, que me habló sobre la protección y salvaguarda de la infancia en el noroeste de Londres en las épocas que aquí se tratan. Luego están los que hablaron conmigo o me pusieron en contacto con otros, pero no quisieron ser nombrados, bien porque todavía trabajan en la policía, en la asistencia social y en la protección de menores, bien porque me hablaron de detalles personales y de sucesos que no todo el mundo conoce de su vida.

Como no tengo experiencia en el sistema de los servicios sociales, me preocupé mucho de investigar este aspecto de la historia de Amanda y busqué mujeres que hubieran tenido experiencias infantiles comparables, más o menos en la misma época y lugar en que las tuvo el personaje. Escuchar recuerdos como esos, tanto traumáticos como conmovedores, así como su perspectiva adulta sobre esa experiencia, me convenció de lo difícil que es hacer justicia al tema en este libro. Hubo momentos en los que sentí que ni siquiera me correspondía intentarlo.

Mientras leía sobre el tema, me centré en relatos personales del sistema británico, contados por adultos que fueron niños acogidos y algunos cuidadores adoptivos. Hay muchos y, por supuesto, la mayoría se centran en las peores experiencias. Los siguientes me han parecido interesantes: *Damaged* y *The State of It*, ambos de Chris Wild, *A Terrible Secret* de Cathy Glass y *My Name is Why* de Lemn Sissay.

Hay tantas historias inéditas como personas que crecieron en el sistema de acogida. No todas son tan brutales e impactantes como las que han recibido mayor cobertura mediática, pero todas son válidas y valiosas. La lista de libros sobre sectas y control mental que aparece en los primeros capítulos de este libro es de lectura recomendada. *Cultish* de Amanda Montell es especialmente interesante por su estudio del lenguaje de la influencia. *Brainwashed: A New History of Thought Control*, de Daniel Pick, y *Terror, Love and Brainwashing: Attachment in Cults and Totalitarian Systems*, de Alexandra Stein, son también libros fascinantes sobre este tema.

En esta historia se hace referencia a una serie de notorios casos reales de asesinatos. Soy consciente de que la lectura de los nombres de las víctimas evocará recuerdos dolorosos a quienes las conocieron y amaron. Mis más sinceras disculpas a todos los posibles afectados.

Mis amigos me apoyan infinitamente en mi carrera de escritora, incluso cuando me lleva lejos física o figurativamente. Son: Sharon Exelby, Carol Livingstone y Wendy Mulhall, Keith Baker, Felicity Cox, Terry y Rose Russell, Alison Horn y Samantha Thomson. Por último, gracias a la maravillosa Ann Saffery y a mi magnífico, sufrido y comprensivo compañero Gary Stringer.

Ático de los Libros le agradece la atención
dedicada a *El misterioso caso de los Ángeles de Alperton,*
de Janice Hallett.
Esperamos que haya disfrutado de la lectura
y le invitamos a visitarnos
en www.aticodeloslibros.com,
donde encontrará más información
sobre nuestras publicaciones.

Si lo desea, puede también seguirnos
a través de Facebook, Twitter o Instagram
utilizando su teléfono móvil
para leer los siguientes códigos QR: